世界文學
經典名作

愛瑪

EMMA
JANE AUSTEN

珍・奧斯汀 著
張經浩 譯

譯者的話

珍．奧斯汀（一七七五～一八一七）是英國傑出的現實主義女作家，然而她所受的學校教育很少，幾乎全得益於父兄的指導。她的第一部小說《理智與情感》從寫作到出版經過了十六年的漫長時間，而評論界承認她是一個「名作家」，卻晚在二十世紀的時候了；珍．奧斯汀善於刻劃她那個時代中產階級婦女的形象，善於描寫愛情，然而她終身未婚，甚至沒有眞正享受過愛情的甜蜜；她風行最廣的書要算《傲慢與偏見》，然而使她的創作開始受到賞識的卻是《愛瑪》，而且，當代大多數評論家認爲，在她的六部小說中，最優秀、最能代表她的風格的也是《愛瑪》。

《愛瑪》可以說，是一部情節錯綜複雜的愛情喜劇。

在倫敦附近海伯里村莊的首富伍德豪斯先生的女兒——愛瑪，她聰明熱情又有點自命不凡。她自己不打算結婚，卻非常熱衷於爲女友牽線搭橋。她憑著主觀臆想老亂點鴛鴦譜，結果屢屢受挫，弄得焦頭爛額。她煞費苦心爲人撮合，鬧出許多誤會，到頭來自己卻在無形中墜入情網。在現實生活中，愛瑪終於認識錯誤，接受教訓。眞正的愛情把海伯里三對不同類型的年輕人結成了終身伴侶，原來決心終身不嫁的愛瑪也成了幸福的新娘。

奧斯汀的小說以平凡瑣碎的事爲題材，卻具有相當的吸引力。

《愛瑪》一書正是她的這種才能的典型體現。全書沒有一個驚心動魄的場面，僅描寫了日常生活小事，然而結構嚴謹，情節曲折；文筆細密，語言幽默；懸念迭起，妙趣橫生。各種人物躍然紙上。較之其他幾部作品，的確更有獨到之處。

與奧斯汀差不多同時期的英國著名歷史小說家司各特（一七七一～一八三二）曾高度評價她的才能，說：「這位年輕小姐在描寫人們的日常生活、內心感情以及許多錯綜複雜的瑣事方面，確實具有才能，這種才能極其難能可貴，我從來不曾見過。說到寫些規規矩矩的文章，我也像一般人那樣，能夠動動筆；可是要我以這樣細緻的筆觸，把這些平凡的事情和人物刻劃得如此維妙維肖，我實在辦不到。」

奧斯汀自己曾說：「我的作品，就好比是一件三吋大小的象牙雕刻品。」

《愛瑪》是她的所有雕刻品中，首屈一指的「傑作」！

編按：珍．奧斯汀的六部小說是——（一）理智與情感（二）傲慢與偏見（三）勸導（四）曼斯菲爾德莊園（五）愛瑪（六）諾桑覺寺

愛瑪主要人物表

愛瑪·伍德豪斯	一位年輕貌美的富有小姐，與父親住在哈特菲爾德。
泰勒	愛瑪的家庭教師，即韋斯頓夫人。
韋斯頓	泰勒的丈夫，住在蘭德爾斯。
伊莎貝拉	愛瑪的姊姊。
約翰·奈特利	愛瑪的姊夫，住在倫敦布倫斯威克廣場。
伍德豪斯先生	愛瑪與伊莎貝拉的父親。
喬治·奈特利	本書大都直呼他「奈特利」，是約翰·奈特利的哥哥，住在唐韋爾·艾比。
邱吉爾夫婦	韋斯頓前妻的兄嫂，住在恩斯庫姆。
法蘭克·邱吉爾	韋斯頓與前妻所生兒子，自幼過繼給邱吉爾夫婦撫養。
亨利	約翰·奈特利的兒子，即愛瑪的外甥，奈特利的侄兒。
貝絲太太	一名貧窮的寡婦。

貝絲小姐——貝絲太太的女兒。

佩里——海伯里的藥劑師。

艾爾頓——海伯里的牧師。

霍金斯——艾爾頓先生的妻子。

薩克林——艾爾頓太太的姊夫，住在梅普羅格夫。

塞莉娜——艾爾頓太太的姊姊。

戈達德太太——海伯里女校校長。

哈莉特·史密斯——愛瑪的女友，女校寄宿生。

羅伯特·馬丁——奈特利的佃戶，住在艾比·米爾莊園。

伊麗莎白——馬丁的一個妹妹，哈莉特的朋友。

簡·費爾法克斯——貝絲小姐的外甥女。

坎培爾上校——簡的撫養人。

坎培爾小姐——坎培爾上校之女，與簡同年。

狄克遜——坎培爾小姐的丈夫。

第一章

愛瑪．伍德豪斯簡直是個得天獨厚的人，又美麗，又聰明，又有錢，不但家裡生活舒適，而且性情開朗。她快滿二十一歲了，一直過著無憂無慮的日子。

她父親極爲慈祥，對女兒百依百順，而她又是一對千金小姐中較小的一個。姊姊出嫁後，她小小年紀就成了一家的女主人。她母親去世很早，關於母親的愛撫，她的印象早已模糊了，可是她的家庭教師是個賢德女人，待她如同慈母。

泰勒小姐到伍德豪斯先生家已有十六個年頭，與其說是他家的家庭教師，還不如說是他家的朋友。她把一對千金看成了寶貝，尤其喜歡愛瑪。她們兩人親密無間，勝過親姊妹。她秉性溫和，即使在名義上還是家庭教師時，也從未擺過任何威嚴。由於她們早就沒有了師生關係，便一直像貼心朋友一樣相處，愛瑪要做什麼事盡可聽便。她對泰勒小姐的意見是很尊重的，但辦起事來往往是憑自己的主張。

如果說愛瑪眞有美中不足，那要算她的任性和對自己的估計偏高。本來這兩個缺點會給她帶來許多不快，不過目前情況並不嚴重，根本就說不上是她的不幸。

後來終於發生了一件事，雖不至於使她忍受不了，但確實使她有些難過。泰勒小姐結婚了！由於失去了泰勒小姐，她第一次嘗到了傷感的滋味。在這位好友結婚的那天，愛瑪破天荒第一次悶悶不樂地坐著。婚禮完畢後，新娘新郎走了，餐桌邊吃飯的只剩下父女倆，他們不能指望再有第三個人來消磨這漫長的夜晚了。吃過晚飯，她父親像往常一樣安然入睡，她只得呆呆地坐著，悵然若失。

這件事對她的朋友來說，無論怎樣看都是一件喜事。韋斯頓先生人品出衆，十分有錢，年紀相當，風度不凡，是百裡挑一的人。愛瑪待朋友素來慷慨無私，爲促成這門親事一直盡心竭力，當然甚爲得意，可是她因此也自找了苦吃。泰勒小姐一走，她每天將無時無刻不感到空虛。從五歲起泰勒小姐就教她、領她玩；她幼時多病，全靠泰勒小姐精心照料；當她身體好時，爲了使她過得快活，泰勒小姐費了不少心血；往日的這些好處，十六年的這段情誼，她難以忘懷。想到這一點，感激之情是不用說的。姊姊伊莎貝拉出嫁後，就剩下她們兩人。七年來她們平等相待，不分彼此。想到這一點，她不勝留戀。泰勒小姐聰明、有見識，能幹、有涵養，對一家人的性格了如指掌，無論什麼事都肯操一份心，對她更不用說，一切都順著她的心意，這樣的朋友和伙伴可謂難得。她認爲她是一個可以推心置腹的人，一個眞心愛她、無可非議的人。

她怎樣來忍受這一變化呢？誠然，她朋友離她家不過半英里，但是愛瑪心裡明白，住在家裡的泰勒小姐變成了半英里路外的韋斯頓太太，這是非同小可之事。儘管她聰明漂亮，家境又好，現在仍不免要受心靈空虛之苦。她非常愛她父親，但父親當不了伴侶，無論說正經話或閑談，他都迎合不了她的心意。

伍德豪斯先生結婚晚，父女年齡懸殊，加上他身體和生活習慣的關係，更不易氣味相投。他的健康狀況一直不佳，很少勞神費力，沒等上年紀就已暮氣沉沉。無論走到哪裡，別人雖都喜歡他心腸好、脾氣好，可是誰也沒有誇過他的天分高。

愛瑪的姊姊出嫁後離家並不遠，住在倫敦，只隔著十六英里，但也不能每天來往。十月和十一月夜晚長，愛瑪只得在哈特菲爾德慢慢打發時間，要等到過聖誕節，伊莎貝拉兩口子帶著孩子來時，家裡才會熱鬧起來，才有人跟她說說笑笑。

海伯里村莊地方大、人口多，幾乎算得上一個市鎮。哈特菲爾德雖有單獨的草地、樹林和地名，實際上也在村子的範圍內。偏偏在這樣大的一個村子裡，沒有與她情投意合的人。伍德豪斯家在這裡是首屈一指的人家，人人仰慕。她父親對誰都客氣，因此她在本地認識的人不少。只可惜在這些人中沒有一個比得上泰勒小姐，連相處半天也難。面對這個不幸的變化，愛瑪哪能不唉聲嘆氣，想入非非？直到她父親醒了，她才振作起來，他的精神需要安慰。他神經脆弱，易於傷感，對於相處日久的人，無論誰他都喜歡，最不願與他們分離，巴不得天天在一起。女孩子成婚後勢必離家，每次遇到這種事他總是不痛快。儘管他女兒婚後美滿琴瑟調和，他對於她的出嫁卻從沒有表示過滿意，一說起就難過非常；現在泰勒小姐成了人家的人，他又是難捨難分。他考慮問題往往爲自身設想多，爲別人設想少，因此認爲泰勒小姐做了一件大不應該的事，於己於他都不利，還不如一輩子待在哈特菲爾德快活。

愛瑪爲了不使他煩惱，裝得沒事一般，有說有笑。可是，到吃茶點時，他再也克制不住，又說起了在吃晚飯時說過的那些話。

「可憐的泰勒小姐！我眞巴不得她能回來。韋斯頓先生卻偏看上了她，眞是沒辦法！」

「爸爸，我可不能跟你一樣想。你知道，我不能。韋斯頓先生性格溫和，儀表不凡，是百裡挑一的人選，正該娶個好妻子。眼見泰勒小姐有個成家的機會，你總不能拉著她永遠跟我們一起忍受我的怪脾氣吧？」

「成家！她那個家有什麼好？這兒比她那兒要大兩倍，你的脾氣可從來就沒有什麼不好，親愛的。」

「我們可以常去看他們，他們也可以常來看我們，見面的機會有的是啊！得由我們先來做，他們是新婚，我們應該盡早去一趟。」

「天哪！我去一趟談何容易？蘭德爾斯那麼遠的路，我連一半也走不了。」

「不，爸爸，誰叫你兩條腿走去？要去我們一定得坐馬車。」

「馬車！這幾步路叫詹姆斯套個馬他都會不高興的。再說，到了那裡馬往哪兒繫？」

「就繫到韋斯頓先生的馬廄裡，爸爸。你別擔心，一切都安排好了，昨天晚上我們與韋斯頓先生談好了。詹姆斯也不成問題，他女兒就在那裡當佣人，他巴不得去蘭德爾斯。要是我們想去別的地方，那倒難說。爸爸，這件事多虧你，漢娜的那個好差事還是你給她找的。要不是你提起，誰也沒有想到漢娜。詹姆斯對你可感激啦！」

「這倒是我做的一樁好事。這個忙我應該幫。詹姆斯是個可憐人，我決不能虧待他。我看漢娜一定會服侍人。這姑娘懂禮貌、嘴甜，給我的印象很好。她每次見到我時，又是行禮，又是問安，那模樣很逗人喜歡。你叫她來這裡做針線活時，我發現她總是輕輕打開門，從不弄得砰砰作響。不用說，她服侍人一定頂呱呱。可憐的泰勒小姐現在有個熟識的人跟在身邊，也算是一大安慰。你看吧，只要詹姆斯去他女兒那邊，她一定會知道我們的情況，他會一五一十地告訴她。」

愛瑪見她父親情緒好了些，便引著把話一個勁兒往下說。爲了使他能消磨這一夜時光，不再想那些心酸事，她後來又出了個主意：下十五子棋（即雙陸棋）。棋盤擺好了，而正在這時來了客人，棋便用不著下了。

奈特利先生來了。他是個很有頭腦的人，年約三十七、八，與伍德豪斯先生家不但有多年的交情，而且由於是伊莎貝拉丈夫的哥哥，還多了一層親戚關係。他住在離海伯里一英里的地方，常來常往，總被當作座上客。特別是這一次，他從伊莎貝拉家來，就更受歡迎了。他在那裡住了幾天，晚飯時分才到家，急急忙忙又趕到海伯里捎話，說是伊莎貝拉一家大小都平安。他來得正是時候，使伍德豪斯先生高興得很。奈特利先生性格開朗，伍德豪斯先生本來就喜歡他，這一次問起那「可憐的伊莎貝拉」和外孫們的情況，他又答得叫人再滿意不過。

後來，伍德豪斯先生感激地說：「奈特利先生，你這麼晚來看我們眞不容易。你走夜路會害怕嗎？」

「哪兒的話！今晚月色好極了！天一點也不冷，你把爐子燒得這麼旺，我得坐遠些。」

「可是路上一定又髒又濕，注意別受涼。」

「不髒！你看我的鞋，一點泥也沒沾。」

「這倒沒想到，這裡下的雨不少，吃早飯那陣子特別大，足足下了半小時，我本想叫他們將婚禮改期的。」

「哦，我還沒問起這件喜事哩，不用說，你倆一定又高興又難過，所以我沒有一進門先說恭喜。不過我想婚禮一定辦得不錯。都控制得住感情嗎？誰哭得最厲害？」

「唉，可憐的泰勒小姐！這件事眞叫人傷心。」

「泰勒小姐並不可憐，倒是你倆可憐。我記掛著的是你和愛瑪，不過這也就產生一個依賴或不依賴的問題——無論如何只顧到一個人的心，總比要顧兩個人的強。」

「特別兩個人中有個還愛想入非非，是個惹人嫌的傢伙！」愛瑪開玩笑地說。「我知道，你心裡就是這麼想的，要是我爸爸不在，你早把這話說出來了。」

「孩子，這也沒有說錯呀！」伍德豪斯先生說著，嘆了口氣。「恐怕，有時我也愛想入非非，惹人嫌呢。」

「好爸爸！別以為我是在說你，也別懷疑奈特利先生是在說你。你想到哪裡去了！多可怕的念頭！噢，不！我是在說我自己。奈特利先生就愛挑我的毛病，不過也是鬧著玩，純粹是鬧著玩。我們兩人說起話來一向無拘無束。」

事實上，能發現愛瑪．伍德豪斯缺點的人寥寥無幾，而敢於當面說的只有奈特利先生一人。那些話愛瑪本人就覺得不大中聽，如果傳到父親耳朵裡，他會更傷心。因此，她決心不讓他眞的起疑心，知道有人並不把她當作完人。

奈特利先生說：「愛瑪知道，我從不說她的奉承話，可是剛才我也沒有說誰的不是。以往泰勒小姐要照顧兩個人，現在只要照顧一個人，說不定反被照顧呢！」

愛瑪正想打圓場，就接著說：「對啦，你不是問起今天的婚禮麼？我給你說說吧，我們個個舉止都很得宜。大家都準時到場，個個喜氣洋洋，不但沒有掉淚的，連愁眉苦臉的人也沒有。這是眞的，反正當時我們覺得隔著半英里，不愁沒機會天天見面。」

她爸爸說話了：「不論什麼事愛瑪都忍受得了。不過，奈特利先生，泰勒小姐走了她心裡著實難過。別看她現在不當回事，以後一定會還爲她牽腸掛肚。」

愛瑪把頭偏了過去，裝著一副笑臉，其實心裡眞想哭出來。

「一個朝夕相處的人走了，愛瑪還能不想？」奈特利先生說。「不過，如果我們能想開一點，就不該像現在這樣，過於捨不得她。泰勒小姐結這門親可算是天大的福氣。她年紀不算小了，當然想成個家。再說，有現成的舒服日子誰不願過？這些事愛瑪也清楚，她就不該發愁，應當高興。泰勒小姐結了這門好親事，做朋友的都應高興。」

「但你忘了還有件事我更應該高興，而且不是小事，」愛瑪說。「他倆是我牽的線。你知道，四年前是我替他倆牽的線，當時許多人說韋斯頓先生不會再結婚了，而我牽線搭橋偏成功了。而且事實證明是做對了。單憑這一點，我心裡就夠寬慰了。」

奈特利先生朝她搖了搖頭。她父親帶著幾分疼愛，接過話說：「噢，我親愛的，你別再幹那些牽線搭橋、看相算命的事了吧，你說的話沒有不靈的。聽我的，以後再也不要爲誰牽線了。」

「爸爸，我答應你不爲我自己去牽線，但對別人可得另當別論。這是世界上最有趣的事情。你看，這一次幹得眞漂亮！以前誰都說韋斯頓先生不會再結婚了。這也難怪。他妻子早死了，但照樣過得舒舒服服，要嘛就到倫敦做買賣，要嘛就在這兒的朋友家玩。他不論到哪裡人家都歡迎，總是快快活活的。說實在的，只要韋斯頓先生願意，一年到頭他哪一天都不會過孤單日子。噢，人們都認定了，韋斯頓先生不會再結婚了。有的人甚至說，他妻子臨終時，他表示了終身不娶，還有人說是他兒子和兒子的舅父不讓他再婚。那些胡話說得倒一本正經，我可一句也不信。

大約四年前的一天，我與泰勒小姐在布羅德韋街遇見了他。碰巧開始下毛毛雨，他馬上趕到米切爾家借了兩把傘給我們，眞是夠殷勤的。那一天我算是看準了。當時我就動了腦子，要把他們湊成一對。爸爸，既然這一次我成功了，你還能指望我不再牽線搭橋麼？」

「我不明白你說的『成功』是什麼意思，」奈特利先生說。「成功是需要經過努力的。如果說，爲了促成這門親事，你作了四年的努力，那麼這段時間倒算是沒有白過，特別在一位年輕姑娘看來，更是値得。然而我很有些懷疑，照你剛才說的，你的牽線搭橋不過是動了把他們湊成一對的念頭，不過是有一天閑得無聊時心血來潮，盤算著只要韋斯頓先生願娶，那麼泰勒小姐嫁給他就很上算，以後又越想越起勁。如果眞是這樣，還談得上什麼『成功』呢？你有什麼功勞呢？有什麼好誇口的呢？充其量只能說是被你猜中了。」

「可是猜中也不容易，也應該高興、得意，你難道從來沒有體會麼？可憐哪，我沒想到你這麼糊塗！一點不假、猜中不能單靠運氣，沒有幾分天資的人是怎樣也猜不中的。至於『成功』二字，我倒不知道我竟沒有資格說。你剛才提到了兩種假設，然而還有第三種情況——我既不是全然無功，也不是一手包辦。如果沒有我鼓動韋斯頓先生常來這裡，沒有我多方出力，多方周旋，那就什麼也不用指望。你對哈特菲爾德的事非常了解，一定能明白其中的奧妙。」

「韋斯頓先生是個坦率、誠懇的人，泰勒小姐有頭腦、有主見，他們的事別人不操心也能辦好。你那麼起勁不一定給他們幫了忙，相反卻害了自己。」

伍德豪斯先生並不明白其中底細，揷話說：「只要是對別人有好處，愛瑪從不考慮自己如何。不過，親愛的，別再去牽線搭橋了，這是蠢事，好端端一個家都叫你給拆散了。」

「爸爸，我只再做一次，就是爲艾爾頓先生（牧師）幫忙。這人也眞可憐！爸爸，你也是喜歡他的。我非爲他找個妻子不可。他來這裡已整整一年了，把自己的房子收拾得舒舒服服，叫他再過單身生活說不過去，但可惜海伯里沒有配得上他的人。今天他們舉行婚禮時，我發現他的表情很不正常，似乎巴望自己也有這一天。我對艾爾頓先生很有好感，這是我唯一能給他幫忙的事。」

「艾爾頓先生年輕，長得一表人才，品德又好，我很喜歡他。如果你眞關心他，以後邀他來我們這裡吃飯吧，這樣做好多了。我看奈特利先生也會樂意來陪他。」

「非常願意，隨便哪一天都行！」奈特利先生笑著說。「你的話完全對，這樣做好得多了。愛瑪，你就請他來吃飯，用味道最美的魚和雞招待，妻子讓他自己挑選。別操心，一個二十六、七歲的人是會照顧自己的。」

第二章

韋斯頓先生是海伯里人，出身於一個體面人家。他那一家在他之前兩三代開始發跡，漸漸有了錢財和地位。他受過很好的教育，但由於很早就繼承了一筆小小產業，對幾個兄弟從事的職業統統看不上眼，認為太過於平庸通俗化。他頭腦靈活，性格開朗，喜愛交際，因此在本郡參加了新整編的國民軍。

韋斯頓上尉是個誰都喜歡的人。參軍以後，由於機緣巧合，認識了約克郡的名門邱吉爾家的小姐，這位小姐愛上了他。這事本來無足為怪，可是她的哥哥嫂嫂從未見過他，而且又是自恃高貴、自以為了不得的人，認為這門親事會有損於他們的尊嚴。

但是，邱吉爾小姐已經長大成人，有了一份獨立的財產（當然，與她整個家庭的財產相比微不足道），執意要結婚；事情發生後，邱吉爾先生和他太太極為氣惱，結果與她正式斷絕了往來。由於門不當、戶不對，兩人婚後沒有多大幸福。韋斯頓太太本應該心滿意足，因為她丈夫心地善良、性格溫和，為了報答她真誠相愛，對她體貼入微。可惜，她的氣質雖然有剛強的一面，但也有軟弱的一面。她曾違抗兄長之命，毅然按自己的意願結了婚，可是哥哥本不該發作的怒火又使她感到莫名其妙的懊悔，對她從前那個家庭的豪華生活也感到留戀。他們現在的生活還過得去，但比起她以前在恩斯庫姆的生活，仍然天差地別。她依舊愛她丈夫，可是又希望最好既能做韋斯頓上尉的太太，又能做恩斯庫姆的邱吉爾小姐。

在旁人看來，特別是在邱吉爾夫婦，韋斯頓上尉是攀龍附鳳，可事實上他卻是遇到了一件倒楣事。結婚三年後妻子死了，他不僅比結婚前更窮，且多了一個孩子的累贅。幸喜不久這個包袱就不用再背了。孩子出生後緊張關係有了緩和，他母親又得了慢性病，使邱吉爾夫婦的心腸更軟了下來。邱吉爾先生無子女，其他近親也沒有孩子可收養，等她死後沒多少時間，便主動提出要收養小法蘭克。不幸的父親當然有幾分猶豫和不情願，可是進而一想只得順從，讓孩子到邱吉爾家去享福了。這樣，他只需要料理自己的生活，想法改善自己的境況。

生活完全得重新開始，他離開軍隊，開始經商，由於幾個兄弟在倫敦已經幹出一番事業，因此他起步順利。靠著一家商行，他不愁無事可幹。他在海伯里還有一棟小房子，閑時大都住在那裡。近二十年來，他經商能賺錢，人緣又好，過得還算快活。最後，他闊氣了，足以把早就看中的一份與海伯里毗連的產業買到手，並把泰勒小姐這樣一位無嫁妝的女人娶過來，這樣他就可以按照自己愛交際的性情來過如意的生活了。

他看上泰勒小姐並非一朝一夕，但畢竟不像年輕人相愛那樣迫不急待。他一心一意要先買下蘭德爾斯，他看準了蘭德爾斯早晚得賣。他胸有成竹，穩紮穩打，想辦的事一件件辦成了。他置了產，買了房，娶了妻，一個新生活正在開始，完全有可能比以往任何時候都過得愉快。說起來他從來沒有愁眉苦臉過；他生性開朗，不知憂愁，甚至第一次結婚時也如此。但是當然，這第二次結婚是眞正的喜事，他將體會到一位聰明溫柔的女人帶來的快慰，也能體會到一個愉快的道理：與其被人選擇不如選擇別人，與其感激別人不如被人感激。

他完全可以根據自己的意願辦事。他的財產屬於他自己所有；至於法蘭克，他長大後算作他舅舅的後嗣，正式過繼，這不單單是一種默契，雙方有言在先，一俟成年，他便改姓邱吉爾。因此，他不需要他父親的援助，他父親也不擔心這一點。法蘭克的舅母是個任性的女人，把丈夫牢牢控制在手中，但是韋斯頓先生根本不相信任性胡爲能斬斷骨肉之情，特別是他堅信的父子之情。每年在倫敦他都能看到自己的兒子，很爲他感到得意。他大誇特誇他是個翩翩少年，使得海伯里的人也同樣感到幾分得意。大家把法蘭克當成當地人，對他的長處和前程，人人關心。

海伯里的人衆口一詞誇獎法蘭克．邱吉爾先生，都很想見見他，但這種好意並未得到報償，他出世以來從沒有來過海伯里。人們常說他會來看望他的生身父親，但這僅是傳說而已。

現在他父親結婚了，自然而然，大家都猜測他會光臨。佩里太太、貝絲太太和貝絲小姐在喝茶串門的時候，沒有對這事表示過異議。這一趟，法蘭克．邱吉爾先生無論如何得讓她們見見面。據說，他特地給他的新母親寫了一封信，於是大家的這種想法更加強烈了。好幾天來，每天上午到海伯里串門的人無不談起韋斯頓太太收到了一封動人的信。「法蘭克．邱吉爾先生給韋斯頓太太來了封信，話語句句動聽，你知道了吧？我看這話不假，是伍德豪斯先生親口對我說的。伍德豪斯先生看到了信，說寫得這樣漂亮的信他這輩子從來沒見過。」

的確，這是一封珍貴的信。韋斯頓太太自然對這位年輕人產生了一種十分良好的印象，他如此殷勤無疑是通情達理的表現，她的婚事因此而更加可喜可賀。她覺得自己是一個非常幸運的女人，而且憑多年的生活經驗知道，別人也認爲她十分幸運；唯一的遺憾是與朋友們見面少了，那些朋友對她還保持著原有的情誼，幾乎難以忍受與她分離的痛苦。

她知道，他們一定時常思念她。愛瑪沒有她作伴，生活會感到寂寞、乏味，她一想起來就很痛苦。然而，她的親愛的愛瑪決不是一個意志薄弱的人：大多數年輕姑娘在環境變化時無能爲力，可是她不是這樣，她有清醒的頭腦，活潑的性格，堅強的毅力，對小小的不幸能處之泰然。再說，蘭德爾斯離哈特菲爾德才幾步路，即令是女人，即令沒有伴，盡可走來走去；到了冬天也不用發愁，韋斯頓先生好客，那時又較清閑，她們一星期聚會三、四個晚上不在話下，她越想越心寬。

總的說來，談起韋斯頓太太時，愛瑪說感激話的時候居多，說惋惜話的時候極少。她自滿自得（其實用自滿自得形容還不夠），興高采烈，這是理所當然和顯而易見的事。但愛瑪的父親不同，儘管她摸透了他的脾氣，但仍然對這一點感到吃驚：她的父親甚至還在感嘆泰勒小姐太可憐。不論是父女倆從韋斯頓太太那美滿幸福的家走出來，還是韋斯頓太太由她那好丈夫陪著，坐自己的馬車回去，伍德豪斯先生在她走時總得輕輕嘆口氣，說：

「哎，可憐的泰勒小姐！她其實是願意留下來的呀！」

把泰勒小姐拉回來沒有希望，不可憐她也同樣難以辦到，直到過了幾星期，伍德豪斯先生的苦惱才少了些。左鄰右舍來道喜的沒有了，無人再叫他偏要爲一件傷心事快活，連他看著會觸景生情的結婚蛋糕也吃光了。他自己的胃消化不了做得考究的食物，還以爲人人與他一樣。無論什麼，只要於他不相宜的，那就於任何人都不相宜。因此，他苦口婆心勸人別要結婚蛋糕。當勸說無用時，他又絞盡汁叫他們別吃。他特地爲這事請教了藥劑師佩里先生。佩里先生見多識廣，又有紳士風度，常去伍德豪斯先生家，給他的生活帶來不少安慰。既然伍德豪斯先生動問了，佩里先生儘管很不情願，也還是承認了，說許多人、甚至大部分人都不宜吃結婚蛋糕，要吃只能少吃一點。這話與他的見解正相吻合，伍德豪斯先生滿以爲說出來會叫賀喜的人聽了相信，可是蛋糕人們照樣吃。直到最後一塊蛋糕吃完之後，他的那番好心才算安定下來。

奇怪的是，海伯里人傳說有人親眼看到佩里家的孩子每人手裡拿了一塊韋斯頓太太家的結婚蛋糕，但伍德豪斯先生總是不肯相信。

第三章

伍德豪斯先生與人交往有一種特殊方式。他只願意朋友們到家裡來看他；由於種種原因，例如，他在哈特菲爾德是老住戶，心地善良，有產業、房子和女兒，在他交往的小圈子中，都是人家來朝拜他，讓他稱心如意。出了那個圈子，他常打交道的就沒幾家人了；他既不願睡得晚，又害怕人多熱鬧的宴會，除了那些能按他的要求來看望的人，與誰也合不來。幸好，願意這樣做的大有人在，海伯里有，同一教區的蘭德爾斯有，鄰近教區奈特利先生住的唐韋爾．艾比也有。在愛瑪的勸說之下，他好幾次邀了幾個上流人士中的知心朋友來吃飯，但他最喜歡客人晚上來，因此除了他認爲身體不好不能見客外，一個星期裡幾乎每個晚上愛瑪都要爲他擺桌子打牌。

韋斯頓夫婦和奈特利先生是多年的知己，自然有份；艾爾頓牧師是單身漢，正不甘寂寞，也少不了。晚上他一個人在家悶得發慌，而伍德豪斯先生家的客廳又漂亮、又熱鬧，更何況他那可愛的女兒總是滿面春風。

此外還有一幫人，其中的常客是貝絲太太、貝絲小姐和戈達德太太，這幾個女人哈特菲爾德有請必到。她們來去用馬車接送成了家常便飯，久而久之，使伍德豪斯先生眞沒把詹姆斯和馬當回事；要是只讓他們一年跑一趟，那倒是令人難受的事。

貝絲太太是海伯里的原來的牧師的寡婦，現在她已老態龍鍾，別的事幾乎全做不來，只能喝喝茶、玩玩紙牌。她過的是清苦日子，就守著一個女兒。人們憐憫和敬重她，一個可憐巴巴、決不會傷害他人的老太太總是值得人憐憫和敬重的。她女兒年紀不小了，既無貌、又無錢、還沒結婚，可是人緣極好。世界上像貝絲小姐這樣境況的人，要博取大衆的好感難於上青天。如果頭腦特別靈活，她尙可彌補她的缺陷，或者，使內心厭惡她的人見了怕三分，得表面裝客氣。她既無姿色，又欠聰明。她的青春是在無聲無息中度過的，到了中年，全心全意侍奉著年邁的母親，還要精打細算過日子，使一筆小小的收入能一個錢當兩個錢用。然而，她是一個幸福的女人，一個無論誰提起都要稱讚幾句的人。她創造出這等奇蹟的原因在於她對誰都心腸好，在於她沒有奢望。她愛所有人，關心所有人，善於發現所有人的長處；她認爲，既然她有一個好母親，有許多好鄰居、好朋友，家裡什麼都不缺，她就是一個幸運兒，一個滿有福氣的人。她生性單純、樂觀、知足，不忘恩負義，贏得了人們的一致稱讚，也找到了無窮無盡的快樂。她很會聊天，說的是些日常生活中發生的小事，不中傷任何人，伍德豪斯先生最愛聽。

戈達德太太是一位女校長。她那所學校不像一些按新規矩、新體制辦的學校，說是要把學生培養成既有優雅風度又有高尙情操的人，其實是說得好聽，女孩子們付了巨額學費不算，還拖垮了身體，養成了虛榮心。她的學校是一所踏踏實實、規規矩矩的老式寄宿學校，出一分錢有一分收穫，女孩子們不會沾染壞習氣，都想多學一點知識，畢業時不至於變成一個目空一切的人。戈達德太太學校的名氣大，而且名副其實。她有一所大的花園住宅，給孩子們吃許多於身體有益的食物，夏天讓她們四處活動，冬天親手給她們包紮凍瘡，所以到海伯里讀書的孩子的身體無須讓人擔心。現在她上教堂時，身後總跟著一、二十對年輕夫婦，其原因可想而知。她是一個質樸、有慈母心腸的女人。年輕的時候勤勤懇懇，現在年歲大了，偶然到外面喝喝茶當然問心無愧。伍德豪斯先生原來待她就不錯，現在有請，她理當領情。只要能抽身，她就會離開她那乾乾淨淨、掛著許多刺繡的客廳，坐到他家的火爐邊，賭上幾個辨士。

這三位女賓愛瑪往往一邀就到。爲父親著想，這點本領使她感到高興，然而於她本人無益，她們抵償不了韋斯頓太太。看到父親不發悶了，她放寬了心，也爲自己很有一套辦法而洋洋得意，但是，這三個人索然無味的談話，使她不由覺得這樣消磨過去的夜晚，實際上是她早就預料到的難熬的夜晚。

一天上午，愛瑪照例又坐著等候無聊的一天的開始。她正發悶時，戈達德太太叫人送來一封信，用最懇切的語氣要求允許她把史密斯小姐也帶來玩。這眞是一件求之不得的事。史密斯小姐十七歲，愛瑪見過多次，看中了她的漂亮。愛瑪回信表示熱烈歡迎，從此哈特菲爾可愛的女主人再也不用擔心夜晚難熬了。

哈莉特·史密斯是一位不知名人氏的私生女。幾年以前，她被送到戈達德太太的學校裡，最近那人又使她由一個普通學生變成了住在校長家裡的特殊學生。關於她的來歷，已知的只有這些。除了在海伯里交的朋友外，未發現她有其他要好的人。前一段時間她到鄉村去作客，在幾位老同學家住了很久，最近剛回來。

她長得十分漂亮，而且那種美正是愛瑪特別喜愛的美：個子不高，豐滿，皮膚白淨，雙頰泛紅，藍眼睛，金頭髮，五官勻稱，表情甜美。不消一個夜晚，愛瑪就已高興非常。不僅那長相，而且那舉止，她都看著中意，決心讓她常來。

她覺得，從言談看，史密斯小姐不特別聰明，但總的說來很可愛。她沒有扭扭捏捏的羞澀和悶聲不響的習性，不輕浮、懂分寸，很有禮貌。她似乎明白能上哈特菲爾德玩是不容易的事，所以十分感謝主人的好意；她發現了這裡的一切都很講究，比她到過的任何人家強。這說明她有眼力，應該多加栽培。她缺少的正是培養。如果讓她混在海伯里的平庸之輩中，那她就空有這麼一雙藍眼睛和與生俱來的嫵媚了。以往她結交的人都配不上她。她剛剛離開的那家人雖說得上是大好人，可是這種交往於她是有害的。那家人姓馬丁，租種了奈特利先生一大片土地，住在唐韋爾教區，愛瑪了解他們的習性。她知道奈特利先生很看得起他們，可是這些人終究是粗魯而沒有教養的人，讓一個只要稍加開導和培養就會十全十美的姑娘與他們天天混在一起並不相宜。她要器重她，要幫助她，要使她脫離那些烏七八糟的人，只與上等人往來，要左右她的思想和風度。這是一件饒有趣味的事，一件修善積德的工作。愛瑪的生活狀況使她能夠做這件事，她有閑暇也有能力做這件事。

她不停地欣賞那一雙溫柔的藍眼睛，一邊閑談一邊打好了上面說的那些主意，哪天夜晚也沒有這一天夜晚過得快。來客天天臨了要吃宵夜，往日她總是坐著，等待這一時刻的到來，今天不知不覺飯桌搬到了火爐邊，吃的都端了上來。平常她做每件事都又專心又能幹，今天更不比往日，態度格外殷勤，動作格外利索，吃宵夜時熱情勸客，還幫著夾松雞和牡蠣。她知道，這種熱情可以使客人消除那種剛開始吃飯時的拘謹。

在這種場合，可憐的伍德豪斯先生的內心矛盾重重。按照年輕時就有的習慣，他要鋪上一塊桌布，可是他認定吃宵夜有損健康，巴不得桌上什麼都沒有；他熱情好客，本希望客人把什麼都吃光，卻又擔心他們的身體，看到他們果眞要吃感到難過。

假使全按他的意願，至多他只會請客人跟他一樣吃一小碗薄粥，但一見女賓們津津有味地在吃別的好東西，他只得說：「貝絲太太，我看你吃一個蛋倒不壞事。蛋煮得嫩，吃了沒關係，塞爾煮蛋的本領比誰都強。要是換一個人煮，我會勸你別吃，不過別擔心，蛋很小，你看，吃一個小小的蛋對你沒有妨礙。貝絲小姐，叫愛瑪給你夾一塊小果餡餅，你別擔心桌上擺了會傷身體的果醬。奶油蛋糕我看不吃爲好。戈達德太太，喝半杯酒怎樣？小半杯，把酒倒在一盅茶水裡，這對你沒壞處。」

愛瑪任憑父親怎麼說，照樣大大方方招待客人。今天這個夜晚非往日可比，應該叫她們盡興而歸。史密斯小姐心滿意足。伍德豪斯小姐在海伯里不是等閑人物，來之前她又高興又害怕，走的時候這位卑微、知足的姑娘卻滿腔喜悅。伍德豪斯小姐一個晚上待她如此熱情，臨別時竟然握了手❶，她能不高興麼？

---

❶在奥斯汀生活的那個時代，握手尙未普遍取代鞠躬和行禮，而是被當成一種親密或愛護的表示。

第四章

理所當然，哈莉特·史密斯與哈特菲爾德的關係很快就密切起來。愛瑪辦事明快果斷，她邀請她、鼓勵她，還囑咐她常來坐坐。來往越多，她們越親呢。愛瑪早就預見到，她可以作她散步時的好伴侶。韋斯頓太太走了，給她在這方面帶來很大的損失。她父親散步不論時間長短，不論春夏秋冬，充其量只走到小樹林，巴掌大小的兩塊地方能使他心滿意足。韋斯頓太太結婚後，她極少出屋子。

有一次，她一個人壯著膽走到蘭德爾斯，可那滋味並不好受。因此，要消遣的時候，她還滿用得上哈莉特·史密斯，而且隨時都可以叫她來散步。她越與她接觸，越覺得她各方面都好，她的計畫看來確實不錯。

哈莉特雖然不算聰明，但性格溫和、單純，沒有一絲傲氣，正希望有個比她強的人指點。她自幼不愛亂交朋友，這就難能可貴；她知道什麼能成爲好伙伴，什麼叫文雅、聰明，這說明她有些眼力，但是理解能力略差。愛瑪相信哈莉特·史密斯正是她需要的年輕伙伴，而且，她的家庭就缺少這麼個人。完全比得上韋斯頓太太的人再也沒有了，世界上不可能存在兩個同樣的人，她也不需要。這完全是另外一碼事，愛瑪對她們的感情迥然不同。對於韋斯頓太太，她感激而尊重；而她愛哈莉特，是因爲在她身上可以施展自己的本領；韋斯頓太太根本用不著她的幫助，而哈莉特卻太需要了。

她要施展的第一個本領是打聽她的生身父母，可是哈莉特說不清楚。她有話並不相瞞，只可惜在這方面怎麼也問不出個頭緒來。愛瑪絞盡了腦汁猜想，她並不認爲在這種情況下她不應該尋根究底。哈莉特比較沒有頭腦，戈達德太太給他講什麼她聽什麼、信什麼，從不追根究底。

哈莉特談得較多的自然是戈達德太太、老師、同學和學校的生活。此外由於與艾比．米爾莊園的馬丁一家熟悉，也常談起他們。其實她很想念馬丁一家，她在那一家高高興興住過兩個月，把那些快活日子和那裡的趣聞講得津津有味。愛瑪很愛聽她說，覺得能了解另一種人的生活很有意思，而且哈莉特又起勁又天眞的模樣她看了很喜歡。

哈莉特說：「馬丁太太有兩間客廳，都是很講究的客廳，有間與戈達德太太家的一樣大。一個女管家，在她家住了二十五年。八頭奶牛，兩頭奧爾德尼斯種，一頭韋爾什小奶牛，長得眞漂亮。馬丁太太最喜歡這一頭，說應該叫做『她的』奶牛。他們家的花園裡建了一座很有派頭的涼亭，明年全家人要去那裡喝茶。那涼亭眞有派頭，坐得下十二個人。」

好一會兒，她只顧聽著，沒有細想，等到對這一家人的底細明白了些，才警覺起來。起先她誤以爲這一家有一個母親，一個女兒，一個兒子和一個媳婦，都住在一起。後來才發現哈莉特多次提到的那個心地好、愛幫忙的馬丁先生是一個單身漢；因爲沒有聽說小馬丁太太，自然他沒有娶親。愛瑪不由起了疑心，覺得這一家人對她這位年紀輕輕的朋友格外熱情相待一定是另有企圖，如果她不留心，最後會難以自拔。

由於這個發現，她有意識地問了好些話。她故意叫哈莉特談馬丁先生，果然她就談開來了。

哈莉特說她在月光下與他散過步，晚上在一起玩得很痛快，對她的好脾氣和熱心腸讚不絕口。

「有一天，就是因為我說了喜歡吃胡桃，他來回跑了三英里給我買來了。反正，無論什麼事，他都很熱心。有天晚上，他特地把他家放羊人的兒子找來唱歌給我聽。我很愛唱歌，他自己也會唱一些。我想他很聰明，一定什麼都懂。他養了一群很好的羊，我住在那兒時，他的羊毛賣出的價錢最多，莊園裡的人誰也比不上。大家都說他是個好人。他母親和兩個妹妹很喜歡他。有一天，馬丁太太對我說，哪家的兒子都比不上他，所以，以後他結了婚一定是個好丈夫。」她邊說邊有些臉紅。「馬丁太太的意思不是想給他娶親，她一點也不著急。」

「好呀，馬丁太太，」愛瑪想道，「你要幹什麼自己心中可明白很。」

「馬丁太太眞好，我走了以後，她叫人送了一隻肥鵝給戈達德太太，戈達德太太說她從來沒有看過那麼肥的鵝。星期天她把鵝宰了，請學校的三位老師都來吃飯，有娜森小姐、普林斯小姐和理查森小姐。」

「我想，馬丁太太只知道幹他的本行，他不讀書吧？」

「哦，看的！——他可——哎！我說不清，不過我想他看過的書一定很多，但不是你猜想的那些書。有個窗台上放著《農業報導》和一些別的書，都是他看的，一個人埋頭看。晚上我們還沒開始打牌時，他常朗誦幾段《文摘》❶裡的文章，都非常有趣。我知道他看過《威克菲牧師

---

❶ 維塞西默斯．諾克斯編，初版於一七八九年。

傳》❷，但沒看過《森林奇遇》❸和《修道院的孩子》❹。他原先不知道有這些書，是我告訴他的，他說一定要找來看看。」

愛瑪又問道：「馬丁先生長得怎樣？」

「哦，不漂亮，一點也不漂亮。開始看起來很不順眼，現在好多了。誰都是一樣，相處久了就好了。你還沒見過他吧？他來海伯里的機會可多，每個星期騎馬去金斯頓都要路過這裡，你會常看到他。」

「那不假，我可能見過他五十回了，只是不知道姓甚名誰。像他這樣的人，騎馬也好，走路也好，我都沒心思注意。唯獨與他們我不會有往來。見到比他們可憐又模樣老實的人，我會有一番同情心，想幫幫他們一家大小。他這樣的人用不著我幫，也就不用我掛心了。」

「那當然。哦，是這樣，你不會注意他，可是他很熟悉你，我是說面熟。」

「我不懷疑他是個體面人。說真的，我知道是這樣的，我也希望他是這樣的人。你估計他有多大年紀？」

「六月八日滿二十四歲，我的生日是二十三日，只差十五天，說來也巧！」

「才二十四歲！這個年紀成家還太早，他母親當然不用著急。他們的日子過得非常舒服，勞

---

❷ 奧利弗．戈德史密斯的優秀小說，初版於一七六六年。
❸ 安．拉德克利夫夫人所寫的小說，初版於一七九一年。
❹ 里賈拉．瑪麗亞．羅奇所寫的小說，初版於一七九八年。

神費力給他娶親可能反而後悔。再過六年，他要是遇上一個與他門當戶對、又有些錢的好姑娘，那就很理想了。」

「要再過六年！哎呀，伍德豪斯小姐，那他就三十歲了！」

「嗯，那些生來不能經濟獨立的人大多要到這個年紀才能結婚。據我看，馬丁先生的家當全要靠自己掙，沒有現成的。他父親死時也許留了些錢給他，家裡的財產他也有一份，但那算不了什麼，無非是幾頭牛、幾頭羊。他人很勤勞，運氣也好，將來可能發財，不過現在就有大出息，那不可能。」

「一點不假。但是他們的日子過得很舒服，別的什麼都不缺，只少一個在屋子裡做事的男傭人，馬丁太太說明年要雇一個。」

「哈莉特，不管他什麼時候結婚，我只勸你不要自找麻煩，就是說別與他的妻子來往。他妹妹受過良好教育，用不著擔心，可是他與什麼樣的人結婚很難說，也許你根本不能搭理她。你出身不幸，與別人接觸時應加倍小心。不用說，你是一個體面人家的女兒，必須在各方面拿出體面人家女兒的模樣，要不然，有人會存心欺負你。」

「你說得對，有這樣的人。不過，伍德豪斯小姐，我常到哈特菲爾德來，你又對我好，不怕別人欺負。」

「哈莉特，你很懂得環境影響人的力量，我要幫助你在上流社會裡站住腳，甚至不必依賴哈特菲爾德和伍德豪斯小姐。我希望看到你經常結交一些好的朋友，爲了做到這一點，就要少和不三不四的人往來。所以，如果馬丁先生結婚時你還住在這兒，可千萬別礙著他兩個妹妹的情面去搭理他的妻子。說不定他會娶個十足的鄉下人的女兒，沒有一點兒教養。」

「是的。雖然我並不認爲馬丁先生一定會娶不到受過教育、有教養的人，但你的話我並不反對，他的太太我不想認識。只是，兩位馬丁小姐我非常喜歡，特別是伊麗莎白，要丟開捨不得，她們與我一樣，上學校念過許多書。不過，如果他娶了一個無知無識的鄉下女人，那我只要能做得到，就盡量不去看她。」

愛瑪注意觀察著她說話時的表情變化，沒有發現在戀愛的跡象。小馬丁是第一個對哈莉特產生愛慕之心的人，但是愛瑪有把握，別的牽掛並不存在，如果她作出好心的安排，哈莉特不會因爲有大不了的難處而反對。

第二天，她們往唐韋爾走時，半路上遇到了馬丁先生。他沒有騎馬，先瞧瞧愛瑪，眼神中帶著十二萬分敬意；然後瞧瞧哈莉特眼中流露出的喜悅。這個機會愛瑪沒有放過。她目光敏銳，趁兩人說話的當口，只幾眼就把羅伯特．馬丁先生看了個分明。他衣著整潔，不像笨頭笨腦的人，但此外一無可取。與有紳士風度的人相比，哈莉特會覺得他處處相形見絀。哈莉特並非不懂什麼叫風度，在看到她父親那副紳士派頭時，曾情不自禁地表現出了羨慕和驚奇。馬丁先生對此似乎一竅不通。

伍德豪斯小姐在等著，兩人只站了一小會兒。哈莉特笑咪咪地跑過來，滿腔高興，伍德豪斯小姐看到了，馬上想潑她一瓢涼水。

「哪知碰上了他，眞想不到！他說他湊巧沒有去蘭德爾斯。他以爲我們每天只在去蘭德爾斯的路上散步，不會走這條路。《森林奇遇》他還沒買到。上次去金斯頓事太多，他把這事給忘了，準備明天再去。這麼說，我們眞是巧遇！嗯，伍德豪斯小姐，他與你想像的是一個樣嗎，你看他這人怎樣？很普通吧？」

「那還用說！很一般，相當普通。這倒沒什麼，更糟的是他完全沒有紳士風度。我不能苛求人，也不算在苛求人，但這樣土氣，一點風度也沒有，倒出乎我意料之外。說實話，我原以爲他多多少少會更文雅些。」

「那沒錯，比起眞正的紳士來，他是沒有風度。」哈莉特用一種克制的聲調說。

「哈莉特，你認識我們以後，眞正的紳士見過多次，自己也能看出來，馬丁與他們相差很遠。在哈特菲爾德來來往往的都是最有教養的上等人，見到了他們，你該知道馬丁先生是下等人了，你會奇怪爲什麼以前竟然看得起他。現在你沒有這樣的感受嗎？難道沒有發覺？我相信你一定發覺了，他的長相愚蠢，舉止粗俗，說話高聲大氣，我站在這兒也聽得刺耳。」

「當然他比不上奈特利先生。走路也不如奈特利先生那麼文雅。兩人的不同我看得出來，不過，奈特利先生這樣的人太難得了。」

「奈特利先生的風度確實好，不能拿他與馬丁先生相比。像奈特利先生這樣標準的紳士眞是百裡挑一，但好在最近你見過的不只他一個。韋斯頓先生與艾爾頓先生你看怎樣？把馬丁先生與他們兩人比比，那手勢、腳步、說話時和沉默時的姿態，都大不一樣，你一定能看出來。」

「哦，是大不一樣。不過韋斯頓先生像是上了年紀的人，有四、五十歲了。」

「正因爲這樣，他更要有風度。哈莉特，年紀越大的人越應注意風度，他們說話的聲音稍大一些，動作稍粗魯一些，表情稍彆扭一些，會更顯眼，更叫人討厭。年輕人的缺陷往往被忽略，上了年紀人的缺陷惹人注目。馬丁現在就不大方，不文雅，以後到了韋斯頓先生那個年紀，他會變成什麼樣子呢？」

「誰也說不上。」哈莉特答道，一副認眞的模樣。

「那不難猜，他成了個十足的農夫，粗魯、俗氣，不在乎儀表，一心只想著利害得失。」

「眞的嗎？那太可怕了！」

「他一心只想著自己的事，把你叫他看的書丟到了腦後。除了上市場，他什麼也顧不上。這難怪他，要發財的人都一個樣。書與他有什麼關係呢？反正他將來要發財，變大富翁，不會在乎識不識字，文雅不文雅。」

「我也不知道他爲什麼把書忘了。」哈莉特只說了一句，聽聲音眞有些不高興了。

愛瑪認爲不能再火上澆油，好一會兒沒出聲。後來，她說了下面這番話：

「要說風度，艾爾頓先生有一點也許勝過了奈特利先生和韋斯頓先生。他溫文爾雅，學他那模樣一定有好處。韋斯頓先生坦率、開朗，幾乎心裡有話從不瞞人，大家都喜歡他，因爲他脾氣好——這可是別人無法模仿的，但年輕人像他那樣卻大可不必。奈特利先生的舉止莊重、穩健，有種威嚴的架式，與他的體形、面貌和身份相稱。這對他來說是再好不過的，但年輕人如果學他那種姿態就叫人看不順眼了。據我看，年輕人以艾爾頓先生爲榜樣不會有錯。他脾氣好、開朗、熱心、文雅。近來我覺得他有種特別的柔情。哈莉特，他擺出這副溫存模樣是不是有心討好你，這我還難說。不過我總覺得他現在顯得比以往哪個時候都要溫存。如果他眞有心，那一定是爲了你。前幾天他談論你的那些話，我不是都告訴你了嗎？」

接著，她原原本本把從艾爾頓先生嘴裡套出來的幾句中聽的話又說了一遍，並解釋一通。哈莉特臉紅了，笑著說，她一直就認為艾爾頓先生逗人喜愛。

愛瑪認定，哈莉特只有看上別的人，才會忘記馬丁先生，而最合適的人就是艾爾頓先生。她覺得這兩個人是難得的一對，一定是天作之合，她從中撮合必然成功。她擔心還有人有此先見之明，但是最早發現的恐怕只有她了。在哈莉特來的那天晚上，她就想到了。這事她越想越覺得有希望。艾爾頓先生是天賜良緣，本人體面，沒有地位卑賤的親眷，同時，他家裡人誰也不會嫌棄哈莉特的出身。他家境好，定能使哈莉特過上舒適生活。愛瑪估計他一年的收入可觀，雖然海伯里教區不算大，但誰都知道他有份產業。她對他很有好感，認為他脾氣好、心腸好、品德好，既有閱歷，又不圓滑世故。

愛瑪知道，他的確欣賞哈莉特的美貌，加之常來哈特菲爾德玩，因此深信不疑在他這方面具有成功的基礎。至於哈莉特，要是她知道他看中了她，自然也不會毫無反應。他是一位討人喜愛的青年，任何女人，只要不是過於挑剔，都會對他滿意。他可算長得一表人才，他的外貌人人說好，唯獨她愛瑪例外，她看出他的美中缺少一種高雅。但是哈莉特與她並不一樣，既然羅伯特·馬丁為幾顆胡桃多跑幾里路能使她感激不盡，艾爾頓先生那樣的人品一定會征服她的心。

第五章

「韋斯頓太太，我看愛瑪與哈莉特打得火熱，可不是好事，你說呢？」奈特利先生說。

「不是好事！你當眞認爲不是好事？爲什麼？」（編按：韋斯頓太太，即愛瑪的家庭教師）

「我只怕她們誰對誰都沒有好處。」（編按：奈特利是指喬治．奈特利，是愛瑪的姐夫約翰．奈特利的哥哥）

「虧你想得出來！愛瑪對哈莉特的好處是不用說的，哈莉特對愛瑪也有好處，給她解了悶。她們兩人親親熱熱我看了高興。我們的想法眞是天差地別！你竟認爲誰對誰都沒有好處！奈特利先生，看來往後我們要爲愛瑪的事爭論不休了。」

「你大概以爲我知道韋斯頓出去了，你又從來不讓人，故意找你見個高下。」

「韋斯頓先生在這裡必定向著我，對這件事他與我的看法一模一樣。昨天我們還談過，都爲愛瑪在海伯里找到這麼個好伙伴高興。奈特利先生，這一次你可看偏了。你一個人生活慣了，不知道身邊沒有人多麼苦悶。有的女人生下來以後一直有個女伴陪著，那種得到安慰的滋味也許沒一個男人能體會到。我知道你爲什麼嫌棄哈莉特．史密斯。她不是有教養的人，與愛瑪做朋友配不上。可是正因爲這樣，愛瑪想到要開導她。既然要開導她，愛瑪自己也得多看書。她們在一起可以多看書。我知道她是這個意思。」

「愛瑪從十二歲起就說要多看些書。不知多少次了，我看到她列的書單，說要一本本認眞看。書單倒列得很好，都是些有用的書，而且講究先後次序，有時按字母順序排，有時按別的規則排。她十四歲時列的那張書單我記得很清楚，當時看了以爲她很有心計，還保存了一段時間。這一次說不定她也列了一張挺像樣的，可是我估計愛瑪連一天也安不下心。需要勞神費力的事她從來不願幹，就愛想入非非。我敢擔保，泰勒小姐沒辦法的事，哈莉特．史密斯更無能爲力。從前你叫她看的書好說歹說她也看不了一半，你知道你辦不到這一點。」

韋斯頓太太笑著說：「當時我的確埋怨過，只是自從我們分手以後，我再也記不起愛瑪不聽我話的事了。」

「那些還是不要提更好。」奈特利先生頗有感慨地說，但過一會又平靜了下來。「然而我不是糊塗人，還要看一看，聽一聽，想一想。」他接著說道。「愛瑪總是被當作全家最聰明的人，所以被寵壞了。她十歲那年她姊姊十七歲，姊姊答不上的問題她能答。她向來腦子靈活，有自信心；伊莎貝拉腦子遲鈍，缺乏自信心。十二歲時她成了一家之主，連你也得聽她的。她母親一去世，她失去了唯一能管束她的人。她繼承了母親的天分，別人只能服從她管束。」

「奈特利先生，如果我離開伍德豪斯先生家另找人家，靠你幫忙肯定倒楣。恐怕你對誰也沒說過我半句好話，你一定認爲我作家庭教師不稱職。」

「是這樣，」他笑著說。「你最好待在這兒，你做妻子行，做家庭教師不行。在哈特菲爾德時，你漸漸養成了當賢妻的好性子。你有的是能力，卻沒有教好愛瑪，倒讓她教你，學會了結婚以後少不了的百依百順、言聽計從的本領。當初韋斯頓如果問我誰做他的太太最合適，我一定會說泰勒小姐。」

「謝謝你，給韋斯頓先生這種人撮合一位百依百順的太太可沒有意思。」

「說眞的，我擔心你很不上算，事事順著人家，人家就不會順著你。不過，我們也不必太絕望，韋斯頓也會樂極生悲，他兒子也會使他苦惱。」

「我希望不會發生這種事，不可能。得了吧，奈特利先生，你別給人預測大災大禍了。」

「我倒沒有這麼做，只是說有這種可能性。我不比愛瑪，能未卜先知、預測未來。我打從心底裡希望，韋斯頓的兒子有韋斯頓家的人品、邱吉爾家的財產。可是，我對哈莉特的看法還沒有說完，愛瑪與這樣的人混在一起最糟糕，她什麼也不懂，以爲愛瑪什麼都懂。她對別人處處逢迎，但並不是存心這麼做，所以更有害。由於無知，她只好逢迎別人。哈莉特明擺著一副天眞相，相比之下愛瑪怎能看出自己有不足呢？至於哈莉特，我敢說這樣交朋友也沒有好處。哈特菲爾德只會使她忘乎所以。她會變得自命不凡，瞧不起那些與她的出身和地位相稱的人。我不相信愛瑪那一套能使人變得明智，能使一位姑娘安分守己，愛瑪那一套只會給她鍍上一層金。」

「不知是因爲我過分相信愛瑪的聰明，還是太同情她現在的苦悶，反正她與哈莉特要好我不擔心。昨天晚上她那模樣多逗人喜愛！」

「噢，你寧願談她的容貌而不談她的才智是不是？好吧，我不否認愛瑪長得漂亮。」

「漂亮？簡直是絕色！你想想，愛瑪那臉蛋、身材，這樣一個美人有誰能比得上呢？」

「我也不知道。確實，像她這樣動人的臉蛋和身材，我沒見過誰還有，可是我是一個有偏愛的老朋友啊！」

「多美的一雙眼！道地的淡褐色，水靈靈的！那五官再端正不過，那表情人人見了動心，那膚色世上少有！喲，你想想她花一樣的健康美，她高矮胖瘦恰到好處的身材，亭亭玉立的姿態吧！不但她的青春氣息，而且她的風度，她靈活的頭腦，她的眼神，都表現了一種健康美。大家常說孩子是『健康美的化身』，愛瑪給我的印象總是成熟的健康美的完美化身。她就等於美，奈特利先生，你說對嗎？」

他說：「她的外貌無懈可擊，你的話不過分，誰也愛多看她幾眼。更難得的是，她從不因為長得美而自負。儘管漂亮極了，她從沒向人炫耀過，她的虛榮心表現在別的方面。韋斯頓太太，隨便你怎樣說，我還是不贊成她與哈莉特打得火熱，我擔心這對她們兩人都無好處。」

「奈特利先生，我也認為我有理，相信這對她們都無壞處。愛瑪的毛病微不足道，是一個極好的人。這樣孝順的女兒，親密的姊妹，忠實的朋友，我們上哪兒去找？啊，不！她有可以信得過的品行，用不著別人擔心，決不會把誰帶壞，即使有過失也能改。要挑愛瑪的錯處，一百件事難挑一件。」

「好吧，我不再惹你討厭。愛瑪好得像一個天使，那些不中聽的話我留到約翰和伊莎貝拉來過聖誕節時再說。約翰對愛瑪愛得有分寸，不是溺愛；伊莎貝拉與他長著一個心眼，不同的只是他不像她那樣，會為了孩子的事大驚小怪。我想他們一定會贊成我的看法。」

「我知道你們都愛護她，沒有惡意，不會故意挑剔，但你別見怪，奈特利先生，老實說，你們議論她與哈莉特．史密斯常來常往的事恐怕沒好處。你知道，我不比別人，有些只有愛瑪的媽媽能說的話，我都可以說。你千萬別見怪，即使她們打得火熱有什麼不好？愛瑪的事除了她爸爸誰也管不著。他正要她們往來，別人只能聽之任之，反正愛瑪自己高興就行。多少年來，是與非我作家庭教師的可以說，對今天的話想來你不會大驚小怪，奈特利先生。」

「哪兒的話！」他大聲道。「你說了我倒要感謝你。你的話很有道理，這次不比往常，不會白說，我聽你的。」

「約翰．奈特利太太是受不得刺激的人，會為她妹妹著急。」

他說：「你放心好了，我不會聲張，我要克制我的壞脾氣。我是真的關心愛瑪，伊莎貝拉雖說是我的弟媳，對她我不過如此，其實比不上愛瑪。愛瑪真叫人著急、費解，我不知道以後她會變成什麼樣子！」

「我也心急得很！」韋斯頓太太說，聲音變柔和了。

「她總是揚言一輩子不結婚了，當然這話當不了真。我猜哪一個男人她都沒看中。要是她真愛上了一個合適的人，那倒不是壞事。我希望愛瑪愛上了什麼人，至於別人能否看上她倒很難說，憑愛對她來說是好事。可是這附近還沒有人來接近她，外面她又很少去。」

韋斯頓太太說：「現在不該攪亂她的心。只要她在哈特菲爾德過得快樂，我看她沒看中誰更好，要不然就大大苦了可憐的伍德豪斯先生。說實話，愛瑪雖然有一天應該成家，但眼下我不主張她考慮婚事。」

她這番話的意圖之一是要遮掩她自己和韋斯頓先生對愛瑪終身大事的想法。蘭德爾斯對愛瑪的未來已有打算，但天機不可泄漏！奈特利先生果真改為，「韋斯頓先生對天氣的看法？」「今天會下雨嗎？」這一類話題上去，使她放了心，以為他對哈特菲爾德的事已無心過問了。

第六章

愛瑪毫不懷疑她已將哈莉特的幻想引上了正確的方向，並將她那種年輕人的激情引上了正軌。她發現她與以前大不相同，很欣賞艾爾頓先生（牧師）的堂堂儀表和翩翩風度。她一面毫不猶豫地旁敲側擊，摸清他的底細，一面抓緊每個機會培養哈莉特的感情。她相信，艾爾頓先生不是已經墜入情網便是正在墜入情網。她無須多加懷疑。他喜歡談論哈莉特，對她讚不絕口，看來只要再過一些時日，就可以水到渠成。哈莉特自從到哈特菲爾德以後，日見進步，這一點艾爾頓先生全看在眼裡。這是一個明證，說明他心裡已經有了她。

他說：「你給了史密斯小姐所需要的一切，使她的風度變得優雅大方。她剛來時雖然也算得上個美人兒，但我覺得你給她的翩翩風度大大勝過了她的天賦美。」

「沒想到你會認為我幫了她的大忙，其實哈莉特原來只是少一個人指點，用不著我費多大力氣。她的性格溫柔，模樣天真是天生的，我沒有多大功勞。」

「如果與小姐們唱反調也可以的話……」艾爾頓先生把對女人獻殷勤的本領拿了出來。「也許我的確給她增添了一點果斷的性格，一些過去沒想到的事她現在想到了。」

「完全對，我感覺最明顯的正是這一點。頭腦靈活多了！你真有兩手！」

「我覺得挺有意思的，這樣可愛的人我還從來沒見過。」

「我想當然是這樣！」說完他嘆了口氣，滿像是害相思病的人。

過了幾天，她又遇到了一件高興的事：她一時心血來潮，提出想為哈莉特畫一張像，他一聽之後，可是分外起勁。

「哈莉特，你有畫像嗎？」她問道。「請人畫過像嗎？」

哈莉特正走到房門邊，停下來帶著極動人的天眞模樣：「哎呀！沒有，從來就沒有。」

一等她走出門，愛瑪大聲說：「她的像要是畫得好，一定是無價之寶，出多少錢我都情願！我很想自己給她畫一張。你一定不知道，就在兩、三年前，我是非常喜歡畫像的，給幾位朋友畫過，大家說還看得過去，後來由於這樣那樣的原因，我不高興畫了。現在只要哈莉特願意，我可以試一試。能給她畫像我準會高興！」

「你一定得畫，」艾爾頓先生大聲說。「這準是一件叫人高興的事，你一定得畫，伍德豪斯小姐，你既有這份天才，千萬千萬要為朋友畫一張。我早知道你的畫很有功夫，你怎麼當我沒長眼睛呢？這房間裡不是掛著好些你畫的風景和花卉麼？蘭德爾斯韋斯頓太太的客廳裡不也有幾張出色的人物畫麼？」

愛瑪暗自發笑，心想：「啊，我的好人兒，這與畫像有什麼關係呢？你對繪畫一竅不通。別裝著喜歡我的畫，就只管想著哈莉特的臉蛋吧！」

然後，她說：「好吧，艾爾頓先生，承你過獎，我一定試試。哈莉特的五官生得美，畫起來難；那眼睛和嘴型與衆不同，要多花些功夫。」

「正是這樣，眼睛和嘴型與衆不同！我相信你會畫得好。無論如何得試試。就怕你不畫，要畫一定像你自己說的，會成爲一件無價之寶！」

「艾爾頓先生，我擔心哈莉特不願意。她長得漂亮，自己卻不以爲然。剛才她對我講話的那神態你注意到了嗎？那等於是表示她不願意畫。」

「哦，沒錯，我注意到了，看得清清楚楚。但是，你的話她一定會聽。」

過了一會兒，哈莉特進來了，畫像的事馬上被提了出來。她即使不太願意，也難卻兩人的盛意。愛瑪一刻也沒有拖延，把畫夾拿出來，裡面有她的各種習作，每一張都沒有完工，哈莉特的畫像哪一種合適得三人共同挑選。她把所有的畫統統推開，小像、半身像、全身像、鉛筆畫、蠟筆畫、水彩畫，應有盡有。她一貫如此，什麼都想試試，不論學美術或學音樂，都費力少、進步快，許多人望塵莫及。彈琴、唱歌和繪畫的各種門道她幾乎全懂，唯一缺乏的是恆心，什麼都樂於精通，應該精通，可惜什麼都沒有精通。對於繪畫和彈唱的本領，她心中有數，可是這底細不便讓別人知道；那些言過其實的讚揚，她聽了並沒有感到不安。

每幅畫都有優點，而且越是沒畫上幾筆的優點越多。她有獨到之處，然而，她的技藝如果比現在好十倍或不及現在的十分之一，她那兩位朋友都會同樣感到高興和讚賞。他們倆看得入了迷。畫像本來就是人人喜愛的，何況是出自伍德豪斯小姐之手。

「畫來畫去都是這幾個人，剛學的時候只能給家裡人畫，」愛瑪說。「這是我父親的，這也是。他一聽說畫像就緊張，我只得偷偷畫，兩張都不很像。你看，韋斯頓太太！又是她，又是她。韋斯頓太太眞好，無論什麼事都樂意幫我。只要說一聲，她沒有不肯讓我畫的。這是我姊姊，那身材正是這樣小巧，臉也還像。如果她再坐一會，我還要畫得更好，可是她急著要我給她四個孩子畫，不耐煩了。你們看，這是我給她三個孩子畫的：亨利、約翰和貝拉。該從這邊到這邊挨著次序數，三個人的面孔有些難分。她一定要給他們幾個畫，我推托不了。三、四歲的孩子沒法安安靜靜站著，他們的神態和膚色也不比成年人，畫得好很不容易。這是她第四個孩子的素描，他當時還是個嬰兒。我趁他在沙發上睡著了時畫的，那帽徽畫得不能再像了。他把頭垂著，這才特別像。我相當喜歡小喬治這張畫，連沙發的這個角落也畫得好。這兒是最後一張，也是最好的一張，我姊夫約翰．奈特利先生的。」她拿出一張男人的彩色全身速寫小像。「這一張只差一點點就畫完了，後來我不高興，就擱到了一邊，發誓不再畫像了。當時我費了九牛二虎之力，畫得也很像。韋斯頓太太與我的看法一樣，都認爲像，只不過太英俊、太精神了一點，這本不算什麼。沒想到伊莎貝拉潑起冷水，說：『有一點點像，可是不該這樣畫。』我們原來勸他坐下就費盡了口舌，他算是給了我一個情面。當時我生氣了，所以沒有畫完，我不願爲著一張彆腳畫在每個到他家來的人面前丟臉。剛才說過，我發誓再不給任何人畫像。但是現在我願意破例，爲了哈莉特，也爲了我自己，反正這次不會因爲畫了丈夫而得罪了妻子。」

艾爾頓先生對這話似乎特別敏感，並非常讚賞，他重覆說道：「你的話對，這次不會因爲畫了丈夫而得罪了妻子。正是這樣，不會因爲畫了丈夫而得罪了妻子。」愛瑪聽出他的話弦外有音，就想起身走，讓他們兩人在一起。然而她要畫像，艾爾頓先生再心急也只得等著。

她很快決定了尺寸和種類；與奈特利先生的一樣，是全身水彩；如果畫得滿意，就掛在壁爐上方的顯要位置。

畫像開始了。哈莉特微帶笑容、雙頰泛紅，唯恐姿勢不穩、表情有變，一副天眞爛漫的模樣十分可愛，而那位藝術家則目不轉睛、聚精會神。艾爾頓先生在愛瑪身後左邊站站，右邊站站，睜大眼睛看著每一筆每一畫，成了多餘的人。愛瑪給了他面子，讓他站在他可以隨意看個夠的地方，但實際上她不得不趕快結束這種局面，她把他從身後打發開。最後，她有了好主意：叫他念書給她們聽。

「你念書給我們聽吧。我這事不容易，史密斯小姐也坐得難受，聽聽書可以消遣。」

艾爾頓先生極爲高興。哈莉特聽著，愛瑪從容作畫。然而，她時常得讓他過來看一眼，否則情人的心意滿足不了。他隨時留心著，筆一停，他馬上跳起來看看畫得怎樣了，並爲之傾倒。有這麼一個鼓氣的人倒也不錯，他佩服愛瑪，沒等畫像完工，早已知道是什麼模樣了。她不欣賞他的眼力，但是那種痴情和恭順卻正是她需要的。

事情進行得令人相當滿意，愛瑪對第一天的成績感到稱心，打算繼續畫下去。她畫得很像，維妙維肖。她要在身材上加一些工，個子畫得更高些，風度也更好些。她有充分信心能使這幅畫獲得圓滿成功，可以掛在顯要位置。這是一個永恆的紀念品，繪出了哈莉特的美麗，說明了畫家的才能，也體現了兩人的友誼。而且，由於艾爾頓先生的愛戀，價值就更高了。

第二天哈莉特當然得來；艾爾頓先生請求允許他再來看畫像，念書給她們聽，這正是他應有的舉動。

「那不用說，歡迎你參加。」愛瑪說。

到了第二天，艾爾頓先生照舊殷勤多禮，愛瑪同樣得心應手，畫像完成得又快又好。誰見了都喜愛，特別是艾爾頓先生，那股高興勁沒完沒了，不讓人挑這幅畫的任何毛病。

「伍德豪斯小姐彌補了她朋友美中的唯一不足，」韋斯頓太太對他說。他當然沒料到，聽她話的是位墜入情網的人。「眼神像極了！只是史密斯小姐的眉毛和睫毛不是這樣，她的臉就可惜眉毛和睫毛沒長好。」

「你當眞這樣想？」他馬上說道。「我與你看法兩樣，覺得每個地方都像極了，這樣好的畫像我從來不曾見過。你知道，我們得考慮到陰影的效果啊！」

「愛瑪，你把她畫得太高了。」奈特利先生說。

愛瑪知道是這麼回事，可是不願承認，這時艾爾頓先生又幫腔了：

「唔，不！根本不高，一點也不高。你想想，她是坐著的，坐著與站著不同，正該這樣畫，各部分有一定的比例。得考慮到比例，還有透視——唔，不高。這幅畫使人一看就能想到史密斯小姐有多漂亮，分毫不差，眞的！」

「畫得非常好，好極了！」伍德豪斯先生說。「親愛的，你的畫張張好，我看誰也比不上你。只有一點我不太喜歡：她似乎是在屋子外面坐著，肩上只搭了條小披肩，叫人看了以爲她準會傷風。」

「好爸爸，畫上是夏天，一個天氣暖和的日子。你看這樹！」

「可是，坐在屋子外面總不保險，寶貝。」

艾爾頓先生大聲說：「你的話不錯，先生，只是我想讓史密斯小姐坐在屋子外面未嘗不可。再看這樹，畫得跟眞的一般！要是換上別的環境，那就沒有特色了。史密斯小姐一副模樣多天眞，處處都像，妙極了！我看了還想看，這樣好的畫像我從未見過。」

接著，要辦的事是配像框，這倒有點難。要配必須帶上畫像，必須在倫敦，必須找一位可靠的行家。平常有事總是吩咐伊莎貝拉，可是這次不行，因爲已到了十二月，伍德豪斯先生要是知道她冒著十二月的茫茫大霧出門，那可受不了。後來這事讓艾爾頓先生知道了，難題迎刃而解。爲女人出力他求之不得，說：「我跑一趟如何？十二萬分樂意效勞！我會騎馬，隨時都可以去倫敦，倘若能賞光讓我去辦這件事，那我眞是高興之至。」

「眞是太好了！——眞教人過意不去！——無論如何也不能麻煩你。」

但艾爾頓先生一再懇求，又說得十分有把握，這事就很快定了下來。

把畫帶到倫敦、選像框、定貨的事全由艾爾頓先生承擔了。愛瑪想把畫像牢牢實實地包紮好，省得給艾爾頓先生帶來麻煩，而艾爾頓先生卻擺出一副唯恐效力太少的樣子。

他接過畫像時，輕舒了一口氣，說：「眞是無價之寶！」

愛瑪心想：「這人太殷勤了，不像墜入情網似的。當然說是這麼說，但也許墜入情網的人表現千差萬別。他是一個再好不過的青年，與哈莉特正相配，就像他自己說的，是『分毫不差』。可是奇怪，現在他愛長吁短嘆，人日見憔悴，還學了滿嘴恭維話，把我捧上了天，這可眞叫我受不了，我一片熱心全是爲別人。不過，他恭維我全是因爲感激我對哈莉特好。」

第七章

就在艾爾頓先生去倫敦那天，愛瑪又有了爲朋友出力的好機會。吃過早飯，哈莉特照例到了哈特菲爾德，玩一段時間後再回去，然後再到哈特菲爾德來吃飯。出人意料的是，那天她回來得比約好的時間早，神色反常，直嚷著有件特別重要的事要說。這件事不到一會兒就弄明白了。原來，她一回到戈達德太太那邊，就聽說馬丁先生一小時前來過了，見她不在，且不知什麼時候能回來，於是留下她妹妹給哈莉特的一個小包走了。她打開包，發現除了她借給伊麗莎白抄的兩首歌外，還有給她的一封信。這封信是馬丁先生寫的，直截了當提出了求婚。「這種事有誰能想到？我大吃一驚，沒了主張。眞的，是求婚。我覺得這封信寫得很好，就不知別人覺得怎樣。從他的信看來，他好像是眞的愛我，可是我沒把握，所以我趕忙來請伍德豪斯小姐替我出主意。」愛瑪看到她朋友又高興又猶疑，心裡很不是滋味。

她大聲說：「哎呀，這年輕人在想方設法求婚哩，她一門心思想高攀。」

「你看看這封信，好嗎？」哈莉特大聲說。「求求你，我想請你看看。」

愛瑪受到催促，並不生氣，開始看信。她一看，詫異非常！信寫得出人意外地好，不但沒有語病，而且字斟句酌像是出自一位有教養的人之手。語言雖然樸素，但明快、感人，表達了寫信人的情感。話說得不多，卻道出了他的見識、鍾情，體現了他的慷慨、得體，甚至體貼入微。愛瑪對著信出神，哈莉特站在一旁發急，想聽聽她的意見，嘴裡不斷地發出「嗯，嗯，」聲，最後終於問道：「寫得好嗎？是不是太簡短了？」

「信倒寫得挺好，沒有毛病可挑，哈莉特，」愛瑪慢吞吞地說。「一定是他妹妹幫了忙。那天我看到跟你說話的那樣一個人，如果僅靠自己的本領，我不相信能寫出這麼好的信來。可是——它又不像女人的筆調，話說得乾脆俐落；如果又長又不著邊際，那才像女人的。看來他是個聰明人，歸納能力生來很強，寫文章句句達意。有些人就是有這個本領，我一點也不感到奇怪。他們思路敏捷，感情豐富，又不粗俗。哈莉特，我沒想到這封信寫得這樣好！」說著，把信還給了她。

哈莉特仍然等著她的意見，說：「嗯——嗯——那——那我怎麼辦？」

「你怎麼辦！你說什麼？是說這封信？」

「是的。」

「那還用問？當然你必須回信，要快。」

「回信說什麼好呢？親愛的伍德豪斯小姐，請你告訴我，我該怎麼回？」

「這可不行。信全得由你自己寫，我想你一定能把意思表達清楚。不消說，你並不糊塗，一個人怕就怕糊塗。你的用意必須明確無誤，不能模稜兩可；出於禮節，應有幾句感謝別人好意的話；給別人造成了苦惱，要表示安慰。但你沒有必要為了他的失望而寫上一些傷感的句子。」

「那麼你是要我拒絕他嗎？」哈莉特問道，低下了頭。

「拒絕他！哎呀，哈莉特，你這是什麼意思？對這點難道還用懷疑嗎？恐怕——請原諒，也許我弄錯了。我一定誤解了你的意思，要不然，你不會瞎猜我是在談你覆信的內容。我以為你要與我商量寫信的措辭哩。」

哈莉特沒有出聲。愛瑪以試探的口氣問道：「你是不是想給他一個有利的答覆？」

「不是。我的意思不是……我怎麼辦呢？你說說吧，我怎麼辦呢？好伍德豪斯小姐，求求你，告訴我該怎麼辦。」

「哈莉特，我不能給你出主意。這事與我沒關係，你必須自己拿定主意。」

「我沒想到他這樣喜歡我！」哈莉特說，望著信發呆，好一會愛瑪故意不出聲。進而一想，又覺不妥，擔心信裡那些娓娓動聽的話會感動到哈莉特，說：

「如果一個女人確定要不要接受一個男人的愛，那她勢必應該拒絕，我認為這是一條準則，哈莉特。當她想答應而又猶疑不決時，就應直截了當地拒絕。舉棋不定、三心二意是危險的。我是你的朋友，又比你年歲大，有必要對你說這些道理，但不要以為我想叫你照我的意思辦。」

「哦，快別這樣說，你的好心我完全知道，不會——只是，如果你能教我一個好辦法……不，不，我不是這個意思。你說得對，應該拿定主意，不能三心二意，這不是一件可以隨隨便便的事。也許，拒絕他準沒錯。你想我該拒絕嗎？」

愛瑪莞爾一笑，說：「我絕不會勸你答應或拒絕。自己的終身大事怎麼辦才好自己最清楚。如果你最喜歡馬丁先生，相處的人中只有他最合得來，為什麼還猶豫呢？哈莉特，你臉紅了。你就沒想到還有別的人合適嗎？哈莉特啊，哈莉特，不要到頭來後悔莫及，不要因為心懷感激和憐憫而變得糊塗起來。現在你腦子裡想的是誰呢？」

出現了可喜的徵兆。哈莉特沒有答話，毫無主張，站在火爐邊出神。信捏在手裡，她沒心看，不知不覺捏皺了。愛瑪焦急地等著她答話，但心裡充滿希望。遲疑了一陣，哈莉特終於說話了：「伍德豪斯小姐，你不願意給我出主意，我只得靠自己。我已經想好，拿定主意拒絕馬丁先生，你看我做得對嗎？」

「最親愛的哈莉特，對極了！對極了！你正該這樣做。在你三心二意的時候，我心裡怎樣想不能說，現在你拿定了主意，我盡可表示贊成。親愛的哈莉特，你這樣做我很高興。如果你與馬丁先生結婚，我就會失去你的友誼，而感到傷心。在你猶豫不決的時候我都沒有出聲，我不願干預你的事，雖然這一來我也許要失去一位朋友。要是你成了艾比．米爾莊園的羅伯特．馬丁太太，我是不可能去看你的。現在好了，你永遠是我的朋友了。」

哈莉特原來沒有想過這些利害關係，聽了愛瑪一席話，才猛然醒悟。

「你不可能去看我！」她大聲說，臉色變了。「當然你不會去，但我剛才一點也沒想到。那叫人怎麼受得了？現在可好啦！伍德豪斯小姐，與你在一起我又快樂又有體面，說什麼也捨不得離開你。」

「哈莉特，沒有你，我眞要傷心死了！這是無可避免的事，你也得不到好處。與有身份的人一個都來往不了，我只得就當沒有了你。」

「天哪！那我怎麼受得了？我再也不能到哈特菲爾德來，那活著還有什麼意思！」

「親愛的，你到艾比．米爾莊園去等於流放到他鄉了！這一輩子算是完了，只能跟那群無知無識、粗里粗氣的人混到一堆。我不知道那個年輕人怎麼會起這個心，求起婚來。他一定是自以爲了不起。」

哈莉特聽到這句責備對方的話，良心上過不去，說：「我想他還不算太自負，至少有一副好心腸。我永遠感謝他、記得他，不過這是另外一回事。你知道，他雖喜歡我，這不等於我就——眞的，老實說，我來這裡後見到的那些人，論相貌、論風度都不相上下，一個個又漂亮又有派頭。可是我想馬丁先生也有長處，覺得他不簡單。他心裡老是想到我，還寫了這樣一封信。只是，要我離開你，說什麼我也不願意。」

「那就好，那就好，親愛的。我們不會分開。女人不能因爲男人向她求婚，喜歡她，寫得出一封像樣的信，就跟他結婚。」

「那當然。再說，這封信也太短了。」

愛瑪察覺到了她朋友的俗氣，沒有去計較，只說：「是這樣。當丈夫的如果土頭土腦，叫人每天時時刻刻見了都難受，能寫一封好信對妻子不過只是個小小的安慰。」

「噢，是的。沒有誰會希罕一封信！天天快快活活與好伙伴在一起，那才難得。我下了決心拒絕他。只是我該怎樣拒絕呢？說什麼好呢？」

愛瑪叫她別心急，說覆信容易，可以直言相告。哈莉特指望她幫忙，一切依從。愛瑪口頭上仍說不用幫忙，實際上對每句話怎樣寫都出了主意。哈莉特在寫覆信時把來信又看了一遍，帶著一縷柔情，因此要使她不再藕斷絲連必須用上幾句有分量的話。她很怕傷他的感情，擔心他媽媽和妹妹會恨她、罵她，唯恐她們把她當成忘恩負義的人。看到這副模樣，愛瑪心想，如果當時馬丁先生見到了她，他的求婚就成功了。

覆信總算寫完、封好，發了出去。事情辦完了，哈莉特沒什麼危險了。她整個晚上無精打采。愛瑪很理解她的心情，多方安慰，有時表白自己的深情厚意，有時談到艾爾頓先生。

「艾比．米爾的人再不會讓我去那兒了。」這話裡很帶有幾分傷感。

「得了吧，他們讓你去，我會捨得嗎？哈特菲爾德少不了你，就別想艾比．米爾了。」

「我知道我再不會想去那兒，離開哈特菲爾德，我就沒有了快樂。」

過了一會兒，哈莉特又變了腔調。「今天的事戈達德太太要是知道了，我擔心她準會大吃一驚！娜森小姐也一樣，她的親姊姊只是嫁給一個麻布商人，日子卻過得很美滿。」

「哈莉特，在學校裡教書的人歷來眼光短淺趣味低下。不用說，娜森小姐瞧著你能嫁給馬丁先生會眼紅，在她看來，能去這樣一戶人家是天大的一福氣。至於你還有更好的人追求，我想她還蒙在鼓裡。海伯里還沒有聽到風言風語，說有人異常殷勤。我想現在只有你和我才看透了他的表情和舉動。」

哈莉特臉紅了，微微一笑，說她自己也不明白，為什麼許多人喜歡她。她想到艾爾頓先生時心裡顯然甜蜜蜜的，但是過了一會，她又記掛起已被她拒絕的馬丁先生來了。

「他現在收到我的信了，」她低聲說。「不知他們一家人現在怎樣？也許他妹妹已經知道了。只要他發愁了，一家人都要發愁。我就怕他太難過。」

「我們還是想想那些在快活忙碌著的朋友吧，」愛瑪大聲說。「也許艾爾頓先生現在正把你的畫像拿給他媽媽和姊姊看，告訴她們你比畫像還美，要等她們問過五、六遍了，他才會說出你的芳名。」

「我的畫像！可是，他已把我的畫像留在邦德街了。」

「哪兒的話！除非是我對艾爾頓先生一點也不了解。哎呀，我親愛的小哈莉特，你放心，在他明天上馬之前，那幅畫像是不會放在邦德街的。今天一個晚上，這張畫都是他的伴侶，他的安慰，他的快樂。他家裡人看了畫像一定知道他心中的打算，也會知道你，自然而然會驚喜交加。他們會多高興，多興奮，會怎樣東猜西想啊！」

哈莉特笑了，越來越開心。

第八章

這天哈莉特在哈特菲爾德過夜。這幾個星期她大部分時間在這裡度過，後來有一間專門給她的臥室。愛瑪認為，現在應多留她在家裡，這樣做既安全可靠，又體現了她的好心，有利無弊。第二天上午，哈莉特得去戈達德太太那兒一趟，待上一、兩個鐘頭，待與戈達德太太講定後，再來哈特菲爾德住幾天。

她走後，奈特利先生來了，與伍德豪斯先生和愛瑪坐了一會兒。伍德豪斯先生早下了決心出去散散步，他女兒勸他不要一拖再拖，奈特利先生也在一旁幫腔。他雖不願怠慢客人，終於丟下奈特利先生走了。他們兩人，一個陪了一大堆不是，禮讓老半天；另一個不拘繁文縟節，答話乾脆俐落，對比鮮明。

「那麼，奈特利先生，如果你願意原諒我，如果你不認為我是在做一件很不禮貌的事，我就聽從愛瑪的意見，出去一刻鐘。今天出了太陽，我想趁此機會走三個來回。奈特利先生，我對你就不講客氣了。我們體質弱的人得請人多多擔待。」

「先生，你不要把我當外人啊！」

「所有的事都叫我女兒代勞。愛瑪會很高興招待你的。所以，我想請你原諒，去走三個來回。我冬天要散散步。」

「先生，那再好不過了。」

「奈特利先生，我本想請你作陪，可惜我走路慢、步子小，會讓你見了心焦。再說，你要回唐韋爾．艾比，還得走不少路。」

「謝謝你，先生，謝謝你。我這就走。你還是快走吧，我給你拿大衣，開花園門。」

伍德豪斯先生終於走了，但是奈特利先生沒有馬上離去，卻坐了下來，似乎還有話要談。他說起了哈莉特，一些讚揚話是愛瑪以前從未聽過的。

他說道：「我不像你，說她美得上了天，但她也可算是個漂亮姑娘，脾氣我也覺得不壞。與什麼樣的人在一起她會形成什麼樣的性格，如果有個好環境，她會變成一個大家喜愛的人。」

「你說這幾句話可不容易。至於好環境，我想也是有的。」

他說：「好了，你就想叫人誇你。好吧，我就說一說：你使她有了長進。她那種女學生的動不動就格格笑的習慣已讓你給改了，她沒有辜負你的一片苦心。」

「謝謝你！要不是我認準了沒有白費力氣，我自己也會感到難堪。可惜不是每個人該說好話時都會說，你對我也是金口難開。」

「今天上午你是不是又在等她？」

「正在等她。她講定的時間早已過了。」

「一定是有事耽誤了，也許來了客人。」

「海伯里的人搬唇弄舌！都是些討厭的傢伙！」

「你認爲他們討厭，哈莉特可不一定這麼認爲。」

愛瑪知道這是無可辯駁的事實，沒有出聲。過了一會兒，奈特利先生又笑著說：

「準確的時間地點現在難說，但是我有把握告訴你，你那位年紀小小的朋友不久會聽到一件使她高興的事。」

「當眞！怎麼會？什麼消息？」

「一件大事，我不是在鬧著玩。」他仍笑著。

「大事！我猜只有一件：該是誰愛上了她吧？誰對你說了心裡話？」

愛瑪猜想是艾爾頓先生走露了風聲。奈特利先生朋友多，主意也多，她知道艾爾頓先生也很敬重他。

他答道：「我有理由認爲，有個人最近要向哈莉特·史密斯小姐求婚，是個難得的好人，名叫羅伯特·馬丁。大概事情起於今年夏天她去艾比·米爾時。他眞心愛她，想與她結婚。」

「他是個有禮貌的人，」愛瑪說，「可是他能肯定哈莉特願意嫁給他嗎？」

「噢，他只是打算向她求婚，這有什麼大不了？前天晚上，他特地到艾比找我商量這件事。他知道我對他和他一家都好，不消說，把我當成了貼心朋友。他來問我，現在成家是否太荒唐，她的年紀是否太輕。其實，是問他有沒有打錯主意。也許，他擔心高攀不上她，特別是你在她身上已下了大功夫。他的話我很愛聽，覺得誰也比不上羅伯特·馬丁有頭腦。他說話明白坦率、誠懇，而且非常公正。他把什麼都告訴了我：家境如何，打算如何，如能結婚，媽媽和妹妹會幫哪些忙……等等，無論作爲兒子還是哥哥，他都算得上是一個好青年。我沒有猶疑，勸他結婚。從他說的情況看，要成親他不愁沒錢。既然這樣，當然結婚好。我還誇了哈莉特是位漂亮的好姑娘，讓他高高興興地走了。以前我的話他是否當一回事很難說，但這次一定認爲句句有道理，臨走時把我看成了最好的朋友，最有主意的人。這是前天晚上的事。不用說，他會盡快向哈莉特表白。昨天看來沒有，今天可能去了戈達德太太家。哈莉特因爲有人找她，所以才來不了，她一點也沒討厭他。」

愛瑪一邊聽，一邊幾乎一直暗暗發笑，問道：「請問，奈特利先生，你怎麼知道馬丁先生昨天沒有提呢？」

「那當然！」他答道，心裡卻很奇怪。「雖然沒有絕對把握，我能猜到。昨天她不是整天都在你這兒嗎？」

「好了，」她說。「你對我說了這麼多，我也對你說說吧。他昨天提過了，寫了封信，遭到了拒絕。」

這句話只說一遍還叫人難以相信。奈特利先生完全沒有料到，臉漲紅了，大不高興。他站了起來，氣沖沖地說：「那她完全是個白痴，比我想像的還不如。這傻丫頭想怎麼樣？」

愛瑪提高了嗓門說：「噢！當然啦，男人總是以爲女人拒絕一個男人求婚是不可理解的。男人總以爲女人有求必應。」

「胡說！男人決不這樣想。這究竟是怎麼回事？哈莉特·史密斯拒絕了羅伯特·馬丁！如果眞有此事，一定是發瘋了！說不定是你弄錯了吧？」

「她的覆信我看過，錯不了。」

「你看了她的覆信啦！就是你寫的吧！愛瑪，是你幹的好事，你唆使她拒絕了他。」

「這種事我不會幹的，即使幹了，我感到也沒有錯。馬丁先生是個正派人，但是我就不承認他與哈莉特能相配。說眞的，我不相信他竟會給她寫信。你說他原來似乎有些猶豫，只可惜到頭來想錯了。」

「與哈莉特不相配！」奈特利先生生氣地大聲喊道。過了好一會，他冷靜了些，說：「也可說兩人不相配，論才能，論地位，她遠不如他。愛瑪，你對她太寵愛，這使你變得有眼無珠。哈莉特的出身、性情、教養都差，還能與比羅伯特．馬丁強的人攀親嗎？她來路不明，父母是誰無人知道，由誰撫養也是個謎，更談不上有高貴的親戚。大家僅僅知道她是一個普普通通的學校的寄宿生。她不算聰明，又少見識。沒有人教她該怎樣生活，她自己年輕、幼稚、無能爲力。像她這種年齡的人不可能有經驗，加上天資差，現在必然一無所長。她長相漂亮，脾氣溫和，惟此而已。促成這門親事時我擔心的是他，唯恐他吃虧，錯配了人。論財產，他可能前程遠大，說到理想的伴侶和幫手，他也不錯。但是，明明白白的道理對墜入情網的人說也枉然，我只得退一步想，她於他雖然無益，卻也無損。她的本質尙好，跟著他這樣的人容易長進，將來會變樣。結這門親得利的全是她，人人會說她福星高照，現在我仍這樣想。我滿以爲你也會高興。你的朋友攀上了一位好人家，當時我猜，她離開了海伯里你不會惋惜。我想過，愛瑪雖說護著哈莉特，也會認爲這是門好親事。」

「你這樣想對愛瑪太不了解了。哪兒的話！一個農夫配上我的貼心朋友還算是好親事！馬丁先生再聰明，再有一百個好，也只是農夫。叫她離開海伯里，嫁給一個我不願認識的人還說我不會惋惜！眞是怪事，你以爲我長著這樣的心眼。告訴你吧，你全估計錯了。你說話不公正，把哈莉特看扁了，別說是我，旁人也要抱不平。兩人比較起來，馬丁先生也許比較有錢，論社會地位卻不如她。她結交的人比他的要高貴得多。嫁給他可是一門倒楣親事。」

「莊園裡一個有知識、有身份的體面人與一個無知無識的私生女結婚才眞倒楣。」

「論出身，從法律上說，她低人一等，但有理智的人不這樣看。別人犯下的過失不能由她承擔責任，她的地位應該與撫養她的人相等。用不著懷疑，她父親是一位紳士，一位有錢人。她的撫養費相當可觀；爲了讓她受教育，讓她生活舒適，人家沒有吝惜一分一文。我相信她是一位大家閨秀，自然要與大家閨秀往來，這是天經地義的事。她比羅伯特．馬丁先生強。」

奈特利先生說：「無論她的生身父母是誰，撫養人是誰，看來他們都沒有打算讓她進入你所說的上流社會。她受過一點微不足道的教育以後，被送到戈達德太太手中，任其自然，也就是說，他們讓她與戈達德太太這樣的人混在一起，也成爲另一個戈達德太太。顯然，她的朋友認爲這樣待她可算仁至義盡，事實也如此。她本人並未抱過奢望。在你與她交朋友之前，她對周圍的人沒有反感，不想出人頭地。夏天她在馬丁家玩得高高興興，那時候沒有優越感。如果現在有，那是你帶壞了。愛瑪，你算不上是哈莉特．史密斯的朋友。如果羅伯特不認爲她對他有好感，決不會提出求婚。我了解他。他自尊心強，不會貿然向任何女人寫信，但又不妄自尊大，在這一點上比我所有認識的人強。我相信，他原有幾分把握。」

對這一篇議論最聰明的辦法是不正面予以回答，愛瑪照自己的意思把話說了下去。

「你是馬丁先生的熱心的朋友，但對哈莉特，卻像我剛才說的，把她看扁了。哈莉特有資格結一門好親，而你卻把她貶得一文不值。她不算聰明，但比你想像的有頭腦，不該把她的智力說得那麼低下。這一點暫且不論，就算她像你形容的那樣，只是長相漂亮、性格溫和，我也得提醒你，她的長相和脾氣誰也不會小看。她稱得上美女，一百個人裡有九十九個都會承認這一點。在美貌的女人面前，即便是那些失去了正常情感，變成十足的道學家的男人，即便是那些只講才華不重容貌的男人，也一定會看中並追求像哈莉特這樣可愛的姑娘。她有資格在許多人中盡情挑選，因爲美貌是她可引以爲傲的資本。她的溫柔也是不可小看的資本。由於溫柔，她才顯得格外善良、天眞、恭順、逗人喜愛。我不相信，你們大多數男人不把美貌和溫柔當成女人最可寶貴的資本。」

「愛瑪，你說得這樣頭頭是道，幾乎打動了我的心。這種無理說成有理的天才，與其有，不如無。」

「眞的，」愛瑪頑皮地大聲說道。「我看透了你們所有人的心。哈莉特這樣的姑娘每個男人都喜愛，一見就會如醉如痴。噢，哈莉特可以盡情挑選。如果你也想結婚，她就是最合適的人。她年方十七，剛剛開始生活，開始被人認識，難道就因爲她拒絕了第一個求婚者就要被人另眼相看嗎？不！就讓她從容不迫地去考慮自己的行動吧。」

奈特利先生馬上說道：「我一直以爲你們打得火熱是胡來，但沒有道破。現在看來，這將會給哈莉特帶來不幸。你會使她只想到自己如何漂亮，如何了不起，再過些時間，周圍的人她會一眼也瞧不起。頭腦簡單的人有了虛榮心往往幹出種種荒唐事，年輕姑娘最容易抱不切實際的幻想。哈莉特．史密斯小姐雖然非常漂亮，求婚的人並不會接踵而來。明智的人決不想要糊塗人作妻子，無論你說得怎樣天花亂墜；名門望族不願與來路不明的姑娘結親；有深謀遠慮的人擔心她父母的秘密一旦戳穿，他們要弄得狼狽不堪。如果嫁給羅伯特．馬丁，她會永遠太平無事、體體面面、快快活活。如果你鼓動她高攀，非有地位、有財產的人不嫁，也許她一輩子只能當戈達德太太學校的學生，或者等到走投無路時，能嫁個書法教員的兒子就心滿意足了，她屬於那種終究要嫁人的姑娘。」

「奈特利先生，對這件事我們的看法完全相反，再爭論徒勞無益，只會更不服氣。但是叫她與羅伯特．馬丁結婚是辦不到了，她已經斷然拒絕，他一定不敢再提。無論後果如何，既然已經拒絕，她必須一不做二不休。不瞞你說，她的拒絕與我多少有關。其實，也用不著我或別人慫恿。他相貌太醜陋，舉止太粗俗，過去她可能對他有過好感，但現在沒有了。以前她沒見過更好的人，不嫌棄他情有可原。他是她朋友的哥哥，又千方百計討好她；在艾比．米爾時，她只認識他，也許覺得他還不壞，就讓他討了這個大便宜。現在她非往日可比，已經知道上等人是什麼模樣，只有有教養、有風度的紳士才能配得上哈莉特。」

「胡說！道道地地的胡說，從來沒有聽說過這種事！」奈特利先生大聲說。「羅伯特．馬丁有頭腦、誠懇、性格溫和，不是粗魯人。他高貴的內心哈莉特．史密斯更是理解不了。」

愛瑪沒有答話，裝得若無其事，其實很不痛快，但願他走。她對做過的事並不後悔，仍自信比他高明，懂得女性的權利和好惡；至於別的事，她倒一貫佩服他的眼力，因此不想再與他爭得面紅耳赤。他在她對面氣沖沖地坐著，使她覺得很尷尬。兩人悶悶不樂地沉默了幾分鐘，有一次愛瑪想談天氣，可是他沒有答話。他在思考。最後，他似乎終於思考完了，說：

「羅伯特．馬丁其實沒有大不了的損失，也許能很快清醒過來。你對哈莉特的打算自己心中最清楚。你承認過愛幹牽線搭橋的事，一定有了一整套如意算盤。作爲朋友我要提醒你，如果你物色的人是艾爾頓，到頭來你要白費心機。」

愛瑪大笑著，表示否認。他又說：「你等著瞧吧，艾爾頓不會答應的。艾爾頓人品好，在海伯里當牧師也很受尊敬，決不會馬馬虎虎定終身的。他比誰都精明，知道財產的重要。別看他說話帶感情，做事並不含糊。你一五一十能數出哈莉特的長處，他一五一十能數出自己的長處。他知道自己長得一表人才，無論到哪裡別人對他都另眼相看。當只有男人在場時，他說過實話，看那模樣我料他不會魯莽從事。我曾聽他興沖沖地講起過一戶人家，是個大家庭，有幾個女兒，他的姊姊與那家人很熟悉，每人的家財都有兩萬鎊。」

「謝謝你的好意！」愛瑪說罷又笑了。「如果我眞打算叫艾爾頓先生娶哈莉特，倒的確需要你開導，但可惜，現在我只想把哈莉特留在身邊。牽線搭橋的事我不願再幹。蘭德爾斯的好事難逢第二回，趁早收場可以得個好結果。」

「那麼再見了！」說著他突然站起來，大步走了出去。他滿心煩惱。馬丁的失望可想而知，這種失望也要歸咎於他，因爲他事先表示過贊同，火上澆了油，這使他感到內疚；但是，最使他憤慨的是愛瑪從中插手。

愛瑪也很氣惱，與他不同的是，她說不清一個所以然。她不像奈特利先生那樣，事事充滿自信，總以爲自己的意見是對的，別人都錯了。他走的時候毫無服輸的表現，比來的時候更爲自信。然而她並不怎麼氣餒，只要再過一會兒，特別是哈莉特回來，一切又將如常。她現在眞正不安的是哈莉特久去未歸。可能上午馬丁也會去戈達德太太家，見著哈莉特，當面懇求，她越想越不自在。她就怕前功盡棄。可是不久哈莉特回來了，喜氣洋洋，沒有說因爲遇上馬丁耽誤了時間。頓時，她感到一陣輕鬆，放了心，相信無論奈特利先生怎樣想怎樣說，她所做的一切都堂堂正正，是爲了女人間的情誼。

奈特利先生說到艾爾頓先生時，她曾吃了一驚，可是進而一想，覺得他的話是氣急敗壞時說的，多半出於想當然耳，實際毫無根據。奈特利先生對艾爾頓先生的觀察大不如她，一個是有心，一個是無意，一個在這類問題上有洞察力，一個卻大不然。儘管奈特利先生對此不服，她卻認爲是這樣。也許，他聽過艾爾頓先生吐露眞言，而她卻未曾聽到過；也許，在金錢問題上，艾爾頓先生確實不含糊，對這些問題他有所考慮是理所當然的；但是，除了各種利害關係，還有一種強烈的感情在起作用，奈特利先生忽略了它的影響，他看不到這種感情，當然不會考慮它的後果；她卻看得清楚，知道人在這種時候會無所顧忌、感情用事，而不會謹愼從事。她有把握，艾爾頓先生正處於這種情況，不會過於謹愼的。

哈莉特那興沖沖的神態更堅定了愛瑪的看法。她回來後沒有記掛著馬丁先生，卻談起了艾爾頓先生。娜森小姐對她說了一件事，她一見面便很高興地覆述了一遍。佩里先生到戈達德太太家給一個學生看病，娜森小姐遇見了他。他對娜森小姐說，昨天從克萊頓公園回來時，碰到了艾爾頓先生，沒想到他正去倫敦，要第二天才回來。正好昨天晚上是惠斯特俱樂部的聚會時間，以前他每次必到。佩里先生責怪他不該去倫敦，說他的牌打得最好，缺席就是不講交情。他竭力勸他推遲一天，可是白費力氣。艾爾頓先生決心要去，神態反常，說有要事在身，給他再大的好處他也不拖延。這是件美差事，他帶了一件無價之寶。佩里先生不摸底細，但能肯定這件事與一位小姐有關，便把這想法對他說了。艾爾頓先生得意洋洋地笑了，興沖沖地騎著馬揚長而去。這些話都是娜森小姐告訴她的。娜森小姐還談了許多，都不離艾爾頓先生，最後她意味深長地看著她，說：「他有什麼事我不敢亂猜，但是我想艾爾頓先生看中的人一定是世界上最幸運的人。艾爾頓先生又漂亮，又溫存，誰也比不上。」

第九章

奈特利先生可以與愛瑪爭吵，愛瑪卻不能與自己過不去。他很不高興，隔了一段時間沒來哈特菲爾德。兩人後來見面時，他的表情仍然嚴肅，說明她還沒有得到原諒。她也有些不快，但沒有後悔。相反，幾天來事態的發展越來越證明她的打算和行爲是正確的，這使她很是得意。

畫像配了精美的畫框，艾爾頓先生回來後立即完璧歸趙，還給了愛瑪。由於畫像高掛在客廳壁爐的上方，他得站著看，還發出幾聲讚嘆。至於哈莉特，雖說年輕，頭腦欠靈活，顯然感情也有了迅速、穩定的變化。她還記得馬丁先生，但那只是爲了與艾爾頓先生相比，反襯出他的完美，這一點最使愛瑪滿意。

她原打算讓她這位年紀輕輕的朋友多看有益的書籍，多聽有益的談話，以便增長見識，可是進展甚微，往往一日拖一日。比較起來，閑聊容易，鑽研書本難；爲哈莉特推算和安排命運輕鬆愉快，擴大她的眼界或培養她的分析能力傷神費力。目前哈莉特唯一要動筆，或者說，每天夜晚唯一要費腦子的事情，是把她遇到的各種各樣的謎語端端正正寫到一個有光紙的四開薄本上。這個本子是愛瑪裝訂的，加了裝飾品。

在當今人人喜愛文學的時代，這種搜集工作相當普遍。戈達德太太學校裡最有才華的老師娜森小姐至少抄錄了三百條謎語。哈莉特首先是從她這裡得到的啓示，希望在伍德豪斯小姐的幫助下勝過她一籌。

愛瑪很出了力，又是自編，又是回憶，又是挑選，加上哈莉特寫得一手好字，因此這本集子將來也許是首屈一指的，不但謎語多，而且很漂亮。

伍德豪斯先生與女孩們一樣，對這種事興致勃勃，常想搜集些有價值的謎語讓她們寫進集子。「我年輕時知道的好謎語眞多，可惜現在忘了，以後也許能回憶起來。」每次講完這話，都要念一句：「美人姬蒂冷如冰。」

伍德豪斯先生與好朋友佩里聊過這件事，但佩里眼下一個都沒有搜集到。他勸佩里多多留意，對他抱有很大希望，因爲他交際廣。

他女兒的想法與他大相逕庭，認爲在海伯里不是逢到有知識的人都得求教。

她只找了一個人——艾爾頓先生——幫忙，要他把能搜集到的各種各樣的好謎語統統貢獻出來。她看到他賣力地進行搜集，非常高興；還發現他無比講究，一定要那種又有文采又歌頌女性的謎語才肯拿出手。

她們聽他說過兩、三個絕妙的謎語。有一個有名的字謎他好不容易才想起來，得意洋洋，但等他帶著豐富的感情念了幾句時，她大失所望，原來她們已經早就抄上了。

首半段是人的苦悶，
後半段是苦悶的人，
兩段合成一劑良藥，

有苦解苦有悶解悶。❶

愛瑪說：「艾爾頓先生，爲什麼你自己不編一個呢？這對你來說再容易不過了。」

「哦，那不行，我從來沒編過。就怪頭腦笨！恐怕，伍德豪斯小姐——」他頓了頓，「或是史密斯小姐也無法讓我幹這種事。」

然而，第二天，出現了一些令人鼓舞的跡象。稍坐一會兒，他把一張紙放在桌上就走了。據他說，寫在紙上的字謎是他朋友獻給一位他愛慕的年輕小姐的，可是愛瑪從他的神態一望而知，那是他自己寫的。

他說：「這東西我不是想拿來上史密斯小姐的集子，朋友編的謎語我沒有權利公開，但讓你過過目倒無妨，你或許會願意看看。」

愛瑪心裡明白，這話主要不是對哈莉特而是對她說的。他是個明白人，發現與愛瑪的眼光相遇比和她朋友的眼光相遇容易些。說完他走了。

過了一會，愛瑪笑著把那張紙推到哈莉特跟前，說：「拿去吧，給你的。」

但哈莉特的手正在發抖，拿不了。而愛瑪又是個事事要爭先的人，於是抓起來便看——

---

❶謎底爲woman（woe+man）意爲「女人」：woe意爲「苦惱」，man意爲「人」「男人」。

♥獻給某小姐 字謎

前半生是陸上王，
享盡榮華權無上；
後半生裡變模樣，
威風凜凜霸海洋。
一切到頭都虛妄，
男兒威風全完了；
甘為淑女做奴僕，
空作陸海兩地王。
明眸含情識謎意，
才女有心送佳音。

她兩眼盯著想了一會，猜到了；為了慎重起見，又看了一遍，捉摸字裡行間的含義，然後遞給哈莉特，笑嘻嘻地坐在那兒。哈莉特望著紙出神，心有餘而力不足。愛瑪想：「妙極了，艾爾頓先生，非常妙！別的字謎比不上這個。『求愛』❷！眞是一語雙關。我知道你是在求愛。字謎

❷ 謎底原文爲Courtship。英文Court意爲「宮廷」，ship意爲「船」，Courtship意爲「求愛」。

是個幌子，你的意思再清楚不過，是說：『史密斯小姐，請允許我向你求愛吧。你一定會猜出我的字謎和眼中的深情』。『明眸含情識謎意』，說的分明是哈莉特。用『明眸』形容她的眼睛沒錯，恰如其分。『才女有心送佳音』。哼，哈莉特是『才女』！好極了！只有墜入情網的人才會這樣恭維她。啊，奈特利先生，但願你從中可得到一點教益，這個字謎能使你心服。你從來沒有認過輸，現在得開先例。好字謎編得巧！事情肯定就到關鍵時刻。」

她滿心歡喜地想著，正出神時，哈莉特迫不及待地提出一些問題，打斷了她的遐想。

「伍德豪斯小姐，這是什麼字，是什麼字呀？我不知道，一點猜不出。究竟是什麼字呀？伍德豪斯小姐，你猜猜看，幫幫我吧。我從沒有見過這麼難的。是『王國』嗎？不知這位朋友是誰，這位小姐又是誰。你覺得這字謎好猜嗎？會是『女人』嗎？『甘爲淑女做奴僕』。是不是『海王星』？『威風凜凜霸海洋』。要不，是『三叉戟』？『美人魚』？『鯊魚』唔，不對，『鯊魚』？只有一個音節。這個謎語編得巧，要不然他不會拿來。哦，伍德豪斯小姐，你看我們猜得出來嗎？」

「美人魚？鯊魚？亂猜！親愛的哈莉特，你想到哪兒去了？如果他朋友編的字謎是指美人魚或鯊魚，那他拿來有什麼意思？把紙拿來，你聽著。」

「『獻給某小姐』意思是獻給史密斯小姐。『前半生是陸上王，享盡榮華權無上』，這是指『宮廷』。『後半生裡變模樣，威風凜凜霸海洋』，很清楚，這是指『船』。下面這段是精髓：『一切到頭都虛妄，男兒威風全完了；甘爲淑女做奴僕，空爲陸海兩地王。』這是極恰當的恭維。再接下去是請求，親愛的哈莉特，這你不難懂得。你自己仔細看看吧。這字謎是給你的，說的就是你，用不著懷疑。」

這樣又叫人高興又有理的話，讓哈莉特不信也得信。她看了最後兩行，沉浸在幸福之中。她說不出話來，但也不需要說話，只要心領神會就行。愛瑪代她說了話：

「這番恭維話的含義很明顯，艾爾頓先生的目的不用懷疑。你是他的意中人，很快你會明白這一點。我早就預料到，知道錯不了，現在果然如此。他內心的想法一清二楚，與我從認識你那天起就抱定的希望完全一樣。好極了！哈莉特，這段時間事情的發展正合我的心意。你與艾爾頓先生之間產生感情究竟是人願還是天意我說不上，反正，既相配又機緣巧合。我眞感到高興，衷心祝賀你，親愛的哈莉特。哪個女人能贏得這種人的愛都值慶幸，這門親事有千好萬好。你會得到無微不至的體貼，不用再寄人籬下，還能安個舒舒服服的家，總之，需要什麼有什麼。你永遠不會離開朋友們，到哈特菲爾德找我方便極了，我們可以永遠親親熱熱地在一起叮哈莉特，能結這門親我們兩個都會高興的。」

起初，哈莉特把愛瑪輕輕抱了又抱，別的話想不出，只是不住地叫道：「好伍德豪斯小姐，好伍德豪斯小姐！」後來，她總算有了話說。愛瑪發現，該看到、感到、期待和記住的事，她的朋友都看到、感到、期待和記住了。她深知艾爾頓先生的長處。

哈莉特大聲說道：「你的話從來不錯，我猜一定會這樣，我相信是眞有希望了。要沒有你，我想也不敢這麼想。我比他差得太遠了。再好的人艾爾頓先生都有資格娶！沒有誰說他不好。他眞了不起，這些詩句寫得多美啊，『獻給某小姐』，啊，多巧妙！當眞說的是我嗎？」

「那不用懷疑，當然是說你，要相信我的眼力。這不過剛剛開始，好戲還在後面哩！」

「這種事誰也想不到，一個月以前，我自己腦子裡也沒有影。世上的事無奇不有！」

「史密斯小姐遇上了艾爾頓先生正是這樣，的確有些奇怪。明明白白是一件難以指望的事，是一件要旁人多方撮合的事，你們馬到成功，這就叫非同尋常。你和艾爾頓先生是機緣巧合，各自的家庭環境使你們湊成一對。你們的姻緣可與蘭德爾斯的那一對夫婦媲美。看來，哈特菲爾德這地方不尋常，有緣人都到這裡相會，成對成雙。『真正的愛情所走的道路永遠崎嶇多阻』❸，對這句話，哈特菲爾德版的《莎士比亞戲劇集》該加上一條長長的注解。」

「艾爾頓先生當眞愛上了我？在那麼多人中就單單看中了我？在米迦勒節❹時我還不認識他，沒有與他說話。他是個美男子，又與奈特利先生一樣，人人瞧得起。想與他交朋友的人特別多，大家都說，只要他樂意，哪一頓飯也用不著一個人孤孤單單吃，邀他作客的人每天多得都應付不了。他是最會講道的牧師。娜森小姐說，他到海伯里以後講的道她全記了下來。唷，我第一次見到他時的情形至今記得一清二楚！當時可做夢也沒想到別的！艾博特家的兩個孩子和我闖進前廳，聽到他走過去，便從窗簾縫往裡偷看。娜森小姐過來把我們轟開了，自己卻站在那裡瞧，沒一會兒又把我叫過去，讓我也瞧，她畢竟是個好心人。我們都覺得他漂亮極了！他與科爾先生正手挽著手。」

「無論你的朋友是什麼人，只要有起碼的理智，聽到這門親事都會說好；我們不會把我們的

---

❸ 這句話出自莎士比亞的《仲夏夜之夢》第一幕第一場。

❹ 英國節日，在九月二十九日。

事講給傻瓜聽。如果朋友們想看到你能嫁個使你幸福的人，那他們不用性急，現在的這個人性格溫和，會對你體貼入微；如果他們希望你嫁個合他們心意的有身份的人，那他們的好心沒有白費；如果用俗話說，他們就盼你結一門好親事，那麼他們現在看到你交上了好運，得到大筆產業，可以身價倍增，一定會感到高興。」

「正是這樣！你眞會說，我就愛聽你說話。你什麼都懂。你與艾爾頓先生兩個都是聰明人。這字謎太巧妙了！就是讓我花十年時間鑽研，我也寫不出這樣好的字謎。」

「他昨天推說不行，其實是想顯顯本領。」

「這個字謎實在是太好了，我從沒有見過能比上這一個的字謎。」

「像這樣巧妙傳神的我的確也沒見過。」

「還長，比我們過去搜集到的都長。」

「我喜愛的倒不是長。求愛的東西一般不會太短。」

哈莉特看著字謎出神，沒有聽見。她腦子裡在作比較，這種比較使她十分滿意。

過了一會，她說話了，臉色泛紅。「有的人心裡有了感情只會坐下來寫一封信，三言兩語，一句多餘的話也沒有，這不稀罕，人人都會；有的人不同，會寫詩和這樣的謎語。」

聽到這種把馬丁先生的信貶得一文不値的話，愛瑪感到非常高興。

「這樣漂亮的詩句！」哈莉特又說道，「特別是最後兩句！這東西叫我怎麼回答呢？就說我猜中了？哦，伍德豪斯小姐，我們怎麼辦？」

「讓我來，你別管。今天晚上他一定會來，來了以後我把這東西還給他，閑聊幾句，你別出聲。到了適當的時候，你那雙溫柔的眼睛要脈脈含情地看上幾眼。這事包在我身上。」

「哦，伍德豪斯小姐，可惜這樣好的字謎不能抄到我的本子裡！我現在有的哪一個也沒它好，連一半也趕不上。」

「去掉最後兩句，我看你可以抄。」

「哦，這最後兩句——」

「全篇中最好的！這當然。我們自己記下就行，記在心裡自己欣賞。雖然拆開了，還是一樣好。最後兩行是對句，能夠獨立存在，意思不變。但如果去掉，剩下的就不是單單獻給哪個人的東西了，而是一個非常美妙的字謎，誰都可以抄。要知道，如果別人只看重他的感情而不看重他的字謎，他不會高興。詩人談憑愛就是要人家兩者都看重，要不，就兩者都不看重。把本子給我，讓我來抄，他不好說你什麼。」

哈莉特服從了，雖然心裡不忍割愛，認爲她朋友寫的已不是愛情宣言書。這字謎太寶貴，字字句句不能公開。「這個本子我誰也不讓看。」她說。

「行！」愛瑪說。「這樣想理所當然，我就希望你有這份心意。看！我爸爸來了。字謎我念給他聽沒關係吧？他聽了一定高興。他喜歡這類東西，特別是讚美女性的。對我們大家他一樣疼愛。你得讓我念給他聽。」

哈莉特顯得不太樂意。

「親愛的哈莉特，你不能把這字謎看得太珍貴。如果你不小心謹慎，現出已聽出弦外之音甚至猜透了其中用意的模樣，那你的內心就會暴露無遺。對求愛的人這樣一個小小的表示不要看得太重。如果他眞要保密，這張紙不會當著我的面給你；實際上是給你的，他卻裝著給我。對這件事我們別太認眞。即使我們對這個字謎並不傾心拜倒，他也會有足夠的勇氣去達到他的目的。」

「你說得對。我不能爲著字謎讓人笑話，你要怎樣就怎樣吧。」

伍德豪斯先生進來了，馬上就談起這個話題，起頭還是那句每次都問的話：「親愛的，你們的集子怎樣了？搜到了新的嗎？」

「搜到了，爸爸！我們念給你聽聽，是你從來沒有聽過的。今天上午我們看到桌上有張紙條，說不定是哪個精靈故意放的，上面有個字謎好極了，我們剛抄下來。」

她念給他聽，照他要求的老規矩，又慢又清楚，重覆兩三遍，邊念邊解釋。他很高興，而且不出她所料，最喜歡末尾兩句讚美話。

「哦，是這麼回事，說得很有道理。沒錯，這『淑女』用得好。這字謎編得好，親愛的，我馬上能猜出是哪個精靈放在這兒的。這樣好的字謎別人寫不出，只有你愛瑪行。」

愛瑪僅點頭笑笑。他想了一會，輕嘆一聲，又說：「你像誰一看就知道。你媽媽是個聰明人，最會搞這些東西。要是我有她那樣的記性就好了。可惜我什麼也想不起來，就連你聽我說過的那個謎語也一樣，只第一段沒忘，其實有好幾段。

美人姬蒂冷如冰，
我空懷有一片情，
又盼愛神來相助，

又怕愛神近我身。

我只有這一段沒忘，整個謎語編得巧妙極了！親愛的，你好像說過你已全抄上了。」

「是的，爸爸，就抄在第二頁上。我們是從《文摘》裡抄來的，那本書你知道，是加里克❺編的。」

「對，正是他。可惜我只記得這一點點。『美人姬蒂冷如冰』，這名字使我想起了可憐的伊莎貝拉，本來她的教名是按祖母的名取的，叫凱瑟琳。最好下星期她能來。她住在哪裡，幾個孩子住在哪間房，親愛的，你想好了嗎？」

「當然想好了。她跟往常一樣，住在她原先住的那一間，幾個孩子也照舊住保育室。用不著再變了吧？」

「我說不上，親愛的，她有很長時間沒有來這兒了，上次來還是在復活節，只住了幾天。約翰·奈特利是當律師的，不能想來就來。可憐的伊莎貝拉！她被活活與我們拆開了。這次看到泰勒小姐又走了，她一定會難過的。」

「她總不至於感到突然，爸爸。」

「親愛的，那倒難說，我剛聽說她要結婚時就感到突然。」

「等伊莎貝拉來了，我們一定得邀韋斯頓先生和他太太來吃飯。」

❺ 戴維·加里克（一七一七～一七七九），英國演員、劇場經理、劇作家。

「親愛的，有時間當然可以。不過——」他聲音裡帶著哀傷。「她只能住一個星期，這麼一點點時間什麼事也幹不了。」

「可惜他們不能久住，但這也沒辦法。約翰．奈特利先生二十八日必須回倫敦；爸爸，他們這次來鄉下一直住在我們這裡，不會去艾比玩兩、三天，這也很可以了。奈特利先生答應了，今年聖誕節不請他們去，其實與我們比起來，他們與奈特利先生分別的時間更長。」

「親愛的，除了哈特菲爾德，可憐的伊莎貝拉要去別的地方說不過去。」

伍德豪斯先生從來不肯讓奈特利先生邀弟弟到自己家去，也不讓別人邀伊莎貝拉，他們就只能在他這裡。他坐著沉思了一會，說：「約翰．奈特利先生是無可奈何，我看詹姆斯沒有必要匆匆忙忙回去。愛瑪，還是讓我來勸勸她多住些日子。她與幾個孩子住在這兒，準會過得挺好。」

「噢，爸爸，這事以前你哪一次也沒辦到過，我看你以後也一樣辦不到。姊夫走了，伊莎貝拉一人留下受不了。」

這是無可爭辯的實話。儘管大不樂意，伍德豪斯先生也只能無可奈何地長嘆一聲。愛瑪發現，由於想到女兒離不開女婿，他難過起來，於是她立刻轉換話題，讓他再高興起來。

「姊姊和姊夫來了以後，哈莉特也應跟我們在一起。她一定會喜歡那幾個孩子。他們幾個都像寶貝似的，爸爸，你說對嗎？就不知她覺得哪個長得最漂亮，是亨利呢，還是約翰。」

「是呀，我也這樣想。可憐的小心肝！他們來了不知會有多高興呢。哈莉特，他們是很喜歡上哈特菲爾德來的。」

「那還用說。我看，沒有誰會不喜歡來這兒。」

「亨利長得漂亮，約翰很像他媽媽。亨利是老大，與我同名，不與他父親同名。約翰是老二，與他父親同名。有人一定會奇怪，爲什麼老大不與他父親同名。其實是伊莎貝拉讓他叫亨利這個名字的，她這個主意我很贊成。他的確是個聰明孩子。這兩個孩子都聰明極了，很逗人喜歡。他們常站到我身邊，說：『外公，給我一根小繩，好嗎？』有一次亨利問我要刀子，我告訴他，只有當外公的人才能用刀子。我看他們的爸爸對他們常常太嚴厲了。」

愛瑪說：「你自己心腸太軟才覺得他嚴厲。比起別的爸爸來，你會發現他並不嚴厲。他希望自己的孩子活潑，有膽量，只有在他們調皮搗蛋時，他才偶爾罵上一兩句。他可算得上是一個慈父。一點不假，約翰·奈特利先生是位慈愛的父親，孩子們個個喜歡他。」

「他們的伯伯時常會把他們拋得像天花板那麼高，怪嚇人的。」

「爸爸，他們就喜歡這樣，玩別的都沒這樣高興。兩人爭著來，還是做伯伯的定了規矩，輪著來，不然都要搶先。」

「哼，我就不明白。」

「我們大家都一樣，爸爸。世界上總是一部分人不明白另一部分人的快樂。」

快到中午時，愛瑪與哈莉特要分手了，都得準備四點鐘那一頓最重要的飯。恰在這時，那個舉世無雙的字謎的主人翁走了進來。哈莉特轉過身去，愛瑪與往常一樣，對他笑笑。她眼光敏銳，馬上從他的眼神裡看了出來，他當眞是採取了一個大膽的行動，把骰子擲了出去。她知道他是來看結果。然而，他表面上卻裝得若無其事，說是來問晚上伍德豪斯先生的聚會他不來參加可不可以，哈特菲爾德有沒有事需要他幫忙。如果有，別的事得擱在一邊；如果沒有，他便上朋友科爾家。科爾多次很懇切地要請他吃飯，實在是盛情難卻，他答應了抽得出身時一定去。

愛瑪感謝他的好意，但不忍讓他爲了他們辜負了朋友。她父親很有把握，知道艾爾頓先生會聽她的話。於是他再三懇請，她執意謝絕。就在他要鞠躬告辭時，她從桌上拿起那張紙，還給他。「哦，你給我們的字謎在這裡，拜讀過了，謝謝你。我們十分喜歡，我自作主張把它抄進了史密斯小姐的集子。你的朋友不會介意吧？當然，我只抄了前八行。」

艾爾頓先生的確不知說什麼好，他看上去十分困惑，現出一副窘態，說了幾句「十分榮幸」之類的客套話，先朝愛瑪看看，又瞅瞅哈莉特，後來發現桌上的本子，拿起來仔細地看著。愛瑪有意解圍，笑著說：「千萬代我向你朋友致歉。這樣好的字謎可不能只讓一兩個人知道。他是個殷勤的人，一定在寫的時候就估計到了女人看了會喜歡。」

「不用懷疑——」艾爾頓先生遲疑了好一會兒，才說道。

「不用懷疑——至少，我的朋友與我想法會完全一致——他知道這首小詩受到如此器重，一定會感到不勝榮幸，就可惜他沒親眼看到這種情景。」他邊說邊瞧瞧本子，然後放回桌上。

說完，他拔腿就走。愛瑪正希望他快走。雖然他是個落落大方的人，這次說話卻裝腔作勢，使愛瑪忍俊不禁。她跑到一旁笑了個痛快，讓哈莉特一個人去做她的美夢。

第十章

雖然已到了十二月中旬，可天氣並不太冷，愛瑪與哈莉特照常可以出門。第二天，愛瑪出於慈悲之心，去看望海伯里附近一戶貧病交加的人家。

去那個偏僻的人家要經過牧師巷，牧師巷與海伯里雖不算整齊但頗寬闊的主要街道成直角相交。從巷名可想而知，艾爾頓先生的家就坐落在這裡。巷頭是一些不太像樣的房屋，再往裡去約四分之一英里才是牧師的住家。這是一所舊房子，算不上特別好，緊靠著街。牧師家的位置無可誇耀，但現在的主人使它增光不少；不論外觀如何，兩位朋友走到這裡時自然要放慢腳步，多看幾眼。

愛瑪說：「這兒就是，有一天你會帶著那本謎語上這兒來。」

哈莉特說：「哦，這房子多好！多漂亮！你看那黃色窗簾，娜森小姐最喜歡的就是那種窗帘。」

她們一邊往前走，愛瑪一邊說：「現在這條路我不常來，往後卻非來不可。多走幾回，我就會熟悉海伯里這一帶的籬笆、門、池塘和樹林了。」

愛瑪發現，哈莉特從來沒有進過牧師的家，然而她急於要看看牧師家的好奇心簡直達到了頂點。看她那神色，就可知道她想些什麼。愛瑪感到，艾爾頓先生認爲哈莉特聰明，哈莉特覺得牧師家漂亮，這都是愛情存在的證明。

她說：「我們要能進去當然好，只是找不出藉口。我沒有什麼傭人的事要向他的管家打聽，我父親又沒有叫我帶信。」

她沉思了一會，無計可施。兩人都沉默了，後來還是哈莉特先說話。

「伍德豪斯小姐，我不明白，你長得這樣標亮，卻到現在還不結婚，也沒有想到要結婚。」

愛瑪笑了，答道：「哈莉特，我不能因為長得漂亮就想要結婚，要有我看得中的人——至少一個。我不但現在不想結婚，以後也根本沒打算結婚。」

「喲，你說得容易，我可不信。」

「我要找一個比我現在見到的這些人強得多的人，才會愛上他。你知道，艾爾頓先生嘛，（她稍稍鎮定了一下）沒有可能，我並不希望找這樣的人。還是沒有人來打擾好，我改變現在的生活不上算，現在我過得很不錯，結了婚準會後悔。」

「哎喲，一個女人說出了這種話！」

「通常促使女人想結婚的原因對我來說並不存在。以後如果我眞愛上了誰，那是另一回事。到現在我還沒有愛過誰，談情說愛不是我的愛好和天性，我想，以後我也不會愛上誰。沒有愛情，我要改變現在的生活就是大傻瓜。我並不需要財產和地位，也不愁無事可幹。我相信，結了婚的女人在丈夫家裡沒幾個能趕得上我在哈特菲爾德一半自在。我永遠也不能遇上那麼一個人，能像我父親那樣愛我，看重我，順著我。」

「那你最後要成為像貝絲小姐一樣的老姑娘！」

「你只能拿這個榜樣恐嚇我，哈莉特。貝絲小姐是那麼蠢，那麼易於滿足，嬉皮笑臉，無聊得要死，黑白不辨，好歹不分，聽到了丁點大的事也要到處去說，我要像她那樣，——那我明天就結婚。除了不結婚，我們之間毫無共同之處。」

「無論怎樣，你會變成老姑娘，這太可怕了！」

「那不要緊，哈莉特，我不會變成個窮老婆子。有人沒結婚被許多人瞧不起的原因只是由於窮！如果收入寥寥無幾，又不結婚，上了年紀以後要惹人笑、招人嫌，成爲青年男女嘲弄的對象；如果家當大，不結婚也永遠受尊敬，沒人笑話，也沒人嫌，也許比誰都不差。我這話初聽起來似乎違背良知和公理，其實不然，因爲貧窮往往的確使人變得心胸狹窄、性格怪僻。誰要是連生活也難以維持，只能與幾個下等人廝混，那一定會粗魯，脾氣很壞。當然貝絲小姐是個例外，她是由於心腸太好，太沒頭腦，才與我合不來。一般說來，儘管她沒有結婚，又窮，卻人人對她有好感。貧窮沒有使她變得心胸狹窄。我相信，即使全部家當只剩下一先令，她也會樂意拿出六辨士分給別人。沒有一個人不願與她來往，這倒不容易。」

「天哪！那你怎麼辦？老了以後你怎樣打發日子？」

「哈莉特，我了解自己，我的精神充實，有著許許多多的愛好，我看不出我爲什麼到四、五十歲時就要比現在二十一歲時更難打發日子。一個女人每天用眼、用手、用腦做的事我現在能做，以後也能，即使變化，也沒什麼大不了。不能多畫畫了，我可以看書；不能彈唱了，我可以編織地毯。至於說生活沒有樂趣，感情沒有寄託，這的確是叫下等人很苦惱的事，不結婚的人最怕的就是這一點；可是我沒有關係，姊姊的幾個孩子我都喜愛，可以照料。她的孩子多，哪一個都能在我晚年帶來精神上需要的種種安慰。我會使他們心滿意足，無憂無慮；我疼愛他們雖不及父母疼愛子女，但這使我能得到眞正的安慰，這比那些熱烈然而卻盲目的感情要好。我的外甥和外甥女很可愛，我得把一個外甥女領在身邊。」

「你知道貝絲小姐的外甥女嗎？你一定見過她上百次了，你可認識她？」

「當然認識啦！每次她到了海伯里，我們不願來往也得來往。提起她，簡直使人覺得與外甥女在一起沒有意思。天哪，如果奈特利家的孩子與簡．費爾法克斯一個樣，她受得了我可受不了。聽到簡．費爾法克斯的名字就叫人頭痛。她的每封來信至少要被念上四十遍，她向朋友們問好的話也被她姨媽說了一次又一次，要是她給她姨媽送了一塊三角胸衣樣片，或者給她外祖母織了兩根襪帶，那你這一個月裡就休想聽到別的話。我對簡．費爾法克斯沒有惡意，但這種人使我厭煩透了！」

這時，她們已臨近她們要看望的那個可憐人家的小屋，閑聊的話只好暫時不說。愛瑪樂善好施，窮苦人有了難處時，她不但親自關心、問候、幫著出主意，多方安慰，而且肯解囊相助。她了解他們的習性，能原諒他們的無知和不良行爲，不幻想他們也像受過教育的人一樣有高尚的德性。她深切同情他們的不幸遭遇，善於開導他們，感化他們。這次她去看望的人家貧病交加，她說了許多安慰話，出了許多主意，然後才走。出門以後，她邊走邊對哈莉特談她的感受。

「哈莉特，到這些人家看看有好處。與他們的困苦相比，別的事都不值得掛心了！現在我覺得，今天我腦子裡不會想別的事了，只會想這一家可憐人。然而，誰知道這情景能在我、心中保留多久呢？」

哈莉特說：「的確是可憐人！誰見了都只會想著他們。」

「說眞的，我想這情景我一下子忘不了。」愛瑪說著穿過了低低的籬笆，走下了這戶人家花園裡那條又窄又滑的路盡頭的快倒塌的台階，又到了巷子裡。「我想是忘不了。」她停下來，再回頭看看這可憐巴巴的住房，想到了裡面的更可憐巴巴的房主人。

「唉，是忘不了！」她同伴說。

她們往前走著。巷子轉了個小小的彎，過了這個彎突然看見了艾爾頓先生。他離她們太近了，愛瑪只來得及說了下面幾句話：「哦，哈莉特，我們原說只會想著那戶人家，不會想別的事哩，這下可突然遇上爲難的事啦。嗯，（她笑了笑）只要同情能使受苦的人得到了安慰，好心就算沒有白費，這樣說我看也許不過分吧。我們同情他們主要是做一些力所能及的事，其他全是枉然，只會使我們自己煩惱。」

哈莉特剛說了句「哦，親愛的，對。」艾爾頓先生就走了過來。一見面，他們談的仍然是那戶可憐巴巴的人家的需要和疾苦。本來他正要去看望他們，現在只得改期。但是對於能做和該做的事，三人各抒己見，議論了一番。隨後，艾爾頓先生回轉身，陪她們一道走。

愛瑪心想：「他們兩人在這樣一個場合相遇，都是爲著修善行好走到一起來了，一定感情更深。他們心裡的話也許現在要說開，如果我不在場，他們肯定會說的。我得避開他們才好。」

她急急忙忙想離他們遠些，沒多久就故意走上路邊狹窄的人行道，讓另外兩人走在路當中。沒想到哈莉特已養成了亦步亦趨的習慣，不出兩分鐘，愛瑪發現她已跟了過來。這樣，另一個勢必也馬上要跟過來。這可不成。她立即收住腳步，彎下腰擋住人行道，推說繫鞋帶，叫他們往前走，她不消一分鐘便趕上來。他們依從了。等她慢吞吞地繫好繫帶，她又發現了一個拖延時間的好機會。那個窮苦人家的一個女孩兒趕了上來。提著一把壺，正要去哈特菲爾德取肉湯，這是愛瑪讓她去取的。愛瑪與這女孩並排走、閒話家常當然是理所當然的事；即使她不存心拖延時間，也得這樣做。這一來，另外兩人仍得在前面走著，不便等她。然而，事與願違，女孩兒腳步快，他們腳步慢，眼看要趕上去。愛瑪見兩人正談得投機，心更急。艾爾頓先生在說話，勁頭十足；哈莉特在聽著，一心一意。愛瑪叫那女孩先走，正想如何把距離再拉遠些，他們卻突然掉轉頭來看她，她只得走了上去。

艾爾頓先生還在說一個有趣的細節。她一聽，原來是在給他那可愛的同伴講昨天在科爾家吃飯的情形，不免感到有些失望。她聽到的是他吃了威爾特郡的斯蒂爾頓乾酪、黃油、芥菜、甜菜根和幾種餐後水果。

她自寬自解，想：「這樣談當然馬上會有好結果。談戀愛的人對什麼都熱衷，任何話聽起來都成貼心話，我要避開他們再久些就好了。」

三個人默默地走著，慢慢看得見牧師府的圍籬了。突然，愛瑪靈機一動，爲了讓哈莉特能進牧師家裡，她又在鞋帶上做起文章來。她把鞋帶拉斷，順手扔進水溝。過一會，她叫兩人停一停，說已無法可想了，彎彎扭扭走不回家。

她說道：「我的鞋帶斷了，眞不知怎麼辦。我成了兩位的累贅，但願以後不要常出這種事才好。艾爾頓先生，我想在你這兒歇歇，請管家給我找一節帶子或細繩，只要能繫鞋的都行。」

艾爾頓先生聽後喜笑顏開，畢恭畢敬地把兩位貴客請進屋，殷勤備至。她們進去的那間房是正房，對著大門；後面緊挨著還有一間，兩間房之間的門開著。愛瑪跟著女管家走到後房，女管家攙著她，使她感到很稱心。房門她只能讓它照原樣開著，心裡卻指望艾爾頓先生會把它關上。可是，門沒有關上，仍然開著。她故意與女管家東拉西扯，讓艾爾頓先生有機會在隔壁房間說心裡話。她足足拉扯了十分鐘，但除了她自己的聲音外，卻聽不見別的動靜。她無法再拖延了，只得換了鞋帶走了出來。

兩個情人站在一扇窗邊。這是一個好現象，愛瑪得意起來，以爲她的計畫已經成功，但接著心裡又涼了半截，因爲他並沒有使她如願。他盡說些動聽、叫人高興的話；他告訴哈莉特，他看見她們走過去，特意跟在後面；此外，還有些討好的表示，但都無足輕重。

愛瑪心想：「太小心翼翼了！他在一小步一小步往前走，沒有把握的事他絕不肯幹。」她用心良苦，未獲成功。儘管如此，她仍自以爲得計，因爲這次接觸使兩人都高高興興，勢必有一天會大功告成。

第十一章

艾爾頓先生現在不得不過過孤單日子。愛瑪已無暇顧及他的幸福，促使他早日成功。她姊姊一家轉眼要來，這成了她的頭等大事。她開始是眼巴巴盼著，後來就忙於準備。他們在哈特菲爾德要住十天，在這段時間裡，她至多只能偶爾碰巧給兩個情人幫幫忙，別的事就不能指望了，事實上她也並不指望什麼。然而，如果兩人主動事情也許很快會取得進展。反正，主動也罷，不主動也罷，有所進展是勢所必至。她不想為他們多費時間。世界上就有這樣的人，你越為他們幫忙，他們自己就越懶。

今年不比往年，約翰．奈特利夫婦很久未來薩里❶了，叫人格外盼望。他們結婚以後，每逢假期長，都要在哈特菲爾德與唐韋爾各住一段時間，但今年例外，他們利用了秋天的所有假日帶孩子們去進行海水浴，與薩里的親人數月來極少見面。伍德豪斯先生更不待說，即使為了可憐的伊莎貝拉的緣故，他也不會跑到倫敦那麼遠的地方去。如今他自然望眼欲穿，樂得魂不守舍，就恨他們住的時間太短。

他擔心她經不起旅途的辛苦，也擔心自已的馬和馬車夫過於疲勞，他們得到半路接回那家

❶ 薩里為位於倫敦之南的一個郡。書中的海伯里與唐韋爾．艾比均屬該郡。

人。事實上他是過慮了，十六英里的路都順順當當地走過來了，約翰．奈特利夫婦、五個孩子，好幾個保姆全部平安到達哈特菲爾德。這幫人一來，大家又是高興又是忙，個個得問好、歡迎、扶下車，領到各自的住處，簡直鬧翻了天！要在平常日子，伍德豪斯先生的神經一定受不了；就是在今天，也不能忍受太長時間。好在約翰．奈特利太太十分尊重哈特菲爾德的習慣和她父親的脾氣，雖然作為母親，她對幾個孩子關懷備至，希望他們一到就能自由自在，有人服侍，吃得好，喝得好，睡得好，玩得好，稱心如意，但她仍然很快不讓孩子們再打擾他。無論是孩子們自己，還是那些不停地侍候他們的人，都不能去打擾他。

約翰．奈特利太太姿容美麗，身材小巧，舉止文雅，性格溫順，一心一意顧著她那個家，忠於丈夫，寵愛孩子；對父親和妹妹也有深厚的感情，除了丈夫和孩子，最愛的就是他們了。對於這些人的缺點，她從來是看不到的。她不是一個目光敏銳、頭腦靈活的人，不但在這一點上她像父親，而且體質也與他相差無幾。她自己身體虛弱，對孩子的冷暖格外關心，動不動就心驚膽戰，神經緊張；她父親事事愛請教佩里先生，她則喜歡與倫敦的溫菲爾德先生來往。父女倆還有一個相似之處：對任何人都心地善良，對老朋友念念不忘。

約翰．奈特利先生身材很高，風度翩翩，頭腦靈活，事業正蒸蒸日上。他很顧家，為人也好，但不苟言笑，因此不是使每個人都感到好親近，有時還會發脾氣。他算不上脾氣暴躁，像有的人那樣，無緣無故生氣，該當這個惡名；但是他的性格確有不太理想之處。他妻子對他畢恭畢敬，使他天生的缺點有增無減。她極其溫順，他卻看不慣。他果斷機靈，而這一點又是她所缺少的，所以有時候他會做出一些不客氣的事、說出一些不客氣的話來。他那位才貌雙全的小姨對他並不太喜歡。他的缺點難逃她的慧眼。他有些對不起伊莎貝拉的小事，伊莎貝拉自己沒覺察，她倒看出來了。如果他對伊莎貝拉的妹妹多獻殷勤，她也許對他會少挑剔，但可惜，他僅是她的一個普普通通的姻兄和朋友，既不吹捧，也不含糊。再說，他有個常會發作的極大缺點：對她父親缺乏晚輩應有的耐心。即令他對愛瑪本人恭維備至，這個缺點她也不會等閑視之。的確，他並未在所有的時候都表現出應有的耐心。有時伍德豪斯先生的怪癖和神經質刺激了他，他輕則好言相勸，重則頂撞幾句，這種事倒不常發生，約翰．奈特利先生畢竟很體諒他岳父，知道怎樣待他合適。但對講究孝順的愛瑪說來仍嫌過分；縱使他沒有發作，那神態她總覺得難以忍受。當然，他每次初到時都恭恭敬敬，而這次只能住短短的幾天，想來更會太平無事。大家安安靜靜坐了一會後，伍德豪斯先生傷心地搖搖頭，長嘆一聲，向女兒提起了她上次走了之後哈特菲爾德發生的不幸變化。

「哎，親愛的，」他說，「可憐的泰勒小姐——這件事眞叫人傷心。」

「哦，是這樣，爸爸！」她感到由衷的同情，大聲說。「你該多掛念她啊，愛瑪也一樣。這個損失太大了！我一直爲你和愛瑪難過，我不能想像沒有她你們怎麼能受得了。發生這種變化眞是太不幸了。不過爸爸，我希望她會得到幸福。」

「幸福，親愛的——我希望——她會幸福。別的我不清楚，只知道她住的地方還算可以。」

約翰．奈特利先生聽了這話悄悄地問愛瑪，蘭德爾斯是否發生了什麼事。

「嗯，別擔心，沒什麼。我看韋斯頓太太比以往氣色更好，我從來都沒見她氣色這麼好過。爸爸的意思只是他有些難過。」

「這對雙方來講，都是一件大好事！」約翰．奈特利先生回答得十分漂亮。

「爸爸，你常見到她嗎？」伊莎貝拉問道，聲調的哀傷與她父親的心情正好合拍。

伍德豪斯先生猶豫了一下。「親愛的，並不像我希望的那樣常見。」

「噢，爸爸，他們結婚後，我們只有一天沒有見過面。除了那一天，每天上午或者晚上，不是見到韋斯頓先生，就是見到韋斯頓太太，見到他們兩位在一起的時候最多，有時在蘭德爾斯，有時在這裡。伊莎貝拉，你想也想得到，在這裡見面的日子多。他們每次來都親親熱熱，韋斯頓先生一點也不比她差。爸爸，你說得那樣傷心，伊莎貝拉會發生誤解。人人都知道我們想念泰勒小姐，可是不能只知其一不知其二，韋斯頓先生和他太太為了不使我們牽腸掛肚，已盡了最大的努力，這才是事情的眞相。」

約翰．奈特利先生說：「那當然，我看你的信時就盼望如此。她的心向著你們，這點不用懷疑，而他又是個清閑、愛交際的人，會把這一切都安排得順順當當。親愛的，我一直對你說，泰勒小姐出嫁對哈特菲爾德來說不會像你想的那樣，沒有什麼大不了。現在你聽愛瑪這麼說，該放心了吧。」

伍德豪斯先生說：「嗯，是呀，是該放心了。我不否認這一點。韋斯頓太太——可憐的韋斯頓太太——確實經常來看我們——只是——每次她來了又得回去。」

「爸爸，如果她不回去，韋斯頓先生怎麼辦呢？你把可憐的韋斯頓先生忘掉啦！」

約翰．奈特利開玩笑地說：「眞得替韋斯頓先生想想。愛瑪，你和我都同情做丈夫的。我自己是丈夫，你還沒有做妻子，對韋斯頓先生的心情都同樣理解。伊莎貝拉就不同了，她結婚已經多年，自然要把韋斯頓先生一類人全扔到腦後去啦！」

「親愛的，你在說我？」他妻子大聲問道，其實他的話她並沒有聽清，更沒有理解。「你在說我？最懂結婚的好處的人當然是我，除了我再找不出第二個人了。如果不談泰勒小姐離開了哈特菲爾德這一點，那麼她眞是世界上最幸運的女人。我並沒有貶低韋斯頓先生，他樣樣都好，怎麼稱讚也不過分。要數脾氣最好的人，他可以算上一個，除了你和你哥哥，論脾氣沒有人能與他相比。這次復活節刮大風，他領著亨利放風箏，這件事我永遠也忘不了。去年九月的一天晚上，已經十二點鐘了，他還特地寫了一封信，告訴我在科巴姆沒有流行猩紅熱，從這件事我看得出來，世界上沒有比他更熱心快腸的人了。能配上他的只有泰勒小姐。」

「他兒子在哪兒？這一次他來了沒有？」約翰．奈特利問道。

「現在還沒來，」愛瑪答道。「原來大家都以爲他在他父親結婚以後會來，可是白盼了一場。最近沒聽到說起他。」

「親愛的，你別忘了提那封信，」她父親說。「他給可憐的韋斯頓太太寫了一封信，向她道賀，話很得體，字也漂亮。她拿給我看過。這封信說明他懂禮貌，但這是不是他自己的主意還難說。他太年輕，他舅舅也許……」

「好爸爸，他已經二十三歲了。你忘了時間過得多快。」

「二十三歲！當眞？哎呀，我的確沒想到這一點。他可憐的媽媽死的時候他才兩歲。哎，光陰似箭！我這記性也壞透了。不管怎樣，那封信寫得好極了，字也漂亮，韋斯頓夫婦倆看了很高興。我記得寄信地址是韋斯頓，日期是九月二十八日，開頭是『親愛的夫人』，以後的話我忘了。署名是『弗．邱．韋斯頓．邱吉爾』，這我倒記得很清楚。」

「他太逗人喜歡、太懂禮貌啦！」好心腸的約翰．奈特利太太大聲道。「我看他一定是個敦厚的青年。可惜，他不能住在他爸爸家。把孩子與父母拆開，不讓回自己的家，這種事竟然做得出來！我想不通韋斯頓先生怎麼捨得他。連親生兒子也不要了！無論是誰，叫別人去幹這種事，我看絕不是好人。」

「對邱吉爾夫婦我看誰也不會有好印象，」約翰．奈特利先生不急不忙地議論道。「叫你把亨利和約翰送給人家你捨不得，但不要以爲韋斯頓先生會與你的想法一樣。韋斯頓先生是個隨和、性情開朗的人，不是一個很重感情的人。他敢於面對現實，事事都想得開。據我看，他的樂趣在於所謂『交際』，一星期裡與鄰居有五次聚會，一起吃吃喝喝，打打惠斯特牌，就心滿意足了。他倒不在乎一家人親親熱熱的，好像少了個家就不行了。」

愛瑪不願意別人把韋斯頓先生亂說一通，想要反駁，可是忍住了，沒有出聲。她要盡可能地保持一團和氣。另一方面，愛家、以家爲樂是一種可貴的美德，由於有這種美德，她姊夫不喜歡社交，也看不起把社交活動看得很重的人——因此，她的忍耐也就大有必要了。

第十二章

奈特利先生要與他們一道吃飯，這對伍德豪斯先生來說是無可奈何的事；伊莎貝拉來的第一天，他不希望任何人分享他的快樂。多虧愛瑪有主見，定下了這件事。除考慮與兄弟倆的交情外，她還有一個意圖：最近她與奈特利先生發生過爭吵，因此格外樂意請他來。她希望他們言歸於好，覺得已經到了和解的時候。

事實上，要和解確實很難。她絕對沒有錯，他有錯也不會認帳。讓步不可能，現在的好辦法是裝作忘記那次爭吵。她想出了一個使他們言歸於好的主意：見他進來了，她抱起一個孩子玩。就是最小的女孩，才八個月，是第一次來哈特菲爾德，在她姨媽懷裡又蹦又跳。這辦法果然見效。開始，他仍板著面孔，不多說一句話，但沒過多久又像往常一樣談笑自若起來，還把孩子從她手上接了過去，和好如初。愛瑪感到他們又成了朋友。開始，她滿心歡喜，後來有些忘乎所以，在他誇這孩子時失口說道：

「你看，我們都喜歡這幾個外甥和外甥女！對於別的人，有時候我們的看法大不相同，但對這幾個孩子，卻從來就沒有不同。」

「如果你對別人也像對這幾個孩子一樣，該怎麼看就怎麼看，不因相處好而偏袒，那我們的看法就會一致了。」

「當然囉——有了不同總是我的錯。」

「是這樣，說得對！」他笑著說。「你出生的時候我已經十六歲了。」

「這只是年齡的差別，」她答道。「那時候當然你懂得多，我什麼也不懂。但現在已過了二十一年了，難道我們的智力差別不會小很多嗎？」

「唔——當然小很多。」

「可是如果我們想法不一致，仍然是我的錯。」

「我仍然比你多十六年的見識，而且我又不是年輕漂亮的姑娘，在家裡也沒人寵。算了吧，愛瑪，我們言歸於好，別再說那些事了吧。小愛瑪，叫你姨媽給你做個好榜樣，別再翻舊帳；即使她過去沒有錯，現在這樣做就是錯了。」

「是這樣，的確是！」她大聲說。「小愛瑪，長大了一定要勝過你姨媽，要比她聰明得多，又一點也不自負。奈特利先生，你再聽我說一兩句。我們兩人都是一番好心，這一點誰也沒有錯，只不過我認為事情的發展一直證明我的看法對。我只請你告訴我，馬丁先生是不是非常傷心？」

「沒有比這種事更傷男人的心了。」奈特利先生的回答簡潔有力。

「哎呀，那太遺憾了。來，和我握握手吧！」

他們剛親親熱熱握過手，約翰·奈特利來了。兩兄弟一個說：「喬治，你好！」另一個說：「約翰，你好！」都是按典型的英國習慣，表面上從容不迫，若無其事，實際上心心相連，如果有必要，一個為了另一個的利益赴湯蹈火也在所不惜。

這天晚上過得太平，大家談得很起勁。伍德豪斯先生要與他心愛的女兒伊莎貝拉說個痛快不願打牌。房間裡雖然沒有幾個人，卻自然而然分成了兩夥，他與他女兒是一夥，奈特利兄弟是一夥，話題完全不同，至少可說幾乎完全不同，愛瑪在兩邊都只偶爾插上一、兩句。

兄弟倆各談本行，但哥哥話多、健談，遠非弟弟所能及。他是地方行政長官，有些法律上的事得求救於約翰，要不，至少也得談談奇聞軼事。他又是莊園主，在唐韋爾有大片土地，每一塊地每二年準備種什麼都得談一談。對於老家的情況，他弟弟當然有興趣，他出生以後的大半時間是在家鄉度過的，對老家的感情很深。約翰的話少些，但對於排水渠準備怎樣修，籬笆要不要改，樹要不要伐，哪一公頃地該種小麥、蘿蔔，或者春季種玉米，都談得興致勃勃。他熱心的哥哥如有說漏的事，他便要以一種近似急切的口氣問個明白。

在他們談得高興時，伍德豪斯先生正與他的女兒互吐衷腸。

「我可憐的好伊莎貝拉，」他說，輕輕地拉著她的手，使她只好暫時丟開那五個孩子不管。「你很久沒有回家看看了，眞是太久了！跑了這麼遠的路累壞了嗎？親愛的，你得早點睡，最好睡前吃點粥。我們一起來喝碗香噴噴的粥。愛瑪，我們都喝點，好嗎，親愛的？」

愛瑪並不贊成這個主意，她知道不但她，而且奈特利先生兄弟倆也不願意這麼做，因此，她只吩咐來兩碗粥。伍德豪斯先生先談了一通吃粥的好處，對不是每個人每天晚上都吃粥的情況感嘆了一番，然後滿面愁容想起了往事。

「親愛的你打錯了主意，秋天沒回家來，偏要到索森德去。海邊的空氣我素來不喜歡。」

「爸爸，本來我沒打算去，只是溫菲爾德先生極力主張。他說幾個孩子都應該去，特別是小貝拉，她喉嚨不好，需要到海邊呼吸新鮮空氣，洗洗澡。」

「哎呀，親愛的，然而佩里很懷疑去海邊對她有什麼好處。更別說我，雖然過去也許對你沒有明說，其實我根本不相信去海邊對誰有好處。有一次我差點送了命。」

「行了，行了！」愛瑪大聲說，感到這事再說下去不妥。「我求求你們別再提去海邊的事了，叫我聽了眼紅，覺得自己太可憐了。我還沒見過海！去索森德的事不要再提了。伊莎貝拉，我還沒聽你問起過佩里先生，可是他連一天也沒忘記你。」

「哦，佩里先生眞好。爸爸，他身體好嗎？」

「嗯，還不錯，太好也說不上。可憐的佩里肝有點毛病，又沒時間顧自己的身體——他告訴我，他沒時間顧自己的身體——眞叫人難受啊，這一帶的人有什麼事都要請教他。我想哪個地方都找不出這樣忙的人，也找不出這樣聰明的人。」

「佩里太太和幾個孩子好嗎？孩子們長高了吧？我很喜歡佩里先生，要是他過不久能來就好了，他看到我的幾個小寶貝一定會高興的。」

「最好明天來，我有幾件要緊的事要請教他。親愛的，不論他哪一天來，小貝拉的喉嚨你應該讓他看看。」

「哦，好爸爸，她的喉嚨好多了，我已不爲這件事掛心了。也許是海水浴有作用，要不就是溫菲爾德先生的外用藥靈驗，今年八月份以來我們一直在用這種藥。」

「親愛的，海水浴對她是沒有益處的。我不知道你要外用藥，要不然我……」

愛瑪插話說：「你們好像把貝絲太太母女給忘了，我還沒聽誰問起她們。」

「哦，那可是兩個好人！我眞不該把她們給忘了。不過，你幾乎一寫信就要提起她們。她們身體好嗎？貝絲太太可是個好老人！我明天就去看看，把孩子也帶去。她們喜歡我的幾個孩子。貝絲小姐這樣的人也難得，誰不誇她們母女倆呢！爸爸，她們近來怎樣了？」

「噢，親愛的，還過得去，就是可憐的貝絲太太上個月害了重感冒。」

「那太遺憾了！今年秋天得感冒的人比哪年都多。我聽溫菲爾德先生說，那麼多人都得感冒了，症狀又重，連他也沒見過，簡直要成流行感冒了。」

「親愛的，你說的很有幾分對，但又不完全是這麼回事。佩里說感冒是常見病，只不過這次發起病來症狀不輕，過去在十一月裡少見，佩里根本不認爲這是一個疾病流行的季節。」

「正是這樣。溫菲爾德先生也不認爲這是多病的季節，這我知道，不過……」

「哎，可憐的好孩子！問題在於住在倫敦一年到頭都生病。那裡沒有一個人身體健康，也沒法讓身體健康。你不得不住在那種地方眞是可怕——那麼遠！空氣又那麼差！」

「那倒不是，我們那兒的空氣並不壞。在倫敦，我們那兒比哪個地區都好。爸爸，你別把整個倫敦說得一團糟。布倫斯威克廣場的環境與別的地方大不一樣，空氣可新鮮了！老實說，要是去倫敦別的地方住，我一百個不願意。讓孩子們換任何地方我都不願意，只有我們那兒空氣最新鮮。溫菲爾德先生說，要論空氣好，布倫斯威克廣場是首屈一指的。」

「喲，親愛的，但那也比不上哈特菲爾德。你是覺得那兒最好，但你們只要在哈特菲爾德住上一個星期，就會變個樣，看起來與原來大不相同。可是現在，不消我說，你們看上去沒一個身體是好的。」

「爸爸，你快別這樣說。你放心，我別的什麼都好，只在神經緊張時有輕微的頭痛，心跳加快，但這走到哪兒我都一樣。幾個孩子在睡覺前臉色差些不奇怪，他們到了這裡很高興，路上又疲勞了，比往常累。到了明天您看看，臉色準會不同。溫菲爾德先生對我說，他發現他哪次送我們時，我們的身體都沒有這次好。他的話不會錯。你看看，至少奈特利先生沒病吧？」說著，她一雙眼睛既不安又飽含深情地轉向了丈夫。

「不好不壞，就這麼回事，親愛的。要說健康，恐怕約翰．奈特利先生遠遠夠不上。」

「有什麼事嗎，爸爸？你是跟我說話嗎？」約翰．奈特利聽到提起他的名字，大聲問道。

「親愛的，沒別的，爸爸說你臉色不好，大概是有點累。你離家前去過溫菲爾德先生那兒吧？」

他忙說：「親愛的伊莎貝拉，我的臉色你別擔心。你別管管自己和孩子，別老記掛我的臉色。」

愛瑪大聲說：「你剛才跟你哥哥說得起勁，可是我沒聽明白。你那位朋友格雷厄姆先生爲什麼一定要請蘇格蘭的管家來管他的新產業？這樣做有什麼好處？人家不會說他成見太深嗎？」

愛瑪這些話是一口氣說完的，非常巧妙，等說完後再聽她父親和姊姊談什麼時，發現果然沒鬧出亂子，伊莎貝拉已熱心地問起了簡．費爾法克斯。其實她對簡．費爾法克斯並無好感，到了這個時候，卻樂得跟著捧上幾句。

「簡．費爾法克斯眞逗人喜愛！」約翰．奈特利太太說。「在倫敦我偶然見過她幾次，在家裡很久沒見過了。要是她來看看好心的外婆和姨媽，她們一定高興極了。她再也不會到海伯里來了。我很替愛瑪感到可惜。坎培爾上校和他太太的女兒出嫁了，說什麼也捨不得叫簡離開身邊。她給愛瑪作伴再好不過了。」

伍德豪斯先生完全贊同，但又說：

「我們還有個年紀小小的朋友哈莉特．史密斯，也是個漂亮姑娘。你一定會喜歡哈莉特，她給愛瑪作伴是再好不過了。」

「那當然好，不過大家都說簡．費爾法克斯哪方面都不錯，都比得過別人，她與愛瑪又同年。」

這個話題說起來又使人高興了。往下聊了些別的事，都談得融洽。可惜的是，這個晚上到了最後鬧了點小小的彆扭。粥端上來後大家七嘴八舌說開了，自然是一片讚揚聲，誰也不懷疑吃粥對各種各樣體質的人均有滋補作用，都罵那些不會燒粥的人家是傻瓜蛋，而且這種人家還爲數不少。伊莎貝拉有許多這一類人的例子要舉，然而不幸的是，其中一個最新、因此也最爲重要的例子，偏是她在索森德臨時雇的廚娘，年紀輕輕，根本不懂她說的香噴噴、易消化、稍稀薄然而又不太稀薄的粥是怎麼回事。每次伊莎貝拉都要千叮嚀萬囑咐，但還是吃不到像樣的粥。這話開了個不好的頭。

「咳！」伍德豪斯先生嘆了口氣，搖搖頭，用無限關心的眼神注視著伊莎貝拉。在愛瑪聽來，他彷彿是說：「你去一趟索森德會有沒完沒了的煩惱，說起來就叫人難過。」有一會兒，她希望他別再說這個話題，心想只要不出聲，再過一陣子他就會一心一意吃他那消化的粥。然而，沒一會，他又說話了。

「今年秋天你們不到這兒來，偏要往海邊去，我想不通。」

「爸爸，你爲什麼要想不通呢？我敢擔保，這對幾個孩子大有好處。」

「再說，即使要去海邊，也不應去索森德。索森德那地方對身體沒好處。聽說你們選中了那地方，佩里很感到意外。」

「爸爸，我知道有很多人這樣想，實際上他們想錯了。我們一家人在那兒身體很好，雖說海灘上都是泥，對人一點也沒有妨礙。溫菲爾德先生說，誰要以爲住在那裡對身體沒好處，就大錯特錯了。他的話我信得過，因爲他完全懂得那兒的空氣究竟好不好，他的兄弟和家裡人常到索森德去。」

「即使非去不可，你也該去克羅默。佩里在克羅默住過一星期，認爲在那裡進行海水浴最理想，海灘開闊，空氣清新。還有據我所知，在那兒你住的地方可以離海遠一些，有四分之一英里的距離，很舒服。事先你該問問佩里。」

「爸爸，這兩個地方離開我家的距離不一樣，你想想要白跑多少路，一個是四十英里，一個大概是一百英里。」

「噢，親愛的，還是佩里的話對，沒有了身體，就沒有了一切。既然下定決心旅行，就不要在乎是四十英里還是一百英里。你跑了四十英里，呼吸的空氣比家裡還糟，不如乾脆不動，留在倫敦。這是佩里的話。他似乎認爲這是一件很不上算的事。」

愛瑪有心阻攔她父親，可是晚了一步；果然，他話音剛落，她姊夫從半路殺了出來。

他用很不高興的聲調說：「如果別人不去請教他，佩里先生最好別發表他的高見。我的事與他有什麼相干？我帶一家大小往哪個海濱去，他管得著嗎？應該說，佩里先生有佩里先生的看法，我有我的看法。我不想吃他開的藥，也不想聽他的指教。」他頓了頓，火氣小了些，接著，又帶著挖苦的口氣加上一句：「如果佩里先生能告訴我一個好辦法，使我帶著一家大小跑一百三十英里與跑四十英里一樣，開銷少，又便當，那我倒樂於與他一樣去克羅默，不去索森德。」

「對，對！」奈特利先生極為迅速地揮了進來，大聲說道。「完全對。這話有理。算了吧，約翰，還是談談我剛才對你說的那件事吧。我想把到朗厄姆那條路改道，往右開，不從自家的草場經過，這大概不至於太難辦吧。如果改道後會給海伯里的人帶來不方便，那就不必改；但如果現在那路你還記得一點不差的話……究竟怎麼辦只有等看了地圖後才明白。明天上午我在艾比等你，我們一起查看地點，你一定得說說你的主意。」

佩里是伍德豪斯先生的朋友，事實上他心裡想的、嘴上說的無形中都受他的影響，聽到這些藐視他的話，他大為氣惱。幸虧兩個女兒好言勸慰，他的氣漸漸消了許多。加上奈特利兄弟倆一個已馬上自知失言，另一個平常印象極好，他也就不再提這件事了。

第十三章

在這次來哈特菲爾德的短短幾天裡，約翰．奈特利太太的快樂，在世界上幾乎無人可比。每天上午，她帶著五個孩子在老朋友家中進進出出，到了晚上，便與父親和妹妹談白天的所見所聞。她沒有什麼可抱怨的，唯獨嫌日子一天天過得太快。這次回娘家痛痛快快，什麼都好，就是時間太短。

她看望朋友總是在上午，晚上不出門，但有一次例外，而且是在聖誕節，這次她非得去赴宴不可。韋斯頓先生的邀請是沒法推托的，大家都得去蘭德爾斯吃飯。連伍德豪斯先生也聽從了勸告，認為可以考慮不用把一家分成兩處的意見。

本來他可以找個借口，說人多，馬車坐不下，可是他女兒女婿自己駕了馬車到哈特菲爾德，因而他只能隨便提一句，等於白提。非但如此，愛瑪沒費多少口舌就說服了他把哈莉特也帶去，在隨便哪一輛車裡擠出一個座位。

被邀請來陪他們的唯有哈莉特、艾爾頓先生，還有奈特利先生，都是他們的特殊伙伴。人數不多，時間得趕早，無論什麼事，對伍德豪斯先生的習慣和心願都不能置之不理。

伍德豪斯先生竟然在十二月二十四日外出作客，這真是件了不起的大事。在這件大事發生的前夜，哈莉特在哈特菲爾德玩，後來感冒發作回家了，愛瑪本不讓她走，但她非要戈達德太太照料不可。第二天，愛瑪去看望她，發現她去不了蘭德爾斯。她高燒不退，喉嚨痛得厲害。戈達德太太總表示放心不下，提出要請佩里先生，哈莉特自己病得渾身無力，根本不能參加這次愉快的聚會，她一說起來就眼淚直流。

愛瑪陪她坐了很久，在戈達德太太有事非抽身不可時，照料著她、安慰她，把艾爾頓先生知道了她重病在床後一定會有的掃興模樣說得活靈活現。她果然相信他這一次一定無心作客，別的人也會惦念她，心裡甜滋滋的，等愛瑪臨走時，情緒好了許多。愛瑪出了戈達德太太家沒幾步，就看到了艾爾頓先生，顯然他正往戈達德太太家來。他們一道慢慢走著，談起了哈莉特的病。原來，他已聽說哈莉特病得不輕，特地趕去問問病情，準備把消息帶到哈特菲爾德。兩人正說話時，約翰·奈特利先生帶著兩個大孩子趕上了他們；他每日必去唐韋爾，正從那裡回來。兩個孩子跑了一段路後滿面發紅，血色很好，等他們三步並兩步趕回家中時，吃起烤羊肉和米布丁來一定會狼吞虎咽。幾個人一起結伴而行。愛瑪又說起哈莉特的病情來。「她喉嚨紅腫，全身發燙，脈搏又快又弱。聽戈達德太太說，她經常犯嚴重的喉炎，好幾次鬧得她手忙腳亂。」

艾爾頓先生聽後吃了一驚，大聲說：「喉炎！該不是傳染性的吧？不是傳染性白喉吧？佩里來看過沒有？依我看，對朋友你得關心，對自己的身體也要注意。你千萬別冒險。為什麼佩里不去看她？」

實際上，愛瑪自己一點不害怕，她叫艾爾頓先生不必過慮，因為戈達德太太是個既有經驗又細心的人。但是，她又不能說得一切太平無事，讓艾爾頓先生一點不急，小文章還得做做。過了一會，她裝著談起另一個話題，說道：「天眞冷，眞太冷了，看來要下雪。如果換個地方，或者不是陪著我姊姊一家，今天我不但自己不會去，還會勸我爸爸別冒險。但他倒下了決心，似乎不怕冷，我不便阻攔。我知道，要是他不去，韋斯頓夫婦會大失所望。但你聽我說，如果我是你，艾爾頓先生，我一定要找個藉口推托。我聽你的聲音有些沙啞。你想想，到明天，你還得說多少話，有多勞累。我勸你多加小心，今晚在家好好休息。」

艾爾頓先生大感意外，似乎無話可答，也的確無話可答。一方面，一位人品如此出眾的小姐的關心使他受寵若驚，他願意對她言聽計從；另一方面，放棄這次作客的機會他很不甘心。他嘟嘟囔囔說天氣「很冷，確實很冷」。愛瑪早打定了主意，顧不上把他的話聽清楚，也沒有看清他的表情，以爲他已經認可。她往前走著，滿心高興，以爲既然可以叫他不去蘭德爾斯，那就可以叫他整個晚上都能去看望哈莉特。

她說：「你應該這樣。韋斯頓先生和他太太那邊我們會替你說明。」

她的話音剛落，卻不料她姊夫說，如果艾爾頓先生只是因爲天太冷不能去，盡可以搭他的馬車。艾爾頓先生滿心歡喜，立刻接受了這片好意。大局已定，他非去不可；此刻，那張漂亮、寬大的臉上露出了從未見過的滿意表情。他笑得從來沒有這樣開心，轉過頭看她時，眼睛裡顯露出從未曾有過的興奮。

「嗯，這太奇怪了！」她想道。「我分明說好了叫他不去，他偏要湊熱鬧，全不顧哈莉特在生病。太奇怪了！也許，許多男人願意作客，喜歡作客，特別是單身漢。作客是他們最大的快樂、消遣、榮耀，簡直成了他們不可推卸的責任啦，相比之下，一切都無關緊要。艾爾頓先生一定是這樣的人。他十分漂亮聰明、脾氣好、討人喜歡，也很愛哈莉特，可是，他不願錯過一次作客的機會，哪一家請他都非去不可。愛情眞是個怪物！哈莉特並不聽明他卻認爲聰明，然而又不肯爲她犧牲一頓飯。」

往前又走了一小段路以後，艾爾頓先生與他們分手了。應該說，他仍不失爲有情人，分手的時候，他提到了哈莉特，叫她放心，他一定先去戈達德太太那裡打聽她那位漂亮朋友的病情後再去蘭德爾斯，希望那時能帶給她好消息。無論看神態，聽聲音，他都誠誠懇懇。他嘆了口氣，微微一笑，使人對他要大大產生好感。

有一會兒，愛瑪與約翰·奈特利都沒說話，後來約翰·奈特利打破了沉默。

「像艾爾頓先生這樣會獻殷勤的人我是第一次見到。對女人他毫不隱瞞他的殷勤。在男人面前他還有副端正模樣，等見了女人，身體都發軟了。」

「艾爾頓先生的舉止當然不是人人喜歡，」愛瑪答道。「不過，既然他存心對人好，就不應該計較，實際上許多事誰也不計較。有的人本領平庸，但做事盡心竭力，他們比那些本領出衆但做事敷衍塞責的人強。艾爾頓先生脾氣好、熱情，也算是難得。」

「那倒不假，」約翰·奈特利先生接著意味深長地說，「他對你好像特別熱情。」

「對我！」愛瑪笑道，心裡卻感到意外。「你以爲艾爾頓先生看上了我？」

「老實說，愛瑪，我眞這樣想過。過去你也許沒有察覺，現在應該想想。」

「艾爾頓先生愛上了我？荒唐！」

「我沒說已經愛上了，但是，多想想有沒有這種可能，行爲檢點些，對你有益無害。你對他的態度使他容易往那方面想。愛瑪，我的話出自好心。你應多加小心，一舉一動要愼重。」

「謝謝你的好意，可是，你的確誤會了。艾爾頓先生和我是很好的朋友，僅此而已。」她腳不停步，心裡暗笑有的人只持一孔之見，結果大錯特錯，有的人自恃高明，其實大謬不然。她姊夫當她糊塗、無知、少主見，當然使她不太痛快。他不再出聲了。

伍德豪斯先生這次外出作客下了十二分決心，眼見天氣越來越冷，卻沒有一點畏縮不前的表現。時間一到，他與大女兒坐上自己的馬車，準時啓程了；兩人精神抖擻，不在乎天氣寒冷。他自己也不明白哪來的勁頭親自出馬，只知道有了他，蘭德爾斯一定更熱鬧，沒注意到天冷。再說，他一身裹得嚴嚴實實，也不覺得冷。然而，天可是冷得非同尋常，等第二輛馬車起動時，雪花飄了下來。上空陰雲密布，彷彿只要經風輕輕一吹，轉眼之間天地間就會變成一片白茫茫。

沒出多遠，愛瑪發現與她同坐一輛車的姊夫心緒欠佳。下雪天興師動衆眞受罪，少說也叫人心煩，更何況吃過午飯幾個孩子便被拋到了一邊，約翰．奈特利先生自然不樂意。他認爲跑這一趟得不償失，在去牧師家的路上不停地發著牢騷。

他說：「趕上這樣好的天叫別人不在自家的火爐邊烤火，都去朝見他，這種人一定自以爲了不起。他只當誰都喜歡他，這種事我可幹不來。荒唐透頂！不早不晚偏要現在下雪！不讓別人在家裡享福是莫名其妙，在家裡有福不享也是莫名其妙！今天晚上如果有正經事要往外面跑一趟，準會叫苦連天，可是我們現在白跑一趟卻心甘情願，二話不說，風雪無阻，衣服還穿得比平常少。只要長了眼睛，只要不是麻木不仁，這種天氣誰都知道要蹲在家裡，也不讓家裡人出去。我們偏偏跑到別人家去悶上五個小時，要說要聽的話翻來覆去總是那一套。出門天氣不好，回來也許更糟。馬動用了四匹，當差的出動了四個，不爲別的，就爲送五個閑得無聊的凍得直打哆嗦的人往冷冰冰的屋子裡鑽，再說那一家人並不像樣，還比不上自己家裡人！」

往常約翰．奈特利先生的旅伴會對他的話竭力贊同，說一句「對極啦，親愛的」，無疑約翰．奈特利已聽慣這一類的話；但愛瑪沒有幫腔。她打定主意任何話都不答。作應聲蟲她不願意，要頂撞她也不願意，最好的辦法是保持沉默。無論他說什麼，她一概聽之任之，只知關緊玻璃窗，裹好衣服，不開口。

到了牧師府，馬車掉轉頭，放下踏板；艾爾頓先生立刻上了車，一身黑衣裳，瀟瀟灑灑，滿臉堆笑。愛瑪高興起來，她有話可說了。艾爾頓先生十分感激，喜形於色，看那興沖沖的神態，她以爲他一定得到了哈莉特的好消息，與已傳到她耳裡的不一樣。她更衣時派了人打聽，得到的回音是：「老樣子，沒什麼好轉。」

她先問道：「我想聽聽好消息，從戈達德太太那兒轉來的人帶來的消息不能令人滿意。我聽說『沒什麼好轉』。」

他的臉立刻拉長了，聲音裡帶著幾分傷感，說：「唔，是這樣。我正想告訴你，不幸得很。回去換衣服前我去了戈達德太太家，聽說史密斯小姐沒有好轉，一點沒有，還變嚴重了。眞是不幸，叫人放心不下。我原以爲你今天上午安慰過她以後，她一定會好轉。」

愛瑪笑道：「我去看看，她的病在精神上說不定會減輕，喉炎我卻治不了。她患的是重感冒。佩里先生去看過了，你也許已經聽說了。」

「是的，我在想——就是說——我沒——」

「她發病都找他看，明天早上說不定我們會聽到好消息。要只當沒事一般，那也不可能。今天我們少了她太可惜！」

「太可惜！人家會時時掛念她。」

這句話說得十分得體，完了又是一聲嘆息，帶著深長的情意，然而好景不長。愛瑪正難過時，沒出半分鐘他說起了別的事，聽聲音正興高采烈。

「用羊皮蒙上馬車，眞是好辦法！」他說。「這樣就舒服了，有這個好辦法冷不了。現在的新發明使紳士的馬車變得完美無缺。坐在裡面的人被封得嚴嚴實實，不用怕天氣冷，一絲風也進不來。天氣好壞已變得無關緊要。今天下午很冷，可是坐這種馬車我們一點也不覺得冷。哈，看雪下大了！」

約翰．奈特利說：「那當然，只怕我們要趕上一場大雪了。」

「聖誕節的天氣就是這樣，」艾爾頓先生說。「我們算是萬幸，本來昨天可能開始下雪，那今天就熱鬧不成了，可是沒有下。如果地上積了厚厚一層雪，伍德豪斯先生就不敢出門，但現在沒關係了。朋友相會趕在這個時候。到了聖誕節，人人都想把朋友邀到家裡來，天氣再壞大家也不在乎。有次因爲下雪，我在一位朋友家住了一星期。那次最有意思。我原來只準備過一夜，後來走不了，等了整整一星期。」

約翰．奈特利先生似乎體會不出其中有什麼意思，只冷淡地說了句：「我可不想在蘭德爾斯住上一星期哦！」

如果哈莉特不生病，愛瑪也許會聽得津津有味，現在她發現艾爾頓先生與她希望的不一樣，大感意外。哈莉特似乎被忘在九霄雲外，他一心只想著高高興興吃上一頓。

艾爾頓先生接著說：「不用說，火爐一定生得很旺，什麼都想得很周到。韋斯頓夫婦是大好人。韋斯頓太太憑你怎麼誇獎也不過分，韋斯頓先生的好處無人不曉，殷勤好客，交際極廣。今天來的人不多；人少沒關係，都是最要好的，也許這些人在一起最好。韋斯頓先生的餐廳坐十個人倒很舒服，再多就不行了，如果是我，寧可少兩人，不願多兩人。」他溫情地轉身對著愛瑪。「我猜你想的會與我一樣，一定認爲我言之有理。奈特利先生難說，他在倫敦見的都是賓客滿堂的場面，與我們不大會有同感。」

「可惜，我在倫敦沒見過賓客滿堂的場面，也沒有誰在一起吃過飯。」

「哎呀！」聽聲調是又驚異又惋惜。「搞法律的人這樣苦，我眞沒想到。不過，苦盡甘來，往後你一定操勞少，享受多。」

「平安無事回哈特菲爾德就是我現在最需要的享受！」約翰．奈特利先生答道，說話間馬車已過了韋斯頓先生家的大門。

第十四章

進了韋斯頓太太的客廳，艾爾頓與約翰·奈特利兩位先生都不能擺出剛才的面孔，一個要抑制那股高興勁，一個要少發幾分勞騷，一個不能笑個不停，一個不能老板著臉，如果仍是原來一副模樣就不得體了。唯有愛瑪無須做作，大大方方。與韋斯頓夫婦相聚她由衷地高興。韋斯頓先生與她是莫逆之交，除了韋斯頓太太，她的知音世界上只有他一人。她父親或她自己有了什麼事，無論是瑣碎的、緊要的、爲難的、高興的，只要對他說起，他都願聽，能理解，覺得有趣又有理。每當她談起哈特菲爾德，韋斯頓太太便表現出十二萬分的關切。生活的快樂正寓於日常小事之中，所以，滔滔不絕地把這些事說上半小時成了她們最大的滿足。

這次聚會的樂趣也許主要在於這一番閑聊，自然，眼下的半小時並不合適，但愛瑪見了韋斯頓太太總是高興的，她那微笑、那聲音、那親熱勁，愛瑪通通都喜歡。她決心把艾爾頓先生的奇怪舉動和其他不稱心的事丟到腦後，玩個痛快。

她還沒來時，哈莉特不幸患病的詳情已有人說過了。伍德豪斯先生一路平安，已到了多時。他先談起他自己和伊莎貝拉一路上的情形，接著敘述了哈莉特患感冒的原委，又說到愛瑪得晚一步到，還議論了詹姆斯該來看看女兒，等他把這些事談了個痛快，其他人來了。他的話韋斯頓太太聽得已不耐煩，見有機會脫身，忙去迎接好朋友愛瑪。

愛瑪本打算暫時忘掉艾爾頓先生，等所有人坐下來後，卻發現她的打算落了空，他近在她身邊。要忘記這位對哈莉特無情無義的怪人並非容易，他不但緊挨她坐著，而且不時把一張笑嘻嘻的臉湊過來，千方百計尋找機會與她說話。她不但沒能把他丟到腦後，而且他的舉動引起了她的懷疑：「姊夫果然沒有猜錯嗎？難道說他已把感情從哈莉特轉向了我？荒唐之極！」可是，他十分關心她的冷暖，百般恭維她的父親，處處說韋斯頓太太的好話，最後又吹捧起她的話來，連聲地胡亂叫好，活像正在害著相思病的人，使她聽了幾乎沉不住氣。爲了保全自己的體面，她不能當面發作；再說，她指望事情有挽回的餘地，爲了哈莉特，也要裝得彬彬有禮。這樣做很不容易，而偏在艾爾頓先生用胡言亂語進行糾纏時，別的人又在談一件她極想聽的事。她可以肯定韋斯頓先生在說他兒子，只聽他左一個「我兒子」，右一個「法蘭克」。另外還有一些字也聽得分明，似乎他是在說他兒子很快會來。她本想叫艾爾頓先生別出聲，可是韋斯頓先生說到了另一件事，再問已經來不及了。

儘管愛瑪下了一輩子不結婚的決心，可是每次聽到法蘭克．邱吉爾先生的名字時，每當想到他時，他的心情總有些異樣。她常在思索，特別是在法蘭克父親與泰勒小姐結婚後，如果她有一天會結婚，年齡、性格、家境與她相配的就唯有他了。加上泰勒小姐與兩家的特殊關係，他更應該屬於她。她認爲，凡是認識他們的人，一定會把他們當作天生的一對。她有相當把握，知道韋斯頓夫婦已想到了這點。當然，實際上無論他或者別的人都不能誘惑她改變初衷，願意捨棄一個在她看來是十全十美的家而另尋歡樂，但是她的確極想見到他，深信不疑他會得到她的喜愛，她會得到他的好感，巴不得朋友們把他們看成天生的一對。

由於愛瑪在想這些事，艾爾頓先生的殷勤顯得很不合時宜。她內心已不樂意，但表面仍裝得客氣。她知道韋斯頓先生是個坦率的人，這天準還會原原本本或扼要地說起剛才說過的事，想想也就寬心了。果然不錯。到吃飯時，她擺脫了艾爾頓先生，坐到了韋斯頓先生身邊。第一道菜羊排剛吃完，他趁不用招待客人的間隙，對她說：「再多兩個人這餐廳剛好滿座。我巴望來的兩個人一個是你那位年紀小小的漂亮朋友史密斯小姐，一個是我兒子，加上他們，我們就完美了。在客廳裡我對另外幾位說過，法蘭克會來，你大概沒聽到吧？今天上午我收到了他的信，說是再過兩星期來看我們。」

愛瑪答話時流露出的高興很有分寸，當談到如果法蘭克．邱吉爾先生和史密斯小姐都能來，那麼這次聚會就會更完美這一點時，她點頭稱是。

韋斯頓先生又說：「從九月起他一直想到我們這兒來，每封信都這樣說，只是他的時間自己支配不了。有的人他非討好不可，不瞞你說，有時候要討好別人只能自己多吃虧。現在我不懷疑，到了一月的第二個星期，我們就能見著他了。」

「那是你的大喜事！韋斯頓太太很想見他，她一定與你一樣，高興得很。」

「她少不了要高興，只是擔心希望再落空。她不像我那麼認爲他準能來；她對幾方面的內情不及我了解。實際上，你知道——可是這話你別對旁人說，在客廳裡我沒露風聲，各家自然有各家的秘密——實際上，一些朋友在一月裡被邀到恩斯庫姆去作客，法蘭克來不來就看他們會不會如期去。如果如期去，他就來不了。但是我知道他們會延期的，那位在恩斯庫姆有些勢力的貴婦人對這些人很討厭。每隔兩、三年要邀請他們一次，不邀請不行，可是到了時間她又總是改期。

我的估計錯不了。下月中以前法蘭克準定會來，我有十分把握。你的那位朋友可不然。」他朝餐桌的上座擺擺頭。「沒把握的事她不敢抱希望，這習慣是在哈特菲爾德養成的。她不知道大膽設想也有好處，我就經常會大膽設想。」

愛瑪答道：「對這件事再有懷疑確實是令人遺憾的，不過，韋斯頓先生，你的話一定有道理。如果你認爲他會來，我也認爲會來，因爲你對恩斯庫姆的事很了解。」

「是這樣。我敢說我比較了解情況，儘管我一輩子從來沒有去過那裡。那是一個怪女人，但看在法蘭克面上，我從不願講她的壞話，我相信她很喜歡他。我曾想過，除了自己，她誰也不愛，但是對他卻總是關懷備至（當然是用她自己的方式。她反覆無常，專橫跋扈，一切都要順從她的心意）。依我看來，他討得這種人的歡心，對他倒是一件好事。無論對誰，她的心腸比石頭還硬，脾氣壞透了，這話對別人我是不願說的。」

愛瑪很喜歡這個話題，剛回客廳，與韋斯頓太太又談了起來，向她道賀，說她一定日夜盼望這第一次見面。韋斯頓太太點頭稱是，但說就怕到時候白盼一場。「他不一定能來。我不像韋斯頓先生那麼信心十足，唯恐到頭來空歡喜一場。韋斯頓先生已把底細告訴你了吧？」

「全都說了。看來這事就得看邱吉爾太太的壞脾氣要如何發作了，我還以爲這件事準能成功呢。」

韋斯頓太太笑著說：「我的愛瑪！對一個反覆無常的人來說，哪有什麼說得準的事呢？」她又轉身對剛過來的伊莎貝拉說：「奈特利太太，我看法蘭克．邱吉爾先生我們不一定能見著，他父親倒滿有把握，這你是知道的。來不來全看他舅母高不高興，就是得靠她開恩。對你們倆我像對自己女兒一樣，什麼話都可以實說。恩斯庫姆的事邱吉爾太太說了算，偏偏她脾氣怪。他來不來現在全看她放不放他走。」

「哦，邱吉爾太太！邱吉爾太太的爲人誰不知道？」伊莎貝拉答道。「這年輕人怪可憐的，令人同情。天天與一個怪脾氣的人生活在一起可不好受。幸虧我們沒碰上這樣的人，那種生活不用說是受罪。上帝保佑，她自己沒生孩子！如果有，她不會放過他們，幾個小的全得倒楣。」

愛瑪只希望與韋斯頓太太單獨在一起，那樣她聽到的話更多。對於她，韋斯頓太太可就是知無不言，對伊莎貝拉則不會如此。愛瑪相信，關於邱吉爾家的事，韋斯頓太太不會瞞她，唯一不便說的是對法蘭克抱的希望，但這些希望她憑本能早已猜了出來。眼下確實無法深談，不一會兒伍德豪斯先生也進了客廳。吃過飯在餐桌邊久坐他受不了。他既不願喝酒，又不願攀談，只樂意與幾個他最難捨難分的人在一起。

趁他對伊莎貝拉說話之機，愛瑪趕緊說：「這麼說來，你對你兒子這趟能不能來全無把握啦。可惜得很。光打雷不下雨叫誰都心焦，雨下得越早越好。」

「是這樣。在一件事上失信的人難免會使人憂心忡忡。即使布雷斯特那一家到時候被延期邀請，恐怕也會有另一種藉口讓我們失望。我相信他本人當然願意來，可是邱吉爾家的人要把他留在身邊。這是出於嫉妒，甚至他心裡想著他爸爸他們也會嫉妒。總之，我不指望他一定能來，韋斯頓先生不應該高興得太早。」

愛瑪說：「他應該來，即使只能住幾天也應該來。一個年輕人這樣的事作不了主說起來叫人難以相信。如果是位大姑娘交上了不好的伙伴，那倒不能由她，得把她和那些她想見到的壞伙伴分開。但如果把一個年輕人管得太緊，想去生身父親那兒住一星期也不讓，就說不過去了。」

韋斯頓太太答道：「你要想知道什麼事他能作主，那就得待在恩斯庫姆，了解那一家的規矩，本來，看待無論哪家人家的無論哪個人的事，也許該用同樣的謹慎態度。但我相信恩斯科姆一定是個例外，因爲邱吉爾太太霸道，一切得聽從她擺布。」

「外甥她倒喜歡，是她的寶貝。依我看，邱吉爾太太欠下她丈夫很多情義，她不讓他有安寧，動輒欺負他；然而她對外甥並不欠下什麼，因而倒常常受他支配。」

「得了吧，愛瑪，你別以君子之心度小人之腹，別爲這種人辯解，他們愛怎樣你只得由他們怎樣。我不懷疑在許多時候她會依著他，但究竟是什麼時候，他事前也許完全不可能知道。」

愛瑪聽了之後，冷靜地回答說：「究竟如何他來了才清楚。」

韋斯頓太太接著說：「有的事會依著他，有的事不會。他奈何不了她的事有很多，這一次他們完全有可能不讓他來看我們。」

第十五章

沒多久，伍德豪斯先生說要喝茶，喝完了茶又說要回家。還有幾位先生還沒到，客廳的三位伙伴想方設法哄他別急，讓他覺得時間還早。此刻韋斯頓先生興致正濃，說話滔滔不絕，當然不願朋友早早分手。好不容易客廳裡又來了人。第一個進來的是艾爾頓先生，喜氣洋洋。韋斯頓太太與愛瑪坐在沙發上，不等她們邀請，艾爾頓先生便擠到她們當中來。

愛瑪因爲知道法蘭克·邱吉爾先生要來，正高興著，不再計較艾爾頓先生今天的許多過失，同他和好如初。他一開始便談起哈莉特，她笑眯眯聽著。

他顯得對她那位漂亮朋友——那位又漂亮、又可愛、又溫和的朋友極爲關切。「怎麼樣？在蘭德爾斯又聽到了她的消息嗎？我眞擔心。老實說，我只怕她得的是危險病。」他一個勁說著，句句中聽，也不要別人答話，主要意思是擔心她患了嚴重的咽喉炎。愛瑪覺得他還是個好人。

然而，最後風向突變。原來他只擔心愛瑪會患上嚴重的咽喉炎，而不在乎哈莉特怎麼樣；只想到愛瑪受傳染的危險，沒想到病人的危險。他接著情意眞切地勸她暫不要去探望病人，要她「答應他」不去冒險，等他先去問過佩里先生。她想一笑置之，不讓他說不該說的話，可是他過於關心的話沒完沒了。她感到氣憤。他已不再躲躲閃閃，明明愛的是她，不是哈莉特。如果她沒有猜錯，這種行爲就是朝三暮四，可鄙之極，可惡之極！她幾乎再也忍不住了。

艾爾頓先生又轉過臉求韋斯頓太太幫忙。「你難道不幫我勸勸伍德豪斯小姐別去戈達德太太家嗎？史密斯小姐是否患了傳染病現在還不知道。可她非答應我不可。你的話她準會聽，還不勸她答應我嗎？」

他又說：「她對別人體貼入微，卻不想想自己！今天她怕我受涼，叫我留在家裡，自己有患這種喉炎的危險卻不答應避一避！韋斯頓太太，你說這公不公平？你給我們評評理吧。難道我不該說她的不是？我相信你一定會幫我一把。」

他說這番話的口氣和神態，都顯得他有資格非同尋常地關心她。愛瑪看出了韋斯頓太太的驚奇，知道這番話必然要使她大吃一驚。她本人又氣又惱，不知說什麼好。她只能瞪他一眼，這一眼很不簡單，她認爲可以使他頭腦清醒。然後，她從沙發上站起來，坐到她姊姊身邊，不再理睬艾爾頓先生。

沒等她來得及看看這一舉動艾爾頓先生是否受得了，客廳裡的人說起了另一件事。約翰・奈特利先生從外面看過天氣走了進來，向所有的人報告地上積滿了雪，而且雪還在下，風也刮得正猛。末了他對伍德豪斯先生說：「先生，這次你出門大吉，往後年年冬天可以出門了。車夫和馬這樣頂風冒雪算是頭一遭。」

可憐的伍德豪斯先生吃驚得說不出話，但別的人七嘴八舌，有說事出意外的，也有說不足爲怪的，有著急的，也有在安慰人的。韋斯頓太太和愛瑪你一言我一語地，想穩住伍德豪斯先生讓他別再聽女婿那些故意火上澆油的風涼話。

約翰・奈特利先生說：「你明明看到天馬上要下雪，還壯著膽往外跑，天氣好壞全不在乎，這種勁頭實在難得。要下雪是明擺著的事。我佩服你的好興致，我敢說我們會平安到家的。再下一、兩個鐘頭雪路上也走得了。反正我們的馬車有兩輛，荒郊野地裡要是一輛車被風吹翻了，可以靠另一輛。沒問題，半夜以前我們都可平安無事回到哈特菲爾德。」

韋斯頓先生有著另一種性質的得意，承認他早知天在下雪，可是沒有出聲，就怕伍德豪斯先生心焦，匆匆要走。地上積了雪和雪大得回不了家的話是說著玩的，他倒擔心他們沒有爲難的事。路上走不了更好，他可以把客人全留在蘭德爾斯。他殷勤備至，滿有把握地說每個人都可安頓，不用多費事，全有地方住。他要他太太對他的話表示同意，可是她心中明白，整棟屋子只有兩間空房，叫人幾乎一籌莫展。

伍德豪斯先生有好大一會不聲不響，最後總算叫了出來：「愛瑪，你說怎麼辦？怎麼辦？」他認爲她有主見，於是向她尋求意見，愛瑪對他說保證沒有危險，幾匹馬是上等馬，詹姆斯趕車有本領，在一起的都是幾位老朋友，聽了這話他情緒才好了些。

他的大女兒與他一樣驚慌失措。想到幾個孩子都在哈特菲爾德，而自己卻困在蘭德爾斯，她憂心如焚。眼見此時的路大著膽還能走，但一刻也不能延誤，她催著打定主意，讓她父親和愛瑪留在蘭德爾斯，她與丈夫應立即回家，她並不擔心雪越積越深會在半路進退兩難。

「親愛的，你得馬上叫人備車，」她說。「馬上動身我們一定來得及。萬一路上遇到麻煩事，我可以下車走。我一點不怕，就算走一半路程也不在乎。鞋濕了一回家就可以換，打濕鞋也不會著涼。」

「得了吧！」他答道。「親愛的伊莎貝拉，你這話我不相信，平常你動不動就著涼。走回家？你穿著雙漂亮鞋子當然想走回家，幾匹馬可受不了。」

伊莎貝拉轉身求韋斯頓太太幫忙，韋斯頓太太也只能表示同意。接著，伊莎貝拉想找愛瑪幫忙，但愛瑪不能完全放棄幾個人一道走的希望。正議而未決時，奈特利先生來了，對客廳的人說他到外面看過了，擔保能回家，馬上走也成，再晚一小時也可以。他剛聽他弟弟說下了大雪就出了客廳，在去海伯里的路上走了一程，只見最深的積雪僅半英寸，許多地方地面還未變白。稀稀拉拉的雪花還在飄，但是雲正在散開，看來再過一會雪會停止。他問過兩個車夫，他們都說不用急。

伊莎貝拉聽到他的話鬆了一大口氣，愛瑪想到她父親，也高興起來。伍德豪斯先生儘管神經脆弱，馬上轉憂爲喜。然而，他忘不了那一場虛驚，只要留在蘭德爾斯，他就感到不自在。他心滿意足的是回家去沒有近在眉睫的危險，但不相信再坐下去仍會太平無事。這時，有催著走的，有主張留的，最後還是靠奈特利先生與愛瑪乾脆利落的幾句話定了主意。

「你爸爸坐不住，爲什麼你不走？」

「別人準備好了，我當然要走。」

「要我拉鈴嗎？」

「好吧。」

他拉了鈴，吩咐準備馬車。再過一會就可以走了，這時愛瑪心裡想著的是兩個人：一個曾惹她大不高興，回到自己家裡他應反躬自省；另一個這趟作客多災多難，但願回去後能悶氣全消。

馬車來了，伍德豪斯先生在這種場合總得占先，由奈特利先生與韋斯頓先生攙扶著上了自己的那輛車。他看到雪還在下，天比他想像的暗，又心驚膽戰起來，他們兩人安慰他的話幾乎全聽不進。「我擔心路上不好走，可憐的伊莎貝拉坐著會難受。可憐的愛瑪只能坐後面一輛。我一點好辦法也沒有了。兩輛車應該靠攏些。」

他吩咐詹姆斯慢慢趕車，等等另一輛。

伊莎貝拉緊跟著她父親上了車，約翰．奈特利忘了不該坐這輛車，很自然地隨他太太一道擠了進去。

結果，愛瑪發現緊跟在身後的只有一個艾爾頓先生；他們上車後，門天經地義地關上了，一路上只有他們兩人悶在車裡。如果不是就在這一天她起了疑心，這並不尷尬，甚至是件叫人高興的事。她可以與他談起哈莉特，四分之三英里的路會顯得只有四分之一英里長。然而，現在她大不情願。她心想，韋斯頓先生家的美酒他一定灌了不少，會胡話連篇。

她準備立即若無其事地談談壞天氣和聖誕節之夜，讓他看清自己的態度，能夠自重。但剛出了大門，還沒趕上另一輛車，一開口她的話便被打斷了，她的手被抓著了，艾爾頓先生說有件事要談，實際上瘋狂地求起婚來。他利用這千載難逢的機會表白著已經不是秘密的感情，傾吐他的希望、疑慮、愛慕和如遭拒絕必定自殺的決心。他自信他的愛是熱烈的，無人可比的，沒有先例的，一定能打動她的心。總之，是要她立時立刻非答應不可。這一切都是活生生的現實。艾爾頓先生原來愛的是哈莉特，現在卻一口咬定愛的是她，沒有任何疑慮，不進行任何辯解，也覺察不出很明顯的羞怯。

她企圖阻止他，可是徒勞無益，他說了個痛快。她十分氣憤，但想到是在馬車裡，到說話時又毅然壓住了火氣。她以爲他的愚蠢行爲很可能是酒後失態，指望過一會能萬事大吉。既然他是半清醒半糊塗，她想對付的最好辦法是半開玩笑半認眞，她答道：「艾爾頓先生，我完全沒有想到。對我這樣說話！你弄錯了，把我當成了我的好朋友。你有什麼話我都願轉告史密斯小姐，可千萬不能再對我這樣。」

「史密斯小姐！有話轉告史密斯小姐！她算得上什麼！」這些話他說得特別大聲，誇張地裝作無限驚訝。她見勢不妙，趕忙說：「艾爾頓先生，這樣做太荒唐！我看沒別的可能，你準是神經錯亂了，要不然不會說出這種對我、對哈莉特不禮貌的話來。清醒些，住口吧，我可以不計較今天的事。」

艾爾頓先生喝下的酒只壯了膽，並未攪亂理智。他心中可是清醒得很。對於她的懷疑，他矢口否認，說她的懷疑刺傷了他的心；對史密斯小姐，他隨口說了聲應該尊重，因爲她是她的朋友，但是，又說根本沒有必要提起史密斯小姐。接著，他繼續傾吐愛慕之情，催促她給予一個有利的答覆。

她漸漸看清，他不是酒後瘋癲，而是朝三暮四，想入非非，便拉下臉面答道：

「我不用再懷疑，你的意思已經一清二楚。艾爾頓先生，我的驚訝無法用言語表達。上月你對史密斯小姐大獻殷勤，這是我親眼所見；每天我留心觀察，都發現你一往情深；可是現在你對我說起這些話來，這就叫朝三暮目，可惜的是我早沒想到。先生，老實對你說，我不會——絕對不會——領情！」

「天哪！」艾爾頓先生叫了起來。「這話從何說起！史密斯小姐！我哪一天也沒把史密斯小姐放在心上，只知道她是你的朋友。如果她不是你的朋友，死活我才不會在乎。恐怕是她想入非非，誤了自己，我愛莫能助。什麼史密斯小姐！哎！伍德豪斯小姐！有了伍德豪斯小姐，誰會想到史密斯小姐！我發誓，談不上朝三暮四。我心裡只有你。我不承認對另外的人動過任何念頭。在過去好幾個星期裡，我做的每件事、說的每句話僅僅爲了一個目的：表明我對你的愛。你不可能感覺不到。決不可能！」他用討好的聲調說：「我相信你有眼力，了解我。」

聽了這番話，愛瑪作何感想眞是難以描述，但可以肯定的是，她的不快已達到了頂點。她氣得一時答不上話。艾爾頓先生本來就自信，見她沉默了好一會，更加得意，又來抓她的手，一邊興沖沖地說：「迷人的伍德豪斯小姐！我理解你意味深長的沉默，這只說明你早已了解我。」

愛瑪大聲說：「不對，先生！決沒有這樣的事。過去我不但不了解你，而且錯看了你，直到現在才恍然大悟。可惜你對我錯動了感情，我決不希望出現這種事。只因爲看著你愛我的朋友哈莉特，只因爲你追求她，明明是在追求她，我才那麼高興；我一直衷心希望你成功。如果早知你到哈特菲爾德不是爲了她，我一定會想到你常來常往是錯打了主意。你說你從來沒有對史密斯小姐產生過感情？根本看不上她，叫我能相信嗎？」

這回輪到艾爾頓先生感到受到冒犯了。他大聲說：「沒有，小姐。你可以相信，從來沒有。我會看上史密斯小姐？史密斯小姐算得上一位好姑娘，她能找到個好人家我應該高興。我但願她幸福；當然，會有人情願……各人有自己的要求，我也不例外，但我想我沒有可憐到這個地方。我並非找不到門當戶對的人，也並非走投無路，要向史密斯小姐求婚。錯了，小姐，我去哈特菲爾德單純爲了你，而你給我的鼓勵……」

「鼓勵！我給你鼓勵！先生，你完全錯打了主意。我只當你是看上了我的朋友。沒有這層關係，你不過是我一般的相識，請別見怪。但是幸好一場誤會就此已經消除。如果長此下去，史密斯小姐也許會誤解你的意圖。你自認為你與她有天地之隔，也許她卻像我一樣，不曾感覺到這一點。實際上，這件事只使單方面失望，我想很快就可以收場。現在我沒打算結婚。」

他氣得沒再吭聲；她志不可移，使他不敢再乞求。伍德豪斯先生最怕出危險，只許他們的車慢吞吞走，兩人不得不氣沖沖地在一起再坐上幾分鐘。如果沒有眞動肝火，會有些彆扭，可是他們已經撕破臉面，感到的就不再是單純的尷尬了。不知不覺馬車拐進牧師巷，停在了他的家門口。他一聲不響下了車，愛瑪道了聲晚安，覺得這還有必要。他也跟著道了聲晚安，語氣冷淡而高傲。然而，她帶著無法形容的氣惱回到了哈特菲爾德。

她父親見她到了家，滿心歡喜，他一直在替愛瑪擔心。過了牧師巷，車裡只剩下她一個人，要轉過一個他想起來會心驚肉跳的大彎，車夫又不是詹姆斯，而是個不熟悉的人，本領平庸。一家人順利圓滿了，只等愛瑪回來。約翰·奈特利先生發過脾氣後自知有愧，到家後對人可是體貼入微，事事順著愛瑪父親的心意，雖說不願陪著他吃一碗粥，但對吃粥的好處卻似乎完全明白了。這一天的末了，一家幾口總算過得太平、愜意，例外的只有她。她從沒有這樣心煩意亂過，裝得談笑自若太不容易，最後總算熬到了各自回房休息的時候，她才得以進行冷靜的思考。

第十六章

愛瑪盤好頭髮，打發走侍女，坐下來，思前想後，滿腹愁腸。事與願違，結局可悲！最糟的是，哈莉特受到重重的一擊！她所做的一切都給自己帶來了這樣或那樣的痛苦和羞恥，但比起哈莉特的不幸來，卻無足輕重。如果她的過失造成的後果僅殃及自己，那麼即使她鑄成比現在更爲嚴重的大錯，受到她實際應該承受的更多的誤解和因不公正而造成的恥辱，她倒心甘情願。

「如果哈莉特喜歡上這樣一個人不是出於我的主意，我什麼都能忍受，哪怕他對我幹出加倍荒唐的事來──可憐的哈莉特！」

她糊塗透頂！他說他從來沒有把哈莉特放在心上，從來沒有！她仔細回想著，仍找不出所以然。看來，是她先打定了一個主意，以後的一切都是根據這個主意想當然。另一方面，他採取了不易識破、聲東擊西、能迷惑人的手法。要不然，她不可能上此大當。

那張畫像！那張使他如醉如痴的畫像，那個字謎，還有上百個類似的事例，看起來無不說明他對哈莉特有心！當然，字謎說的「淑女」，還有「明眸」，指哈莉特都不相宜，只是一種拼湊，既不高明，又不眞實。這種笨拙的胡言亂語有誰能猜透呢？

的確，她常常感到他對她表現出了不必要的殷勤，特別是近來；可是她不以爲意，只當那是他的習性，或者僅出於他的錯覺、無知、俗氣，像好些別的事一樣，說明他在上流社會中混得並不多。他說話雖然溫和，但缺乏眞正的文雅。她一直以爲，她是哈莉特的朋友，他對她感激而敬重，所以格外殷勤，心中未產生過一星半點懷疑。今天，終於眞相大白。

多虧約翰．奈特利先生，她開始有了警覺，第一次懷疑到他的居心。無可否認，這兩兄弟能明察秋毫。她記得，關於艾爾頓先生，奈特利先生曾對她發過一番議論，提醒她多加小心，斷定艾爾頓先生決不會草率成親。別人對他的本質看得比她透徹得多，想到這一點她自愧不如，事情叫人萬分難堪。但的確，艾爾頓先生在許多方面與她的希望和想像完全相反：高傲，驕橫，自負，只爲自己打算，無情無義。

艾爾頓先生的求婚使她反而看不起他。他的一番自我表白全無價值。她不稀罕他的愛，他的追求有傷她的尊嚴。他想高攀，自不量力看中了她，居然以爲她動了心。好在他並無失望可言，用不著安慰。不論從言詞或神態看，他均無眞情實感。漂亮話很多，哀聲嘆氣不少，但是她聽不出哪一句，想不出哪一聲，流露了眞正的愛。她無須憐憫他。他的目的僅在於撈取地位和金錢，雖然三萬鎊家產的繼承人——哈特菲爾德的伍德豪斯小姐並沒有如他的想像容易到手，他會很快另找一位有兩萬或一萬家產的小姐。

想來叫人氣惱。他竟然說她給了他鼓勵，認爲她知道了他的用意，默認了他的暗示，總之，有心嫁給他！竟然夢想與她是門當戶對，情投意合！竟然不把她的朋友擺在眼裡，就看到有人地位遠不如他，卻沒看到有人地位遠勝於他，不知天高地厚，向她求起婚來！

說句公道話，也許他難以感到自己的天資、教養大不如她。甚至，差別越大，他越是感覺不到。但是，他一定知道，論財產和地位，她遠在他之上。他也一定知道，伍德豪斯家本是一個十分古老的家族的後裔，住在哈特菲爾德也有好幾代了，而艾爾頓家卻無任何名氣。誠然，哈特菲爾德的地產不多，與唐韋爾·艾比相比只不過它的一隅，海伯里的其餘地產均爲唐韋爾·艾比所有。但是，伍德豪斯其他財產廣，別的方面並不比唐韋爾·艾比遜色。這裡遠遠近近的人都敬重伍德豪斯家，而艾爾頓先生不過是兩年前初來乍到，與其他人只由於職業關係有往來，除了牧師職務和彬彬有禮的態度，他別無可以誇耀的資本。但是，他異想天開，以爲她愛上了他。顯然，他對此有十分把握。愛瑪開始總奇怪爲什麼同一個人能既有高傲的內心又有溫和的外表，後來終於醒悟，承認了一個事實：她對他過分親昵，有失檢點，在她的眞正動機不被人了解的情況下，難免不使一個像艾爾頓先生這樣眼光短淺的人想入非非，自以爲成了她的意中人。既然她會誤解他的感情，當然他也會誤解她的感情，何況他已利令智昏；她不能多責怪他。

首先錯在她，主要錯在她。誰要賣盡力氣把兩個人撮合在一起，誰就是愚蠢、荒唐。這樣做是膽大妄爲，是逞能，是把一件本來嚴肅的事當兒戲，是自找麻煩。她又後悔，又羞愧，決心不再做這種事了。

她想著：「可憐的哈莉特看中他實際上是聽了我的話。也許，如果沒有我，她根本不會想到他；如果我不是一再說他愛她，她不會對他抱希望。她是個無所奢求的人，然而我錯看了他。唉，要是我僅勸說她拒絕小馬丁就好了！那件事我沒有錯，幹得漂亮，可是該就此止步，其他事聽任何時間和機會安排。我讓她結識了體面人，使她有機會獲得一個可以依托的人的好感，這本夠了。但現在她會很久安不下心，可憐的人！我的幫助已半途而廢了，即使她對這次的不幸並不太感到傷心，我也想不出另一個對她來說合適的人。威廉·考克斯呢？——不成！我看不慣威廉·考克斯，這年輕律師太莽撞了。」

她不再往下想，臉紅了，感到自己故態復萌。

過了一會，她清醒過來，回首往事，設想今後，心中黯然。她不得不對哈莉特說明這件傷心事？可憐的哈莉特會無限苦惱；以後兩人相見難免感到尷尬，中斷往來和繼續往來都各有所難；她必須克制自己的感情，喜怒不形於色；想到這些事她好一會無精打采。到就寢時，她仍未拿定任何主意，只明白自己已鑄成大錯。

愛瑪年輕，又生性開朗。對她這樣的人來說，夜晚一時的苦惱到第二天自然便會煙消雲散。年輕人早上都精神振作，個個如此。只要不是痛苦得未曾合眼，待睜開眼睛時，他們就淡忘了痛苦，看到了希望。

第二天，愛瑪起床時比先一天就寢時好受了些，不再把遇到的這件倒楣事看得了不得，心想她總會有辦法收場。

艾爾頓先生並非真正愛她或者有副好心腸，叫人想拒絕又不忍。哈莉特不是那種頭腦靈活、遇事敏感、記憶力強的人。除了三個當事人，已發生的事沒有必要告訴誰，特別是她父親，更無須讓他聽到風聲。所以，愛瑪心寬了許多。

她越想越覺輕鬆，看到地上厚厚的積雪，更減了幾分愁思。反正，只要能使他們三人互不見面的事，現在對她來說都是好事。

天氣對她十分有利，雖是聖誕節，她不用上教堂。即令她想去，伍德豪斯先生也捨不得女兒。因此她可以太平無事，既不會引起又不會招來不快和難堪。地上覆蓋著雪，既未凍結實，要化也化不了：每天早上一場雨或雪，每天晚上一層冰。這種天氣幾乎沒人願意出門，好些日子她成了一個心甘情願的囚徒。與哈莉特除了紙上談兵外別無往來；聖誕節和星期天她都沒有去教堂；艾爾頓先生不見登門，但也無須爲他另找藉口。

眞有能耐把人禁錮在家裡的要數天氣。愛瑪希望人多熱鬧，知道這是她父親最喜歡的。現在不同，他獨自在家心滿意足，不敢出門，愛瑪看了暗自高興。唯有奈特利先生風雪無阻地看望父女倆，每次伍德豪斯先生都要對他說：「喲，奈特利先生，你爲什麼不像可憐的艾爾頓先生那樣待在家裡？」愛瑪聽了暗自高興。

如果沒有心病，這幾天清靜日子她本可以過得痛痛快快。她姊夫最不喜歡人來人往，而他的心情又對一家人有重大影響。他在蘭德爾斯的悶氣早已煙消雲散，回到哈特菲爾德後一直情緒正常。他每天有說有笑，無論談到誰，少不了幾句好話。雖然值得慶幸的事多，雖然暫時待在家裡舒服，但愛瑪總在想著如何向哈莉特說明眞相，不能不擔著一樁心事。

第十七章

約翰．奈特利夫婦在哈特菲爾德滯留的時間不長。天氣迅速好轉，該啓程的人可以啓程了。伍德豪斯先生照例挽留一番女兒和外孫，結果還是眼睜睜地看著他們全走了，又哀嘆起可憐的伊莎貝拉的命運來。實際上與可憐的伊莎貝拉朝夕相處的人正是她最愛的人，她只知道他們的長處，不知道他們的短處，整天忙忙碌碌而無憂無慮，她的命運與哪個幸福的女人都能比得上。

就在他們走的那天晚上，艾爾頓先生叫人給伍德豪斯先生送來了一封信。這是一封彬彬有禮的長信，寄托著艾爾頓先生的深情厚意。信上說：「我擬明天離開海伯里去巴斯。幾位好友相邀，盛情難卻，我已應允前去歡聚數周。由於天氣欠佳及事務繁忙等原因，不能親往府上辭行，深表歉意。你的款待我將銘記心中。如有差遣，樂於從命。」

愛瑪又驚又喜。艾爾頓先生暫時回避是她求之不得的事。她佩服他有主見，雖然對這封信的寫法不太欣賞。他對她父親畢恭畢敬，把她卻撇在一邊，這明明出於有意。甚至開頭的客套話也沒有一句與她有關，她的名字不見提到，總之是一反常態。儘管恭維話連篇，他這種鄭重其事的道別方式並不高明，愛瑪開始很擔心她父親會起疑心。

然而沒有。她父親對艾爾頓先生突然去外地感到詫異，擔心他能否一路平安，沒有看出字裡行間的奧妙。這封信來得好，本來晚上父女倆得受孤淒，現在有新鮮事可想、可說了。伍德豪斯先生驚嘆不已，愛瑪一向能說會道，用一些叫人聽了高興的話說得他不再對此事感到驚訝。

她決心不再把哈莉特蒙在鼓裡。她估計她的感冒已近痊癒，她的心病也應該爭取在艾爾頓先生回來前治好。於是，第二天她來到戈達德太太家，硬著頭皮說明實情；這是件大爲難堪的事。她不得不摧毀她煞費苦心培植起來的全部希望，向她疼愛的人報告壞消息，承認她對這件事的設想，過去六個星期裡的觀察、信念、預言全都大錯特錯了。

愛瑪邊說邊又感到羞愧，特別是看到哈莉特流出了眼淚，更覺得永遠不能原諒自己。

哈莉特一直靜靜地聽著，對誰也沒有責怪，只表現出一種誠實的性格和自卑心理，而此刻這正是她朋友所需要的。

愛瑪一時間覺得單純和樸實是了不起的品德，世界上最可親可愛的人並不是她，而是哈莉特。哈莉特認爲自己無可抱怨，艾爾頓先生這種人的感情本來就不可企及，她根本配不上他，只有一位像伍德豪斯小姐這樣過於愛她的好心朋友才認爲滿有希望。

她潸然淚下，悲傷裡沒有虛假，在愛瑪看來，哪一位地位高的人也不及她可敬可佩。愛瑪靜心聽她說，用出自肺腑的話安慰她。她這時覺得，她們倆比較而言是哈莉特強；如果愛瑪像她，就會得到眞正的滿足和幸福，使任何有天才、有知識的人一個個望塵莫及。這樣說是一點也不誇張的。

她現在開始學做一個簡單、無知的人是來不及了，但她臨走時還是抱著已打定的主意：要謙恭、謹愼，從今以後不再憑空亂想。現在，她的頭等大事是侍候父親，除此以外就是使哈莉特過得快樂，就是用一種比替人牽線搭橋更好的辦法證實自己的一片眞心。她把她接到哈特菲爾德住，無微不至地關懷她，想方設法不使她感到苦悶而感到高興，還叫她看書，與她聊天，讓她不再想艾爾頓先生。

她知道，達到目的尚需時日，而她對情場中的事偏偏不知深淺，特別是有人竟愛著艾爾頓先生，她更難以理解。但是哈莉特年輕，一切希望又已破滅，她估計等到艾爾頓先生回來時，幾個人的情緒完全可以歸於平靜，可以像普通相識的人一樣往來，不至計較舊恨，甚至再添新仇。

哈莉特從心底裡把艾爾頓先生當完人，認定世界上再沒有第二個人的品貌能與他媲美，實際上她對他的愛比愛瑪想像的要深。但是愛瑪覺得，一種不可實現的願望必然地、無可避免地會被抑制，因此相信不消多久這種感情便會消退，她不能理解愛情長期存在的頑固性。

她估計艾爾頓先生回來後必然會擺出一副顯然瞧不起人的架勢，如果那樣，哈莉特反而不會癡心想他，也不會再把幸福寄托在他身上。

這兩人同住在一個地方，而且只能住在同一個地方，這對誰都不利，對愛瑪也一樣不利。他們搬不了家，甚至避免不了往來。他們必然要見面，而且機會還不少。

戈達德太太學校裡的老師和年歲大的學生衆口一詞誇艾爾頓先生，她們的話會使哈莉特更傷心。只有哈特菲爾德，她才能聽到有人對他進行冷靜的分析，說出無情的事實。在哪兒受的傷得在哪兒治，愛瑪感到如果不看到哈莉特的創傷癒合，她也不會有眞正的安寧。

第十八章

法蘭克·邱吉爾先生沒有來。說定的日子臨近了，果然不出韋斯頓太太所料，來了一封致歉信，說他暫時無暇，「深感遺憾和惋惜，但相信在不久的將來一定能去蘭德爾斯。」

韋斯頓太太失望極了。對於這位年輕人能否來到，她原來抱的希望比她丈夫小得多，現在感到的失望卻大得多。一貫信心十足的人，對什麼都抱著希望，但當幻想破滅時，他的沮喪不一定與希望成正比。他很快會忘記眼前的失利，又產生新的希望。韋斯頓先生吃驚和難過了半小時，然後幡然醒悟，覺得法蘭克晚兩、三個月來更好，那時候已是春天，天氣好轉，無疑比現在來住的時間長。

這樣一想，他馬上心情舒暢了。韋斯頓太太不同，憂心忡忡，預見的只有無窮的致歉和拖延。她唯恐丈夫過於苦惱，實際上自己比他更苦惱。

愛瑪此刻沒有心思計較法蘭克·邱吉爾先生來與不來，只知道這件事對蘭德爾斯來說是一件叫人失望的事。眼下她不想結識他，倒希望悠閑自在一番。話說回來，她不能完全換成另一副模樣，自然得盡朋友的情分，體諒韋斯頓夫婦的失望，對這件事表示極爲關心。

首先向奈特利先生報告這消息的是她。她必不可少地（或者說是故意地，甚至是非常做作地）說了些慷慨激昂的話，責怪邱吉爾家的人有意阻攔他。接著她言不由衷地說薩里冷冷清清，多一個法蘭克會如何熱鬧，有了新來的人誰都想看看，他來的那天全村一定像過年過節一樣歡天喜地。後來，她又議論到邱吉爾家的人，不料與奈特利先生的看法大相逕庭。其實，對這一家人她說的不是自己的看法，而是韋斯頓太太的看法，她想的剛好相反。

奈特利先生冷靜地說道：「邱吉爾家的人很可能有些不是，但據我看，他想來是能來的。」

「我不明白你為什麼要這樣說。他很想來，就是舅舅、舅媽不讓他來吧。」

「如果是有心，我不相信他來不了。這事沒有憑據我無論怎樣也不相信。」

「你說到哪兒去了！你憑什麼把法蘭克．邱吉爾先生當成無情無義的人？」

「我沒有把他當成無情無義的人，只是猜想他跟什麼人生活會學什麼樣，忘了六親，想到的只有自己的快樂。一個由驕橫、貪享受、自私的人撫養大的青年，也會變得驕橫、貪享受、自私，這是自然而然的事，不是出自誰的想像。如果法蘭克．邱吉爾眞打算看望他父親，早則九月晚則元月他會來的。他多大年齡了？已經二十三、四了！這種事一個二十三、四歲的人不會作不了主。這不可能！」

「你說得輕巧，想得輕巧，因為你的事都是自己作主。奈特利先生，寄人籬下的難處你一點不懂，沒嘗過仰人鼻息的滋味。」

「不可想像一個二十三、四歲的人連想想主意、動動腳的自由也沒有。他一不缺錢，二不缺時間，相反，誰都知道他有的是錢和時間，英國最逍遙自在的地方他都樂意去。平常我們聽說他不是去這個海濱就是去那個海濱，前不久還到了韋默斯。可見，他走得出邱吉爾家。」

「有時候當然可以。」

「那就是他認爲有價值的時候，有樂趣可尋的時候。」

「不了解一個人的處境就不能指責一個人的行爲，如果不了解一家人的內情，誰也說不上這家的人各有什麼難處。要判斷邱吉爾太太的外甥有多大自由，必須先了解恩斯庫姆的內情，知道她的脾氣。也許他有自由自在的時候，也有不自由自在的時候。」

「愛瑪，別的不用說，有一種事做不做，全看一個人願不願意，那就是他應盡的義務。盡義務不能靠漂亮話，要靠果敢的行動。法蘭克．邱吉爾來看父親是他應盡的義務。他心中明白，所以一會兒許諾、一會兒寫信延期。如果出於眞心，他早該來了。既然有理，他應理直氣壯對邱吉爾太太說：『如果單純爲了遊玩，你說不讓去我一定不去，可是生身父親我現在非看不可。他有了大喜事，如果我不向他表示自己的心意，他準要難過。所以，我想明天走。』如果他用男子漢的堅決口吻這樣斬釘截鐵地說，那麼不怕不讓他來。」

「那當然，」愛瑪笑起來，說。「只怕他來得了回不去。寄人籬下的年輕人敢這樣說嗎？除了你奈特利先生，別人想也不敢想。你與他的處境完全兩樣，該怎樣辦你並不知道。法蘭克．邱吉爾先生是他舅舅、舅媽撫養大的，以後也得靠他們，怎敢像你現在這樣，站在房子當中大聲頂撞？這種事哪能行得通呢？」

「完全可能，愛瑪，有頭腦的人不感到爲難。他知道自己有理，應該開誠布公地談。當然，要像一個有頭腦的人那樣，把話說得很有分寸。這樣做比要手腕和敷衍人對他更有好處，能提高自己的身價，與供養他的人相處得更好。他不會失去寵愛，倒會被看得更重。他們會覺得他是個可靠的人，既然他能有情有義待父親，也就會有情有義待他們。不但他知道，別的人知道，而且他們也知道，他應該看望父親。正由於他們是仗勢不讓他來，他的委曲求全並不能得到他們的好感。對於正當的行爲，人人都知道應該尊重。只要他注意分寸，講道理，持之以恆，他們即使心眼小，也得順從他。」

「那不一定。你就愛修理小心眼的人，可是如果小心眼長在有錢有勢的人身上就不一樣了，會叫人無能爲力。我不懷疑，如果讓你奈特利先生現在去法蘭克·邱吉爾先生家，你認爲他該說的話，該做的事，都會說會做，而且會成功。邱吉爾夫婦不敢反對，因爲你過去沒有唯命是從的習慣。他順從慣了，要一反常態自作主張不容易。他們就是要他感恩戴德，畢恭畢敬，他難以違抗。也許他與你一樣通曉大義，只是處境有別，敢想不敢爲。」

「那就說不上通曉大義。既然所作所爲不一樣，那麼就說不上想法一樣。」

「還有處境和習性也不一樣！他是個性格溫和的人，從小依靠他們，現在長大了，要他起來與他們分庭抗禮，你想想該有多難！」

「如果這是他第一次下決心違背別人的意志做一件正當的事，那麼你說的性格溫和實際上是懦弱。他現在應該做的事是盡義務，不是計較利害關係。年幼時害怕還情有可原，長大了就不同。從能辨別是非的時候起，他就該有勇氣，不讓他們亂擺布。一開始他就不應讓他們小看他父親。如能早這樣，今天不會這麼爲難。」

「關於他，我們會永遠說不到一起去，但這不足爲奇，」愛瑪說道。「我從沒想過他是個懦弱的人，我相信他不是。究竟是傻是聰明，韋斯頓先生不會看不出來，親生兒子也不例外。可能他善於忍讓、服從、生性軟弱，與你腦子裡想的男子漢大丈夫不同。我敢說他的性格一定是這樣，雖然這使他有些時候要受委屈，但更多的時候對他有好處。」

「對！好就好在該出去的時候他得坐著，過著一種閑得無聊的日子，當一位能找藉口的行家。他有本領坐下寫一封花言巧語的信，滿紙除了漂亮話就是謊言，還自鳴得意，以爲他最有辦法，既能保持家庭的安寧，又能使父親無法埋怨。他的信我看了就惡心。」

「你的看法太特殊，他的信別人似乎看了都滿意。」

「恐怕韋斯頓太太不滿意。一個女人如果像她這樣聰明、敏感，像她這樣只有母親的身份而沒有母親感情上的盲目，就很難感到滿意，爲了她，法蘭克更應該來蘭德爾斯，現在法蘭克沒來最難過的是她。如果她是個有地位的人，他早就來了，不來也沒有什麼大不了。你的朋友如果這樣想，難道能說是不開通？你就知道她沒有這樣想？得了吧，愛瑪，你說的這個年輕人的溫和只是法國式的，而不是英國式的溫和。他也許非常『溫和』，風度翩翩，彬彬有禮，但並沒有英國人善於體貼別人感情的美德，實際上就談不上什麼溫和了。」

「你似乎非把他說得一無是處不可。」

「我？沒那麼回事！」奈特利先生答道，已經不高興了。「我不會把他看得一無是處。當然，他與別人一樣也有長處，我該承認，但可惜其他事沒聽說，只聽說他外貌好，一表堂堂，溫文爾雅。」

「得了吧，就憑這些他也算得上是海伯里的寶貝。有教養、有禮貌、一表堂堂的年輕人並不多見。我們不應苛求於人，希望所有的美德能集中於他一人。奈特利先生，你猜他來了大家會怎樣？唐韋爾教區和海伯里教區只會關心他一人，法蘭克．邱吉爾先生要大出風頭。除了他，誰也不會想到或談論別的人。」

「請你原諒我這樣固執己見。如果談得投機，我認識他當然高興。如果他只是個油嘴滑舌的浪蕩公子，我不會多理睬他，想也懶得想他。」

「我想他會遇上什麼人說什麼話；他想討大家喜歡，也能討大家喜歡。對你，他談的會是莊園裡的事，對我，談的會是繪畫和音樂，反正，對誰都能應付。他事事懂一些，你說什麼他都能答得上，不說他也知道該怎樣起頭，句句話得體，使人滿意，我對他是這樣想的。」

奈特利先生激動起來，說：「我的看法是，如果他眞這樣，那他就成了叫誰也受不了的人了！哪兒的話！二十三歲的人成了人中之王，成了最大的偉人，最老練的政治家，能一眼看出每個人的性格，利用每個人的所長賣弄他的本領，說得每個人眉開眼笑，使每個人與他相比都成了傻瓜！算了吧，親愛的愛瑪，如果眞的這樣，那就連你自己也受不了。」

「我不想再談他了，」愛瑪大聲說。「你連一句好話也沒有。我們兩人都有偏見：你挑剔他，我袒護他。他不來這兒我們就談不投機。」

「偏見！我沒有偏見。」

「我的偏見很深，而且大不以爲然。我對韋斯頓先生和他太太感情太深，難免袒護他。」

「他這種人不足掛齒！」奈特利先生氣沖沖地說。愛瑪見勢不妙，連忙把話題岔開，其實並不明白他爲什麼要生氣。

她知道他一貫心胸開闊，現在卻僅僅因爲一個年輕人與他可能性格有別而討厭他，這是反常現象。的確，他有些傲氣，爲此她常說他，但從沒有發現過他否認別人的長處。

第十九章

一天上午，愛瑪與哈莉特在一起散步。愛瑪覺得，關於艾爾頓先生的事她們談得已經夠多了，這一天沒有必要再提起，卻沒有想到無論是爲了安慰哈莉特，還是爲了贖回自己的罪過，她們還需要再談起他。在回家的路上，愛瑪盡量回避這一話題。可是哈莉特的一句話使她前功盡棄。在說了許多窮人冬天的苦處後，只聽得哈莉特無限感慨地說了一句：「艾爾頓先生對窮人真好！」她只得另打主意。

這時，她們正走近貝絲太太和貝絲小姐的家。愛瑪決定去看看她們，藉著人多使哈莉特難以開口。她早該去她們家了。貝絲太太和貝絲小姐十分好客；她也知道有人對她吹毛求疵，說她腳步不勤，對這家人冷淡。

奈特利先生多次提醒過她有缺點，她自己也問心有愧；儘管如此，她一來覺得與這叫人厭倦的母女倆在一起索然無味，白白浪費時間，二來擔心遇到常在她們家進進出出的海伯里的第二、三等人，因此很少接近她們。可是現在她卻毅然決然要順便進去看看。簡．費爾法克斯最近不會有信來，這樣可以少些囉嗦；她心裡這樣想，也對哈莉特這樣說了。

貝絲太太與貝絲小姐住的是做買賣人的房子，在有客廳的那層，她們只有一套中等大小的房間，客人們在這裡受到熱烈、甚至感情的接待。好靜、愛整潔的老太太坐在最暖和的那個角落做針線活，見伍德豪斯小姐來了一定要讓坐。她女兒活躍、話多，殷勤得幾乎使愛瑪和哈莉特受不了，又是感謝她們來訪，又是關心她們的鞋有沒有弄髒，還問伍德豪斯先生身體如何，並高興地說起她自己的媽媽身體很好。她還從食櫃裡拿出甜餅，說：「科爾太太剛剛來過，本來只準備坐十分鐘，後來坐了一個鐘頭。這位太太眞好，她吃了一塊甜餅，還說味道不錯。伍德豪斯小姐，史密斯小姐，你們兩位不妨嘗嘗。」

提到科爾家的人勢必提到艾爾頓先生。他們往來密切，艾爾頓先生走後給科爾先生來過信。以後的事情愛瑪猜得出來，她們一定會提起那封信，計算他走了多少時日，猜測他怎樣結交朋友，誇獎他不論走到哪裡都受人喜愛，談論典禮官的舞會多麼熱鬧。愛瑪應付自如，很有興趣地聽著，不時表示必要的讚許；她小心提防著，總是不讓哈莉特有機會開口。

進屋時她早已估計會談到艾爾頓先生，原打算等說過他幾句好話後，只聊聊海伯里的各位太太小姐和她們在牌桌上的輸贏，不再談叫人心煩的事。不料，談完了艾爾頓先生後話題轉到了簡·費爾法克斯小姐身上。實際上，貝絲小姐也不願多談艾爾頓先生，後來突然從他說到了科爾家，其目的是拉扯上她外甥女的一封信。

「哦，是這樣，我知道艾爾頓先生——關於跳舞嘛——科爾太太告訴我巴斯的家庭舞會很——科爾太太眞好，坐了很久，談到簡。她進門先問起她，因爲簡在那裡很討人喜歡。科爾太太每次來我們家都要打聽她。不說假話，簡不值得她關心還有誰值得她關心？她進了門就問：『簡一定沒來信，現在還沒到寫信的時候。』我馬上說：『來了，就在今天早上。』她吃驚得了不得。『當眞來了？』她說。『那我沒想到。你說說，信上寫了什麼。』」

愛瑪為了表示禮貌，馬上笑著問：「費爾法克斯小姐剛來了信？那就好。她身體好嗎？」

「謝謝，多虧你問起！」當姨媽的高興極了，說著連忙找信。「哦，在這兒。我知道就放在手邊。你看，我把針線包隨手壓在信上了，難怪找不著。剛剛我還看過，估計是在桌上。我念給科爾太太聽了，她走了以後我又念給媽聽了。簡來了信她最高興，每封信都百聽不厭。我知道是放在手邊，果然在這裡，壓在我的針線包下。承你關心，想聽聽她說了什麼——不過，首先不瞞你說，簡的信很短，只有兩頁，你看，還算不上兩頁，但平常有兩頁多，我媽常說我有本領，能認出來。每次拆開信她就說：『哎呀，赫蒂，那麼小的字夠你認的。』是這樣麼，媽？我對我媽說，如果沒有人幫忙，我相信她自己也能認出每個字來。我相信她會細細看，非把每個字看清楚不可。我媽的眼睛比過去差，不過感謝上帝，戴了眼鏡還是看得很清楚。這也是一份福氣呀！我媽的眼睛可算得上好啦。簡在這裡常說：『外婆，看你做的活就知道你的眼睛一定很好，你做的東西真精巧！要是以後我的眼睛也像你就好了。』」

這些話貝絲小姐一口氣說完了，現在只得停下來喘喘氣。愛瑪誇獎了幾句費爾法克斯小姐的字寫得漂亮。

貝絲小姐十分高興，說：「多虧你看得起。你是有眼力的人，自己的字也漂亮。別人的誇獎倒沒什麼，伍德豪斯小姐的誇獎不容易。我媽聽不見，耳朵有些聾。媽！」她轉身說，「你聽到伍德豪斯小姐誇簡的字寫得好嗎？」

愛瑪本是言不由衷，她聽到她的恭維被重覆了兩遍，那位好老太太才明白是怎麼回事。這時候，她心裡正在捉摸，要怎樣才能不露聲色躲開簡．費爾法克斯那封信。她想找個小小的藉口溜之大吉，卻不料貝絲小姐又轉身對她說話了。

「你看，我媽的耳朵算不上太差，也可以說不差。只要我聲音大些，說上兩、三遍，她準能聽到。她習慣了我的聲音。但奇怪，她聽簡說話比聽我說話容易。簡的口齒眞清楚！她會發現她外婆的耳朵不比兩年前差、像我媽這種年紀的人本來是一年不如一年。你知道，簡已有兩年沒來過這兒了，以前我們從來沒有隔這麼長時間見不到她。剛才我對科爾太太說，我們眞不知道怎樣接待才能算盡到心意。」

「費爾法克斯小姐快來了？」

「噢，對，就在下星期。」

「哎呀，那是一件叫人高興的事！」

「謝謝，太感謝了。就在下星期。誰也沒料到，誰都說這件事叫人高興。海伯里的朋友們看到她高興，她看到他們也高興。反正，是星期五或星期六。究竟哪一天她說不準，因爲這兩天裡有一天坎貝上校自己需要用馬車。他們會把她一直送到家！你知道，他們每次都這樣。是眞的，下星期五或星期六。她信上是這樣說的，這次破例也就是這個原因。平時，我們要在下星期二或三才能收到她的信。」

「這我知道。今天我沒料能聽到費爾法克斯小姐的新消息。」

「眞有勞你操心！是這樣，如果不是她馬上要來，我們現在還接不到她的信。她要在我們這裡至少住三個月，可叫我媽高興了！我等一會可以念信給你聽，她說得很肯定，是三個月。不因爲別的，就因爲坎培爾夫妻倆要去愛爾蘭。狄克遜太太非要她爸爸媽媽去看看不可。他們本打算到了夏天再去，可是狄克遜太太等不及。去年十月結婚前，她離家的時間最長不到一星期，現在要到遠在天邊的地方去了，哪能不想念呢？所以寫了封信求她媽媽——但也許是爸爸，究竟是寫給誰我當眞不知道，等一會我們看簡的信吧。狄克遜太太的信上用的是狄克遜先生與她自己兩人的名義，請他們馬上去。他們在達布林接他們，然後一道去鄉間住宅巴利克雷格，那地方我想一定風景好。簡常聽說那裡風景好，當然是聽狄克遜先生說的，別人不會對她說這種事。他求婚的時候自然要誇自己的家鄉好。簡常與他們一起在外面散步，坎培爾上校夫婦總是不許女兒單獨與狄克遜先生散步，我看這怪不了他們。他對坎培爾小姐說他愛爾蘭老家怎樣怎樣好的話，簡當然就全聽到了。我記得她在信裡說過，他給她們看過在那裡畫的風景畫，全是他自己畫的。我想他一定是個性情好、逗人愛的青年。聽他那麼一說，簡也想去愛蘭爾了。」

愛瑪是個機敏的人，聽說狄克遜先生逗人喜愛，而簡偏不去愛爾蘭，馬上起了疑心，想探口風，便說：「費爾法克斯小姐在這個時候能回來你一定覺得很不容易。她與狄克遜太太特別要好，照理說少不了要陪上校和坎培爾太太一道去。」

「是這樣，正是這樣。我們就擔心這件事。離著這麼遠萬一有事來不了，我們總不大願意，再說一去要幾個月。還算好，結果一切如我們的心願。他們——我是說狄克遜先生和他太太——非叫她與上校和坎培爾太太一道去不可，抱了滿腔希望。你等一會看信就知道。簡說，被他們夫妻倆邀請是天大的情分。狄克遜先生似乎總是那麼殷勤。他眞是個逗人喜愛的年輕人。在韋默斯時，有一次他們一起坐船玩。那天船多，簡險些遇到意外掉下海。在危險關頭他眼明手快，抓住了她的衣服。我們每次一想起這事來都要心驚肉跳。自從那次他救了她，自從我們聽說了那天發生的事，我特別喜歡狄克遜先生。」

「她朋友邀請她，她自己也想去愛爾蘭玩玩，爲什麼費爾法克斯小姐這段時間倒願意住到你和貝絲太太這裡呢？」

「哦，那全是她的主意，她自己要這樣。坎培爾上校夫婦認爲她做得對，正合他們的心意。實際上，他們想要她呼吸家鄉的空氣，她近來身體不太好。」

「這眞叫人掛心。他們想得對，但狄克遜太太要感到失望了。我知道，狄克遜太太外貌不算很漂亮，遠遠比不上費爾法克斯小姐。」

「嗯，是這樣。你太誇獎簡了，不過確實是這樣。她們不好相比。坎培爾小姐長得普普通通，不過很有風度，心腸也好。」

「那不用說。」

「簡得了重感冒，可憐的人！等一會你看信就知道，十一月七日病倒了，現在還沒好。她得的是感冒，這還不算病得久嗎？她一直沒有提起，怕我們著急。她就是這樣，事事體貼人！但她身體仍不好，於是坎培爾夫婦倆叫她最好回來，呼吸呼吸對她最合適的空氣。他們想，只要在海伯里住上三、四個月，她完全可以恢復。現在她身體不好，來這裡一定比去愛爾蘭強。要說對她的照顧，沒人能比得上我們。」

「這樣安排我看好極了！」

「等一會你看信就知道，她下星期五、六要來，再下星期一坎培爾夫妻倆動身去霍利黑德。這麼突然！親愛的伍德豪斯小姐，你想想，我有多高興！要是簡不生病就好了，我恐怕現在她又黃又瘦。爲了這個，剛才還鬧出了點事，我得告訴你。平常有信我總是先看一遍，然後念給我媽聽，擔心有些話她知道了難過。簡叫我這樣做，我每次都這樣。今天開始的時候我也是這麼小心，後來看到她身體不好，感到意外，脫口叫了聲：『天哪，簡病了！』我媽正張著耳朵，聽得清清楚楚。吃了一驚！還好，我再往下看時，知道病沒有開初我想的那麼重。我對她說不要緊，她現在已經放下了心。我也說不清，爲什麼會那樣大意。如果簡的病好得不快，我們準備請佩里先生來。錢總得花的。他是個大方人，又喜歡簡，看病不會肯收錢，但我們過意不去，你說呢？他一家大小都得靠他養，不能讓人家白跑。好啦，簡信上說的事我只提了提，我們來看看信吧。那些事她寫的比我說的清楚多了。」

「我們得趕快走，我爸爸在等著哩。」愛瑪說著看了哈莉特一眼，連忙起身。「原來我只打算坐五分鐘，久了不行。從你家門前過我得看看貝絲太太，所以來了。因爲說得高興，多坐了一會。現在我該向你和貝絲太太告辭了。」

貝絲小姐怎樣說也沒能挽留住她。她又回到大街上，雖然聽了許多她不願聽的話，雖然實際上她已知道簡·費爾法克斯來信的主要內容，但她卻沒有去看這封信，她爲此感到慶幸。

第二十章

簡．費爾法克斯小姐是個孤兒，貝絲太太的小女兒所生，是個獨生女。簡．貝絲嫁給了某步兵團的費爾法克斯中尉，婚後的日子美滿幸福，可是不幸中尉在國外捐軀沙場，做妻子的憂傷成疾，患上了肺結核，不久身亡，只留下這個孤女。

從母親這邊算她是海伯里人。三歲喪母後，她成了她外祖母和姨媽的財產、撫養對象、安慰和心肝寶貝。看來她一生一世出不了海伯里。因爲家中拮据，也沒有受教育的指望，長大以後空有上天賜給她的漂亮容貌和聰明頭腦，得不到任何親友的提攜或改變現狀的可能。

可是後來她時來運轉，遇上了父親的一位有情有義的朋友，此人就是坎培爾上校。他非常器重費爾法克斯，認爲他年輕有爲，是個當軍官的好材料，加之坎培爾上校在一次患嚴重斑疹傷寒時，得到他精心照料，可以說有過救命之恩。這些情分他始終未忘。雖然可憐的費爾法克斯死後幾年他才回英國，但仍然盡了自己的一分力。回國後他找到了朋友的遺孤，給予種種照顧。他已結婚，只有一個孩子，是女兒，與簡同年。簡成了他家的常客，一住就很長時間，漸漸得到了一家人的歡心。在她快滿九歲時，坎培爾上校主動提出願撫養她，這一來是由於女兒太捨不得她，二來是自己想把朋友的義務盡到底。他得到應允，自那時起簡成了坎培爾家的人，除了有時看看外婆，她天天與他們生活在一起。

坎培爾上校的打算是讓她讀些書，長大了當個教師。她從父親那裡只繼承了幾百英鎊，無法自立。要是把她培養成別的人（指上流社會階層），坎培爾上校又有些力不從心。他的薪資加上津貼收入雖還算可觀，但產業不多，而且必須全部歸親生女兒。他希望讓她受些教育，將來能過體面日子。

簡．費爾法克斯的簡歷就是如此。她遇上了好心人，在坎培爾家生活無憂無慮，還受到了極好的教育。由於總是與有德行、有知識的人相處，她的心靈和智力受到了好影響，有修養，有學識。坎培爾上校住在倫敦，到了那裡，頭腦較遲鈍的人經良師指點也會開化。她性情好，有才能，沒有辜負恩人的一番盛情。十八、九歲的人如能教孩子可算是成熟早，她到了這個年齡已完全能擔負起這個職責，但由於受到寵愛，沒有離開坎培爾家。做爸爸和做媽媽的沒有提起，做女兒的更不忍心。那叫人心碎的日子終於未能來。無疑，她年紀太輕。簡仍然與他們在一起，實際上被當成了女兒，結交上流人物有她一份，家庭的享樂也有她一份。只是未來叫人擔憂，她頭腦清楚，知道好景不長了。

簡比坎培爾小姐美麗聰明，正因爲這樣，一家人的關懷，特別是坎培爾小姐的一片深情，對雙方來說就更難能可貴。上天賜予簡的容貌，那位年輕小姐不會沒有看到，她的天資高人一等，做父母的也不會沒有察覺；然而，他們一直相親相愛，在一起直住到坎培爾小姐出嫁。在婚姻大事上，機會和命運常常良莠不分，叫人難以捉摸。一位又有錢又討人喜愛的青年狄克遜先生，對坎培爾小姐一見傾心。坎培爾小姐找到了稱心如意的丈夫，而簡．費爾法克斯連生計也沒有著落。

這件事剛發生不久，所以她那位趕不上她幸運的朋友還來不及著手找她的職業，雖然她自知已到了這個年齡。她早下了決心，把這個年齡定在二十一歲。她像虔誠的修女一般堅毅，決心在二十一歲時獻身，擯棄一切人生的歡樂、親朋好友、安寧和希望，甘受永久的苦行。

上校和坎培爾太太雖不忍割愛，但畢竟是明白人，見她如此堅決，不能反對。只要他們健在，她用不著當眞，他們的家就是她的家。如果僅顧自己，他們當然要留住她不放，但這樣做顯得自私。無可避免的事晚發生不如早發生。也許，他們已開始想到，更好心和明智的做法是不讓她多拖延時日，不再讓她享受現在就必須捨棄的舒適與安逸。然而，感情畢竟是難以控制的，它會利用一切可乘之機，阻止那不幸時刻的到來。自從他們的女兒出嫁後，簡身體一直欠佳。在她完全復原之前，他們必須禁止她操勞，因爲這樣做不但對一個體虛而有心事的人不相宜，而且對一個體健心寬的人來說往往也非容易。至於她未與他們一道去愛爾蘭的原因，她對她姨媽說的全都屬實，然而還不是全部事實。她趁他們離家時去海伯里是她自己的選擇，也許這段時間是她與朝夕思念的親人在一起的最後幾個月自由自在的時間。且不論坎培爾夫婦的動機如何，是單一的還是多方面的，有一個或兩個、三個，反正他們欣然同意了這一安排，說他們認爲要使她恢復健康，最好的辦法莫過於讓她呼吸幾個月家鄉的空氣。所以，她準定會來。海伯里現在要迎接的不是盼望已久的希世珍寶——法蘭克·邱吉爾先生，而是簡·費爾法克斯，她已有兩年時間沒來這裡，必然會使海伯里人感到新鮮。

愛瑪要與一個她厭惡的人周旋三個月之久，處處彆彆扭扭，心裡大不樂意。爲什麼她不喜歡簡。費爾法克斯也許是個難於回答的問題。奈特利先生有一次對她說過，那是因爲她一心要成爲一個完美無缺的人，而實際上完美無缺的倒要數簡。這句話當即遭到了有力駁斥，然而在內心深處，她反省過好幾次，自覺有愧，只是她仍在想：「我與她總是合不來，說不清楚究竟為什麼。反正，她的神態中帶著冷漠、矜持，顯然不在乎我對她是否有好感。再說，她姨媽的話老是沒完沒了，那張嘴人人討厭。我們因為是同年齡的人，誰都以為應該要好，只當我們情投意合。」她只想出了這些原因，一些算不上原因的原因。

她的厭惡是毫無道理的，那些缺點本來就無中生有，又被想像力誇大了，所以往往當簡．費爾法克斯每離開一段時間後，愛瑪第一次看到她時反倒感到對不起她。這一次她們闊別了兩年，簡一來，愛瑪理所當然地去看望了她。整整兩年來，愛瑪一直在心裡貶低簡的外貌和舉止，然而這次她特別受到震動，她發現，簡．費爾法克斯長得楚楚動人，儀態萬千。她風度高雅，像是大家閨秀，而愛瑪最講究的就是高雅。她身高合適，幾乎每個人都會承認這一點。個子高，但沒有人能說太高。身段勻稱，不胖不瘦，雖然體質略顯虛弱，表明了她的不幸。這一切愛瑪不會感覺不到。她的臉型和五官比她記憶的更美，雖然說不上絕色，但自有迷人之處。眼睛是深灰色的，睫毛、眉毛是黑色的，非常可愛，而皮膚白皙、細嫩，以前愛瑪總覺得還缺少血色，現在看來確實無懈可擊。她很美，而且美中帶著高雅。平心而論，這種高雅正是她理想中值得讚頌的高雅，從相貌和修養來說，在海伯里都是不多見的高雅。她處處感到她超凡脫俗。

總之，第一次見面時她看著費爾法克斯又高興又欣賞，決心打消成見。她想著她的美麗、身世、處境，這位出類拔萃的人的命運，她行將結束的好日子，以及未來的生活，不由感到同情和欽佩。特別是除了人所共知的不幸外，她可能還看上了狄克遜先生。愛瑪開初自然而然懷疑過，但把話悶在心裡。如眞有此事，她忍受的犧牲就很值得憐憫和敬重了。

想到這裡，愛瑪改變了看法，覺得她不會勾引狄克遜先生，從他太太手中奪愛，或者做她開初懷疑過的居心不良的事。即使有愛情，也只是她單方面天眞、單純、不成功的愛情。也許，當她陪著她朋友與他談話時，無形中吞下了那種可悲的毒汁。現在，出於最善良、最純潔的動機，她毅然放棄了去愛爾蘭的機會，決心不怕勞苦，馬上去尋找職業，與他和他的姻親關係實際上是做了切割，一刀兩斷。

可以說，愛瑪離開她時內心充滿同情和憐憫，在回家的路上不時地四下看望，感嘆海伯里沒有能夠使她自立的青年，想不到有誰可為她想出好辦法。

這些感情都是可貴的感情，然而沒有持久。本來，她想公開宣告要與簡．費爾法克做終身的朋友；為了消除以往的偏見和彌補過失，不但打算對奈特利先生說「她的確漂亮，但最難得的還不是漂亮」；而且要拿出行動，但可惜簡與她外婆和姨媽來哈特菲爾德玩了一夜，使一切恢復了原樣。以前那些令人煩惱的事又發生了。做姨媽的照舊嘮嘮叨叨，甚至比過去更討厭，除了誇耀簡的能幹，還要擔心她的身體。簡給她自己和她媽縫的新帽子、新針線袋她一件件拿給人看，簡早餐吃多小一塊奶油麵包，中餐吃多小一片羊肉，她都說得仔仔細細，愛瑪不看也得看，不聽也得聽。簡的老毛病發作了。她們要聽音樂，愛瑪奉陪了，彈完琴以後，簡少不了也說了道謝和恭維愛瑪的話，但愛瑪覺得，她全在裝模作樣，其實是想表現自己高明。此外，最糟的是，她處處小心設防。她的眞心實意難以捉摸。她蒙上一件禮貌的外衣，好像存心把一切包藏起來，那諱莫如深的態度既可惡又可疑。

對每件事她都守口如瓶，但比較而言，最不願談的要算韋默斯和狄克遜夫婦。她似乎根本不願讓人了解狄克遜先生的性格、她對他爲人的估價以及這樁婚事是否合適的看法，盡說讚美或敷衍話，滴水不漏。然而，這對她並無好處。她的心機白費了。愛瑪看破了她的花招又懷疑起來。也許她要隱瞞的不僅是自己的感情。狄克遜先生或者是中途變了心，或者是爲了得到一萬二千英鎊財產，一直只看中坎培爾小姐。

對於其他的事，她同樣秘而不宣。她和法蘭克．邱吉爾先生在同一時間到過韋默斯。愛瑪只知道他們有些往來？但他究竟是個怎樣的人愛瑪卻打聽不到任何實情。

「他長得漂亮嗎？」

「我想大家都認爲他年輕漂亮。」

「他性格好嗎？」

「大家都這樣看。」

「他像不像一個有頭腦、有知識的人？」

「我們是在海邊遊玩，在倫敦時也不過是點頭之交，對這些事知道得不多。我與法蘭克先生來往少，難說他是怎樣一個人。我想大家都覺得他逗人喜歡。」

愛瑪不能原諒她。

第二十一章

愛瑪不能原諒她，可是當時在場的奈特利先生並未發現有任何氣惱和不滿的表示，只當兩人談得投機、親熱；第二天上午再到哈特菲爾德有事找伍德豪斯先生時，又讚許了一番。因爲愛瑪的父親也在房間裡，他的話說得沒那麼坦率，但說得很明白，愛瑪能夠領會。他一直認爲愛瑪對簡有成見，現在看到變了樣，非常高興。

等到把對伍德豪斯先生該說的話說完了，他也表示已聽明白，奈特利先生把卷宗擱到一旁，說：「昨天晚上叫人高興，很難得。你和費爾法克斯小姐給我們作了精采表演。伍德豪斯先生，夜晚有兩位這樣好的姑娘陪著，一會兒聽聽音樂，一會兒聊聊天，實在是愜意。愛瑪，我看費爾法克斯小姐昨天一定高興。你殷勤周到，鋼琴讓她彈得多；她外婆家沒有鋼琴，多彈才盡興。」

「難得你說好話，」愛瑪笑著道，「對於來哈特菲爾德的客人我想我還沒虧待過誰吧？」

「是這樣，親愛的，」她父親把話接了過去。「我知道你沒有。像你這樣殷勤好客的人哪兒也難找。不過有時你太殷勤，昨晚的鬆餅拿給大家吃一次足夠了。」

「是這樣。」奈特利先生就差一步沒搶先說。「你沒虧待過誰，不但表面上沒有，內心裡也沒有。不用說，我的話你句句明白。」

愛瑪調皮地看了他一眼，表示明白他的意思，但說了句：「費爾法克斯小姐太沉默了。」

「我早就告訴你她有些沉默，但是你應體諒她。她的隱諱一半是出於自卑，這沒有必要，你很快會幫她克服這種自卑；另一半是出於謹慎，謹慎對人有好處。」

「你認爲她自卑，我可看不出。」

「那麼，愛瑪，」他說著坐到她近邊的椅子上，「你昨天晚上不會有什麼不高興吧？」

「那倒不。我什麼事都要問，但什麼事她都一問三不知，眞有意思。」

「這使我很失望。」奈特利先生答道。

「昨天晚上沒有人不高興吧？反正我高興。」伍德豪斯先生說道，照例是一副不急不忙的神態。「有一次我覺得爐火太旺，後來把椅子往後移了移，就稍稍移一點點，結果沒事了。貝絲小姐話多、興致高，她總是這樣，只不過講話太快。無論怎麼說，她討人喜歡。貝絲太太也一樣，就是性格不同。我喜歡老朋友。簡．費爾法克斯小姐是個漂亮的小姐，一個又漂亮又文靜的姑娘。不消說她玩得高興，因爲她有了愛瑪。奈特利先生，你看呢？」

「是這樣，先生。愛瑪有了費爾法克斯小姐也高興。」

愛瑪看出了他的焦躁，有心撫慰兩句，至少不讓他當場發作，便帶著誰也無法懷疑的誠意說：「她算得上一個美人兒，越看越覺逗人愛。我總覺得她的長相少見，而處境卻叫人從心底裡同情。」

奈特利先生似乎滿意得不知該說什麼好，伍德豪斯先生這時正想著貝絲家的人，沒等奈特利先生接上話，便說：「她們的家境這樣艱難，眞可憐！實在太可憐！我常想——不過也只想想，沒有眞做——有稀罕的東西是不是得送一點去。我們剛宰了一頭小豬，愛瑪想把背脊肉或腿給她們。東西不多，但好吃。雖然都是豬肉，哈特菲爾德的要比別家強。我的好愛瑪，就不知她們像不像我們一樣，能把肉炸得香噴噴的，做成大塊肉片，沒有一點油膩味。也不用烤它，烤肉吃不得，誰吃了胃都受不了。如果不會做，我們還是送隻腿去。親愛的，你看呢？」

「哎呀，爸爸，我把後面一段全給了她們，你一定高興。腿可以用鹽醃，醃豬腿味道好，背脊上的肉可以馬上吃，怎樣做隨她們的便。」

「該這樣，親愛的，正該這樣。我起先沒想到，還是這樣最好。醃豬腿的鹽不能多，只要鹽不太多，照我們家塞爾的辦法，燉得很爛，連白蘿蔔一起燉，再加一些胡蘿蔔或者防風草，每次盡量少吃，我看對身體無妨。」

過了一會，奈特利先生說；「我要告訴你一件新聞。你愛聽新聞，正好我往這兒來時知道了一條你一定會關心的新聞。」

「新聞！哦，是的，我最愛聽。什麼新聞？你笑什麼？哪兒聽來的？在蘭德爾斯？」

「猜錯了，不在蘭德爾斯。我今天沒去蘭德爾斯。」他剛說到這裡，突然門開了，貝絲小姐和費爾法克斯小姐走了進來。貝絲小姐又要表示謝意，又要報告新聞，不知進門先說什麼。奈特利先生知道他已失去良機，一個字也說不成了。

「伍德豪斯先生，你好！親愛的伍德豪斯小姐，我簡直不知說什麼好。那麼大一塊肉！你眞慷慨！那新聞你聽到了嗎？艾爾頓先生快結婚了！」

愛瑪近來甚至沒有工夫想到艾爾頓先生，聽這一說，大感意外，不免一怔，臉上有些發燒。

「我也是要說這件事，我知道你會關心的。」奈特利先生說完一笑，好像是因爲對她說過的話已得到證實而洋洋得意。

「你從哪兒聽來的？」貝絲小姐叫了起來。「奈特利先生，你是從哪兒聽來的？我接到科爾太太的信才五分鐘。對啦，不會超過五分鐘。多一點的話，十分鐘了不得。我剛戴上帽子，穿上短大衣，準備出門，下樓對帕蒂講起那腿肉。簡是站在走廊裡的。簡，是這樣吧？我媽擔心我家能醃肉的盆子都太小，於是我說我下樓看看。簡說：『讓我去吧，你受了點涼，帕蒂正在廚房洗東西。』我說：『哦，那——』咳！正在這時，信來了。是與霍金斯小姐結婚，我就知道這一點點。是巴斯的霍金斯小姐。科爾先生和科爾太太一聽說這事馬上寫了個信給我，你怎麼也聽說了，奈特利先生？一位霍金斯小姐……」

「一個半小時前我有事到科爾先生家，進門的時候，他剛好看完艾爾頓先生的來信，順手遞給了我。」

「難怪！說起來——我想別的事都不會叫人這樣關心。伍德豪斯先生，你眞是太慷慨了。我媽千恩萬謝，感激不盡，說你的禮物使她很過意不去。」

伍德豪斯先生答道：「我看我們哈特菲爾德的豬肉比哪家的都強，這可不假，我和愛瑪高興的是……」

「伍德豪斯先生，我媽說朋友們對我們太好了。本來呢，要是自己錢不多，想什麼有什麼辦不到，可是我們行。可以說多虧我們的命運好。奈特利先生，這麼說你親眼看到了信……呃……」

「信很短，只爲報喜，當然是興高采烈的。」說著，他詭異地看了愛瑪一眼。「他說他幸運地……原話記不清楚了，我也用不著這些話。大意是你剛才說的，他馬上要與一位霍金斯小姐結婚。從他信上的口氣看，這件事是剛定下來的。」

「艾爾頓先生要結婚！」愛瑪終於說話了。「他有喜事大家都高興。」

伍德豪斯先生的見解與衆不同。「艾爾頓先生要算早婚，其實用不著這樣急急忙忙。他現在這樣我看已很不錯了。他到哈特菲爾德來我們每次都熱情相待。」

「我們又要多一位鄰居了，伍德豪斯小姐！」貝絲小姐歡歡喜喜地說。「我媽很高興。她說，我們村的古老的牧師房子連個女主人都沒有，她過意不去。這眞是個大好消息。簡，你還沒見過艾爾頓先生，難怪很想看看。」

簡似乎並非十分熱切。

「我還沒見過艾爾頓先生，」她聽了只好答道。「那他——他個子高嗎？」

「那就各人的看法不一了，」愛瑪大聲說。「我爸爸會說高，奈特利先生會說矮，我和貝絲小姐會說不高也不矮。費爾法克斯小姐，你多住些日子後會發現，艾爾頓先生論外表，論才幹，都算得上是海伯里的完人。」

「伍德豪斯小姐，這一點不錯，她以後會知道的。年輕的男人數他最好。親愛的簡，昨晚我對你說了，他的高矮與佩里先生一樣，你怎麼忘了？霍金斯小姐不用說，是百裡挑一的姑娘。艾爾頓先生對我媽關心極了，擔心她聽不清楚，叫她坐在教堂的前面。誰都知道，我媽有些耳聾，雖沒有大不了的事，聽話總是不很方便。簡說坎培爾上校也有些聾。他以爲洗澡對他有好處——就是洗熱水澡。可是她說那斷不了他的病根。你知道，坎培爾上校是我們心目中好得很的人。狄克遜先生似乎也是個逗人喜愛的青年，配做他的女婿。好心人配好心人就有快樂，凡是好心人都要配到一起。現在艾爾頓先生配上霍金斯小姐。科爾夫婦倆是心腸極好的人，佩里家也是。佩里先生與佩里太太夫婦倆過得最爲和睦，最稱心。伍德豪斯先生，我說——」她把臉轉向伍德豪斯先生。「我想沒幾個地方比得上海伯里，好心人這麼多。我總是說，我們算有福氣，有這樣難得的好鄰居。伍德豪斯先生，我媽別的都可有可無，就喜歡吃豬肉，特別是烤背脊肉……」

愛瑪說：「霍金斯小姐的底細大概誰也不知道，他與她認識了多久也不知道。一定沒多久，他才離開四個星期啊。」

沒有人能答上話。愛瑪想了一會兒，又說：「費爾法克斯小姐，你一句話也沒說，對這件新聞其實也關心吧？最近這些事你聽得多，見得多，爲了坎培爾小姐一定操了很多心，現在對艾爾頓先生和霍金斯小姐要是不聞不問，我們不會放過你。」

簡答道：「我見了艾爾頓先生以後自然會關心，恐怕只能等到那時。坎培爾小姐結婚已幾個月，好些事記不清楚了。」

貝絲小姐說：「伍德豪斯小姐，你說得對，是四個星期，到昨天他走了整整四個星期。一位霍金斯小姐！嘿，原來我以爲會看中附近的哪位小姐。我可從來沒有——是科爾太太悄悄對我說——可是我馬上說：『不會，艾爾頓先生是個了不得的人，不過呢——』總之，我知道這種事情我不能馬上看出來。這是眞的。要明擺著的事我才看得見。別人與我不同，知道艾爾頓先生要……伍德豪斯小姐眞是好性子，讓我一個人在囉嗦。她知道我是絕對不會講誰的壞話的。史密斯小姐怎樣了？她的病看來全好了。約翰·奈特利太太最近有信來嗎？喔唷，那幾個小寶貝眞可愛！簡，你也許還不知道，我總以爲狄克遜先生像約翰．奈特利先生。我是說長得像，個子高，神態一樣，都不太愛講話。」

「姨媽說錯了，一點也不像。」

「那才怪！但沒見過的人誰也說不準是什麼模樣，只能靠自己去猜想。聽你說，狄克遜先生不算漂亮。」

「漂亮！噢，差遠了。是貌不驚人。我對你說過，他不漂亮。」

「親愛的，你說過坎培爾小姐不承認他長得難看，而你……」

「哦，別說我，我的看法一文不值。只要順心的人我都當他長得好看，我說他長得不漂亮是一般人的看法。」

「噢，簡，我們得快走。天色不大好，外婆要擔心。伍德豪斯小姐，你待人眞好，只是我們得走了。今天的消息是個好消息。科爾太太那裡我還要去一趟，至多坐三分鐘。簡，你先回去，讓你淋雨可不成！——她回到海伯里身體眼見好些了。多謝了，戈達德太太那裡我本不打算去，她只有心思燉肉，別的不願過問，現在要燒豬腿，非找她不可。伍德豪斯先生，再見。哦，奈特利先生也要走。那太——要是簡沒有力氣了，你一定會扶著她。艾爾頓先生找上了霍金斯小姐啊！再見了。」

愛瑪孤單單地跟她父親在一起，心神不定。她父親沒料到艾爾頓先生年紀輕輕要匆忙結婚，而且是與不相識的人結婚，惋惜不已。愛瑪一邊顧著父親，一邊也在想著這件事。對她來說，這個消息既意想不到又値得歡迎，它說明艾爾頓先生苦惱的日子並不長。然而她很可憐哈莉特，哈莉特聽了一定會難過。她沒有別的希望，一心只想把這個消息搶先去告訴她，以免她從其他人那裡聽到後太感突然。現在她就得去，但又擔心會遇上貝絲小姐。天開始下起雨來了，愛瑪估計哈莉特在戈達德太太家出不來，她聽到這條消息一定毫無準備。

雨下得很大，但時間不長。雨過了沒五分鐘，哈莉特來了，由於趕路匆忙，臉發燒，氣喘吁吁，一看就知是有急事報告。果然，她進門便說：「哎呀，伍德豪斯小姐，你想想看發生了什麼事？」這句話足見她正心煩意亂。愛瑪心想，哈莉特既已挨了一悶棍，最能表示關心的辦法是靜心聽著。哈莉特並無顧忌，一口氣把想說的全說了出來。「半小時前我從戈達德太太家出來。我怕天下雨，一場大雨眼看著要來了；後來又想，到哈特菲爾德也許來得及，便拚命趕。等走到一個在替我做長外衣的年輕女裁縫門口時，我順便進去看了看衣服做得怎樣了。我覺得只進去了一會工夫，可是出門沒多久天下起雨來，我不知怎麼辦好。我又往前飛跑，跑到福特商店停了下來。」（福特商店是一家兼賣呢絨、亞麻、服飾用雜貨的大商店，在這一帶不但規模首屈一指，而且經常的都是時髦貨。）「我坐了下來，什麼也沒想，等過了大約十分鐘，突然進來兩個人。太奇怪了！但他們總是來這家店買東西。進來的兩個人是伊麗莎白．馬丁和她哥哥。親愛的伍德豪斯小姐，眞巧！我心想這下可完了，一點主意都沒有。我坐在門邊，伊麗莎白一眼看見了我，但他沒有看見，正在收傘。她一定看見了我，可是她的眼睛馬上又望到別的地方，假裝沒看見。他們一直往店裡走，我坐在門口沒動。天哪，眞倒楣！我的臉一定白得像張紙。天在下雨，走不了，我恨不得鑽到地下去。哎喲，伍德豪斯小姐，眞難呀！後來，他好像回頭看見了我，因爲他們不再買東西，輕聲講起話來。伍德豪斯小姐，你說他會嗎？過一會，她走了過來，一直走到我跟前，問我近來怎樣，還想與我握手。她過去不是這樣，我想她已經變了。可是她裝得很親熱，我們握了手，站著談了一會。我說了什麼現在想不起來，當時我害怕極了！我只記得她說，我們沒再見面她很想念，說得我怪不好意思。親愛的伍德豪斯小姐，我眞爲難！後來，雨下小了，我打定主意馬上走。可是，哎呀！我看到他往我這邊來了，慢吞吞地，好像很尷尬。他過來說了話，我也說了。我站了一分鐘，你知道，心裡有說不出的難受。後來，我鼓起勇氣，說天不下雨了，我得走了。我說完就走，誰知出門沒兩步他追了上來，說如果我去哈特菲爾德，應該繞科爾先生的馬棚走，因爲剛下過雨，最近的那條路有水。天哪，我差一點沒昏過去！我說我很感謝他；你知道，不說不行。然後，他跟著伊麗莎白，我繞馬棚走了。我走的好像是馬棚邊，可是也辨不清方向了。哦，伍德豪斯小姐，遇上別的事都好，偏偏遇上這種事！不過，看到他對我這樣子，這樣熱心，又有些高興。伊麗莎白也一樣。伍德豪斯小姐，你說說，我該怎麼辦？」

愛瑪的確想說，只是一時間拿不定主意。她得冷靜想想。她自己心神不定。馬丁和她妹妹的舉動似乎是眞情實意的表現，她不能不同情他們。照哈莉特所敘，他們的舉動耐人尋味，既流露出了怨恨，又流露出了疼愛。她早就相信他們是心地善良、品質高貴的人，但是既然雙方門戶有別，這有何益呢？她不該前顧後盼。當然，失去了她，他一定難過，一家人都難過，愛情落空了，奢望也落空了。也許他們全都希望靠著哈莉特的關係往上爬；再說，哈莉特的話可信嗎？她容易滿足，頭腦簡單，她的好話有何價值？

她振作起來，打算安慰她，說她遇到的事純屬小事，不必掛在心中。

「當時這件事的確叫人難辦，」她說，「不過你應付得很好。現在事情已經過去，遇上這一次不一定會遇上第二次，第二次完全不可能，所以你不用再想了。」

哈莉特一面說「是這樣」，她「不會再想了」，一面卻仍在談著這件事，說來說去離不開這個話題。愛瑪無計可施，爲了使她不再想馬丁家的人，只得立刻把原來唯恐她聽了會傷心的消息告訴她。可憐的哈莉特心亂如麻，艾爾頓先生既能給她帶來苦惱又能消除苦惱，愛瑪想到這裡不知道該喜、該怒、該羞或者僅僅付之一笑。

哈莉特把心思慢慢轉向了艾爾頓先生。開始她聽到那個消息時表情漠然，如果在前一天，或者一小時前，她一定會傷心透頂。可是過一會她開始關心起來，不停地談著那位幸運的霍金斯小姐，又驚奇，又迷惑，又懊悔，又痛苦，又高興，百感交集，馬丁兄妹終於被忘在腦後。

愛瑪慶幸有與馬丁兄妹的偶遇，這件事倒成了一件好事，使她能從容不迫地說出那個令人震驚的消息。現在哈莉特與她常來常往，馬丁家的人如果不登門，根本找不到哈莉特，而他們一直既無勇氣，又恐有失臉面，未曾找過她。在羅伯特·馬丁遭到拒絕後，他的兩個妹妹一次也沒有去過戈達德太太家。也許，再過一年，雙方都不會再湊到一塊去了，甚至即使有人勸說也不會有用了。

第二十二章

誰要是有了非同尋常之事，世人必然就對誰有好感，所以，年輕人無論結婚或死亡，準可以被說上幾句好話。

自從第一次提到霍金斯小姐後不到一星期，海伯里的人已用各種方式歷數了她裡裡外外的優點——漂亮、文雅、多才博學、性格溫和。艾爾頓先生回來後已無需再誇耀自己的美好前景和宣揚她的可取之處，只需說出她的芳名和最喜愛彈誰的樂曲就行了。

艾爾頓先生回來時成了個幸運兒。他走時的心情截然兩樣：儘管他曾眼見一個令他鼓舞的對象，但到頭來卻遭到了拒絕，受到了恥辱，滿心希望化為泡影，不但失去了一位與他正好相配的小姐，而且硬被與一位地位卑微的私生女拉扯在一起。他憤然離去，凱旋而歸；與他訂婚的另一位小姐與第一位相比還要勝過一籌，他之所得足足彌補了他之所失。他回來以後洋洋得意，躊躇滿志，毫不理會伍德豪斯小姐，更沒把史密斯小姐放在心上了。

那位迷人的奧古斯塔·霍金斯才貌雙全，不但如此，還擁有一筆萬鎊家財，要過舒適生活少不了它，要受人尊敬也少不了它。一切叫人稱心如意。他挽回了面子，得到了有萬鎊家財的女人，而且是神速得來的，兩人相識不久便情投意合。他向科爾太太談起的一段經過十分精彩：兩人起先是偶然相遇，接著在格林先生家赴宴，又在布朗太太家聚會，步步順利。她笑吟吟，羞答答，含情脈脈，很快動了心、入了迷。總之，用一句乾脆利落的話來說，就是她願嫁給他。這一來，有虛榮心的人滿足了，待價而沽的人同樣滿足了。

他名譽與利益並得，財產與愛情雙收，可謂稱心如意，幸運非常。僅在幾個星期前，他見著海伯里的年輕小姐們都得謹而慎之，現在卻談笑自若，句句話離不開自己，離不開他的心上人，接受著她們的祝賀，任憑她們哄笑。

婚禮指日可待，因爲雙方都能自主，只須進行一些必要的準備。他又往巴斯去了，村里人都估計他再回海伯里時一定會帶來新娘。科爾太太熟知內情，從她的眼神看，這種估計沒有錯。

這次他沒住上幾天，愛瑪難得見到他，但是她覺察得出來，他們過去的交情算是完了。他依然如故，擺出的完全是一副趾高氣昂而又不忘舊情的架勢。其實，她已自怨自艾，後悔過去不該把他當好人。有他在眼前，她心裡總不大痛快，如果她不想領教什麼叫懺悔、教訓、懊惱，那麼，能永生永世不見他，她眞要謝天謝地。她對他並無惡意，他卻要刺傷她的心，所以她巴不得他遠走高飛。

他將長期住在海伯里，本來這是一件叫人苦惱的事，可是好在他即將結婚，這一來可免去許多擔憂，減少許多彆扭。由於有了一位艾爾頓太太，他們即令不再往來也情有可原，過去親熱將來疏遠更不致招人議論。他結婚以後，他們之間便能互相再以禮相待。

對於那位霍金斯小姐，愛瑪很不以爲然。無疑她叫艾爾頓先生看著中意，在海伯里人眼中是位完人，算得上漂亮，但與哈莉特相比，可能相形見絀。至於她的家世，愛瑪並不難猜。儘管他自命不凡，瞧不起哈莉特，但並沒有找到一個比她更好的人。在這方面，事情的眞相將會不言自明。她本人如何尚不可知，但她的來歷很容易想像。不錯，她有一萬鎊財產，但除了這點她並不比哈莉特強。她沒有聲望、門第和顯貴的親戚。霍金斯小姐是布里斯托一位商人兩個女兒中小的一個。他經商營利不多，當然，他的買賣的規模也就可想而知。每年冬天霍金斯小姐要去巴斯住一段時間，但她的家在布里斯托，而且是在布里斯托的中心地帶。她父母幾年前死了，只有一個叔叔，是搞法律的。這位叔叔有沒有別的了不起的事還沒聽說，只知是搞法律的，身邊有個女兒。愛瑪猜他只是哪位律師的跟班，因頭腦笨，爬不上去。親屬中唯一值得誇耀的是她姊姊。她福氣好，嫁的那位紳士有錢，住在布里斯托附近，竟有兩輛馬車！霍金斯小姐的來歷大致如此，這是她的榮耀所在。

對於這件事，她對哈莉特從何說起呢？她已經挑動了她的春心，可是天哪，要使這顆心歸於平靜又談何容易！要填補她心靈的空虛，使她忘記一個她愛慕的人，靠幾句話是辦不到的，可行的辦法是用另外一個人取代他；他準能被取代，這顯而易見，甚至用羅伯特．馬丁也行。她擔心，醫治她的心病別無良方。有的人一旦墜入情網就再也無法脫身，哈莉特屬於這種人。可憐的姑娘，由於艾爾頓先生又回來了，心裡更難受，因爲她不是在這裡就是在那裡遇見他。愛瑪只見過他一次，可是哈莉特每天倒有兩、三次要迎面碰到他，即使沒遇著他，也要聽到他的聲音，或者看到他的背影，或者在一片驚嘆和胡亂猜測的狂熱中遇到一、兩件事勾起對他的回憶。更有甚者，她滿耳灌的是有關他的議論。除了在哈特菲爾德，與她相處的人沒有一個能看到艾爾頓先生的缺點，都熱衷於談他的婚事。對於已經成爲現實和將成爲現實的事情，包括將有多少收入、多少僕人、多少傢俱，人們有種種傳聞和猜測，無不談得活靈活現，她都能聽到。沒有人不在誇他，這使她更覺得他好。哈莉特痛苦而傷心，因爲她聽到大家無休無止地談論霍金斯小姐有多幸運，談論他對她的愛情有多深，甚至他在家門口散步時的神氣以及帽子的戴法都有人注意，成了他正處在熱戀中的證據。

假如情況許可，假如她的朋友和她自己不是這麼苦惱，那麼愛瑪對哈莉特那種彷徨不定的心境眞會感到可笑了。有時候，艾爾頓先生在哈莉特心中占了上風，有時候馬丁一家又占了上風，反正，彼此互相牽制。由於艾爾頓先生訂了婚，遇到馬丁先生引起的激動總算平靜了下來。而艾爾頓先生訂婚消息所引起的不快，又由於幾天後伊麗莎白．馬丁到了戈達德太太家而被置之腦後。那天哈莉特不在，伊麗莎白留下了一封信。上面的話寫得十分動人，大都是好話，只有一兩句責備。對這件事她左思右想，不知如何答覆，內心很想做更多她不敢承認的事，直到艾爾頓先生來了，她的憂愁才煙消雲散。有他在時，馬丁家的人又被忘到腦後去了。在艾爾頓先生又動身去巴斯的那天上午，爲了解除給哈莉特帶來的痛苦，愛瑪決定讓她回訪伊麗莎白．馬丁。

怎麼回訪呢？怎樣做才既顯得有禮又能萬無一失呢？眞叫愛瑪左右爲難。去看望伊麗莎白時，如果不理睬那位母親和妹妹們，就顯得忘恩負義。這樣做不行。但是理睬他們會使過去的事重演！思考再三，她認爲只能讓哈莉特跑一趟，但是必須讓馬丁家的人明白，這僅是一次禮貌性拜訪。她準備用馬車送哈莉特，到了艾比．米爾讓她下來自己走一段，然後再去接她。當中時間很短，不讓他們圖謀不軌或重溫舊夢，只讓他們知道將來還能保持一種友好關係。

別的妙計她想不出。儘管她自知這樣做有所不妥，這是一種經過掩飾的忘恩負義，但只能如此。要不然，哈莉特會落到什麼地步呢？

第二十三章

哈莉特這次沒有多少心思去回訪。在她的朋友到戈達德太太家叫她前半小時，有人正把一個貼著「巴斯，懷特．哈特，菲利普．艾爾頓牧師」標簽的大木箱，被搬到肉店老板的大車上，準備拖到驛車的必經之路去，說來湊巧，這一切正好讓她看到了。這一來，世界上的一切從她腦海裡消失了，剩下的唯有那只貼著標簽的木箱。

然而，她還是去了。到莊園她下了車，車就停在一條卵石鋪得又平又寬的便道邊，便道直通大門，兩旁是蘋果樹。看到這裡的一切，她想起了去年愉快的秋天，又感到這裡是個可愛的地方。分手時愛瑪發現她帶著一種又高興又害怕的神情四處張望著，便又一次叮囑她只能按講定的時間坐十五分鐘。愛瑪獨自往前走，利用這十五分鐘時間去看一個結婚後住在唐韋爾的老佣人。十五分鐘剛過，愛瑪就到了便道邊。史密斯小姐見她召喚，沒有拖延，也來了，身邊未跟著任何使人看了要心驚肉跳的年輕男人。就哈莉特一個人在卵石道上走著；一位馬丁小姐把她送到門口，顯然只說過兩句客套話又轉身了。

剛上馬車時，哈莉特連事情的經過也說不清楚。她的腦子太亂，愛瑪最後好不容易才明白了這次回訪的情況和帶給她的苦惱。她只見到馬丁太太和她的兩個女兒，她們的態度說不上冷淡，但對她的來意有懷疑，起先只談些任何人見面少不了的話，後來馬丁太太突然說史密斯小姐似乎長高了，幾個人才你一言我一語熱鬧起來。去年九月，正好在同一間房間裡，她與她的兩位好朋友量過身高，靠窗的壁板上留著鉛筆印和字，當時畫線的就是「他」！她們似乎都記得是在哪一天，哪一個時刻，有哪幾個人，以及具體情景，感受相同，惋惜相同，重歸於好的願望也相同。正說得高興時（愛瑪懷疑最熱心、最高興的是哈莉特），馬車來了，一切便都完了。這次回訪的方式和時間的短促叫誰也難以理解。不到六個月前她被這一家人款待了六個星期，現在卻只重會十四分鐘！愛瑪內心完全明白，她也感到這一家人的憤懣是有道理的，哈莉特的苦悶是很自然的。她是迫不得已而爲之。愛瑪本可以付出很大的代價或者忍受很大痛苦，來使馬丁一家的地位再提高一些。這一家人家境很好，成爲上等人不過一步之差。但是，對於現存的事實，她能改變麼？不成！她決不後悔。馬丁一家與哈莉特必須分手。這樣做勢必給人帶來莫大的痛苦。此刻，她自己也很痛苦。過了一會，她覺得必須尋找些安慰，決心回家時順便去蘭德爾斯，在那裡她能得到安慰。她不願再想艾爾頓先生或馬丁家的人。蘭德爾斯的氣氛不同，非去一趟不可。

這是個好主意，可是車到門邊，她們聽說先生和太太都不在家，已走了一段時間，大概是去哈特菲爾德了。

「糟糕！」她們轉身時愛瑪大聲說。「我們見不著他們了，太不湊巧，今天是最倒楣的一天。」她往後一靠，想自認倒楣或自尋安慰（也許兩者兼而有之），沒有壞心眼的人在這種時刻常會這樣。突然，馬車又停下了，她抬頭一看，原來韋斯頓夫婦就站在跟前。看見他們她立刻興奮起來，但韋斯頓先生比她更高興，先對她說：

「你好！你好！我們與你父親坐了很久，他身體很好。法蘭克明天來，我今天早上接到信，估計明天晚飯前一定會到。今天他在牛津，要來住兩星期，沒出我所料。如果他在聖誕節來，連三天時間也不會有。我一直不希望他聖誕節來。現在天氣正好，常出太陽，不下雨，少變化。我們可以陪他好好玩玩，一切都算如願以償。」

毋庸置疑，看韋斯頓先生臉上的喜氣就知道這個消息是真的。他太太的表情也一樣，只是話少些，沒那樣喜形於色，其實她心裡正高興。愛瑪早知他一定會來，看到這神態也就不奇怪，她把他們的快樂當成了自己的快樂。這消息是一帖治療垂頭喪氣病的最好興奮劑。由於喜事即將到來，她不再在乎過去的煩惱，立刻想到，艾爾頓先生的事可以暫時不提了。

韋斯頓先生對她詳細介紹了恩斯庫姆歷來辦事的規矩，讓她明白他兒子這次能自由自在地待上兩個星期，他此行的路線、打算全由他自己決定。她聽著、笑著、說著祝賀的話。

臨走時，他說：「我盡快帶他去哈特菲爾德。」

愛瑪發現，他說這話時，他太太用胳膊碰了碰他。

她說：「韋斯頓先生，不要說個沒完沒了，她們還要回家。」

「好，好，就走。」但是，他又轉身對愛瑪說：「你別指望他會好得出奇，你只聽了我的一番話。其實，他根本沒什麼了不起。」然而，他說話時兩眼發亮，說明言不由衷。

愛瑪假裝糊塗，只說了兩句無關緊要的話。

「明天想著我吧，親愛的愛瑪，四點鐘！」韋斯頓太太分手時說，聲音裡帶著幾分焦急，這話只是說給愛瑪聽的。

「四點！他三點準能來！」韋斯頓先生緊接著說，一次非常令人滿意的會見就這樣結束了。

愛瑪的情緒高漲了，又變得興沖沖地。一切都變了樣，詹姆斯趕馬似乎也不像剛才那樣有氣無力。她看看房子周圍的樹籬，這些樹好像馬上要發芽似的。她看看哈莉特，她的臉似乎開朗了，還掛著一絲微笑。

「法蘭克．邱吉爾先生要經過牛津，那麼也經過巴斯嗎？」哈莉特問道，然而，她並沒有很認真。

法蘭克．邱吉爾還隔著段路，不會說到就到，愛瑪的心也難以立刻平靜，但是她已有把握，這兩件事屆時就會實現。

轉眼到了第二天上午，這是令人高興的一天。韋斯頓太太忠實的學生愛瑪記得一清二楚，她在十點、十一或十二點的時候都沒有忘記韋斯頓太太要她在四點時想想她的囑咐。

「好朋友呀好朋友，你夠操心了，」她從房門裡下樓時邊走邊想。「你對別人體貼入微，就是不想到自己。這時候你一定在忙忙碌碌，到他房間裡去了又去，看看還有什麼沒準備周到。」她走過門廳，時鐘正打十二點。「現在是十二點。我記得不錯，再過四個小時我會想著你的。明天這個時候，也許稍晚一些，他們幾位也許都要來。他們一定急著要帶他來。」

她打開客廳的門，發現她父親正陪著兩位男客人，原來是韋斯頓先生和他兒子。他們剛來不久，韋斯頓先生剛說起法蘭克為什麼提前一天到，她父親正在表示歡迎和祝賀，她就推門了，免不了又是一番驚奇、喜悅和介紹。

那位人們談論已久、都想見見的法蘭克．邱吉爾就在她面前。他與她見過了禮；看來，名不虛傳。他長得一表人材，那身材、風度、談吐都不多見，臉上充滿他父親特有的氣質和活力，給人的印象是精明能幹。她立即對他產生了好感。他無拘無束、健談，使她感到他來是爲了結識她，他們很快能成爲朋友。

他在前一天晚上到達蘭德爾斯。她聽說他爲了多爭取半天時間趕到，改變了計劃，起早貪晚，加快腳步，心裡感到高興。

韋斯頓先生洋洋得意地大聲說：「我昨天對你們都說了，我知道他要提前到。記得過去我自己就這樣。誰出門也不會慢慢爬，總想趕快。受點累不可怕，搶在朋友們預想前趕到叫人最高興，比什麼都值得。」

「到了這地方的確叫人高興，」他兒子說，「雖然有許多人家我還不熟悉，但回到了家，我做什麼都感到很自在。」

聽說「家」，他父親格外滿意地望了他一眼。愛瑪立刻看了出來，他很會討好人，越聽越覺得是這樣。他說他很喜歡蘭德爾斯，認爲那房子布置得很漂亮，至於房子太小，卻閉口不提。他喜歡這裡的環境，一路走到海伯里都高高興興；海伯里固然好，哈特菲爾德更好。他自稱一直喜歡鄉下，因爲他的老家在鄉下，他日思夜盼要來看看。愛瑪有些懷疑他以前眞否這樣想過。然而，即令這是謊話，那也是叫人高興的謊話，編得巧妙的謊話。他並不顯得在裝腔作勢。看他的神態，聽他的語氣，倒眞有一種誰也會有的興奮。

他們談的大都是初次見面的人常有的話。他問了她會不會騎馬，覺得騎馬好還是走路好，喜不喜歡散步，鄰居多不多，海伯里的人是不是常相來往，說他在海伯里和海伯里附近看到了好些漂亮的房子，又談到舞會？還問開不開舞會，來這裡的人是不是都會唱歌彈琴。

這些事問完了以後，他們隨和些了。他趁兩人的父親在一起說得起勁，談起了他後母。他對她讚不絕口，感激不盡，因爲她使他父親生活得幸福，對他則予以熱情的接待。這是他會討好人的又一證據，而且是他認爲有必要討好她的證據。在她聽來，他的每一句讚美之詞韋斯頓太太都受之無愧，但是，當然他對韋斯頓太太了解的並不多。他懂得哪些話說了中聽，至於別的什麼，那與他關係不大。他說：「我爸爸結婚是十分明智的事，每個與他要好的人一定高興，讓他得到一個這樣幸福的家庭對他來說眞是恩重如山。」

他在言談中明顯流露了感謝她培養了泰勒小姐的美德的意思，但是話又很有分寸，不會讓人只當是伍德豪斯小姐造就了泰勒小姐的性格，而不是泰勒小姐造就了伍德豪斯小姐的性格。最後，他轉彎抹角說出了他想說的話：他沒想到泰勒小姐這樣年輕美麗。

他說：「有教養，性格好，這是我早預料到的，可是老實說，我至多只當韋斯頓太太是個有一定年紀、相當中看的人，想不到她又年輕又漂亮。」

「我覺得，韋斯頓太太你無論怎樣讚美也不過分，」愛瑪說。「如果你猜她只十八歲，我聽了也高興，可是她不會讓你這樣說。注意別一讓她猜到你說了她年輕漂亮。」

「那不用說，你放心好了，」他答道，彬彬有禮地鞠了一躬。「我明白在韋斯頓太太面前說哪些讚美的話合適。」

對他們兩人的相識會出現什麼結果愛瑪有過許多猜想，但她捉摸不到他是否有同樣的猜想，他的漂亮話應該看成是情投意合的象徵，還是貌合神離的表現。只有多接觸她才能了解他的性格，現在她只覺得他們還相處得來。

韋斯頓先生心裡在想什麼她無須懷疑。她多次發現他銳利的眼睛在瞟著他們，流露出高興的表情；有時他的眼睛沒在看他們，但她知道他的耳朵卻在聽著他們講話。

幸好她父親沒有動過同樣的念頭，他完全缺乏洞察力和想像力。恰巧他不贊成結婚，更無這方面的預見。無論誰準備結婚時，他照例反對一通，但在宣布訂婚前他是一無所知的，倒免去許多苦惱。除了既成事實，似乎他從來就不懷疑哪兩個男女互相了解是為了結婚。他的麻木不仁當然有好處，她正求之不得。此刻他腦子裡沒有產生任何疑團，根本想不到他的一位客人可能居心不良，只顧憑著那副與生俱來的好心腸殷勤待客，關心法蘭克．邱吉爾先生一路是否舒適，怕他途中兩夜沒睡好覺，十分誠懇地問他有否受涼，叫他別麻痺大意，說要再過一夜才能保險。

坐了一段時間後，韋斯頓先生起身告辭。「我得走了。我要到克朗旅社談談乾草的事，到福特商店為我太太買一大堆東西，想先走一步。」

他兒子受的教育太規矩，沒聽出話外有音，立即也起身，說：「爸爸，你辦你的事好了，我想抽這時間去看一個人。反正遲早要去，不如現在去好。我榮幸地認識你的一位鄰居——」他轉身對愛瑪說，「是位小姐，就住在海伯里或這附近，姓費爾法克斯。其實這一家人不姓費爾法克斯，好像是姓巴恩斯或貝絲，大概並不難找。你知道這個人家嗎？」

他父親大聲說：「那不用說，我們知道。貝絲太太家，我們來時就從她門前經過。我看到貝絲小姐站在窗前。對啦，你與費爾法克斯小姐熟！我記得你是在韋默斯認識她的，這小姐挺不錯。你去吧，當然得去。」

法蘭克說：「倒不一定今天上午去，改天也行。但既然在韋默斯有些交往，所以……」

「噢，今天去，今天去，別拖延。該做的事早做好了。還有，法蘭克，在這裡你對她千萬不要怠慢。你見到她時她是與坎培爾家的人在一起，不比周圍人低一等，可是在這裡她是住在她的窮外婆家，這老太太只有糊口的錢。如果你不早去，就是瞧不起人。」

年輕人心悅誠服。

「我聽她說過認識你，」愛瑪說，「她是位非常漂亮的小姐。」

這話他也贊同，但只輕輕說了聲「是」，使她不禁懷疑他的誠意；如果簡·費爾法克斯還算不上非常美麗，那麼，在時髦社會的人眼中，美人兒就不知是什麼模樣了。

「如果過去你對她的風度不欣賞，我想你今天會欣賞的，」她說。「你會對她產生好感，把她看個明白，聽個清楚。不過，說不定你沒機會聽到她說話，因為她那位姨媽的嘴是從來都不會停的。」

「先生，你也認識簡·費爾法克斯，是嗎？」伍德豪斯先生說話了，還是那老習氣，有話要等到最後才說。「不是我瞎吹，你會覺得她最逗人喜愛了。她這次回來是為了看外婆和姨媽，她們都是大好人。我與她們是老相識。她們看到你一定高興極了！我叫個佣人給你帶路吧。」

「謝謝你，那可不成，我爸爸會給我指路的。」

「你爸爸不會走那麼遠，只到克朗旅社。到她們家要橫過街，並且隔著好些人家，你會分不清是哪家。路上又髒，只能靠邊走，在哪兒橫過街還得靠我的馬車夫指點。」

法蘭克·邱吉爾先生仍然表示謝絕，似乎並非客套話。她父親完全站在他一邊，大聲說：

「好朋友，這就不必了，法蘭克看見了水坑不會往裡走。到貝絲太太家不難，從克朗旅社沒幾步就到了。」

伍德豪斯先生沒再堅持派人送，父子倆一個親切地點了點頭，另一個文雅地鞠了一躬，走了。愛瑪對初次會見十分滿意，整天都想著蘭德爾斯的幾個人，完全相信他們一定會高高興興。

第二十四章

第二天上午法蘭克．邱吉爾先生又來了，是與韋斯頓太太一道來的。他似乎對韋斯頓太太和海伯里都產生了極大好感。看來他一直陪她在家裡坐到她每天外出散步的時間，後來她說去哪裡隨便他選擇，他立刻表示要去海伯里。

「不論往哪個方向去我都喜歡，但如果要我選擇，每次我都會選海伯里。海伯里空氣好，人好，風景好，我最喜歡去那裡。」

在韋斯頓太太看來，海伯里就是哈特菲爾德的同義語，她只當他也這樣想。兩人於是便往哈特菲爾德走來了。

愛瑪沒想到他們會來，因為韋斯頓先生為了聽幾句誇他兒子長得漂亮的恭維話剛來過，不知道他們的打算。愛瑪看到兩人手挽手走了過來，吃了一驚，卻又求之不得。她很想再見到他，特別是想看到他陪著韋斯頓太太一道來，她對他的看法如何取決於他對韋斯頓太太的態度。如果他只是嘴甜，好話再多也無濟於事。現在眼見他們走在一起，她十分滿意。他的心意不能單純表現在漂亮話和虛偽的禮節上，對他來說最重要、最令人信服的就是事事對韋斯頓太太好；唯有這樣，他才能表明他真心把她當作朋友，才能贏得她的感情。他究竟是個怎樣的人愛瑪盡可以慢慢觀察，整個上午他們都與她在一起。三人一道漫步了一、兩小時，先繞哈特菲爾德的小樹林轉了一圈，後來才到海伯里。他對什麼都喜歡，特別是哈特菲爾德，那些讚美話伍德豪斯先生聽了一定覺得順耳。當他們決定往海伯里走時，他表示他想認識全村的人，他覺得這也好，那也值得一看，這大大出於愛瑪意料之外。

他的有些興趣完全出自一種珍貴的感情。他一定要去看看他父親住過多年的房子，那房子也是他祖父的家。他想起了一位做過他保姆的老太太仍然活著，便特地從街的一頭走到另一頭去了她家。雖然有些事、有些話不值得提，但總的說來，他顯然對海伯里有感情，使與他一道走的兩個同伴感到高興。

愛瑪仔細觀察，覺得從現在他流露的感情看，不能認為他以前沒來是出於有意。他做的每件事、說的每句話，全不是假裝的，奈特利先生對他的評價，實在有欠公道。

他們第一個停留的地方是克朗旅社。雖然這是村里首屈一指的旅社，但房子並不好，只有幾匹驛馬，與其說是為了方便來往客人，不如說是為了方便本村人。愛瑪和韋斯頓太太沒想到他在這裡也要看一看。與旅社毗連的一個大房間明顯是後來才建的，既然進了旅社，她們便說起了這個房間的來歷。許多年前它建成時是作舞廳用的，在時興跳舞的年頭，附近的人常在這裡舉行舞會。那些快活日子早成了歷史，現在它的最大用途是作一些上等人和半上等人組織的惠斯特俱樂部的會址。他一聽便產生了興趣。他想看看這是一間怎樣的舞廳，正好有兩扇裝有窗框的講究的窗子開著，他便沒有再往前走，往裡瞧了好幾分鐘，估計能容納多少人，感嘆它今不如昔。他覺得這房間無懈可擊，根本不像她們說的那樣糟。可不是嗎？它又長，又寬，又漂亮，在裡面跳舞再好不過了。冬天至少應該每兩周舉行一次舞會。為什麼伍德豪斯小姐不讓這間房恢復往日的榮耀呢？她在海伯里不是無所不能麼？韋斯頓太太和愛瑪解釋說，這裡沒幾家合適的人家，村子外的人遠遠近近都不願來，但他感得這不是理由。前後左右他能看到的漂亮房屋爲數不少，如果舉行這樣的聚會，他認爲要來參加的一定大有人在。後來韋斯頓太太和愛瑪把詳細情況和每家的家境都對他說了，他仍認爲貴賤相親沒有什麼大不了，舞會一散，第二天人人自然而然又能各守本分。他爭辯起來勁頭十足，活像一個不跳舞就不能過日子的人。愛瑪暗自奇怪，發覺他的氣質完全是韋斯頓家的氣質，並沒有受邱吉爾家的影響。他像他父親，精力充沛，重感情，好交際，根本沒有恩斯庫姆的高傲和冷漠。事實上，他不明白高傲是怎麼回事。他沒有優越感，所以才貴賤不分。對於他不在乎的事情，他當然不知道其中的斤兩。一個性格太活躍的人往往會這樣。

好不容易他才從克朗旅社的前門走了出來。愛瑪看到已快近貝絲家，想起昨天他說要去看看，問他去了沒有。

「哦，去了，去了！」他答道。「我正要說這事。很湊巧，她一家三位我全見到了。多虧你事先囑咐了我，如果我沒聽說過那位說話不住嘴的姨媽的情況，她眞要把我嚇昏了。本來，這一趟我完全可以不去，在那裡至多只需坐十分鐘，久了反而不合適。我對我爸爸說了，我回家一定比他早。可是沒想到後來脫不了身，她姨媽的話沒完沒了，等我爸爸在別的地方找不到我，也去那邊時，我實際上已坐了三刻鐘。那位好心的姨媽一直不讓我有脫身的機會。」

「你覺得費爾法克斯小姐長得怎樣？」

「一副病態，全是一副病態，一位年輕小姐像她這樣準是有病。不過，我說的也許不恰當，韋斯頓太太，是嗎？年輕小姐不會帶病態，不過，說實在的，費爾法克斯小姐臉發白，根本沒有血色，看起來身體不好。」

愛瑪不同意這話，為費爾法克斯小姐的臉色辯護起來。「她臉色確實不紅潤，可是也看不出病態。她的皮膚細嫩，使一張臉更顯得動人。」

他恭恭敬敬地聽著，承認他知道許多人說過同樣的話，但是堅持認為在他看來，沒有健康美是一個無法彌補的缺陷。五官長得不太端正的人只要臉色好，會顯得很美，五官長得端正的人如果臉色好，那當然……他不用說下去，那當然怎樣。

「噢，」愛瑪說，「當然人各有所好。至少，你喜歡她，只可惜她血色不好。」

他搖搖頭，笑著。「評價費爾法克斯小姐當然不能不看她的臉色。」

「你在韋默斯常見到她嗎？你們常在一起玩嗎？」

這時他們正走近了福特商店，他馬上大聲說道：「哈！這一定是我爸爸對我說的那家商店，每個人天天得往這裡跑一趟。他說他七天裡有六天要來海伯里，每次來都要在福特商店買點東西。我們進去看看好嗎？請你們讓我用行動證明我是這兒的人，是真正的海伯里人。我非在福特商店買點東西不可，這才說明我不是來作客。這裡一定有手套賣吧？」

「別說手套，什麼都有。我很欽佩你愛家鄉的精神。海伯里的人都會喜歡你。你是韋斯頓先生的兒子，沒來時大家都知道了。在福特商店花半個金幣有好處，你會大得人心。」

他們走了進去。等包裝漂亮的男用水貂手套和約克出產的皮手套拿上櫃台時，他說，「對不起，伍德豪斯小姐，你剛才對我說話，想問一件事，但我正抑制不住內心對家鄉的愛。請你再說說吧。無論這兒的人對我有什麼好評，你的話我沒聽到就太可惜了。」

「我只是問，在韋默斯時，你與費爾法克斯小姐和同她在一起的人來往多不多。」

「原來是這麼回事！那你不該問我，往來多不多該由女人說。費爾法克斯小姐一定對你講過了，既然這樣，我再講就是多餘的了。」

「天哪，你答話與她同樣謹慎。無論什麼事，她即令說了也要讓人去猜。她守口如瓶，不論牽涉到誰，能避而不談的都避而不談，所以我才想問問你與她的往來情況。」

「眞要問我？好吧，我照實說，也只能照實說，在韋默斯我與她常會面，我與坎培爾夫婦在倫敦就有些熟，在韋默斯又相處很好。坎培爾上校是個性格隨和的人，坎培爾太太熱情、心腸好，他家的人我全喜歡。」

「這樣看來你知道費爾法克斯小姐現在的處境和以後的命運？」

「是呀……」他相當遲疑地說，「這我知道。」

「愛瑪，你眞給出了難題了，」韋斯頓太太笑著說。「別忘了有我在場。你說到費爾法克斯小姐的處境，法蘭克．邱吉爾先生幾乎不知怎樣回答好。我還是站開些吧。」

愛瑪說：「我眞把我的老朋友、而且是最親愛的老朋友給忘了。」

他顯出很理解和尊重愛瑪這種感情的樣子。

買好手套後，他們從商店走了出來。

「你聽費爾法克斯小姐彈過琴嗎？」法蘭克．邱吉爾問。

「聽過她彈琴？」愛瑪反問一句。「你忘了她與海伯里的關係。我們倆學會彈琴以後我每年都聽到她彈。她的琴彈得很動聽。」

「你眞認爲這樣？我原只是想聽聽內行人怎麼說。我覺得她彈得好，動聽，只是我不懂行。我非常喜歡音樂，但是自己一無所長，別人的表演好在哪裡也說不上。我常聽別人誇她。有一件事很能說明她的鋼琴彈得好，我記得清楚。有一個人，是一位行家，已經訂了婚，而且快要結婚了，但只要費爾法克斯小姐在場，就不叫他的未婚妻彈琴，只願聽費爾法克斯小姐彈，而不願聽他未婚妻彈琴。如果一位音樂天才都這樣看重她，我想她一定是彈得不錯。」

「那當然！」愛瑪說，覺得非常有趣。「狄克遜先生喜愛音樂，是嗎？關於他們幾位的事，半個小時裡我從你這兒聽來的比半年中從費爾法克斯小姐那兒聽來的還多。」

「是這樣，我說的就是遜克遜先生和坎培爾小姐。我想這件事很能說明問題。」

「當然很能說明。但說實話，如果我是坎培爾小姐，那我要受不了。一個男人把音樂看得比愛情還重，要耳福不要眼福，只想到琴聲想不到我的感情，那我可不會放過他。坎培爾小姐高興他這樣嗎？」

「你知道，她們是特別要好的朋友。」

「朋友算什麼！」愛瑪說罷笑起來。「這樣的朋友比不上一個陌生人。如果是陌生人，這種事有一次不會有兩次，可是看到在身邊的好朋友處處比自己能幹，就會讓人受不了。可憐的狄克遜太太！看來，她還是去愛蘭爾好。」

「你說得對。坎培爾小姐看到當然不好，不過實際上她好像不在乎。」

「這樣也許更好，也許更糟，我說不上。不論這種事是出於天眞還是愚蠢，或者說是出於朋友的坦率還是自己的感覺遲純，我想有一個人一定不糊塗，這個人就是費爾法克斯小姐。她一定感覺到這樣做不恰當，會惹麻煩。」

「那——那我不——」

「嗯，別以爲我會要你或者別人說說費爾法克斯小姐心裡怎樣想，除了她自己，那可沒人知道。但是，如果每次狄克遜先生叫彈就彈，難免旁人不起疑心。」

「他們三人好像相互完全信賴。」他脫口說了句，接著頓了頓，說道：「然而，我不知道他們實際上的關係，是不是還有內幕，只能說從表面看，他們和和氣氣。你與費爾法克斯小姐從小認識，她的品質如何，遇到緊要的事會怎樣，了解得比我清楚。」

「這不錯，我小時就認識她，我們在一起長大成人，別人當然會認爲關係密切，人們會認爲，她每次來看朋友我們都是親親熱熱的。可是實際上我們並不是這樣。其中的緣故我說不上，也許多少得怪我，因爲我討厭她，這人一直被她姨媽、外婆一幫人捧上了天。再說，她太謹慎，凡是太謹慎的人我一個也不喜歡。」

「的確如此，有了那種性格最不易與別人合得來，」他說。「當然也很有好處，可是不討人喜歡。謹慎的人禍事少，可是不合群。這種人誰也不喜愛。」

「除非是不再謹慎。這種毛病改了人家也許更喜愛。可是如果要我幫人克服謹慎的毛病，交上朋友，除非是我實在沒有朋友可交，沒合適的伴侶可找。費爾法克斯小姐與我親密不起來。我當然不是說她不好，我根本沒有這個意思，只是她的一言一行過分謹慎，對誰的看法都不露一絲口風，叫人難免不懷疑她有不可告人的秘密。」

他完全贊同她的話。他們在一起走得這樣遠，思想又這樣接近，愛瑪覺得兩人已很熟悉，簡直不相信這只是第二次會面。他與原來的想像不盡相同，從他的許多想法看，還不是一個世故的人，雖然生活在有錢人家，卻沒有嬌生慣養的脾氣，因此比她想像的要好。他性格溫和，心地善良。她特別忘不了他喜愛艾爾頓先生的住房和教堂，走去看了看，她們倆挑剔這挑剔那，他卻沒有隨聲附和。他認為這算不上一所壞房子，它的主人也不該為住著這樣一所房子而受人憐憫。只要能有一個心愛的人在身邊，誰住他都覺得不可憐。這房子非常實惠，只有傻瓜蛋才不滿足。

韋斯頓太太笑話他，說他在亂扯一通。他自己住的是大房子，享慣了住大房子的福，對於住小房子的苦處，自然不知道。愛瑪的看法不同，認為他不是亂扯一通，而是希望早日成家，他想結婚完全是出於某種純潔的動機。也許他還想不到，如果沒有管家住房，或者餐具室不像樣，家裡常會失去太平，但他一定感到在恩斯庫姆得不到幸福，一旦愛上了誰，他寧願拋棄大筆財產，早早自立。

第二十五章

愛瑪對法蘭克·邱吉爾已經有了好感，只是到了第二天，聽說他僅僅爲了理髮，還特地要去倫敦，心裡又猶疑起來。吃早飯時他心血來潮，吩咐備馬車，急忙走了，打算趕回來吃晚飯，其實並無緊要的事，就不過爲了理髮。當然，爲了這點小事來回跑三十二英里對他來說並不在乎，但她看不慣這種紈褲子弟的習氣，聽不得荒唐話。昨天她認爲他做事謹慎，用錢節省，待人溫和體貼，今天卻變了樣。顯然，他好虛榮，要闊氣，趕時髦，不穩重，對他父親和韋斯頓太太欠體貼，也不把村里人的印象放在眼裡：這樣說他並不過分。他父親反而覺得這件事可傳爲佳話，不過罵了句花花公子。韋斯頓太太的看法明顯不同，但她不便多言，只說了句「年輕人都愛幹荒唐事」。

除了對這件小小的事別有看法外，愛瑪發現韋斯頓太太這次對他的印象極好。她多次說他待人體貼，逗人喜愛，她很喜歡他的性格。他顯得胸襟開闊，總是無憂無慮，性情活潑。她發現他所想的一切都不會有錯，而且往往絕對正確。他愛談他的舅舅，對他感情甚深。他說他是世界上最好的人，只可惜身不由己。對舅舅不算喜愛，但他感激她的恩情，談到她時總懷著敬意。由於這一切，他是大有希望的。愛瑪本來在內心對他已產生了非同尋常的好感，他也完全配得到這種好感，但可惜的是他一定要去倫敦理髮。這種好感如果還算不上眞正的愛情，那也至少接近於眞正的愛情，只是由於她自己的冷漠（因為她仍抱著終身不嫁的決心），這種好感才幸免於發展，但是，無論如何，他們共同的朋友對此已看在眼裡、記在心裡了。

韋斯頓先生不但附和他太太，還說了些叫人一定會高興的話。他暗示愛瑪，法蘭克在心目中把她擺在很高的位置，認為她長得分外美麗動人。他倆替法蘭克幫腔的話這樣多，使她不能再苛求他。韋斯頓太太說得對：年輕人都愛幹點荒唐事。

法蘭克在薩里新認識的人中，只有一人度量不寬。無論在唐韋爾教區或是海伯里教區，每個人對他都讚不絕口。他笑容可掬，逢人頻頻鞠躬，這樣一位漂亮的青年即使有些小過失，大家都不願計較。唯獨一人生性挑剔，沒有被微笑和鞠躬感化，此人就是奈特利先生。他在哈特菲爾德聽說了他去倫敦理髮的事。他好一會沒吭聲，可是當他拿起一張報紙來看時，愛瑪聽到他說了句：「哼！我早說了，是個輕浮、沒頭腦的人。」她覺得這話不順耳，可是再一看，他只是自言自語，而不是想與別人爭吵，因此沒有答話。

雖然這天上午韋斯頓先生和他太太帶來了一條不大令人稱心的消息，但是卻來得特別湊巧。他們還沒走時，愛瑪遇上了一件事，得求教他們；更湊巧的是，他們的主意與愛瑪的想法不謀而合。事情是這樣的：

科爾家來海伯里居住已好些年，也算是個好人家，待人好、大方、謙和；可是他們出身低下，以做買賣營生，缺乏上等人的氣派。剛來鄉下時，他們過著量入為出的生活，不活躍，交際少，因此開支也少。但近兩年他們發了財，城裡的店鋪進益大增，可以說是時來運轉。錢一多，他們的眼界也大了，想換棟大房子，想多結交朋友。他們的房子擴建了，佣人增多了，各種各樣的開銷加大了，到現在，論產業，論派頭，僅次於哈特菲爾德的伍德豪斯家。他們愛交際，新修了飯廳，無論是誰，只要肯賞光，準會受到款待，已經請過好幾次客了，邀的大多是單身漢。對那幾家最有聲望的上等人家，愛瑪估計他們不敢造次，例如唐韋爾，哈特菲爾德，蘭德爾斯。即令他們來請，她說什麼也不會去的。但可惜，她父親的習性無人不曉，只要他應允了，她想拒絕也不成。科爾家也算得上體面人家，可是他們應當明白，上等人家是不會光臨的，他們高攀不了。然而她很擔心，想教訓他們的只有她一人，對奈特利先生她很少抱著什麼希望，對韋斯頓先生更是不敢想。

早在若干星期以前，還沒等這種膽大妄爲的事發生，她就盤算好了應付的辦法，可是到頭來科爾家的做法完全出於她的意料。唐韋爾與蘭德爾斯接到了邀請，她父親和她卻沒有。韋斯頓太太猜測說：「我看是他們不敢請你，知道你不去別人家吃飯。」這當然不是眞正的原因。開始她一心要給人吃閉門羹，可是後來總是想到連與她往來最密切的人也要去那裡聚會，終於動了心。哈莉特晚上要去那裡，還有貝絲家。前一天他們在海伯里遊玩時講起這件事，法蘭克·邱吉爾很爲缺了她感到可惜，又問晚上最後要不要安排跳舞。這完全可能，使她心裡更不自在。現在只剩她一人孤芳自賞了，即令科爾家沒有來邀請是由於不敢高攀，她還是覺得百無聊賴。

韋斯頓夫婦還在哈特菲爾德時，科爾家的請帖到了，這一來他們才沒有成爲多餘的人。雖然愛瑪看過請帖後馬上說了聲應當拒絕，但過了一會，她還是向他們討教了。他們勸她去，說得乾脆，正中她的心意。

她自己也說，考慮種種原因，她並非絕對不願去赴會。科爾家的請柬寫得得體，情意懇切，對她父親特別殷勤。「本擬早請，只因考慮伍德豪斯先生易感風寒，待屏風從倫敦運到之後方敢接駕。敬請賞光。」

她沒待多勸，便答應了。三人很快定好了主意。她得去，但她父親也應該安頓好，因此須請貝絲太太或戈達德太太來給他作伴。愛瑪赴宴的日期近在眼前，一去就整夜離開父親，伍德豪斯先生最捨不得女兒，可是這次非叫他答應不可。如果讓他也去，愛瑪又不放心，因爲要很晚才能回來，科爾先生家邀請的人又多。他很快就讓了步。

「我不喜愛去別人家裡吃飯，」他說，「我一直就這樣。愛瑪也不喜歡。鬧到深更半夜對我們沒好處。科爾先生和他太太不該這樣邀請，還不如等到夏天的哪個下午來我家裡喝喝茶，或者邀我們一道散散步。下午是個好時間，他們準能來，回家也沾不到晚上的露水。夏天的晚上有露水，我不能給別人爲難。可是，現在他們是一片誠意叫愛瑪去吃飯，又有你們兩位和奈特利先生同去，可以照看她，我就不阻攔了，但是得天氣好，有雨不行，冷了不行，刮風也不行。」然後，他轉身用略帶責備的眼光看著韋斯頓太太。「哎，泰勒小姐！如果你沒結婚，一定會在家裡陪著我。」

「你放心吧，先生！」韋斯頓先生大聲說。「泰勒小姐是我奪走的，該由我找人來接替她。我馬上去戈達德太太家，你看好嗎？」

但無論什麼事一說要馬上就辦，伍德豪斯先生反而會心焦。有辦法的倒是韋斯頓太太和愛瑪。韋斯頓先生只得緊閉著嘴，於是一切都順利地安排好了。

由於辦法想得周到，伍德豪斯先生很快定下了心，說：「戈達德太太來最好，我與戈達德太太很談得來。愛瑪應寫一個請柬，讓詹姆斯送去，但首先得給科爾太太寫個回信。」

「親愛的，我不去你得想個藉口，要盡量說地客氣些。就推說我有病在身，哪兒也沒去，所以不能應邀。不用說，首先得代我致謝。你什麼事都能幹，用不著我多說。我們別忘了告訴詹姆斯，星期二要用馬車。有他去我用不著爲你擔心。新路修好後我們只到過那裡一次，不過有詹姆斯趕車你會平安無事。到了那裡你一定要對他說好去接你的時間，最好叫他早點去。你不能玩得太晚，到吃茶點時就會感到累了。」

「爸爸，我沒累的時候，你不會叫我回來吧？」

「親愛的，那倒用不著，不過你會很快就累了。與那麼多人同時談天，肯定亂哄哄地，你會受不了的。」

韋斯頓先生大聲說：「你就不想想，愛瑪早早一走，大家就只好散場了。」

「散場又有何妨？」伍德豪斯先生說，「散得越早越好。」

「你得替科爾家的人想想，愛瑪喝了茶就走會惹人不高興。他們是好性子人，不會擺主人的架子，但要是有人急急忙忙走，他們一定會認爲太不禮貌。而且，伍德豪斯小姐非別人可比，更要叫他們難受。先生，你一定不會叫科爾家的人掃興。他們好客，是難得的好心人，與你還是十年的鄰居呢！」

「那絕不會。韋斯頓先生，多虧你提醒了我。如果叫他們心裡不痛快，我眞過意不去。我知道他們是體面人。佩里先生對我說，科爾先生從不沾酒。從表面上你看不出來他有脾氣，科爾先生脾氣大得很。對了，我不能叫他們心裡不痛快。親愛的愛瑪，這事我們得記在心上。你就忍著點，晚些再回來，可別惹惱了科爾先生和他太太。累一點你不會在乎。那裡的人都是朋友，你不用擔心。」

「是的，爸爸。我一點不擔心。韋斯頓太太敢多晚走我也敢多晚走，但我會掛念著你，就怕你一直等著我。有戈達德太太在這裡你不會寂寞。你知道，她愛打紙牌。我就怕她走了以後，你到了該睡的時候卻不睡，還一個人坐著。如果那樣，我就沒心思玩了。你得答應不等我。」

他答應了，可是附加了條件。例如，如果她回來時感到冷，一定要把全身弄得暖和一些；如果感到餓，要吃點東西；服侍她的佣人得等她回來；塞爾和管家必須像往常一樣把家裡的每件東西照看好。

第二十六章

法蘭克．邱吉爾又回來了，吃晚飯有沒有讓他父親久等，哈特菲爾德的人不得而知。韋斯頓太太一心要他得到伍德豪斯先生的歡心，有了不好的事，凡能隱瞞的她都儘量不漏風聲。

他回來了，理了髮，臉上掛著很自然的笑，一點也不爲自己的行爲感到羞愧。他的臉並無破相，當然不必用長髮去遮蓋；他的精神需要得到快樂，這就不能惜錢。他仍舊那樣神氣、活躍，看到他以後，愛瑪悟出了一個道理——

「我不敢說他這一趟去得該不該，反正聰明人大模大樣地做了荒唐事，荒唐事也不顯得荒唐了。罪惡永遠是罪惡，荒唐卻不一定是荒唐，得看人而論。奈特利先生不該說他是個輕浮、沒頭腦的人。如果眞是，他就不會有現在這模樣，從倫敦理髮回來或者會大吹大擂一番，或者會見了人不好意思。現在他既沒有浪蕩公子的那副洋洋自得相，也沒做了虧心事的人的那副尷尬相。眞的，我想他根本就不輕浮，也並非沒有頭腦。」

轉眼到了星期二，她又能與他會面了。這一次兩人在一起的時間比以往長，她可以更好地觀察他究竟是個怎樣的人，猜一猜他對自己的態度有什麼奧妙，應不應及早對他冷淡些，看一看在場的那些人第一次見到他倆在一起表情如何。

雖然這次聚會是在科爾先生家，雖然她忘不了，在艾爾頓先生與她要好時，他最引起她不快的一件事是去科爾先生家吃飯，但她仍決心玩個痛快。

她父親不用她擔心，不但戈達德太太能來，貝絲太太也能來，她只等吃過午飯她們坐定了，告別一聲就可以走。她趁她父親注意看她那身漂亮衣服時，給兩位老太太倒酒，夾大塊餅，讓她們吃個飽，以免她父親說這也難消化，那也難消化，使她們不敢吃。她準備了一桌豐盛的午餐，要眼看著她們吃個痛快。

到科爾先生家門口時，有一輛馬車比她先一步，一看，高興得很，坐在裡面的是奈特利先生。奈特利先生沒有養馬，餘錢不多，仗著身體好，有精力，無牽掛，到哪裡都步行，極少坐馬車，因此愛瑪認爲不像是唐韋爾．艾比的主人。她趁他扶她下車時興沖沖地誇了一句。「這才像個上等人的樣子，」她說，「一看到你可眞高興。」

他謝了她，說：「好在我們湊巧是同時到這裡，要是在客廳才碰面，你不一定會認爲我與平常有些不同，像個上等人。看我的表情或舉止，你很難猜我是走路來、還是坐馬車來的。」

「不對，我能，一定能。誰如果作客不坐馬車，自己也知道有失身份，表情會彆彆扭扭。你自以爲無人知道，其實也一樣，不同的只是你裝得神氣活現，每次你不坐馬車我都能看出來。這一次你不用裝，不怕人笑話，也不用踮著腳與人比高矮。今天我眞正情願與你一起走進客廳。」

「胡說八道！」他答道，可是並沒有眞生氣。

愛瑪不但對奈特利先生應該感到滿意，對別的人也應該感到滿意。沒有一個不恭恭敬敬地迎接她、捧她。後來韋斯頓夫婦到了，他們倆投向她的目光最親切，態度最熱情。做兒子的三步併作兩步地走近她，這說明他最看重的是她。吃飯時，他就坐在她身邊。不用說她知道，他是眼明手快的。

客人很多，海伯里的律師考克斯先生家中的男人全來了，另外有一家全數出動。在鄉下，他們也算是份有資格的人家，所以科爾先生也結交了。次要一些的女賓要晚一點到，包括貝絲小姐，費爾法克斯小姐，史密斯小姐。儘管如此，因爲人太多，吃飯時還是難找到大家都能說上幾句。等談完了政治和艾爾頓先生，愛瑪便只顧著她的鄰座，直到聽見遠處有人提到簡·費爾法克斯的名字才分了心。科爾太太似乎在談有關她的一件準會叫人關心的事。她聽了幾句，果然如此。愛瑪是個熱心人，善於想像，正想要聽聽這種事呢。科爾太太說，她去了貝絲小姐家，一進門便發現一架式樣精美的鋼琴，不算闊氣，但很大、方方的。她很吃驚，問了起來，說了許多恭賀的話。

原來，據貝絲小姐說，這架鋼琴是從布羅德伍德公司❶運來的，昨天剛到。姨媽和外甥女倆都沒料到，非常意外。據貝絲小姐說，簡自己剛開始也莫名其妙，想不出是誰送的。左猜右想，兩人都認爲只有一種可能——當然是坎培爾上校送的。

「當然應這樣猜，」科爾太太接著說，「不這樣猜才奇怪。但是，簡最近收到過他們一封信，卻隻字未提鋼琴。她最了解他們的性格，我想，沒有說不等於不會送，也許他們故意要讓她大吃一驚！」

科爾太太的話得到了許多人的贊同，對這件事已發表議論的人無不同樣相信鋼琴是坎培爾上

❶即倫敦的約翰·布羅德伍德公司，該公司生產的鋼琴當時就譽滿歐洲。

校的禮物，也無不同樣爲這份厚禮感到高興。愛瑪顧不上細想，只聽科爾太太又說：

「我知道的這件事是令人最高興的事。簡·費爾法克斯彈得一手好鋼琴，自己卻沒有琴，我也替她抱不平。特別是很多人家放著好鋼琴沒人碰，就更叫人氣不過。我們家也有這種難堪事。昨天我還對科爾先生說，看著客廳裡新買的那架闊氣鋼琴我就臉紅，自己一竅不通，幾個女兒剛開始學，將來有沒有出息還很難說。簡·費爾法克斯怪可憐的，彈彈唱唱都是一把好手，卻沒有一件樂器，連用最簡單的老式鋼琴消遣也輪不到她。這話昨天我還對科爾先生說過，他認爲有理。只不過他特別喜歡音樂，所以買了一架鋼琴，雖然自己家的人彈不好，卻指望有哪位好鄰居偶爾會上我們家來彈彈。由於這個原因我們才買了一架鋼琴，要不然，買來反而慚愧。今天晚上我們就希望伍德豪斯小姐能賞光。」

伍德豪斯小姐沒有吭聲，其實是默認了，但科爾太太沒再往下說，愛瑪於是把臉轉向法蘭克·邱吉爾。

「你笑什麼？」她問。

「那你呢？」

「我！我笑坎培爾上校眞有意思，就那麼有錢、大方。這可是一件不小的禮物。」

「當然。」

「那爲什麼以前不送？」

「大概是費爾法克斯小姐在這裡從未住過這樣久的緣故。」

「要不然就是因爲他不想讓她用他們家的，現在那架鋼琴鎖在倫敦，沒人碰。」

「那架鋼琴太大，他擔心貝絲太太家沒法擺。」

「要怎麼說只好隨便你，不過看你臉上的表情我知道，對這件事你想的與我想的一樣。」

「我不知道。其實，我的頭腦沒你說的靈活。我笑是因為你笑，只有你猜到了的事我才敢猜。現在我們別談這個。如果不是坎培爾上校送的，還會是誰？」

「會不會是狄克遜太太？」

「狄克遜太太！大有可能。我還沒想到狄克遜太太。她與她父親一樣，知道簡最需要的是鋼琴。這件事做得神秘，叫人想不到，恐怕只有年輕小姐才會這樣做，上了年紀的人不會。準是狄克遜太太。我沒說錯，你猜到的我才會猜。」

「既然這樣，你再想想，狄克遜先生怎樣？」

「狄克遜先生！對了，我現在明白了，一定是狄克遜先生和他太太兩人送的。前幾天我們還在說，他非常喜歡聽她彈鋼琴。」

「是這樣。你的話證實了我早就有的一個看法。狄克遜先生和費爾法克斯小姐都是好心人，這我不否認，但我懷疑他向坎培爾小姐求婚後，可能又看中了她，要不然，就是察覺到了她對他有意。人們的猜測可能十有八九不可靠，但我相信她不與坎培爾夫婦去愛爾蘭，寧可回海伯里，其中必有緣故。在這裡她的生活清苦，那裡可以盡情享受。至於呼吸家鄉的空氣，我看純粹是藉口。如果在夏天，那倒說得過去，但元月、二月、三月有誰特地來呼吸家鄉的空氣？身體弱的人都想多烤烤火，坐坐馬車，特別是像她這種人。你剛才說我懷疑什麼你也懷疑什麼，這倒不必。不過你可以相信我的確有些懷疑。」

「我看完全可能。狄克遜先生不愛聽坎培爾小姐彈琴，倒喜愛聽她彈，這就叫人費解。」

「還有，他救過她的命。那事你聽說了嗎？她坐船在海上險些掉下海了，他抓住了她。」

「是這樣。我也在場，在一條船上。」

「當眞？哼，這事我提起你才想到，可見你什麼也沒看出來。如果當時我在場，一定會發現一些奧妙。」

「你當然會。可是我頭腦簡單，只是看到費爾法克斯小姐險些掉下海，多虧狄克遜先生抓住了她，就一眨眼的事。雖然我們個個驚慌不已，忙亂了好一陣子，足足經過半小時才定下心來。但這不奇怪，誰有急事都一樣。當然，我不是說你也看不出來。」

談話到此中斷了。菜沒有接上來，他們只得按規矩與別人一樣靜心坐著，等餐桌又擺滿了，每個角落都有了一盤，在座的人才重新吃起來，談起來。愛瑪說：

「送這架鋼琴我看大有文章。原來我不知底細，有了這件事就夠了。你等著吧，不久我們會聽說鋼琴是狄克遜先生和他太太送的。」

「如果他們說不知道這件事，那就是坎培爾夫婦送的。」

「我不相信是坎培爾夫婦送的。費爾法克斯小姐知道這不是坎培爾夫婦送的，要不然一開始就會猜他們。她有把握決不會亂猜。我的話你不一定相信，但我認準了狄克遜先生是這件事的主要人物。」

「你不該說你的話我不一定相信。你說得很有道理，怎麼說我怎麼信。開始你猜坎培爾上校是送鋼琴的人，我想他待她如同親生女兒，送一架鋼琴不足爲奇。接著你提到狄克遜太太，我覺得小姐們之間最講交情，更有可能。現在我明白，別的可能都不存在，它一定是愛情的禮物。」

對這件事再沒有別的話好談了。他似乎是眞相信她，臉上的表情能反映內心。她沒再說。他們談了一些別的事，該上的菜全上完了，接著吃點心和水果。然後孩子們進來了，照例問問他們話，誇誇他們，你一言我一語。有些話說得聰明，有些傻極了，多數話既不能算聰明又不能算傻，僅僅是些老生常談和舊聞，或者是不能引人發笑的笑話。

赴宴的女賓還沒在客廳等多久，另一些女賓陸續來了。愛瑪留心看了她那位小小年紀、關係特別的朋友哈莉特進來時的模樣。雖然她沒有大家閨秀的風度，但是十分可愛、自然。最使愛瑪高興的是，她生性開朗、快活、不知憂愁，雖然受到情場失意的打擊，還沒有顯得萎靡不振。她獨自坐著，可憐有誰會想到她最近流了多少淚呢？她現在沒有別的奢望，能有機會作客，自己打扮得漂漂亮亮，也欣賞別人的漂亮打扮，坐著、笑著，顯示顯示她的美貌，什麼話也不用說，就算是心滿意足了。簡．費爾法克斯小姐比哈莉特的情緒高得多，活躍得多，但愛瑪懷疑，她說不定願與哈莉特交心；爲了了解哈莉特追求別人，甚至像艾爾頓先生這樣一位人物而求之不得的痛苦，她會毫不猶豫地用她朋友的丈夫愛她的秘密作交換。

客人很多，愛瑪不用與簡打交道。她不願談鋼琴的事，其中的底細她可說已猜著了，大可不必裝得過分好奇或關心，因此故意保持一段距離。但其他人很快說起了這件事。她發覺她聽到人家的恭賀話時臉漲紅了，這分明是內心有愧的表現，儘管她嘴上說「坎培爾上校送的，他對我眞好。」

韋斯頓太太是好心人，又愛好音樂，對這件事分外關心。她的嘴不厭其煩地問是什麼調，鍵盤好不好，踏板好不好，一點也沒留心那位美麗的女主人翁臉上的表情，她其實最怕別人提起鋼琴，愛瑪在一旁看著暗自發笑。

過不多久，有的男賓也來了，而這些人中的第一個又是法蘭克．邱吉爾。他第一個進客廳，也長得最漂亮。進來後他先向貝絲小姐和她外甥女問好，接著逕直向她們對過走去，伍德豪斯小姐是坐在那裡的；他開始一直站著，等到她身邊空出了個座位才坐下。客廳裡的人在想什麼愛瑪不問可知。她是他的目標，人人有目共睹。她介紹他認識了她的朋友史密斯小姐。後來，她利用合適的機會聽到了他們各自對對方的看法。他說：「我從未見過一張這樣可愛的臉，我很喜歡她的天眞。」而哈莉特怎麼說呢——「人家原先把他捧得太高了，不過我看他長得有些像艾爾頓先生。」愛瑪壓住心中的火氣，只把臉轉了過去，沒有說話。

愛瑪與法蘭克同時對費爾法克斯小姐瞟過一眼後都會心地笑了，現在不是談論她的時候。他告訴愛瑪，他早想從餐廳出來，坐久了會心煩，每次只要有可能，他總是第一個溜之大吉。他父親、奈特利先生、考克斯先生、科爾先生仍在那裡談教區的事。不過他在餐廳裡也很高興，因爲他發覺他們都是有紳士風度、有頭腦的人，都愛誇海伯里，覺得這裡好人家多。這些話使愛瑪不自在起來，她對這個地方素來不大看得起。她問起他約克郡的風土人情，恩斯庫姆的鄰居，等等。從他的答話看來，恩斯庫姆與鄰居往來不多，他們交的都是有錢有勢的人家，不住在附近。甚至，有時候日期定好了，請柬也覆了，邱吉爾太太卻突然生起病來或者發起脾氣來，於是一切告吹。不是老相識的人家他們從不登門。他會單獨交些朋友，但困難重重，常常費盡了口舌才能到別人家裡去，或者留熟識的人在家過一夜。

她的看法是：法蘭克年紀輕輕，根本不願悶在家裡，所以對恩斯庫姆感到不滿，對海伯里感到稱心，覺得這裡一切都好。他在恩斯庫姆的地位顯而易見。他並沒有自誇，但無形中已流露出來，有的事他舅舅奈何不了他舅媽，他卻有辦法。他見她笑著並注意地聽著，便又說，只要時間允許，無論什麼事他都能慢慢說動她的心，但有兩件例外。然後，他談了一件說服不了舅母的事。他曾非常想出國，盼望有機會旅行，可是她沒有贊同。這是去年的事，他說現在這個念頭已經變得淡薄了。

另外一件事他沒有提，愛瑪懷疑是他不能親近生身父親。

稍過一會，他說：「說來就使我難過，明天我來這裡已有一星期，剛好是一半時間。我沒想到這麼快，明天就是一星期！還沒來得及好好玩玩，只認識了韋斯頓太太和一些別的人。叫我怎麼辦呢？」

「你總共才這些時間，可是還花了一整天去理髮，現在該後悔了吧？」

「那倒不，這種事是值得的，」他笑著說。「如果不整理體面，見到了朋友們也沒意思。」

這時別的男賓也到了客廳。科爾先生過來與愛瑪說了一會兒話，愛瑪只得聽著。科爾先生走了以後，她又轉過頭想與法蘭克．邱吉爾繼續攀談，卻發現他正癡癡地望著坐在房間對面的費爾法克斯小姐。

「你怎麼啦？」她問道。

他吃了一驚。「謝謝你提醒我，」他答道。「也許我不該這麼看著費爾法克斯小姐，但她的髮型太怪了，比誰都怪，所以我才盯著她看。我沒見過這種奇特的髮型。你看那鬈髮！這一定是她自己別出心裁。這麼多人就她與衆不同。我去問問，是不是愛爾蘭式，好嗎？眞的，我得去，非去不可。你等著看她的表情，看她會不會臉紅。」

他說完就走。愛瑪看到他站在費爾法克斯面前與她說話，可是一點也看不見她的表情。他太粗心，與費爾法克斯小姐正好面對面，擋住了愛瑪。

沒等他再轉身，韋斯頓太太坐到了他椅子上。

「聚會還是人多好，」她說，「想見的人都能見著，想談的話都可以談。親愛的愛瑪，有件事我很想對你說。與你一樣，我的眼在留心看著，腦子在想著，有件事我得趁早對你說，你猜貝絲小姐與她外甥女是怎樣上這兒來的？」

「那還用問！她們是被邀請的，對嗎？」

「那當然。我是問她們走路來、還是坐馬車來。」

「不用猜，是用走的。不然她們怎麼能來？」

「是這樣。嗯，剛才我在想，到了深夜，天又冷，讓簡・費爾法克斯小姐走回去可不大好。我留心看了她，雖然臉色比平常好，但她卻熱得這樣，更容易受涼。可憐的孩子！我不忍心讓她走回去，所以剛才韋斯頓先生到客廳後，等他不跟別人聊天了，我就對他說，想用馬車送她。你知道，我怎麼說他都會依的，他滿口答應了。我想貝絲小姐也會為這事著急，我就馬上走到她跟前，對她說我們的馬車先送她回家。你一定以爲她要感激涕零，對麼？她先說：『我算是太幸運了！』但千恩萬謝之後，她卻說了這樣一句：『不用麻煩你們，奈特利先生的馬車接了我們來，還要送我們回去！』我又吃驚又高興，主要是吃驚。多好心哪！這種事沒幾個男人能想到的。對他的習慣我們都了解，我猜他用馬車其實是爲了她們。如果只是自己坐，根本用不著兩匹馬拉車；有了兩匹馬，接送她們就有了藉口。」

「很可能，」愛瑪說，「完全可能。做這種事的人只有奈特利先生。他眞有一副好心腸，樂於助人，考慮事情周到，肯體貼人。他不愛獻殷勤，其實很厚道。簡．費爾法克斯身體差，他自然覺得可憐。能不聲不響做好事的，我看就只有奈特利先生。我知道他今天是坐馬車來的，我們剛好同時到。我還笑話了他，可是他一點風聲也沒有露。」

「哼！」韋斯頓太太笑著說。「我可沒有你這麼信得過他，認爲這件事單單出於一種善心，沒有別的企圖。貝絲小姐說話時我就起了疑心，一直在想著，越想越懷疑。坦率些說，我看奈特利先生對簡．費爾法克斯小姐有意。你看，我也學著你的樣，來牽線搭橋！你說我猜得對嗎？」

「奈特利先生對簡．費爾法克斯有意？」愛瑪驚奇不已。「哎呀，韋斯頓太太，你怎麼會這樣想？奈特利先生！奈特利先生可不能結婚！你想從小亨利手中奪走唐韋爾？那可不成，唐韋爾是亨利的！奈特利先生要結婚我決不答應，我相信這事不可能。你怎麼會想到這種事？」

「哎呀，愛瑪，怎麼會這樣想我已經說了。我哪能讓小亨利吃虧？我並不希望他們成親。可是，事情這樣明擺著，我難免懷疑。如果奈特利先生決心結婚，總不能讓小亨利拖累他吧？他才是個六歲的孩子，什麼也不懂。」

「不，不行。我不能讓小亨利的財產落在別人手裡。奈特利先生結婚！我從來沒有這樣想過，現在也沒有。再說，那麼多女人，怎偏要娶簡．費爾法克斯！」

「那又怎樣？你也知道，他一向最喜歡她。」

「但結婚太荒唐！」

「我不是在說荒唐不荒唐，是說可能不可能。」

「如果沒有別的更好的根據，我認爲不可能。我說了，他心腸好、厚道，叫他坐坐馬車不奇怪。你知道，沒有簡。費爾法克斯，他對貝絲太太和貝絲小姐也很好。得了吧，韋斯頓太太，你別亂牽紅線。你猜得一點不著邊際。簡．費爾法克斯要成爲艾比的女主人？哼，癡心妄想！爲了他自身的利益我也不能眼看他做出這種瘋狂事來。」

「荒唐也許算得上，可不能說瘋狂，兩人財產懸殊，年齡也不太相稱，別的我看倒沒有什麼不合適。」

「可是奈特利先生不願結婚，我知道他想也沒想過。你別讓他動這個念頭。他爲什麼要結婚？他一個人快快活活，有莊園，有羊，有圖書室，還管著一個教區大大小小的事。他弟弟的幾個孩子他看得像寶貝一般。他既不會閑得發慌，又不會精神沒有寄託，結婚幹什麼？」

「我親愛的愛瑪，他怎麼想就可以怎麼做。如果他眞愛上了簡．費爾法克斯……」

「胡扯！他看不上簡．費爾法克斯，要說戀愛，根本不可能。如果是給他或者她家裡幫忙，無論大小事他都樂意，可是……」

「行了，」韋斯頓太太笑著說，「使簡安個體體面面的家就是最大的幫忙。」

「這對她來說是好事，對他自己來說是壞事，娶這樣的親會把臉丟盡。他有貝絲小姐這樣的親戚怎能受得了？她如果每天跑到艾比，從早到晚謝謝他大發慈悲與簡結了婚，那還受得了？『你眞是大恩大德！做鄰居時你的好處就說不完。』對不起，下一句話叫你想也想不到，也許拉扯到她媽媽的舊裙子。『那條裙子說不上舊，還可以穿很久，說眞的，太好了，我們家的裙子沒有一條不耐穿。』」

「愛瑪，這不像話！別取笑她了，你這樣說我過意不去。依我看，奈特利先生不會計較貝絲小姐，小事他不在意。她那張嘴雖然不會停，但他想說什麼可以提高嗓門蓋過她的聲音。問題不在這門親結了好不好，在於他願不願意。我看他願意。我親耳聽過，你一定也聽過，他對簡·費爾法克斯評價很高！他總是惦記著她，常掛念她身體不好，擔心她交不到好運，我聽他說起這些事時，話裡很有感情。他誇她鋼琴彈得好，歌喉好。我聽他說過，他是百聽不厭。哦，還有一件事我幾乎忘了，就是人家送給她的那架鋼琴。我們都以爲是坎培爾上校的禮物，難道不會是奈特利先生的禮物嗎？我不由得懷疑到他。這種事我想只有他才會做，即使兩人沒有在戀愛。」

「如果送了，當然是在戀愛。這種事我想他不會做，奈特利先生不會弄得那麼神秘。」

「我聽他多次說過可惜她沒有鋼琴，正因爲說得太多，我才懷疑他另有打算。」

「那不一定；如果他眞心送她，會事先對她說的。」

「沒有那麼簡單，我親愛的愛瑪！我猜就是他送的。科爾太太吃飯時告訴我們這件事，只有他一聲不響。」

「你常責怪我固執己見，現在自己也一樣，韋斯頓太太。我看不出戀愛的跡象。這架鋼琴我不信是他送的，如果沒有奈特利先生與簡·費爾法克斯結婚的眞憑實據，你說服不了我。」

她們像這樣又辯論了一段時間，結果愛瑪占上風，像往常一樣，兩人中讓步的總是韋斯頓太太。她們聽到客廳裡有人走動了，才知茶點已吃完，到了欣賞彈琴的時間。科爾先生走了過來，請伍德豪斯小姐賞光。愛瑪因與韋斯頓太太說得起勁，沒注意到法蘭克．邱吉爾，只知他已坐在費爾法克斯小姐身邊。看到科爾先生過來，他緊緊跟上，也懇請一番。愛瑪正是求之不得，客套一番後答應了。

她自知才能有限，只來了最拿手的。彈大家都會欣賞的簡單曲子她得心應手，還可以邊彈邊唱。在她唱的時候，有人用三度音輕輕地、準確地和著，使她大感意外；原來，這人是法蘭克．邱吉爾。歌一唱完，照例是一片叫好聲，要求重唱，而她也照例推諉一番。法蘭克得到的評價是嗓門好、技巧高，他謙稱自己一竅不通，嗓門也不行。他們又一道唱了一遍。然後愛瑪主動讓賢，叫費爾法克斯小姐來。她素來心裡明白，不論彈琴或者唱歌，費爾法克斯小姐都比她強。

鋼琴旁邊圍著許多人，愛瑪坐在離得遠遠的地方聽著，感情複雜。法蘭克．邱吉爾又唱了。在韋默斯時他們似乎一道唱過一、兩次。突然問愛瑪發現聽得最入神的人中有一個是奈特利先生，立刻心不在焉了。她回想著韋斯頓太太的懷疑，幾乎聽不到那兩個在唱歌的人的悅耳的聲音。如果奈特利先生要結婚，她非得大加反對不可。她認為這樣做有百弊而無一利。約翰．奈特利先生會滿心失望，伊莎貝拉也難免如此。真正倒楣的是幾個孩子，他們誰都要心酸，都要在金錢上受損失。她父親每天要失去莫大的安慰。至於她自己，想到簡．費爾法克斯成為唐韋爾．艾比的女主人，就受不了。有了一個奈特利太太，他們全得遭殃！不成！奈特利先生決不能結婚，唐韋爾的繼承人非是小亨利不可。

過了一會兒，奈特利先生回過頭看了看，走到她身邊坐下。開始他們只談到那兩人的演唱。他大大誇獎了一番，本來她聽了不以為然，可是她想起了韋斯頓太太的話。她有心試探，談起用馬車送貝絲小姐和費爾法克斯小姐回家的事。他答話很少，顯然是不願談，但她認爲這不足爲奇，做了好事他一向不願掛在嘴上。

「我常覺得慚愧，」她說，「在這種場合我不敢把我家的馬車給別人用。倒不是我不願意，你知道，我爸爸說什麼也不讓詹姆斯趕車接送別人。」

「他是不會答應的，」他答道。「但我相信你自己很願意。」說著他笑了，笑得很坦率，她一看，覺得可再進一步。

她說道：「坎培爾夫婦送這架鋼琴可不簡單。」

「是的，」他答道，一點沒露出窘態。「不過他們事先說明了更好。出人不意送禮其實是幹傻事，收禮的人不會更高興，反而弄得不知所措。坎培爾上校考慮欠周。」

聽了這句話，愛瑪確信送鋼琴的事與奈特利先生毫無關係，但是她心裡的疑團仍然未消：他眞對簡沒有特殊感情嗎？沒有偏愛嗎？簡快唱完第二首歌時，聲音不再那麼清脆了。

「夠了！」等歌一唱完他說道，又自言自語道：「今晚你唱夠了，別唱了。」

然而，接著又有人要她再來一首，說：「再來一首。這累不壞費爾法克斯小姐。就只再來一首。」接著，只聽法蘭克·邱吉爾說：「這一支歌我看你還能唱，前一部分不怎樣，難唱的是第二部分。」

奈特利先生生氣了。他憤慨地說：「這傢伙只顧賣弄自己的嗓門。這可不成！」這時貝絲小姐剛好從他身邊走過，他碰碰她。「貝絲小姐，你糊塗了，就看外甥女這樣把嗓門唱啞了？去說說，他們是不會體貼她的。」

貝絲小姐心急如焚，顧不上道謝，就走過去不讓簡唱了。晚上的音樂節目就此告終，年輕女賓中只有伍德豪斯小姐和費爾法克斯小姐會彈會唱。過了一會，還不到五分鐘，有人誰——不知是誰——他提議跳舞，科爾先生和他太太立即響應。所有的東西被七手八腳搬到了一邊，騰出了大塊空地盤。韋斯頓太太擅長演奏鄉間舞曲，坐下彈起了一支優美的華爾茲舞曲。法蘭克·邱吉爾風度翩翩地走到愛瑪跟前，邀請她作舞伴，上了場。

他們還得等其他年輕人找好舞伴，這時間法蘭克大捧了一番她的嗓門和技巧，愛瑪卻無心聽，東張西望，想看看奈特利先生如何辦。現在是一個很好的觀察機會。他很少跳舞。如果他搶著找簡·費爾法克斯，那就是不祥之兆。但不見有可疑跡象。沒錯，他在與科爾太太談天，並不想跳舞。簡被別人邀去了，他仍舊與科爾太太談著天。

愛瑪不爲小亨利擔心了，他的利益沒有受到威脅。她興高采烈地跳起舞來。能湊起來的舞伴才五對，但由於這是一個難得和意想之外的機會，人人勁頭十足。愛瑪與她的舞伴很合拍，最値得在場人看的是他們這一對。

不幸的是，他們只跳了兩次。時間越來越晚，貝絲小姐惦記著她媽媽，急於回家。她說什麼也不讓再跳了，大家只好謝過韋斯頓太太，才戀戀不捨地收場。

法蘭克·邱吉爾送愛瑪上車時說：「不跳了也好。本來我要邀費爾法克斯小姐，她跳起來無精打采，跟著她跳沒意思。」

第二十七章

愛瑪屈尊去了科爾家並不後悔，對這次作客，她第二天回想起來仍非常興奮。雖然打破了貴賤不相往來的習慣，但她大出了風頭，幾乎說不上有什麼損失。她無疑給科爾夫婦帶來了歡樂（他們是體面人，得到快樂完全應該），還留下了一個令人久久難以忘懷的好印象。

然而，百分之百的快樂少有，甚至回想不起來。有兩件事使她感到不安。她向法蘭克．邱吉爾說出了對簡．費爾法克斯的懷疑，這樣做似乎違背了同為女人的基本義務。說起來當然不應該，可是她太懷疑了，實在是有些憋不住；而且法蘭克對她的分析完全信服，可見她確有眞知灼見，當時要完全閉口不談也難。

另一件使她後悔的事也與簡．費爾法克斯有關，這是毋庸置疑的。她彈唱都不如人，為此她的的確確感到難過。她深深懊悔幼時的懶惰，於是坐下來苦練了一個半小時。

後來，哈莉特來了，打擾了她。可惜哈莉特的恭維話未能使她滿足，要不然，她很快就可以忘記那些苦惱。

「唉，你和費爾法克斯小姐的琴彈得眞好，可惜我不會！」

「哈莉特，別把我們兩人相提並論。我比不上她，就像燈光比不上太陽光。」

家都誇你呢。」

「哦，不！你們兩人我看還是你彈得好，你不會不如她。眞的，我更愛聽你彈。昨天晚上大

「內行的人分得出高下。哈莉特，實在呢，我彈得可以算好，所以有人喝采，但費爾法克斯

彈得更好。」

「噢，我就是認爲你比得過她，即使有不同也難聽出來。科爾先生說你彈得有感情，法蘭克．邱吉爾先生也很欣賞你的感情，他把感情看得比技巧重要得多。」

「嗯，簡．費爾法克斯感情與技巧俱全，哈莉特。」

「這話是眞的？我看出了她有技巧，但不知道她也有感情。沒人提起過。意大利歌我不愛聽，一個字也不懂。再說，即使她彈得像你說的那麼好，那也是應該的，因爲她以後要教別人。考克斯家的女兒昨天晚上說她不一定能去大戶人家。你覺得考克斯家的女兒怎麼樣？」

「就是平常那樣，俗不可耐！」

「她們對我說了一件事。」哈莉特想說又有些猶豫。「不過無關緊要。」

愛瑪擔心她會提到艾爾頓先生，但又不能不問她們對她說了什麼。

「她們告訴我，馬丁先生上星期六與她們在一起吃飯。」

「嗯！」

「他到她們的爸爸那兒有事，她們的爸爸留他吃了飯。」

「嗯！」

「她們談論他時可很起勁，特別是安妮．考克斯。她問我今年夏天還想不想去他家，我不知

道這是什麼意思。」

「她是不懂禮節，多管閑事，安妮·考克斯這種人就是這樣。」

「她說他那天在她家吃飯時很逗人喜愛。他就坐在她的旁邊。娜森小姐說考克斯家裡的兩個女兒都願嫁給他。」

「很可能。海伯里沒出嫁的女人數她們兩個最庸俗。」

哈莉特要去福特商店買東西，愛瑪不放心，打算陪她去。她擔心哈莉特可能又會遇見馬丁家的人；她正心猿意馬，如果遇上了，後果難以設想。

哈莉特什麼都會喜歡，別人說什麼好，她就什麼都好，所以每次買件東西都要花很長時間。愛瑪見她挑薄紗料子左揀右揀拿不定主意，便走到大門邊看街景。這裡是海伯里最熱鬧的地段，來往行人其實並不多。愛瑪別的不敢指望，希望碰巧能看到佩里先生匆匆走過，或者是威廉·考克斯先生上辦公室，科爾先生家的人溜馬回來，信差騎著匹性情固執的毛騾。其實，她看到的只是賣肉的拿著個大托盤，一位衣著整潔的老太太提著滿滿一籃東西出了店門往家裡走，兩隻野狗正在爭一根髒骨頭，一群沒事幹的孩子圍在麵包店的拱形窗邊，眼盯著薑餅。她沒感到厭惡，倒覺得怪有意思，一直站在門口。開朗和悠閑的人並不一定要看到新奇的東西才高興，他們所看見的一切都叫他們高興。

她向通往蘭德爾斯的路上望去，只見遠處來了兩個人，是韋斯頓太太和她的繼子，他們已走進海伯里，不用說是去哈特菲爾德。然而，在貝絲太太家門口（從蘭德爾斯來要過了貝絲太太家才是福特商店），他們停了下來，正待敲門，看到了愛瑪。他們立即從街對面朝她走來。由於昨天玩得痛快，三人現在見面更是高興。韋斯頓太太告訴愛瑪，她正要去拜望貝絲母女，爲的是聽聽新鋼琴。

她說道：「我的先生告訴我昨天晚上的確答應了貝絲小姐今天上午來。我自己倒沒注意，以爲還沒有定下日子。既然他說我確實答應了，我也就來了。」

法蘭克．邱吉爾對愛瑪說：「韋斯頓太太要去別人家拜望，如果你要回家，我希望，我想你會答應我與你們一道走，到哈特菲爾德等她。」

韋斯頓太太失望了。

「我還以爲你要與我一道去，有你去她們才會高興。」

「我！我去了反而有妨礙。不過在這兒也許同樣有妨礙，伍德豪斯小姐看來不歡迎我。我舅媽買東西時不讓我在身邊，說有了我她什麼也辦不成，伍德豪斯小姐好像也想這樣說。叫我怎麼辦呢？」

愛瑪說：「我來這裡不買東西，只是在等一位朋友。她也許馬上買好了，我們等一會就走，但你最好還是陪韋斯頓太太去聽鋼琴。」

「好，就依你說的。不過……」他笑了笑。「如果坎培爾上校委託了一位粗心朋友，如果鋼琴的調子並不動聽，那我該怎麼說呢？我不會隨聲附和韋斯頓太太。她一個人去更好辦。分明不好的事經她一說成了好事，而我根本沒有這種敷衍人的本領。」

「這話我不相信，」愛瑪答道。「我只相信到了必要的時候，你會與她一樣言不由衷。要假定那鋼琴不動聽也沒有任何根據。其實剛好相反，如果昨晚費爾法克斯小姐的意思我沒領會錯的話。」

韋斯頓太太說：「沒大不了的事就跟我去吧。用不了我們多少時間。從她家出來我們再去哈特菲爾德。她們先走，我們晚一步。你一定要陪我走一趟。你去了才眞叫人感到是鄭重其事！再說，我一直認爲你本來有這個打算。」

他不好再推辭。反正哈特菲爾德還可以去，他便跟著韋斯頓太太走到貝絲太太家門口。愛瑪看著他們進了門，然後走到擺得琳琅滿目的櫃台，站在哈莉特身邊。她費盡了口舌勸她，如果想買素色的，就用不著看花花綠綠的；她衣服上的花是黃色，藍色衣帶再漂亮也不相配。最後，要買的東西算是選定了，連往哪兒送也說清楚了。

「小姐，你是要我送到戈達德太太家嗎？」福特太太問。

「好——不行——好，送到戈達德太太家。不過，我的衣樣在哈特菲爾德。哎呀，請你送到哈特菲爾德吧。等等，戈達德太太想看看，衣樣隨便哪一天我拿回去好了。怎麼辦呢？衣帶馬上要用，還得送哈特菲爾德，至少衣帶要送。福特太太，你分成兩包，行嗎？」

「哈莉特，別麻煩福特太太，用不著分兩包。」

「那算了吧！」

「小姐，毫不麻煩。」熱心的福特太太說道。

「哦，還是一包好。請你都送到戈達德太太那兒。我不知怎樣才好。不成，伍德豪斯小姐，我想也可以送到哈特菲爾德，晚上我拿回去。你說呢？」

「你別三心二意。福特太太，就請送到哈特菲爾德。」

「對，這樣最好，」哈莉特滿意地說，「其實，我一點也不想送到戈達德太太家。」

商店外有人邊說邊走了過來，是兩個人，但說話的只有一個。韋斯頓太太和貝絲小姐在門口遇見了愛瑪和哈莉特。

「親愛的伍德豪斯小姐，」貝絲小姐說，「我特地來請你光臨舍下，略坐一會，聽聽我們的新鋼琴好不好。請你和史密斯小姐。你好，史密斯小姐？──謝謝，我很好。──就怕請不動兩位，我才邀了韋斯頓太太一道來。」

「我想貝絲太太和費爾法克斯小姐該……」

「很好，太感謝了。我媽媽身體很好，簡昨晚也沒受涼。伍德豪斯先生好嗎？──聽到他身體好我眞高興。韋斯頓太太告訴我你在這裡。我說：『哦，那我得跑一趟。要是親自去請，伍德豪斯小姐一定會來的。我媽媽非常希望她來。這裡已經有兩位貴客，她不會不願意的』法蘭克．邱吉爾先生說：『對，請去找她吧。伍德豪斯小姐對鋼琴很內行。』但我說：『你們兩位得有一位陪我去，這樣更可靠。』他說：『那你得等等，我手頭的事沒做完。』伍德豪斯小姐，你怎麼也想不到，他這麼熱心的人眞是世上難找哇，他在給我媽的眼鏡裝螺絲釘哩。螺絲釘是今天上午掉的。他眞熱心！眼鏡戴不上去，我媽用不了。看來，人人得有兩副眼鏡。這一點不假，簡也這樣說。我本想我要做的第一件事就是把眼鏡拿到約翰．桑德斯那兒去，可是後來不是要做這件事就是要做那件事，一個上午也沒去成，忙這忙那的，我不說了。一會兒帕蒂來對我說煙囪要打掃。我說：『唷，帕蒂，你別盡拿這些麻煩事來打擾我，老太太眼鏡上的螺絲釘掉了。』又過一會烤蘋果送來了，是澳利斯太太打發她孩子送來的。澳利斯家對我們非常客氣，肯幫忙，從來就這樣。我聽有的人說澳利斯太太不懂禮貌，開口就頂撞人，可是我們沒有見過她家的人這樣，他們總是客客氣氣的。他們並不是圖我們光顧他們的店，我們一家你想能吃多少麵包？才三口人！再說，我那寶貝簡現在幾乎什麼都不吃，特別是早飯，你要是看到會大吃一驚。她究竟能吃多少我不敢讓我媽知道，只得多用些話敷衍。到中午她餓了，最愛吃的是烤蘋果。這東西吃了對身體有益，前幾天我還問過了佩里先生。也是湊巧，我在街上碰到了他。其實，他不說我也知道。伍德豪斯先生常說烤蘋果好，我不知聽過多少回了。我相信，伍德豪斯先生認爲，說到吃水果，對身體最有益的要數吃烤蘋果。不過我們時常吃的是蘋果湯團，帕蒂最會做蘋果湯團。好啦，韋斯頓太太，還是你情面大，她們兩位會賞光的。」

愛瑪說了些「願意尊從貝絲太太」之類的話。臨出店門時，貝絲小姐又說：「你好，福特太太。眞對不起，我剛才沒看到你。聽說你從倫敦新運到一批漂亮衣帶。簡昨天回來時很高興。多謝你了，手套正合適，只是手腕大了些，但簡正在改小。」

到了街上，她的話又說開了，先問道：「我剛才說什麼來著？」那些沒完沒了的事她究竟要談哪一件，愛瑪無從猜起。

「我怎麼也想不起剛才說什麼來著。——哦，我媽的眼鏡！法蘭克．邱吉爾先生是個熱心人！他說：『噢，我安上一個螺絲釘沒問題，這種事我最願意做。』他這麼一說眞是——一點不假，我早聽別人說過，自己也猜到了，他樣樣事情都能幹。韋斯頓太太，我該恭喜你，大大地恭喜你。他似乎哪方面都像他那個好父親——『噢，我安上一個螺絲釘沒問題，這種事我最願意做，』他說。他的爲人我永遠忘不了。我從壁櫥裡拿出烤蘋果，請朋友們嘗嘗，他馬上說，

『噢，比得上這一半好的水果可找不著，家裡的烤蘋果像這樣漂亮的我還沒見過。』這話很——是如此，他一副誠懇樣子，不會是講客套話。那些蘋果都是上等的，澳利斯太太又很會烤。可惜我們只烘烤過兩次，伍德豪斯先生要我們烤三次；伍德豪斯小姐，我想你是不會提這件事的。這些蘋果烤著吃再好不過了，都是唐韋爾的。奈特利先生的好處眞說不完，每年他叫人給我們一袋。他有一株樹的蘋果最經放，別的地方都沒見過。我想會有兩株樹。我媽說她年輕時那果園就無人不曉。有一天，我眞大吃了一驚！——那天上午，奈特利先生來了，簡正在吃蘋果，我們就談起了蘋果，說她很愛吃，他問我們還有沒有。他說：『你們一定吃完了，我再叫人拿些來，反正很多，吃不了。今年威廉．拉金斯給我留的比往年多。我再給你們送些來，不吃爛了可惜。』我說用不著。其實我們的已快吃完了，只剩下五、六個，我不敢說我們還有很多。那五、六個全是留給簡的。我根本不敢請他再送，雖說他一直非常大方，簡也是這麼認爲。他走後，簡差點跟我吵了起來。不過，也不能說是吵，因爲我們從來沒爭吵過。我說蘋果快沒了，她聽了很不高興，埋怨我沒有對他說我們還有許多。我說：『哦，親愛的，能說的話我全說了呀！』可是當天晚上，威廉．拉金斯來了，提著一大籃蘋果，品種與上次的一樣，至少有一蒲式耳❶。我感激不盡，下樓對威廉．拉金斯說了許多話，說了什麼你們一定猜得到。威廉．拉金斯是老朋友了，我見到他很高興。可是我後來才從帕蒂那兒知道，他主人留的那一種拉金斯全都送來了。他統統搬來了，他主人已一個不剩，烤著吃、煮著吃的蘋果全沒有了。威廉自己好像滿不在乎，他主人家

❶ 約合三十六公升，量穀類的單位，也量水果。

賣出了這麼多他倒高興。你們知道，威廉就希望他主人多賺錢。可是他說，蘋果賣光了霍奇斯太太感到很不高興。今年春天主人家沒有蘋果餡餅吃她過意不去。這是他對帕蒂說的，叫她別在意，還叫她別告訴我們，因爲霍奇斯太太有時愛發脾氣。已經賣了那麼多袋，剩下的誰吃都一樣。帕蒂是這樣對我說的，我大吃了一驚。這些話無論如何也得瞞著奈特利先生。他會很……我本想不讓簡知道，不巧的是，不知不覺我把這事說了出來。」

當帕蒂打開門時，正好貝絲小姐話音剛落。客人們往樓上走，那些東拉西扯的話她們聽不到了，但又聽到她一會兒叫這個、一會兒叫那個要多加小心。

「請注意點，韋斯頓太太，拐彎的地方還有一級樓梯。請注意點，伍德豪斯小姐，我們這樓梯太暗，又暗又窄，沒人會想得到。請注意點，史密斯小姐。伍德豪斯小姐，我擔心你碰傷了腳。史密斯小姐，拐彎的地方還有一級！」

第二十八章

她們走進小小的客廳，發現裡面寂靜無聲，貝絲太太在火爐邊打瞌睡，沒有做她每天必做的事；法蘭克．邱吉爾坐在她身邊的一張桌子旁，忙著修理眼鏡；簡．費爾法克斯背朝他們站著，眼睛正望鋼琴出神。

法蘭克雖然在忙著，但看到愛瑪來了，仍是喜形於色。

他輕聲說：「很好，來得比我的估計至少早了十分鐘。你看，我在給人幫忙。你說我能不能修好？」

「哎呀，還沒修好？」韋斯頓太太說。「如果你做銀匠，這樣慢吞吞地，掙不到錢，別想過好日子。」

「我不是一直在修眼鏡，」他答道。「費爾法克斯小姐的鋼琴放不穩，我幫了她一下。總有些搖晃，我想是因爲地不平。你看，我們已經把一條腿用紙墊了起來。你願意來很不錯，我擔心你要趕忙回家。」

他想了個藉口把愛瑪拉到身邊坐下，精心爲她挑了個烤蘋果，還請她出主意幫著修眼鏡，簡．費爾法克斯直到這時才坐下來又準備彈鋼琴。

愛瑪十分懷疑，她沒有立即坐下是因爲心一時靜不下。鋼琴剛運來，她一觸到就百感交集，要等靜下心才能彈。不論她的苦衷出於什麼原因，愛瑪都得體諒，下了決心不再向坐在她身邊的那一位說起這件事。

終於，簡彈了起來。雖然開始幾個小節彈得很輕，再往下時，漸漸地將這架鋼琴的好性能完全顯現了出來。韋斯頓太太以前就喜歡聽簡彈琴，現在再聽一遍同樣喜歡；愛瑪也附和著她，稱讚不已；這架鋼琴經過了種種嚴格鑒定，人人承認它屬於上品。

法蘭克對著愛瑪笑笑，說：「不論坎培爾上校是請誰代辦的，反正這個人沒挑錯。在韋默斯時，對坎培爾上校的喜好我很了解。琴的黑鍵聲音柔和，這是他們那夥人最講究的。費爾法克斯小姐，據我看，要不就是向委託的人作了非常具體的交代，要不就是他親自寫信到了布羅德伍德，你說呢？」

簡沒有回頭。她不一定要理會他，這時韋斯頓太太也在跟她說話。

愛瑪低聲說：「你不能這樣問，我是亂猜的。你就別傷她的心吧！」

他笑著搖搖頭，彷彿無所懷疑和顧忌。稍停他又說：

「費爾法克斯小姐，你在愛爾蘭的朋友這一來一定為你高興。不用說，他們會常想起你，還會猜鋼琴究竟哪一天才能運到。你想坎培爾上校會知道你在幹什麼嗎？你說說，現在能彈到鋼琴，他是直接作了安排呢，還是沒有細說，具體日期要看人家的可能和方便呢？」

他沒往下說。她不能裝聾作啞，只得回答。

「那要等坎培爾上校來信。」聽聲音，她是在強作鎮靜。「我不能說無根據的話，要說就是瞎猜。」

「瞎猜？嗯，有時會猜對，有時會猜錯。我倒想猜猜，什麼時候才能把這顆螺絲釘安好。伍德豪斯小姐，人專心做事的時候如果說話，就會亂說一氣。我想，眞正的工人不會張嘴，我們這些人做起活來，只要聽到一個字——費爾法克斯小姐解釋了什麼叫『瞎猜』——你瞧，好啦！太太（向著貝絲太太說），我總算把你的眼鏡修好了，暫時可以戴了。」

母女倆謝了又謝。爲了避開貝絲小姐，他來到了鋼琴邊，請還坐在那兒的費爾法克斯小姐再彈一曲。他說：「你再彈一首我們昨晚跳過的華爾茲舞曲，好不好？我還想聽聽。昨天你的興致沒我那樣好，老顯得沒精神。我知道，我們不跳舞了你更高興，可是我一心只想——只想再跳半小時。」

她又彈了一曲。

「眞難得，又聽了一遍好聽的曲子！如果我沒記錯，這支曲子是在韋默斯跳舞時彈的。」

她抬頭看了看他，滿臉通紅，又彈了一些別的。他從鋼琴邊的一張椅子上拿起一些樂譜，轉身對愛瑪說：「這一支曲子我從沒聽過，你呢？——克羅默❶。這一套是新出的愛爾蘭歌集，只有住在那兒的人家才有，準是同鋼琴一道送來的。坎培爾上校設想得非常周到，對嗎？他知道費爾法克斯小姐在這裡買不到樂譜。這份情意我覺得特別不容易，完全出自內心。這架鋼琴不是心血來潮送的，一切都想得周到，眞有感情的人才會這樣做。」

愛瑪心裡一方面埋怨他說話太露骨，另一方面情不自禁地覺得有趣。

---

❶ 一家有名的音樂出版社，創始人爲約翰·巴普蒂斯特·克羅默。

可是，她一瞧簡·費爾法克斯，發現她面孔緋紅，還掛著一絲沒有完全收斂的微笑。就是從這絲微笑和紅暈中，她看出了她在暗自高興。頓時，她感到他的幾句刻薄話說得非常好，而她對她的猜測更是沒有錯的。顯然，這位性格溫順、一本正經、才貌雙全的簡·費爾法克斯內心有著不可告人的秘密。

他把所有的樂譜拿到她跟前，兩人一起看著，愛瑪趁機小聲說：「你說得太明顯了，她一定明白你的意思。」

「那樣更好，就是要她明白，我的話說出來問心無愧。」

「我倒有些不好意思，還不如沒有猜到她的心事好。」

「你的想法也該告訴我。現在，她奇怪的表情和舉動在我看來已不足爲奇了。該不好意思的是她。做了虧心事，她應當感到慚愧。」

「她好像多多少少有一點羞愧。」

「我看沒有。現在她彈的是《羅賓·阿戴爾》❷，是『他』最喜歡聽的。」

過了一會，貝絲小姐從窗前走過，看到奈特利先生騎著馬來了。

「哎呀，是奈特利先生！我有話非對他說不可，該好好感謝他。這扇窗我不開，以免你們幾位受涼，我可以到我媽的房間去。要是他知道誰在這裡，一定會進來的。你們幾位來得好，我們

❷這首歌的歌詞說的是一位叫卡洛琳．凱佩爾的姑娘愛上了一位年輕的愛爾蘭醫生羅賓．阿戴爾，不顧親屬的反對，坐一他結了婚。

楚，彷彿是在同一間房裡。

她邊說、邊往隔壁房間走，一開窗，奈特利先生即刻看到了她。他們兩人說的話聽得清清楚楚，彷彿是在同一間房裡。

「你好！你好！──哎呀，我得謝謝你。昨天夜晚多虧你的馬車。我們回來得正是時候，我媽剛到，在等我們。請進來！一定得進來！你來看看，我家還有幾位朋友。」

貝絲小姐開始說的話就是這樣。奈特利先生似乎也有意讓別人聽到他的話，放開嗓門說：

「貝絲小姐，你的外甥女好嗎？我記掛著你一家人，特別是你的外甥女。費爾法克斯小姐好嗎？昨天晚上沒受涼吧？今天呢？請告訴我費爾法克斯小姐的身體狀況。」

貝絲小姐如不直接回答，說別的他會不願意聽。在場的人都高興地聽著，韋斯頓太太意味深長地看了愛瑪一眼，但愛瑪仍搖搖頭，表示懷疑。

「謝謝你啦，非常感謝你讓我們坐上了馬車。」貝絲小姐又說。

他打斷了她的話：

「我去金斯頓，你有事嗎？」

「哦，天哪！金斯頓，當真？前幾天科爾太太說她想請人從金斯頓買點東西。」

「科爾太太會叫佣人去，你有事嗎？」

「沒有，謝謝。你進來吧。猜猜誰在這裡？是伍德豪斯小姐和史密斯小姐，她們是來聽新鋼琴的。把馬繫在克朗旅社，進來吧。」

「那好吧，」他想了想，說。「只坐五分鐘。」

「韋斯頓太太和法蘭克。邱吉爾先生也在，可熱鬧啦，朋友眞多！」

「謝謝你，那我現在不進去了。再耽誤一、兩分鐘也不行，我要趕快趕到金斯頓去。」

「喲，你一定要進來，你來了他們都會高興的。」

「不去了，不去了，你家坐滿了人，我改天來拜訪，聽聽新鋼琴。」

「那太可惜了！哦，奈特利先生，昨天晚上多熱鬧！多好玩！你看了跳舞嗎？不是很有意思嗎？伍德豪斯小姐和法蘭克。邱吉爾先生一起跳舞！我從沒有看過誰比這一對好。」

「嗯，是有意思！我只能跟著叫好，我們的話伍德豪斯小姐和法蘭克．邱吉爾先生全能聽到。」他的聲音更大了。「你爲什麼不說費爾法克小姐？我看費爾法克斯小姐也很會跳舞。土風舞曲數韋斯頓太太彈得最好，英國沒人能比得上。你的客人如果聽得高興，也該大聲說你和我幾句好話，可惜我沒有時間聽了。」

「哦，奈特利先生，再等一會，有件要緊的事——眞沒想到呀！我和簡都爲那些蘋果大吃一驚！」

「怎麼啦？」

「你怎能把貯存的蘋果全拿來！原來你說還有很多，現在一個也不剩了，我們眞的非常吃驚！霍奇斯太太會生氣的，威廉．拉金斯在這裡說過了。你不該這樣，眞不該。喲，他走了！他從不讓人謝他。我還以爲他不會走，就可惜我沒有說……哎！」她回到了客廳。「我沒能留住他。奈特利先生不能耽誤，要往金斯頓去。他還問我有沒有事要他去辦哩。」

「唔，」簡說，「我們聽到了他問你，什麼都聽到了。」

「嗯，是的，親愛的。門開著，窗開著，奈特利先生的聲音大，你們一定全聽到了。『我到金斯頓，你有事嗎？』他說，就是我剛才講的——哦，伍德豪斯小姐，你要走？你好像來了還沒一會工夫。你眞好。」

愛瑪覺得非走不可了，她已經來了一段很長時間。一看錶，發現很多時間已過去了。韋斯頓太太和法蘭克也起身告辭，他們只能陪著愛瑪和哈莉特到哈特菲爾德的大門口，然後轉身向蘭德爾斯走去。

第二十九章

從不跳舞的人也許照樣能過日子。有的年輕人長年累月不跳舞，身體和精神並未受到任何損失，這樣的事例屢見不鮮。但是事情一經開了頭，一旦他們領略了快速旋轉的滋味，即令是稍稍領略，那麼只有傻瓜才不會想有第二、第三遭。

法蘭克·邱吉爾在海伯里跳了一次舞以後，又想再跳一次。有一天伍德豪斯先生好不容易順著女兒的心意來蘭德爾斯玩了一個晚上，臨走前半小時兩個年輕人沒想別的，就想跳舞。首先提起的是法蘭克，無限熱心出主意的也是他。愛瑪頭腦清醒，知道有不少難處，而且她講究派頭。但是，她也很想讓人再看看法蘭克·邱吉爾先生和伍德豪斯小姐跳得多精采，證明在這方面她可以與簡·費爾法克斯平分秋色；甚至，她願意一切從簡，不用排場陪襯。所以，她幫著他量他們坐的這一間房的大小，看能容納多少人跳舞。然後又量另一間，儘管韋斯頓先生早說了精確面積，他們還是指望另一間會大一些。

法蘭克首先主張在科爾先生家開場的舞會應善始善終，凡上次跳過舞的人都應被邀請，彈舞曲的人也要原先的人，這個主張馬上得到贊同。韋斯頓先生表示十分欣賞，韋斯頓太太一口答應他們跳多久就彈多久。接著，幾個人興致勃勃地計算該請哪些人，每對舞伴至少要多大空間。

「你、史密斯小姐、費爾法克斯小姐，共三位，加上考克斯家兩位小姐，共五位。」法蘭克數了一遍又一遍。「吉爾伯特家兩位男賓，小考克斯，我爸爸，我自己，另外還有奈特利先生。行了，這麼多人可以跳個痛快。你，史密斯小姐，費爾法克斯小姐，共三位，加考克斯家兩位，共五位小姐。五對人跳舞地方還是夠寬的。」

可是，這個主意馬上有人認爲不妥。「五對跳地方還寬？我看不夠。」

又有人說：「只有五對說什麼也不夠味。如果眞想跳，五對太少。可不能只邀五對。不要坐在這裡想當然耳。」

有人說吉爾伯特小姐要來她哥哥家，也該受到邀請。有人說可惜那天晚上沒人邀吉爾伯特太太，要不然她準會跳。不知誰還推舉考克斯的小兒子。韋斯頓先生最後又提到一位遠房親戚非請不可，還有一位老朋友也不能遺漏。這樣一來，五對至少變成了十對，可是這麼多人怎樣跳呢？幾個人又各抒己見。

「兩個房間門對著門，可不可以兩間都用上，跨過走廊跳呢？」這個主意似乎極妙，可是偏偏幾乎沒人叫好。愛瑪說這樣跳彆扭，韋斯頓太太發愁不好開飯，伍德豪斯先生強烈反對，理由是那樣會影響身體健康。見他很不高興了，沒人再敢堅持。

他說：「哦，那不成，那樣做太荒唐。我不能讓愛瑪去！愛瑪身體不強健，會得重感冒。可憐的小哈莉特也免不了，你們大家都免不了。韋斯頓太太，你會起不了床，別讓他們說這樣的瘋話，你千萬不能讓他們談論這些事。這年輕人——」他放低了聲音。「——太沒頭腦。這話你別對他父親說，不過這年輕人太不行。今天晚上他不停地開門，還常讓門大敞著，沒想到穿堂風。我不是叫你責備他，不過他實在是不行。」

這話韋斯頓太太聽了覺得不妙。她知道其中的分量，想了許多話進行勸解。馬上，所有的門關上了，跨過走廊跳舞的計劃放棄了，大家又談起了原先議論的就在這個房間跳的主意。一刻鐘以前這個房間容納五對舞伴嫌小，現在根據法蘭克．邱吉爾先生的高見，容納十對綽綽有餘。他說：「我們太講究了，空間算得太寬，這房間裡站十對綽綽有餘。」

愛瑪提出反對：「那太擠，擠得不像樣，連轉身的地方也沒有，有什麼意思？」

「不錯，」他一本正經地答道，「是沒意思。」但他繼續量著房間的大小，量完了仍然說：「我想十對沒問題。」

「不行，不行！」她說。「你就沒好好想想。人靠人站著多難受！在一個小房間裡擠成一堆跳還不如不跳。」

「是這樣，」他答道；「你說的我完全贊同。在一個小房間裡擠成一堆！伍德豪斯小姐，你眞有一語中的的本領呀。妙，妙極了！不過，商量了這樣久，不能到頭來一場空。我爸爸會大失所望，總之——我說不上——我認爲十對站在這裡綽綽有餘。」

愛瑪看得出來，他的一片熱心已接近於固執，他寧可冒犯別人，也不願失去與她跳舞的歡樂，她接受了他的好意，至於別的什麼，則統統寬容了。如果她想過要嫁給他，那麼也許現在値得考慮考慮，了解清楚他感情的價値和性格的本質。但是，無論雙方往來的目的如何，反正他是十分逗人喜愛的。

第二天中午前他到了哈特菲爾德，進門時笑容可掬，一看就知是爲了再談昨天的事。果然，他是爲了商量一個新辦法來。

「哦，伍德豪斯小姐，」他直截了當地說，「雖然我爸爸的房間小，你該還願意跳舞吧？我說給你聽一個新辦法，是我爸爸的主意，只要你認為行就可以照辦。那個小小的舞會不在蘭德爾斯舉行，在克朗旅社舉行，頭兩個舞你會願意與我跳吧？」

「克朗旅社！」

「對。如果你和伍德豪斯先生不反對，我爸爸打算邀朋友們去那裡，我想兩位是不會反對的。他說，正因為不去蘭德爾斯，他要給各位更盛情的款待，更要感謝各位光臨。這全是他想到的。韋斯頓太太說只要你滿意她就不反對。我們都盼你能贊同。哦，你昨天說得完全對！蘭德爾斯的兩間房都不行，十對跳沒有意思！太擠！我一直感到你的話有理，可是跳舞的心情太迫切，什麼藉口都願找，就是不願認輸。現在這個辦法好嗎？你該會完全贊同吧？」

「只要韋斯頓先生和他太太不反對，這個辦法我看沒人會反對。這是個好辦法，我不用你們擔心，一定樂意去。看來只能這樣。爸爸，你說這辦法比原來的好多了吧？」

為了讓她父親明白，她只得把那個辦法多說幾遍，還進行了解釋。像這樣從來沒有過的事，要說服他需要多費口舌。

「得了吧，我看不比原來的好，甚至不如原來的計畫，是個笨主意。旅社的房間潮濕，對身體有害。房間不通風，不宜住人。假如你們要跳舞，最好在蘭德爾斯。我這一輩子沒跨過克朗旅社的門，開旅社的人見了面也不認識。哎，是個笨主意。到了克朗旅社，你們更要受涼了。」

法蘭克．邱吉爾說：「先生，依我看，換個地方的好處就是誰也不會受涼，在克朗旅社比在蘭德爾斯保險。也許只有佩里先生不贊成換，別人都會。」

伍德豪斯先生動氣了，說：「先生，你完全誤會了，佩里先生不是那種人。我們無論誰生了病，佩里先生總是關心備至。我猜不透，怎麼克朗旅社會比你爸爸那兒保險呢？」

「先生，因爲那兒房間大。我們不用開窗，整整一晚連一次也不用。你知道，人只有在發熱的時候，把窗一開，吸了冷空氣才會受涼。」

「開窗！邱吉爾先生，在蘭德爾斯也沒人會想到開窗。誰會這樣沒頭腦！這樣的事我從沒聽過。打開窗跳舞！我看，你爸爸不會答應，韋斯頓太太也不會答應的。」

「啊，先生，沒頭腦的年輕人有時會溜到窗簾後，打開了窗別人還不知道，我自己就常遇到這種事。」

「當眞，先生？天哪！我連想也想不到。我深居簡出，不免少見多怪，然而，這是不能等閒視之的。如果我們好好談談——不過，這種事要愼重考慮，急急忙忙下決心不行。還是請韋斯頓先生和他太太哪天上午來一趟吧，我們仔細談談，看看怎麼辦好。」

「可是，先生，不巧我的時間有限，所以……」

愛瑪打斷他的話說：「嗯，無論什麼事，仔細談談的時間還有。你別急，爸爸，如果舞會在克朗旅社舉行，馬跑起來很方便，那兒離我們家的馬廄很近。」

「這倒不錯，親愛的。離得近很有好處。倒不是怕詹姆斯抱怨，我們能儘量愛惜馬是對的。不知那兒的房間空氣好不好？斯托克斯太太可靠嗎？我很懷疑。我不認識她，連面也沒見過。」

「這些事你不用擔心，先生，因爲有韋斯頓太太料理。一切由她安排。」

「你看，爸爸，現在該滿意了吧？韋斯頓太太跟我們自家人一樣，心思最細密。好些年前我患麻疹，佩里先生說過的話你沒忘記吧？他說：愛瑪小姐只要有泰勒小姐照顧，你什麼也不用擔心，先生，這話你誇她時不是還常提起麼？」

「是這麼回事，那話佩里先生說過，我決不會忘記。可憐的小愛瑪！你害麻疹症狀不輕，要不是佩里精心治療，還不知落到什麼地步。他每天來四次，連續一星期天天如此。他一開始就說沒有什麼大不了，我們聽了才鬆一口氣，但麻疹畢竟是可怕的。如果伊莎貝拉的小寶貝得了麻疹，她應該請佩里看。」

法蘭克．邱吉爾對愛瑪說：「我爸爸和韋斯頓太太正在克朗旅社，看房間能不能用。我獨自從那兒上哈特菲爾德來了，很想問問你贊不贊成，還希望你到那兒幫他們出出主意。他們兩人都要我說明這個意思。如果你讓我陪你去一趟，那就太好了。沒有你，他們做什麼都放心不下。」

能當這樣的參謀愛瑪非常樂意。她爸爸說可以讓她去，但這事他還得多多考慮。兩個年輕人說走便走，往克朗旅社去了？韋斯頓先生和他太太還在那裡，看到她來了，又聽說此事已得到她的贊同，都很高興。他們兩人都很忙，滿心歡喜，但看法不盡相同；他認為這裡一切都好，而她並不這麼認為。

她說：「愛瑪，我沒想到這牆紙糊得這麼差。你看，到處都髒極了。下面的壁板發黃，從沒收拾過，已不成樣子。」

「親愛的，你太挑剔了，」做丈夫的說。「那有什麼關係？蠟燭光下什麼也看不出來，與蘭德爾斯一樣乾淨，我們俱樂部晚上聚會時從沒有人嫌過那兒髒。」

聽了這話，兩個女人大概難免會互使一個眼色，意思是：男人從來不嫌髒；兩個男人則會暗想：女人就是愛挑剔，小心眼。

然而，有一件事的確棘手，兩個男人也只得承認：這兒沒有飯廳。建舞廳時沒考慮吃飯的問題，只在旁邊加了一間打牌的小房間。怎麼辦呢？這間打牌的房間現在仍要用來打牌，雖然他們四人也可以決定不打，但在裡面吃飯仍嫌太小。還有一間房大得多，可以用作飯廳，但在房子的另一頭，到那裡要通過一條多餘的長走廊。這事好不爲難。韋斯頓太太擔心年輕人經不起走廊裡的冷風，而愛瑪和韋斯頓父子想到擠在一起吃飯就覺掃興。

韋斯頓太太提出不吃飯，只在小房間吃夾心麵包之類，可是另外三人都嫌這主意不高明。私人舉行舞會如不請吃飯就是對客人的捉弄，要被傳爲笑柄，韋斯頓太太不敢再提了。她又想了一個折衷的辦法，看看那小房間，說：「我看這房間不算太小，我們請的人並不多。」

這時，韋斯頓先生大步從走廊的一頭跨到另一頭，叫道：「親愛的，你說這走廊長，其實不，樓梯口也沒有冷風。」

韋斯頓太太說：「無論是誰，只要能想出使客人都滿意的好辦法就行，反正我們來這裡是爲了讓大家玩個痛快，誰有好辦法我們依誰。」

法蘭克大聲說：「說得對！說得對！你是想請鄰居們想想辦沃，我看應該這樣。不知誰最有辦法。科爾夫婦行嗎？他們住得不遠，要不要我去請他們？貝絲小姐呢？她更近。我看貝絲小姐不比別人差，能了解每個人的心理。還是多找些人商量好。我去請貝絲小姐來好嗎？」

「嗯——隨便你，你認爲她行就去吧！」韋斯頓太太說，但並未拿定主意。

「這事找貝絲小姐不行，」愛瑪說。「她是會樂意來的，但是什麼辦法也沒有。甚至，你問她的話她全不會聽。我看貝絲小姐不用請。」

「她這人很有意思，太有意思了！貝絲小姐講話我喜愛聽。再說，我不用請全家人都來。」

這時，韋斯頓先生走了過來，聽說是請貝絲小姐，欣然贊同。

「哦，法蘭克，對！去找貝絲小姐，快把這件事定下來。我知道要開舞會她會樂意，解決爲難的事找她最好。去請貝絲小姐吧！我們做事太講究。要快快活活過日子她是個好榜樣。注意兩個人都得來。把兩個人都請來吧！」

「爸爸，兩個人？那老太太……」

「老太太！不，是年輕小姐！法蘭克，你要是把那位姨媽請來了，外甥女沒請來，那就是個大笨蛋。」

「是的！爸爸，你別怪，我剛才沒明白你的意思。既然你要請，我一定勸她倆都來。」他說著就跑去了。

他去了很久才把那位身材矮小、衣著乾淨、動作敏捷的姨媽和那位容貌動人的外甥女請來。韋斯頓太太不失爲一位有耐心的女人和賢妻，趁這時間把走廊又看了一遍，發現它帶來的不便遠沒有她設想的大，實際上微不足道；於是，一道難題解決了。其他的事都已不在話下，至少想來如此。那些具體細節，例如桌椅的擺法，燈光和音樂的安排，茶點和晚餐的準備，或者當時決定了，或者留待韋斯頓太太和斯托克斯太太任找一個時間商量都可。受到邀請的人全會來。法蘭克寫了一封信回去恩斯庫姆，說兩星期的假期不夠，希望寬容幾天，這樣的請求是不便拒絕的。這次舞會一定是歡樂的舞會。

貝絲小姐來後表示了完全一致的看法，也說必須如此。作爲參謀人員她已顯得多餘，但是作爲一個支持者（她充當這角色更合適），她受到了衷心歡迎。她那一番贊同的話說得又全面，又具體，充滿熱情而又連續不斷，當然讓人聽了高興。幾個人又忙了半小時，從這個房間穿到那個房間，有的出主意，有的只跟著跑腿，都高興地憧憬著未來。臨分手前，愛瑪答應當這次晚會的主角，一定與他先跳兩次舞，她聽到韋斯頓先生小聲對他太太說：「親愛的，他已邀請她了。應該這樣。我早知道他會這樣做的！」

第三十章

愛瑪對即將舉行的舞會只有一點感到美中不足——它的日期沒定在法蘭克·邱吉爾可以停留在薩里的時間之內。儘管韋斯頓先生信心十足，她心裡仍然十分懷疑，邱吉爾家說定了只讓他們的外甥住十四天，很可能多一天也不行。然而，舞會無法提前舉行。準備工作尚需時日，要拖到第三個星期開始才能就緒。在好幾天裡，他們得盤算著，奔忙著，抱著很可能落空的希望。在她看來，就是冒著危險，而且是極大的危險，說不定到頭來一切都將化為烏有。

然而，恩斯庫姆發了善心，雖然沒有明說。法蘭克想晚幾天走顯然已使他們感到不快，但是沒有遭到反對。一切都不用人擔心，一切都充滿希望。可是，人們往往不為這件事發愁就要為那件事發愁，愛瑪對舞會能否開現在已有把握，但是又有了新的煩惱；奈特利先生對舞會態度冷漠。也許是由於他不愛跳舞，也許是由於舉行舞會事先未與他商量，他似乎決心作局外人，現在不願過問，以後也不打算玩個痛快。

愛瑪主動告訴他舞會的準備情況，可是他說：「那好嘛！既然為了幾小時的熱鬧花這番力氣韋斯頓家認為值得！我不會反對，但是他們不必把我也拉扯上。當然，我非去不可，不便拒絕，也決不做糊塗事，但老實說，我寧可留在家裡，翻翻威廉·拉金斯一個星期的帳目。看跳舞有什麼意思！不是我一個人這樣想，我從來不看，也沒聽人說過有意思。有的人自以為跳得好，就像有的人自以爲了不起一樣，其實旁觀者往往想法不同。」

愛瑪覺得這話是針對她說的，她很生氣。

然而，他如此漠不關心，或者說如此反感，並不是爲了取悅簡．費爾法克斯，他對舞會不說好話並不是受了她的影響。簡對舉行舞會一事異常興奮，連性格也開朗了、坦率了，主動說：「哦，伍德豪斯小姐，我希望舞會不至遇到節外生枝的事！如果那樣就太掃興了！說真的，我想到這事就高興極了！」

因此，他說寧願翻威廉．拉金斯的帳本並不是爲了簡．費爾法克斯的緣故。對！愛瑪越來越有把握，認爲韋斯頓太太猜錯了。他對簡．費爾法克斯很體貼、同情，但並不愛她。

突然禍從天降！愛瑪根本顧不上與奈特利先生爭論，才高興了兩天，一切便都告吹了。邱吉爾先生來了一封信，催他的外甥立刻返回。邱吉爾太太病重，非他照料不可。據她丈夫說，在兩天前給外甥寫信時，她就身體不適，可是由於她素來不願造成別人的苦惱，從不顧及自己，沒有提起。現在她病勢加重，已非同小可，只得叫他立刻返回恩斯庫姆。

韋斯頓太太立刻寫了張紙條，將這封信的主要內容轉告了愛瑪。法蘭克非走不可。再過幾小時他必須啟程，但他對舅母感到的並不是擔心，而只是厭惡。他知道她生病的眞情，每當她認爲需要的時候，她的病就會發作。

韋斯頓太太又寫道：「由於時間緊迫，早飯後他只能去海伯里向幾位要好的朋友匆匆告辭，很快可到哈特菲爾德。」

這個帶來不幸消息的紙條，使愛瑪再也吃不下飯了。

看過一遍以後，她長吁短嘆，顯得無精打采。舞會完了，法蘭克完了，他心裡所想的一切也完了！這是萬分不幸的事！良宵成了泡影，每個人的快樂化為烏有，特別是她和她的舞伴。她唯一的安慰是這麼一句話：「我早知道會這樣。」

她父親的心情有所不同。他主要關心的是邱吉爾太太的疾病，想知道治療情況。至於舞會，讓親愛的愛瑪大失所望當然不是好事，但是父女倆都坐在家裡無疑平安得多。

愛瑪等了沒多少時間客人便來了。

法蘭克來得這樣快，使人感到他太急不可耐，然而他進來時那滿面愁容和無精打采的神情又叫人看了覺得可憐。他走得太難過，一句話也說不出。顯然，他已心灰意冷。坐著發了好幾分鐘呆以後他才清醒過來，說了句：「離別是最叫人傷心的事！」

「可是你還會來，」愛瑪說，「這一次不是你最後一次到蘭德爾斯。」

「哎！」他搖著頭。「何時再來很難說！我會全力爭取，我心裡想的、盼的就是這一件事。如果我舅舅、舅媽今年春天到倫敦……只怕——只怕——他們再不會去了，去年春天他們就沒有去了。」

「我們多災多難的舞會開不成了。」

「喲，舞會！我們原先為什麼要等到萬事俱備才開呢？為什麼不抓緊時機？快樂的事常常由於進行了多方準備而毀於一旦，蠢人才會這樣做！你早對我們說過會出現這種結果。哦，伍德豪斯小姐，你說話為什麼總這樣靈驗？」

「這次的靈驗不是好事。我希望做一個快活的人，不一定要做個有先見之明的人。」

「如果能再來，我們還要舉行舞會。我爸爸說非舉行不可。你答應了的事別忘了。」

愛瑪溫情地看了他一眼。

「這是難忘的兩個星期，」他繼續說，「一天比一天過得更快樂，更叫人回味。我每在這裡多住一天，就對這裡多一分留戀。能住在海伯里的人眞幸福！」

愛瑪笑著說：「你把我們這兒說得這樣好，我很想問問你，當初你是眞想來、還是不想來？原來你看不上我們這兒吧？我想準是這樣。起初你以爲我們這兒不好，如果認爲海伯里是個好地方，早該來了。」

他羞怯地笑著。儘管他否認這樣想過，愛瑪仍相信這是事實。

「你非在今天上午動身不可嗎？」

「是這樣。我爸爸要上這兒來找我。我們一道回去，我必須立刻動身。他可能說到就到。」

「不抽五分鐘時間去看看你的好朋友費爾法克斯小姐和貝絲小姐嗎？太可惜了！貝絲小姐見識多，嘴會說，使你得益不少。」

「那當然。我去過那兒了。就從她們家的門前過，我覺得還是去一趟好。這是理所當然的事。本來我只打算坐三分鐘，可是貝絲小姐不在，只得多待了一會。她到外面去了，我只得等她回來。她這樣的人也許，甚至必定要惹人笑話，但別人不會瞧不起她。我應該去看看，然而——」他欲言又止，起身走到窗邊。

「總之，」他說，「伍德豪斯小姐，我看你也許不會沒有懷疑到……」

他看著她，似乎要猜透她的心裡。她幾乎不知說什麼好。這是一種預兆，一件非同尋常的事即將發生，然而並不是她所希望的事。她極力保持鎮靜，想阻止它的發生，用不慌不忙的口吻說：「你說得對，當然你得去看看，然而——」

他沉默不語。她心想他一定在看著她，也許正在體會這話的含義，猜度她的想法。她聽到他嘆了口氣。自然，他不由得要嘆氣。可以看出來，她的態度沒有給他帶來希望。過了尷尬的幾分鐘，他又坐了下來，心緒平靜了些，說：

「我本想一有時間就到哈特菲爾德來。我對哈特菲爾德太喜愛了，所以……」

他沒往下說，又站了起來，顯出一副窘態。他愛愛瑪，愛得比她想像的深，要不是他父親來了，誰知道要鬧出怎樣的結局呢？伍德豪斯先生很快也來了，他只得相迎，心又鎮靜了下來。只過一小會，萬事大吉了。韋斯頓先生辦事一貫乾脆利落，敢於面對不可避免的不幸，不抱任何不切實際的幻想，說：「現在該走了。」

法蘭克禁不住又嘆了一口氣，但只得依從，起身準備走。

「哦，以後各位如何我都能知道，這是我最大的安慰，」他說道。「這兒的每件事我都會及時得到消息的。我請韋斯頓太太常給我寫信，她答應了。哦，誰要是眞關心不在自己身邊的人，那就得與一位女性通信。她會把一切都告訴我，看到她的信我就像又回到了日思夜想的海伯里了。」最後，他同她熱情地握了手，戀戀不捨地說了聲「再見」。

門很快關了，法蘭克．邱吉爾先生見不到了。他走得很匆忙，他們倆的會見太短促了。他遠走高飛了，愛瑪感到難過，覺得沒有了他，她爲數不多的朋友中就缺了一個最不可少的角色；想著想著，她開始懷疑自己的心緒和感情是否正常起來。

這是一個不幸的變化。

他來了以後，他們兩人天天見面。在過去的兩星期裡，由於有他在蘭德爾斯，她的情緒高了，高得無法形容；每天早上，她都想著他，等著見到他，而他總是那樣殷勤，那樣活躍，那樣風度翩翩！極爲快樂的兩星期過去了，海伯里將依然如故，怎能不令人感到寂寞？從他的一舉一動看，他幾乎向她表白了愛情。至於他的愛有多深，能否持久，那還難說，但現在她可以肯定，他十分崇拜她，覺得已經離不開她；想到這裡，再回憶起種種事情，她心裡明白，儘管過去她下定決心不戀愛，但實際上已有一點愛上他了。「準是這樣，」她想道。「現在我感到空虛，無精打采，頭昏腦脹，坐立不安，百事無心，家裡的一切都顯得索然無味，一定是墜入了情網！如果沒有，那眞是天下第一怪事，至少有好幾個星期是如此。可是話說回來，某些人的壞事就是另一些人的好事。許多人即令不像我一樣想念著法蘭克．邱吉爾，卻惋惜這次舞會，唯有奈特利先生高興。現在如果他願意，晚上盡可以與他那可愛的威廉．拉金斯守在一起了。」

然而，奈特利先生並沒有幸災樂禍的表現。他不能說他替自己感到惋惜，即使說也無人相信，因爲他面無愁容；但是他對別人的失望懇切地表示了同情，甚至講過了這樣的好心話：「愛瑪，你難得有機會跳舞，眞是不湊巧，太不湊巧了！」

過了幾天她才去看簡．費爾法克斯，心想對這一不幸變故她一定也感到由衷的惋惜，但是見面後她發現，簡竟像沒事一般，於是不由起了反感。

然而，她身體很不舒服，頭痛難忍，據她姨媽說，即使舉行舞會，她也去不了。把不該有的冷漠歸咎於身體不好，這倒是好心腸的表現。

第三十一章

愛瑪一直不懷疑自己已墜入情網，不確定的只是愛得有多深。剛開始，她認爲很深，後來認爲只是略有一點。她很喜歡聽人談起法蘭克．邱吉爾，因此更希望能見到韋斯頓夫婦。她時時想念法蘭克，盼望他來信，談談他身體好不好，情緒佳不佳，他舅媽病情如何，今年春天有沒有機會再來蘭德爾斯。但是，她不能愁眉苦臉過日子，從那天下午起，她得像往常一樣忙碌著。她照舊做許多事，很快樂。儘管法蘭克討人喜歡，但她知道他仍有缺點。更重要的是，雖然她很想念他，雖然在坐著畫畫或做事時，她爲他們之間感情的發展和結局描繪過上千幅有趣的圖景，假設過無數意味深長的對話和情意綿綿的書信，但在她的想像中，他總是遭她拒絕。他們雖然有情，但到頭來只是朋友關係。要分道揚鑣兩人會戀戀不捨，但分道揚鑣又勢所必至。想到這裡，她覺得她不可能已在情網中陷得太深；如果她產生了強烈的愛情，內心世界必然出現她難以預料的變化，這種變化是她原先抱定的永不離開她父親、永不結婚的決心所難以左右的。

她心想：「我沒有說任何欠妥的話。我回答得巧妙，拒絕得委婉，但又不會使他產生任何誤解。看來，沒有他，我同樣可以過得快樂，而且更好。當然，我不會讓自己的感情再發展。我已經墜入了情網，千萬不能再往下陷。」

就大體而言，對他的想法她覺得也很了解。

「他無疑害了嚴重的相思病，非常嚴重，處處表現了出來。如果他的感情再發展，下次來時我應多加注意，別讓他抱太大的希望。既然我已拿定主意，不這樣做就說不過去。我猜他不會認爲我對他也有意。決不會！如果只當我也愛他，那麼一定不至於無精打采。如果他認爲我對他也有意，那麼，分手時他的表情和言談會完全兩樣。然而，我仍應多加提防。假設他現在的感情不變，我當然應該這樣，但是我估計他不會不變。我看他不像是這種人，並不指望他有恆心。他的感情是熱烈的，但也可想像是多變的。總之，思前想後，我該慶幸沒把自己的幸福過多地寄託於他。不用多長時間，我又會恢復正常。這件事到頭來是好事；人們說每個人一輩子都要墜入情網一次，而這一關我算是輕而易舉過來了。」

法蘭克寫給韋斯頓太太的信一到，愛瑪就看到了。這封信她看的時候只覺得高興不已，讚賞不已，這使她又懷疑起自己的感情來，擔心低估了它的分量。信寫得又長又好，詳談了此行的所見所聞和所感；種種趣事，無論是海伯里或其他地方的，都敘述得生動，恰到好處；所有情感，無論是喜悅、感激、敬仰，在他筆下都顯得自然、可貴。不見有叫人難以置信的浮文；說到韋斯頓太太時，每句話都出自眞心；至於他離開海伯里回恩斯庫姆是否戀戀不捨，兩地的人情有哪些不同，他只略帶了幾筆，但感人至深而又回味無窮。她的芳名自然少不了，好幾處都提到「伍德豪斯小姐」，或是誇她風度不凡，或是回憶她見解過人，總之是離不了使她高興的話。唯有最後一處例外，雖然寫得樸實無華，她卻仍能看出在他的心目中她占有何等位置，感到這一處的恭維其實是最大的恭維。在信紙的下方有兩行小字：「由於時間有限，星期二我未能向伍德豪斯小姐年輕、漂亮的朋友告辭，請代致歉並告別。」愛瑪覺得年輕漂亮指的是她，他記得哈莉特，只是由於哈莉特是她的朋友。恩斯庫姆的現狀和前景既不比她的預料壞，也不比她的預料好。邱吉爾太太的病情正在好轉，但是他尚不敢說，甚至不敢猜想，具體在何時可再來蘭德爾斯。

這封信字句動人，情深意厚，然而，當她把信疊好交還韋斯頓太太時，內心立刻又恢復了平靜。她完全能丟開他，而他也必須漸漸丟開她。她的意志沒有改變。她想到了一個主意，能使他以後精神有所寄託，生活過得幸福，因此更決心拒絕他。他仍記得哈莉特，提到她時稱她是「年輕漂亮的朋友」，這使她動了靈機，想讓他把感情從她轉到哈莉特。這不可能麼？看來有可能。當然，哈莉特遠不及他頭腦靈活，但是他喜愛她容貌的美麗和性格的單純，而且她很可能出身在好人家，這對她很有利。對哈莉特來說，這是件天大的好事。

「我不能再往下想了，」她又想道。「這事我不能想，進行這種猜測是危險的。但是，世界上的事的確無奇不有。再說，我與他的一段情分到現在算是完結了，這一來，我們以後就能以一種真正無私的朋友關係相處，這種關係在我看來已經是很有把握的事了。」

為哈莉特未來的幸福操一分心當然應該，但現在以少想為妙，一件對她不利的事就在眼前。海伯里人原來談的是艾爾頓先生的婚事，以後因為來了法蘭克．邱吉爾，他的婚事便無人提起；現在法蘭克．邱吉爾一走，大家自然又一齊關心起艾爾頓先生來了。他的婚期已定。不久，他將帶著新娘回到海伯里。恩斯庫姆的第一封信幾乎來不及談起，人人嘴裡便只念叨著「艾爾頓先生和他新娘」了，法蘭克．邱吉爾被忘得一乾二淨。愛瑪聽得心煩。沒有艾爾頓先生，她過了三週快活日子，哈莉特的情緒也如她所迫切希望的那樣，漸見好轉。至少，由於盼著韋斯頓先生的舞會，她不會想到別的事。可是哈莉特心靈的創傷並未癒合，要對即將發生的事處之泰然現在看來顯然是不可能的。她看不得那新馬車，聽不得那鐘聲，總之，一切都忍不了。

可憐的哈莉特正神魂顛倒，需要愛瑪多多開導、安慰和關心。愛瑪覺得欠了她一筆還不清的債，爲她熬乾心血也應該。可是，談何容易！哈莉特表面聽從她，實際依然如故，嘴上說她的話有理，心裡想的卻不一樣。她畢恭畢敬地聽著，還說：「應該這樣，伍德豪斯小姐講得完全對，那些事不值得想，我再也不想了。」然而，愛瑪無論怎樣說都是白費口舌，只要過半個小時，哈莉特照舊嘮叨著艾爾頓先生和他的新娘。愛瑪無可奈何，只得換個辦法打動她。

「哈莉特，看到艾爾頓先生結婚了，你老想不開，整天愁眉苦臉，這等於存心叫我難堪。我犯下了大過錯，最怕你用這種方法責備我。我知道，全怪我不好。說實話，我還沒忘。我看錯了人，連累了你，想起來一輩子難過，你別當我會忘到腦後。」

哈莉特一聽這話分量不輕，急得只能發出幾聲驚叫。

愛瑪又說：「哈莉特，我叫你振作起來不是爲了我自己，叫你少想、少談艾爾頓先生也不是爲了我自己，我希望你能這樣做完全是爲了你。我心裡不好受無關緊要，但我必須讓你有自制力，多想想自己的責任，注意自己的言行，盡量避免別人懷疑，愛惜身體和名譽，別再昏昏沉沉的。我苦苦勸你的動機就在這裡。你非這樣做不可，但可惜你沒意識到，更沒做到這一點。解除我心頭的痛苦是小事，我希望的是你不要陷入更大的痛苦。可以說，有時我也想過，哈莉特一定不會忘記自己該做的事，也可以說，不會忘記體諒我。」

這番刻骨銘心的話果然比其他話有效果。哈莉特最愛的是伍德豪斯小姐，想到自己辜負了她，沒有體貼她，難過了好一會。愛瑪見此情景說了許多安慰話，她才好受了些，但仍有些內疚，決心做她該做的事，沒有遲疑。

「你是我有生以來結交的最好的朋友，可是我辜負了你！沒人能與你相比！別人我都不在乎，最要緊的是你！哦，伍德豪斯小姐，我多糊塗呀！」哈莉特的這幾句話說得誠懇，加上表情和動作的配合，使愛瑪感慨不已，比以往更愛她、更珍視她的感情了。

過了一些時候，她心想：「最可愛的人是心地單純的人，誰也比不上他們。多交朋友主要不是靠頭腦靈活，而是靠心地善良、單純，性格熱情、坦率，對這一點我深信不疑。我爸爸這個人心腸好，所以人人敬重他，伊莎貝拉人緣好也是這個緣故。我的心地不算單純，但是我喜愛、尊重心地單純的人。哈莉特遠比我逗人喜愛，因此也遠比我容易得到幸福。親愛的哈莉特！我寧願要你做朋友，不願拿你換一個最機靈、最有遠見、最有分析力的人。哼，可笑那待人冷冰冰的簡．費爾法克斯！哈莉特比她好一百倍，有頭腦的人娶哈莉特作妻子是天大的福氣。我且不提是哪一個人，反正誰要是得不到愛瑪但能得到哈莉特，他一定是個幸運兒！」

第三十二章

艾爾頓太太第一次露臉是在教堂裡，雖然虔誠的人也容許有心不在焉的時候，但畢竟不易把坐在教堂長凳上的新娘看清楚，所以她究竟長得有十分美、八分美或者根本不美，人們只有以後在登門拜訪時才會明白。

愛瑪有自己的打算，她決心登門拜訪不落在最後，這主要不是出於好奇，而是出於自尊和禮儀。她決定帶哈莉特一道去，這樣可以及早通過難關。

她走進艾爾頓先生那棟屋子、那間住房時，不由想起三個月前來這裡的情形，當時她裝著繫靴帶，結果白費心機。那些恭維話、那些字謎和種種荒唐的錯誤，全叫人痛心疾首。可憐的哈莉特一定也在追憶過去，但是沒有表露出來，只是臉色發白，一句話不說。當然，這次拜訪沒花多大工夫。愛瑪又尷尬又心事重重，只小坐了一會，顧不上細細觀察新娘，以後與別人談起時，也只說些「衣著講究，逗人喜愛」之類無關痛癢的話。

實際上，她不喜歡她。她沒有急急忙忙評頭品足，但總覺得她很不文雅，大方有餘，涵養不足。她認爲，作爲一位少婦，一位初見面的人，一位新娘，她大方過分了。她身材相當好，容貌也不醜，但無論從姿態、言談、舉止看，她都不像一位大家閨秀。至少，愛瑪覺得這一點以後會顯現出來。

至於艾爾頓先生，他給人的印象——不成！她不願說任何不謹愼的話或俏皮話。無論是誰，婚禮後接待來客的儀式很不容易，新郎需要有全套本領才能應付自如。新娘有巧可取，可以用華麗的打扮作掩護，也可以現出羞答答的模樣，但新郎卻全靠自己的明智判斷。艾爾頓先生特別不幸，房間裡站在他面前的三個女人，其中一個是他的新婚妻子。想到這一點，愛瑪沒有苛求他，覺得即使他顯得十分笨拙、尷尬、拘泥，也情有可原。

「嗯，伍德豪斯小姐——」兩人出了屋子後，哈莉特等了很久不見愛瑪開口，又說，「嗯，伍德豪斯小姐：」她輕輕嘆口氣。「你覺得她怎樣？很中看嗎？」

愛瑪的回答有些呑呑吐吐。

「哦，是這樣！很——很逗人喜愛，年輕。」

「我覺得她漂亮，相當漂亮。」

「打扮得不錯，衣服做得相當考究。」

「難怪他會愛上她。」

「嗯！當然，那根本不用說。她的家產多，正合他的心意。」

「我相信，」哈莉特又嘆了口氣，答道，「我相信是她看中了他。」

「也有可能，但並不是每個男人都會與最愛他的女人結婚。也許霍金斯小姐想成家，而艾爾頓先生又是她認爲最合適的人。」

哈莉特很認眞地說：「一定是這樣。誰也嫁不到比他更好的人了。我打心底裡希望他們幸福。伍德豪斯小姐，以後我再看到他們也不會難過了。他仍顯得什麼都比別人好，但結了婚的人畢竟是結了婚的人。說眞的，伍德豪斯小姐，你不用擔心，他再好現在我也不會想他了。看到他找到了一個稱心如意的人我倒高興！她又漂亮，又年輕，與他正相配。眞是個幸運兒！他叫她『奧古斯塔』，多有意思！」

新婚夫婦進行回訪後，愛瑪心裡完全有了準備。這次見面她能看個仔細，分析個明白。哈莉特碰巧不在哈特菲爾德，她父親要陪著艾爾頓先生，她與新娘單獨敘談了一刻鐘，能從容不迫地了解她的底細。通過這一刻鐘的接觸，她算是看準了；艾爾頓太太是個虛榮心很重的女人，把自己看得好上了天，自以爲了不起；處處想炫耀一番，似乎高人一等，但只上過一所壞學校，沒有養成好氣質，舉止粗俗；僅僅受過一類人和一種環境的黑陶，見識不廣；即使算不上愚蠢，也算得上無知；艾爾頓先生與她朝夕相處沒有好處。

哈莉特比她強。雖然她本人不聰明或不風雅，但她能使他結交上聰明、風雅的人。霍金斯小姐不同，從那自命不凡的神氣看，她要算作她那幫人中的仗仗者。她最値得驕傲的親戚是那位住在布里斯托附近的闊姊夫，而他能引爲自豪的只有住所和馬車。

她坐下來後首先談到的是梅普格羅夫，她姊夫薩克林先生住在那裡，那地方與哈特菲爾德差不多。哈特菲爾德地盛小，但乾淨，環境優美，住房式樣新穎，結構也好。艾爾頓太太對房間的大小、大門的設計等等，總之，凡是她能看到和想到的，都十分喜愛。「眞與梅普格羅夫一個樣！我看是太像了！那間房與梅普格羅夫的起居室式樣和大小都相同，我姊姊最喜歡的是起居室。」她轉身向艾爾頓先生說：「不是像得出奇麼？我就像是到了梅普格羅夫。」

「你看這樓梯。我一進來就發現樓梯很像，位置也一模一樣。眞的，我忍不住叫了起來！伍德豪斯小姐，說眞的，我太高興了，看到你的家我就想起我最喜歡的梅普格羅夫。我在那兒住了不知多少時間，過得快樂極了！」她輕嘆一聲。「那眞是個迷人的地方，誰見了都說美，但對我來說那兒就是個家。伍德豪斯小姐，將來你像我一樣離開了家，也會觸景生情，留憑過去。我常說，出嫁免不了受這種苦。」

愛瑪不願多答話，這在艾爾頓太太恰是求之不得的事，她就想一個人滔滔不絕地說下去。

「太像梅普格羅夫了！房子一模一樣，而且周圍的環境凡是我看到的都像極了，這是眞的。梅普格羅夫的月桂樹也長得有這兒的大，種的位置也一樣，剛好在草地對面。我發現還有株大樹很漂亮，四周有坐凳，這又太巧了！我姊姊和姊夫一定會喜歡這個地方，自己有高房大院的人當然愛的是高房大院。」

愛瑪不相信這話是眞的。她不是糊塗人，知道自己有高房大院的人正好不會在乎別人的高房大院。但這種荒唐話不值一駁，因此只說：

「如果你在這一帶多看看，就會覺得對哈特菲爾德過獎了。薩里値得看一看的地方，可到處都是啊。」

「對！這我知道。大家都說，它是英國的花園山薩里是英國的花園。」

「的確是，但這樣的美譽我們不能獨享。我相信，不但薩里，有許多郡都可以稱得上是英國的花園。」

艾爾頓太太露出一絲很得意的笑，說：「那不對，除了薩里之外，我沒聽說哪個郡有這樣的美稱。」

愛瑪無話可說了。

艾爾頓太太又說道：「我姊姊和姊夫答應早則春天，晚則夏天來我們這裡。到那時，我們就可以一起遊玩了。他們來了以後，我們準能到處玩。他們一定會坐四輪活動篷車來，一輛車坐四個人寬寬敞敞，所以，自己的馬車不必用，我們就能到各個風景優美的地方遊覽一番。春夏兩季我想他們不會用二輪雙人馬車。到時候，我一定叫他們帶那輛四輪活動篷車來，這種馬車好得多。客人到了風景這樣美麗的鄉下，就得讓他們多看看，你說是嗎，伍德豪斯小姐？薩克林先生最愛遊山玩水。去年夏天四輪馬車買來後，我們就坐著那輛車去遊了兩次金斯韋斯頓，好玩極了！伍德豪斯小姐，夏天常有許多人來你們這兒玩吧？」

「這地方沒有，你說的那種能吸引遊客的勝地離我們這兒還很遠。再說，我想我們這些人好靜，寧可坐在家裡，不願到外面遊玩。」

「喲，要眞圖舒服還是坐在家裡好，最捨不得離家的人要數我了，我在梅普格羅夫時誰都這樣說。每次塞莉娜去布里斯托都要不停地嘀咕：『這姑娘我沒法叫她離開家。四輪活動篷車沒有伴我不願坐，卻偏偏只能一個人坐。奧古斯塔，我看你眞是好性子，連大門都不願跨。』她這話不知說了多少遍，其實呢，我也不主張天天悶在家裡。相反，如果整天不出門，與世隔絕，那倒不好。一個人應該與外界有適當往來，太多不行，太少也不行。但是，伍德豪斯小姐，我知道你不比別人。」她眼朝伍德豪斯先生看了看。「你爸爸身體不好，拖累了你。他爲什麼不去巴斯試洗一下溫水澡呢？他完全應該試試。巴斯是個好地方，我擔保伍德豪斯先生去那裡必有好處。」

「我爸爸去過不止一次，但沒有效果。你知道佩里先生吧？他說現在去更是白跑一趟。」

「哎喲，那可沒想到！說眞的，伍德豪斯小姐，那兒的水只要與人相宜，對身體必然產生奇效。我在巴斯時見過好些這樣的事例。那地方叫人心情開朗，我看伍德豪斯先生有時不大高興，去那邊一定有益。至於你自己，那我不用多說了，誰都知道巴斯對年輕人的好處。你一直過著冷清清的生活，到那邊可以結識許多人，我馬上就可以給你介紹幾個上流社會的人物，只消我一封信，你就能結識好些朋友。與我最要好的帕特里奇太太一定非常願意給你幫忙，請她陪你出入交際場合最合適，我在巴斯時總是住在她那兒。」

聽到這樣的話，愛瑪簡直無法忍受。她得仰仗艾爾頓太太去結識所謂的「朋友」，得借艾爾頓太太朋友的光出入交際場合！說不定這個人是個庸俗、愛裝腔作勢，靠著哪位房客的幫助才勉強能打發日子的寡婦。哈特菲爾德伍德豪斯小姐的尊嚴就掃地以盡了！

然而，她克制住了感情，沒有責備艾爾頓太太（她本可以這麼做的），只是冷冰冰地對艾爾頓太太道了謝，說：「我們完全不可能去巴斯的，這地方對我爸爸不相宜，對我也不一定就相宜。」接著她談起了別的事，以免再受冒犯和氣惱。

「艾爾頓太太，我不用問、你一定喜歡音樂。這種事總是這樣，新娘還沒來，名聲先就傳開了，海伯里早聽說你是位出色的鋼琴家。」

「噢，哪兒的話！沒有這樣的事。出色的鋼琴家！不瞞你說，差遠了，也不知這話是誰亂傳的。我很愛音樂，愛得發瘋，我的朋友也說我有些欣賞能力，至於別的就談不上了，彈鋼琴我最蹩腳。我知道你，伍德豪斯小姐彈得一手好鋼琴。一點不假。聽說是與愛好音樂的人在一起，我感到非常的滿足、慰藉和高興。我絕對離不了音樂，音樂對我來說是生活的需要。不論在梅普爾格羅夫還是巴斯，我都與懂音樂的人在一起，沒有了音樂就是最大的犧牲。這話我老老實實地對艾先生說過，他曾談起我未來的家，表示過他的擔心，就怕冷清清的生活我受不了。還怕房子也太差，我過去過著什麼樣的生活他是知道的，當然多多少少得爲我設想。他說起那些話時，我誠懇地表示我不怕冷冷清清的生活，可以放棄一個熱鬧世界，例如什麼晚會、舞會，以及演出等等。我什麼都會，不希罕熱鬧世界，沒有那一套照舊能過日子。有的人什麼也不會，那就兩樣了，而我什麼都會，不用依賴人。至於房間比原來住的小，我根本就不在意。我心想，這一類事難不倒我。當然，在梅普爾格羅夫我享受慣了，但是我叫他放心，我的幸福不在於兩輛馬車，幾間大房間。『不過，』我說，『老實說，如果附近沒有懂音樂的人，那我可活不下去。別的條件都不需要，只是沒有音樂生活就沒有樂趣。』」

愛瑪笑著說：「不用猜，艾爾頓先生一定對你說了海伯里的人很愛好音樂。他全是一番好心，說的不是實話你還得包涵。」

「我一點不懷疑他的話。果然，令人高興的是，這兒的人都這樣。我希望我們能在一起多舉行小型精彩的音樂會，你和我應該發起組織一個音樂俱樂部，每週在你們家或者我們家聚會一次，這計畫不好嗎？只要我們多出力，不久一定會有很多人參加。對這種事我特別熱心，有了俱樂部我可以經常練習。你知道，誰都說女人結了婚萬事全休，對音樂也沒心思了。」

「你是很喜歡音樂的，當然不會這樣。」

「但願不會，不過想想我認識的那些人，我也擔心。塞莉娜對音樂已完全沒心思了，雖然她原來很會彈鋼琴，現在卻碰也不碰。傑福里斯太太，就是我說的克拉拉．帕特里奇，也是這樣。

還有兩位米爾曼斯，現在一位成了伯德太太，一位成了詹姆斯·唐珀太太，也是這樣。這種事多得數也數不過來，想想眞叫人害怕。以前我老埋怨塞莉娜，現在自己開始有了體會，感到女人結了婚要分心的事太多。今天上午編我與管家談家裡的事，就花了足足半個鐘頭時間。」

愛瑪說：「不過這種事不久以後就有頭緒了。」

艾爾頓太太笑著說：「嗯，我們得等著瞧。」

愛瑪發現她有意不再談音樂，便也不提了。過了一會，艾爾頓太太談到了另一件事。

「我們去了蘭德爾斯，」她說，「兩人都在家。這兩人倒難得，我太喜歡了。韋斯頓先生再好不過了，告訴你吧，我很喜歡他。他太太看來的確善良，有一副慈母心腸，使人一見面就產生好印象。聽說她是你的家庭教師，對嗎？」

愛瑪簡直驚訝得目瞪口呆，但還沒等她開口回答，艾爾頓太太又說話了。

「我見的世面也不少了，可是沒想到她那麼有大家風度！她眞不失爲一位淑女。」

愛瑪說：「韋斯頓太太的風度特別好，大方，自然，高雅，年輕女人如能像她那樣就再好不過了。」

「你猜我們在那兒時誰進來了？」

愛瑪覺得十分莫名其妙。聽口氣像是一位老相識，但叫她如何猜得著呢？

「是奈特利！」艾爾頓太太自己說了出來。「正是奈特利！不湊巧麼？前幾天他來時我不在家，還沒見過他。因爲他與艾先生非常要好，我特別想見他。我經常聽到艾先生在叨念什麼『我的朋友奈特利』，因此巴不得見識見識他。我得爲我的caro sposo❶說句公道話，他交上這樣一位朋友不是丟臉的事。奈特利算得上是一位紳士，我非常喜歡他。確切些說，他是個非常有君子風度的人。」

謝天謝地，總算到了他們該走的時間。兩人一走，愛瑪鬆了口氣。

「這女人不像樣！」她立刻感慨地說道。「比我想像的還不如！太不像樣！奈特利！眞叫人不敢相信。奈特利！以前從沒見過他，卻直呼其名！他是紳士還得她來發現！這女人不知天高地厚，又庸俗，開口艾先生，閉口caro sposo，自吹什麼都會，不懂規矩偏自命不凡，沒有教養偏裝模作樣。虧她發現了奈特利是紳士！我懷疑他是不是會領她的情，也認爲她是淑女哩。眞叫人不敢相信！她竟叫我和她一道發起組織音樂俱樂部！別人會當我們是知心朋友。她瞧不起韋斯頓太太！看到我的家庭教師是淑女也要吃驚。糟糕透頂了！她這樣的人我從來沒有見過。完全出人意料。她與哈莉特無法相比。哼！如果法蘭克．邱吉爾在這裡，會對她怎樣評價呢？一定會又生氣又哭笑不得！哦，我想起了他！怎麼沒先想別人呢？我多荒唐！我腦子裡總離不開法蘭克．邱吉爾！」

這些事只在她腦子裡很快閃過，等她父親送走艾爾頓先生，坐下來閑談時，她又能靜下心來聽他的了。

❶意爲「親愛的丈夫」，是英國女作家范妮．伯尼（Fanny Burney）一七八二年出版的小說《塞西莉亞》（Cecilia）中一位次要人物霍諾里亞．彭伯頓（Honoria Pemberton）對其丈夫常用的稱呼。

「嗯，親愛的，」他想了想說，「她算得上是一個漂亮小姐，今天我們是第一次見面。我知道她與你很合得來。就是說話太快，快得有點兒傷耳朵。不過我也太挑剔，凡是從未見過面的人說話都聽不習慣。話說最悅耳動聽的就是你和可憐的泰勒小姐。她別的倒好，像個有禮貌、懂規矩的姑娘，一定會成爲他的好太太。但話說回來，他還是不結婚好。我找了些沒有登門向他和他太太道喜的好藉口，還說希望到夏天能夠去看他們。其實我早該去了。不看看新娘說不過去。哎，就吃了身體不好的虧！但我確也不喜歡走進牧師巷的那個拐角。」

「爸爸，你的話他們會相信，艾爾頓先生是了解你的。」

「這話不假，但是一位年輕姑娘——一位新娘，如果去得了我還是該去向她致意。上次沒有去是無禮的。」

「爸爸，你最反對女孩兒出嫁，爲什麼急著去向一位新娘致意呢？你去了反而不好，要是你過於看重了她們，豈不是鼓動大家結婚嗎？」

「親愛的，你誤會了，我從來不主張結婚，我的意思是對女人應該尊重，對新娘更不能怠慢，尤其是今天這一位。你知道，親愛的，不論是什麼人，誰見了新娘都得讓三分。」

「哦，爸爸，你這樣還說不是鼓動結婚，我不懂這是什麼。你現在也贊成可憐的年輕小姐追求這類虛榮了，我眞沒料到。」

「哎呀，你沒明白我的意思。這樣做是出於禮貌、出於教養，與鼓動人家結婚毫無關係！」

愛瑪再不敢多說。她父親的神經質又發作了，而且不明白她的心思。她又想起艾爾頓太太的粗俗話來，心裡久久不能平靜。

第三十三章

以後的事實證明了，愛瑪並沒有把艾爾頓太太貶得太低。她的觀察完全正確。第二次相聚她得到的印象也是那樣，以後見面仍是那樣，反正艾爾頓太太是個自負、傲慢、放縱、無知、缺少教養的人。她有幾分姿色和聰明，但是不知天高地厚，自以爲見過大世面，只有她來了，一幫鄉野村夫才會有生氣、有長進；她當霍金斯小姐時就在社會上舉足輕重，要說誰還能與她相比，那就只有她這位艾爾頓太太。

理所當然，艾爾頓先生與她太太有相同的趣味。他與她在一起不只是快活，而且顯得躊躇滿志。他神氣活現，似乎是娶了一個連伍德豪斯小姐也望塵莫及的寶貝女人。她新結識的一幫人大都慣於吹捧，或者缺乏眼力，有的跟著貝絲小姐叫好，有的把新娘的話信以爲眞，當她聰明、可愛，一切都滿意得很。他們對艾爾頓太太這個稱讚、那個誇獎，使伍德豪斯小姐也無可奈何，她只是不斷地重覆她當初的話，敷衍說，她「逗人喜愛，衣著講究」。

在某個方面，艾爾頓太太甚至趕不上初來時。她對愛瑪的態度已有所變化。也許是由於想交朋友碰了壁，她耿耿於懷，漸漸冷淡、疏遠多了。她這樣做反而是件好事，但是那種報復心卻使愛瑪不能不感到厭惡。她和艾爾頓先生對哈莉特的態度也不妙，嘲笑挖苦，故意冷落。愛瑪以爲哈莉特從此可以死心，但是激起這種行爲的情緒卻使她們十分沮喪。無疑，夫妻間無話不談，可憐的哈莉特的痴情一定成了他們的笑料，而愛瑪少不了要受到牽連，被說得一文不值，他則成了一位了不起的人。她自然要受到夫妻倆的仇視。當他們找不到別的話題時，無可避免地會罵起伍德豪斯小姐來。他們不敢公開對她表示不恭，但是盡可以鄙視哈莉特，發泄一腔怒氣。

艾爾頓太太很看中簡·費爾法克斯，而且一開始就如此。她完全不是為了對付愛瑪而拉攏她，的確一開始就如此。如果只恰如其分地說些好話，那倒也罷了，但她卻是在別人並沒有要求、也與她無特殊關係的情況下急急忙忙要助她一臂之力，與她交朋友。愛瑪在第三次與艾爾頓太太相見時聽過她的一番見義勇為的話，當時愛瑪還沒有失去她的信任。

「伍德豪斯小姐，簡·費爾法克斯真了不起，我常說起她。模樣逗人喜愛，性格溫和，有大家閨秀的風度，天分又高！不瞞你說，我認為她聰明過人。她的鋼琴我一聽就知道彈得妙絕。對音樂我算是內行，我的話錯不了。哦，她真了不起！別笑我說得過分，但真的，我老誇簡·費爾法克斯。只是她的處境太叫人同情了！伍德豪斯小姐，我們非想辦法幫幫她不可，讓她有個出頭之日。這樣的天才埋沒了太可惜。你一定聽過兩句動人的詩：『多少嬌花無人見，空在荒郊吐芬芳』❶我們不能讓可愛的簡·費爾法克斯也成為一朵這樣的花。」

「那倒不一定，』愛瑪冷靜地答道。「如果你真了解費爾法克斯小姐的境遇，知道她跟著坎培爾上校和他太太過了怎樣的日子，就不會擔心她的天才可能被埋沒。」

---

❶ 這兩句詩引自英國詩人托馬斯·格雷（Thomas Gray，一七一六～一七七一）的《鄉村教堂庭院悲歌》。

「那不見得吧，親愛的伍德豪斯小姐？她現在孤苦伶仃，默默無聞，沒有人理會她。在坎培爾家她雖過的是好日子，但眼見已完了。我想她自己也知道，這一點不假。她靦腆、沉默寡言。誰也看得出來，沒有人幫忙她有苦難言。她越那樣我越喜歡。老實說，我看中的就是這種性格。誰靦腆我說誰好，靦腆的人難逢，特別是地位低下而又靦腆的人，更加逗人愛。是啦！錯不了，簡·費爾法克斯是個非常可愛的人，我喜歡得無法形容。」

「看來你是眞喜歡她，不過我想，對於費爾法克斯小姐，無論是你或者別的人，別的接觸時間比你長的人，都會覺得……」

「我親愛的伍德豪斯小姐，只有敢作敢爲才能有作有爲。你和我不要擔心。只要我們樹立一個榜樣，許多人雖然家境比不上我們，也會想方設法效法。我們有馬車，可以去她家接送；生活寬裕，多一個簡·費爾法克斯算不了什麼。我決不會叫賴特只準備我們吃的，就沒有簡·費爾法克斯的一份。這種事我想也不會想。我過去一直過著好日子，決不會做出這種事。我管家的毛病也許正相反，太大方，花錢太隨便。要與梅普爾格羅夫一個樣並不容易，我們的進款沒有我姊夫薩克林先生多，不能硬著頭皮比。無論怎樣，我下了決心關心簡·費爾法克斯。我一定常請她上我家來，無論去哪裡都帶著她，多舉行音樂會，讓她發揮才能，還留心爲她找個合適的職業。我交際廣，不多久一定能爲她打聽到好消息。我姊姊和姊夫來了以後，我自然要特別介紹她。不用說，他們會非常喜歡她。他們當眞是很好相處的人，混熟了以後她一點也不會害怕。等他們來了，我眞會常接她上我家，說不定出去遊玩時我們還會在四輪活動篷車裡騰出一個位子。」

「可憐的簡·費爾法克斯！」愛瑪心想。「你太倒楣了。在狄克遜先生身上你打錯了主意，但得到現在這樣的報應也太委屈。艾爾頓太太還會發善心幫忙！天哪，她開口閉口都是簡．費爾法克斯！簡．費爾法克斯！難道她不會背地裡叫我愛瑪．伍德豪斯嗎？這女人的嘴什麼都能說得出來！」

愛瑪用不著再聽這些僅對她自己大吹大擂的話，用不著再讓人假惺惺稱作「親愛的伍德豪斯小姐」。很快，艾爾頓太太改變了話題，她因此得到了太平——免去了作艾爾頓太太的親密朋友之苦，也免去了在艾爾頓太太指揮下作簡．費爾法克斯的熱心的保護人之苦，可以像別人一樣，自由自在，愛做什麼就做什麼。

她頗有興趣。貝絲小姐對艾爾頓太太給予簡的關心感恩不盡，態度之誠懇熱烈舉世無雙。她是她眼中的一位大好人，一位最和藹可親而又值得愛的人，又完美，又謙恭。艾爾頓太太需要的正是這種評價。愛瑪沒料到的只是簡．費爾法克斯也會接受艾爾頓太太的恩典，與她相處得來。她聽說她與艾爾頓夫婦走在一起，坐在一起，整天形影不離。這太奇怪了！她簡直不敢相信，有頭腦、有自尊心的費爾法克斯小姐能容忍這位牧師太太的友誼。

「她是一個謎，難解之謎！」她想道。「偏偏要在這裡待幾個月，飽受艱苦，現在又與艾爾頓太太混到一起，聽信她的胡言亂語，有好端端的人家卻不去，其實那些人倒一直用一片誠心愛護她。」

簡到海伯里原說只住三個月，坎培爾夫婦去愛爾蘭也只待三個月。現在情況有變化，坎培爾夫婦答應了他們的女兒的要求，至少住到六個月中旬，簡又接到了信，叫她也去那邊。據貝絲小姐說（所有的消息全來自她），狄克遜太太的信寫得十分懇切，只要簡去——車馬不用愁，佣人可以派，朋友也能找到——總之路途全不用擔心，然而簡竟謝絕了！

「她這次不去必然大有文章。」愛瑪得出了這個結論。「她一定是在懺悔，但不知是坎培爾夫婦叫她懺悔呢，還是她自己主動懺悔的。有人心裡大爲不安，顧慮重重，同時也打定了主意。她不能與狄克遜夫婦住在一起，有人下了一道這樣的命令。但是，她爲什麼願意與艾爾頓夫婦混在一起呢？只有這個謎難猜。」

她對艾爾頓太太的看法僅有幾個人知道，有一次她對他們談起心中的疑團時，韋斯頓太太想爲簡辯解，說：「親愛的愛瑪，她到牧師太太那裡去不是很心甘情願的事，但比天天坐在家裡好。她姨媽是個好心人，但長期相處使人覺得太枯燥。我們想想費爾法克斯小姐的處境，就不會責怪她常去那兒了。」

「你說得對，韋斯頓太太，」奈特利先生熱切地說。「對艾爾頓太太是怎樣的人，費爾法克斯小姐與我們一樣，會自有看法。要是還有別的人往來，她不會去那兒。」他意味深長地對愛瑪笑笑。「沒有人關心她了，她自然會讓艾爾頓太太來關心。」

愛瑪感到韋斯頓太太瞟了她一眼，奈特利先生話中有話。

她微紅著臉，過了一會答道：「我怕艾爾頓太太的關心只會使費爾法克斯小姐難受，甚至憎惡。到艾爾頓太太那兒作客根本不是好事。」

韋斯頓太太說：「說不定費爾法克斯小姐自己並不願意去，是她姨媽叫她非領艾爾頓太太的情不可。大概可憐的貝絲小姐在指使她的外甥女，催著她去，看起來兩人親親熱熱，其實她心裡並不情願，雖說理所當然地她也想換換環境。」

她們兩人都想再聽一聽奈特利先生的高見。

沉默了一會，他說：「還有一點我們不能忘記：艾爾頓太太當著費爾法克斯小姐的面說的話與她背著她說的並不一樣。我們知道，我們談話使用最多的是『他』、『她』和『你』這幾個詞，它們各用在不同的場合。我們還有體會，人與人相互交談時都要以禮相待，但除此之外還受一種因素的影響，這種因素是很早就存在的。對任何人無論我們原來抱有怎樣深的惡感，談話時總不會表露出來。對於同一件事，我們的感受會各不相同，儘管如此，按照常情我們仍可以猜想，由於論才論貌費爾法克斯小姐都勝過艾爾頓太太，她不敢小看她，當著面時，艾爾頓太太對她還只得恭恭敬敬。像費爾法克斯小姐這樣好的人，艾爾頓太太也許以前從未見過，雖然她自命不凡，仍覺得相形見絀；也許內心並不服輸，但行動上卻會另有一番表現。」

「我知道你很看得起簡．費爾法克斯。」愛瑪說。她想到了小亨利，心裡除了恐懼還有一種微妙的情緒，拿不定主意再說什麼好。

「說得對，」他答道，「也許誰都知道我如何看得起她。」

「不過——」愛瑪詭秘地看了他一眼，馬上說道，接著又閉上了嘴；進而一想，天大的不幸遲早也得知道，便往下說：「不過，到了什麼程度也許你自己不知道，太看得起她總有一天會出現你意想不到的結果。」

奈特利先生這時正在低頭扣他那雙厚皮靴最下邊的一顆鈕釦，也許是由於這個原因，也許是由於其他原因，他紅著臉答道：「哼！你這才知道？可惜太晚了，科爾先生一個半月前就提起過這件事。」

他沒再往下說。愛瑪感到她的腳被韋斯頓太太輕輕踩了一下，她的心又亂了。過了一會，他說：「你放心，不會有那種事。即使我向費爾法克斯小姐求婚，她也不會答應，何況我決不會向她求婚。」

愛瑪得意洋洋，輕輕踩了踩她朋友的腳，高興得大聲說：「奈特利先生，你並不想圖虛榮，這話我可沒說錯。」

他似乎沒注意聽她，沉思著，過了一會，他不大高興地說：「那麼你是認定了我該與簡，費爾法克斯小姐結婚？」

「我哪兒會！你常責怪我愛牽線搭橋，我不敢多管你的閑事。就當我剛才什麼也沒說，這種事本來就是鬧著玩的。剛好相反，你應相信，我一點也不希望你與簡．費爾法克斯或者別的什麼人結婚。要是成了家，你不能像今天這樣安安穩穩與我們坐在一起。」

奈特利先生又沉思著，然後說：「眞的，愛瑪，我看得起她並不會產生意想不到的結果。放心吧，我對她決沒有動過那種念頭。」他停了停，又說：「簡．費爾法克是個逗人喜愛的姑娘，但也不是完人。她有不足的一面，就是性格不開朗，男人不願意要這樣的人做妻子。」

愛瑪聽說她也有不足的一面，她聽了簡直要心花怒放。「嗯，這麼說，你當時就向科爾先生否認了？」她問道。

「是這樣。他的話問得很委婉。我告訴他，那是誤會。他說了聲對不起，沒再吭聲。科爾不想在左鄰右舍中賣弄聰明。」

「與他相比，艾爾頓太太完全兩樣，自以爲老練機警，天下第一！眞不知她會怎樣談論科爾家的人，怎樣稱呼他們！她一貫說話沒規矩，哪會對他們特別恭敬呢？她叫你奈特利，怎樣叫科爾先生可想而知。看來，簡・費爾法克斯領她的情，願意與她混在一起也不奇怪。韋斯頓太太，你的話聽起來最有道理。我只相信費爾法克斯小姐不願守著貝絲小姐，不相信費爾法克斯小姐能制伏艾爾頓太太。艾爾頓太太哪會甘拜下風？她沒想過，沒說過，從一舉一動中也看不出來。她本來沒受過好教養，艱深的道理更不會懂。費爾法克斯小姐去她家時，她準會沒完沒了地誇她、捧她，說要給她幫許許多多忙，把自己的心意吹得天花亂墜，又是要為她謀一個永久的好職業，又是要帶她坐四輪活動篷車到外面遊玩。」

「簡・費爾法克斯是富有感情的人，不能說她缺乏感情，」奈特利先生。「我認為她的感情豐富，涵養極好，凡事能忍耐、克制、不急躁，只是不開朗。她不算坦率，現在比以往更有過之，而我愛的是性格開朗的人。如果不是科爾先生提起，我想也沒想過會愛她。我每次見到簡・費爾法克斯，與她交談時，總懷著好感，覺得高興，但沒想過別的。」

他走了以後，愛瑪得意洋洋地說：「嗯，韋斯頓太太，奈特利先生想與簡・費爾法克斯結婚，這事現在你該怎麼說？」

「哎呀，親愛的愛瑪，我真正該說的是，正因為他現在心裡老想著沒愛上她，那麼，如果有一天終究愛上了她，我是不會覺得奇怪的。」

第三十四章

海伯里和鄰近的人，凡與艾爾頓先生有過交往的，無不在他新婚之際對他表示過一番盛意，有請夫妻倆赴宴的，有請參加晚會的，絡繹不絕，艾爾頓太太因此飄飄然起來，以為從此以後天天有機會作客。

「我全明白了，跟著你們這兒的人我會過些什麼日子，」她說。「我肯定，天天就是吃吃玩玩。我們眞在大出風頭。如果鄉下的生活就是這樣，那倒不壞。你看，從下星期一到星期六，天天準會有人請！一個女人即使不像我這樣什麼都會，也用不著發愁了。」

她有請必到。她到過巴斯，參加晚會已不算一回事，又常在梅普爾格羅夫住，最喜愛的是赴宴。海伯里的住房都沒有兩間客廳，很少有哪家吃勞特餅❶，而打牌時又不見冰淇淋，她有些看不上眼。貝絲太太、佩里太太、戈達德太太，另外還有許多人，都是老古董，對時髦世界一竅不通，她得趕快在每件事上做出個榜樣來，讓她們開開眼界。為了答謝衆人的盛意，她必須在春天過去以前大宴一次賓客，將每張牌桌都點上蠟燭，一律用未開封的上等牌；增雇幾個佣人，準時按規矩上菜。

❶一種由多種原料精製而成的餅，是茶會上用的。

這時間爲難的是愛瑪，她不請艾爾頓夫婦來吃飯不行。別人這麼辦了，她也該這麼辦，否則會招來嫌疑，惹人笑話。一頓飯少不了。愛瑪沒費多少口舌，伍德豪斯先生便表示了贊同，只是照例提出自己不坐末席，至於誰代他坐卻照例遲疑了半天拿不定主意。

該請誰不須多想，除去艾爾頓夫婦，少不了有韋斯頓夫婦和奈特利先生。爲了湊足八人，自然而然地，不可避免地想到了可憐的小哈莉特。只是請她不像請別人，有些苦衷。出於多種原因，愛瑪聽到哈莉特懇求別讓她去的話反倒特別高興。「如果不是萬不得已，我不願與他在一起。看到他帶著漂亮幸福的太太我心裡有些難過，還是不見好。伍德豪斯小姐，你讓我留在家裡吧。」這幾句話正中愛瑪的心意，她就怕哈莉特不會這樣說。她爲年輕朋友的毅力感到欣慰，知道正因爲有了毅力，她才不願意出去作客，寧可留在家裡。現在，她可邀請她眞正想邀的第八個人——簡．費爾法克斯。自從最近聽了韋斯頓太太和奈特利先生的議論後，她比以往任何時候都更覺得對不起簡．費爾法克斯。奈特利先生的話她記得很清楚。他說，誰也不關心簡．費爾法克斯，她只好讓艾爾頓太太來關心。

愛瑪心想：「這話是眞的，至少沒有錯怪我；其實，他也沒指別人。我太不應該了。我與她同年，自幼了解，更應以朋友相交。現在她對我再也沒有好印象了。我對她冷淡的時間太長，以後應比過去更關心她。」

該請的人全請了，他們都沒有別的約會，都很高興。然而，還沒等這次宴會的準備工作就緒，出了一件不湊巧的事。約翰．奈特利的兩個大孩子早定好了春天要來看外公和姨媽，玩幾個星期。他們的爸爸說要送他們來，在哈特菲爾德待上一天，而這一天剛逢請客，他由於事務在身，不能改期，這件事使父女倆十分爲難。伍德豪斯先生認爲每次請客至多只能八人，否則他的神經受不了，現在卻有了第九個。愛瑪心想這第九個太不湊巧，不早一天或晚一天來哈特菲爾德，偏要趕在請客吃飯的時間才來。

她自己很爲難，卻仍安慰她父親說，雖然約翰·奈特利來了有九個人，但他很少說話，不會吵得他受不了。實際上她在埋怨遇上了可悲的事：他不像他哥哥，在她面前總是板著面孔，無話可談。

請客那天，走運的是伍德豪斯先生，不是愛瑪。約翰·奈特利來了，韋斯頓先生卻意外地有事去倫敦，白天來不了，晚上也許能回來，但吃飯無法奉陪。伍德豪斯先生鬆了一口氣；愛瑪看到父親心寬了，加上來了兩個小外甥，她姊夫在聽說正碰上請客時的表情也很自然，她便放下了一樁心事。

這一天客人們準時到來，約翰·奈特利先生一開始就很識時務。飯前他與費爾法克斯小姐閑談著，並沒有把哥哥拉到窗邊。艾爾頓太太打扮得十分漂亮，穿的是有花邊的衣服，戴著珠寶。他只默默地看了她幾眼，但求回去以後能把她的外表向伊莎貝拉說個明白就行。費爾法克斯小姐是老相識，又文靜，他與她有話可談。

吃早飯前他帶著兩個兒子散步回來遇見過她，那時天正開始下雨。他少不了說了幾句關心的話，他說：「費爾法克斯小姐，你沒走多遠吧？否則我相信你一定要淋濕了。我們剛好趕到家。你馬上轉回去了嗎？」

「我只去了郵局，回家時雨還不怎麼大，」她說。「這是我每天的差使。每次我在這裡時，取信都由我去，一來免得麻煩別人，二來可以到外邊走走。吃早飯前散散步對我有好處。」

「下雨了，可不能出去。」

「那當然，可是我出門時一點雨也沒有。」

約翰·奈特利先生笑了笑，說：「這麼說，你是願意跑腿，我遇到你時，你走出家門才六碼遠。亨利和約翰早就發現下雨了，一會兒雨點已多得叫他們數不清了。一輩子裡每個人都有一段時間愛去郵局。如果你到了我這個年紀，就會認爲冒雨去取信不值得了。」

簡微紅著臉答道：「我永遠沒你的福氣好，能指望親人都在身邊，所以，往後年紀大了我也不會對信件不關心的。」

「不關心！哦，誤會！我不是說你會不關心信，是說信不值得盼，有了信實在麻煩。」

「你說的是事務信，我說的是朋友之間的信。」

他不以爲然地說：「我想那種信更沒價值，事務才有利可圖，朋友之間的往來無利可圖。」

「呀！這話你不會當眞。我很了解你約翰·奈特利先生，知道你也是位講朋友義氣的人。當然，信對你來說可有可無，對我來說卻大不一樣，其中的原因不在於你比我大了十歲。倒不怕年齡差距，就怕處境不同。你的親人都近在身邊，我一輩子也許別想再有這樣一天。所以，除非我成了一個冷冰冰沒有感情的人，比今天再壞的天氣我也要往郵局跑。」

約翰·奈特利說：「時間不同了，環境也會有變化，剛才我說你以後年紀大了會變就是這個意思，我認爲環境與時間密切相關。一般說來，如果不是天天見面，天長日久，人的感情會變淡薄。不過，我剛才說你會發生的變化不是這種變化。費爾法克斯小姐，我們是老朋友了，請允許我祝願你十年以後也像我一樣，身邊有同樣多的親人。」

這些話是好心話，絕沒有惡意。她輕輕說了聲「謝謝」，似乎不願再談，然而，她臉紅了，嘴唇在顫抖，眼裡含著淚，他的話使她內心百感交集。就在這時，伍德豪斯先生找她講話了。他有個習慣，請客時與所有的人都要應酬幾句，對女賓尤爲殷勤。

今天他最後才走到她跟前，以無限關切的口吻說：「費爾法克斯小姐，聽說你今天上午出去時淋了雨，太不湊巧了。年輕姑娘應該多加小心，都是弱不禁風的嫩苗，要愛護好身體和皮膚。孩子，你的襪子換了嗎？」

「換過了，先生，你放心，你這樣關心，太感謝了。」

「親愛的費爾法克斯小姐，對年輕姑娘大家都會關心的。你那個好外婆和姨媽身體好嗎？她們都是我的老朋友。如果我身體好，鄰居之間還可多關照。今天承你賞光，我和我女兒非常感謝，你到哈特菲爾德來我們很高興。」

這位講究禮貌的好心腸老人感到自己已盡到責任，對每位女賓都表示了歡迎，使她們心情舒暢，便心安理得地坐下來。

這時，簡淋雨的事傳到了艾爾頓太太的耳朵裡，她教訓起簡來：「我親愛的簡，這是怎麼回事呀？冒雨往郵局跑！老實告訴你吧，這可不成。你這傻孩子，你怎麼會這樣？就因我不在，沒照顧到你。」

簡很有耐心，對她說，她沒有著涼。

「哼，你騙不了我！你眞是個傻孩子，不知道保護好身體。偏往郵局跑！韋斯頓太太，你聽說過這種事麼？我和你的確應拿出點威嚴來。」

韋斯頓太太親切而有說服力，說：「我也正想說說。費爾法克斯小姐，你千萬不要做這種冒險的事。你動不動受涼，應多加小心，特別是在一年的這個季節。我總認爲，到了春天應特別小心。信件寧可晚一、兩個鐘頭取，晚半天也可以，再咳嗽起來可犯不著。你說是不是？這些道理你不是不明白。我相信你很懂事，這種事你以後不會再做。」

「是啊，這種事她千萬不能再做了，」艾爾頓太太接上去說。「我們不許她再做這種事。」她若有所思地點點頭。乃非採取個辦法不可，非這樣不可。我要告訴艾先生。每天上午我們的信專由一個人取，是我家的人，姓什麼我記不起來了。叫他也問問你的信，給你帶去。這樣做萬無一失。我親愛的簡，這樣的方便是我們給的，你用不著推讓了。」

「那太謝謝你了，」簡說。「只是每天清早我非出去走走不可。人家勸我多到室外活動，我要散散步，常去的一個地方是郵局。說眞的，我還沒有哪天上午感到不舒服。」

「別再說了，親愛的簡，這件事已經一言爲定。」她裝出一副笑臉。「什麼事我都可以決定，用不著再問我先生了。當然，韋斯頓太太，你我誰也不能說大話，但是一點不假，我親愛的簡，我的話多多少少仍有相當的決定性。所以，只要在我看來沒有什麼了不起的事，就可以認爲是確定了的。」

「你別這樣，」簡認眞地說，「這個辦法我無論如何也不會同意，哪能麻煩你家的佣人呢？如果我不願意取信，可以叫我外婆的佣人去，就只當我不在這裡，也是我外婆的樂趣呀！」

「哎喲，親愛的，帕蒂的事太多！只有看得起我們，才會叫我們家的佣人辦事。」

簡看來沒有讓步，但是她沒答話，又與約翰．奈特利先生閑談起來。

「郵局是個神奇的地方！」她說。「辦事又迅速又準確。想想來來往往的郵件那麼多，他們的事辦得那麼好，更覺得不容易！」

「那兒的工作肯定是很有規律的。」

「幾乎沒聽說過出差錯！全國各地來來往往的信成千上萬，甚至一封也不會錯投，眞正遺失的，我猜一百萬封信裡找不出一封。再說各人的筆跡也不一樣，有些人的字很難認，這就更叫人佩服！」

「郵局的人天長日久成了行家。他們本來一定是些眼明手快的人，又天天幹這種差事，更加有了本領。如果你要再追問，」他笑了笑，繼續說：「就因爲他們得了報酬。他們本領大的關鍵就在這裡。公衆出了錢，公衆的事就非得辦好不可。」

他們又談起各人的筆跡，話就越發拉扯開了。

約翰．奈特利說：「我聽人說，一家人的筆跡往往類似；在由一位老師教的人家，必然如此。但如果這話眞有道理，我想主要是指女人，男人小時候學了點書法後，愛怎樣寫就怎樣寫。伊莎貝拉與愛瑪的筆跡很相像，我常常分辨不出來。」

他哥哥遲疑地說：「是有些像。我不知道你這話是什麼意思。不過，愛瑪的書法比較剛勁有力些。」

「伊莎貝拉和愛瑪兩人的字都漂亮，這不假，」伍德豪斯先生說。「還有可憐的韋斯頓太太也一樣。」他說完對她邊嘆氣邊笑笑。

「我看到的男人的字跡哪個也——」愛瑪張口說道，也看看韋斯頓太太，但當她發現韋斯頓太太正在聽別人說話時，便停住不說了。她趁這時間想了想。「現在我該怎樣說起他呢？當著這麼多人的面能直接提起他的姓名麼？要不要拐彎抹角呢？比如『約克郡你那位朋友』，『約克郡那位與你通信的人』。如果有心病，我只能這樣說。——不成！我可以痛痛快快說出他的名字。現在我的心緒肯定已越來越好，說就說吧。」

韋斯頓太太這時沒在聽別人說話，愛瑪接下去說道：

「我看到男人的字寫得最好的要數法蘭克．邱吉爾先生。

「我不喜歡他的字，」奈特利先生說，「太小，有氣無力，像是女人寫的。」

兩位女人聽了都不服，認爲他在有意挑剔。「不，根本不是有氣無力！字不算大，但是清晰、剛勁。韋斯頓太太，你帶了他的信嗎？」不巧，她最近收到過他的信，可是已經覆過信，不放在身邊。

愛瑪說：「可惜我們不在另一個房間裡，這裡也沒有我的寫字台，要不然我一定可以拿出一個字樣來。我有一封他寫的信，韋斯頓太太，有一天你叫他代你寫過一封信，還記得嗎？」

「他故意說別人叫他……」

「幸好那封信我還留著，吃過飯可以拿給奈特利先生看。」

「哼，法蘭克．邱吉爾先生是風流人物，給伍德豪斯小姐這樣漂亮的女人寫信，當然會拿出全套本領。」奈特利先生冷冷地說。

菜上桌了。艾爾頓夫人用不著別人多說，先作好了準備，還沒等伍德豪斯先生走過來請她入餐廳，就開口了：「又得我先走嗎？每次由我領著，眞太過意不去了。」

愛瑪並沒有忘記簡非要自己取信不可。一切她都已聽在耳裡，看在眼裡，很想知道她上午冒雨去一趟郵局是否有所收穫。她猜想是的。如果不是在等一位心上人的信，簡不會那樣毅然冒險，而且果然沒白跑一趟。簡顯然比往常高興，臉色紅潤，精神好。

她本想問問寄往愛爾蘭的信要多少時間，多少郵資，但話到嘴邊又縮了回去。她決心不說任何會傷簡·費爾法克斯感情的話。出客廳時，她們跟在另外兩位女賓後面，手挽著手。兩人不但都美麗有風度，而且親切和善。

第三十五章

幾個女人吃過飯回到客廳後分成了兩派，界線分明，愛瑪看了也無可奈何。艾爾頓太太心懷成見，又不懂禮節，只理睬簡．費爾法克斯，故意冷落她。愛瑪和韋斯頓太太不得不有時談談天，有時不吭聲，艾爾頓太太使得她們只能如此。即使簡叫她安靜一會，她卻剛剛閉嘴又馬上開腔了。兩人大部分時間在低聲耳語，特別是艾爾頓太太做得很神秘，但主要談些什麼仍能聽出來。開始說的是郵局，接著是小心別受涼，然後是取信，還有朋友間的情誼，拉扯了老半天。最後說起了另一件事，簡被弄得很不痛快。原來，艾爾頓太太問她聽沒聽說有合適的人家可去，又大吹大擂自己願多方活動。

「現在已是四月了，」她說，「我很替你著急。轉眼就是六月。」

「我沒說準在六月或七月，只是想夏天總該有希望。」

「眞沒有消息嗎？」

「我沒有打聽過，也不願打聽。」

「得了吧！親愛的，動手越早越好。理想的人家不易找，你還不知有多難。」

「我不知道！」簡邊說邊搖頭。「艾爾頓太太，誰能像我這樣來考慮這個問題呢？」

「可是你見過的世面沒我多。你不知道，好人家有多少人搶著想去，這種事我在梅普爾格羅夫的左鄰右舍中見過許多。比如薩克林先生的侄女布雷格太太，她就應接不暇，因爲她常出入上流社會，人人爭著去她家。書房都點上等蠟燭，你看理想不理想！全英國別的人家我都不希望你去，就希望你去布雷格太太家。」

簡說：「六月中旬坎培爾上校和他太太要回倫敦，我必須在他們那兒住一段時間，他們也希望我去。然後，也許我能開始自立。現在我還不想麻煩你去打聽這件事。」

「麻煩！嗯，我知道你瞻前顧後。親愛的簡，不是我亂說，坎培爾夫婦不一定比我更關心你。過一兩天我寫封信給帕特里奇太太，吩咐她一定留心找一份合適的人家。」

「謝謝你！只是，你不對她說更好。不到時候我不想麻煩任何人。」

「你別天眞，剩下的時間不多了。現在是四月，很快就到六月、七月，而我們要辦的這件事又不容易。你的幼稚眞叫人好笑！你應該去個好人家，朋友們都希望你能去，但是這種人家不是天天可以找到的，說有就有，我們無論如何得馬上開始打聽啊。」

「太太，對不起，我決不這樣想。我自己還沒有打聽，怎能叫朋友們打聽呢？只要定下了時間，我不擔心長期找不到人家。城裡有的地方只要去打聽很快能有消息，是專做這類買賣的事務所，管腦力不管體力買賣。」

「哎呀呀，賣體力！這話說到哪裡去了！就不知你是不是在罵奴隸買賣。告訴你吧，薩克林先生也極力主張廢除奴隸買賣❶。」

❶英國國會在一八一一年才通過法案禁止買賣奴隸。

簡答道：「不是那個意思，我沒想到奴隸買賣。告訴你，只是在想家庭教師這個行業。做這種買賣的人的罪過當然大不相同，但究竟哪種行業的受害人更苦就難說了。不過我也沒當眞，只是說那兒有介紹所，我請他們幫忙一定能找到個過得去的工作。」

「過得去的工作！」艾爾頓太太說。「就對你這種把自己看輕了的人來說過得去，可不是？我知道你自己什麼要求也沒有，但如果你去一個沒有相當社會地位，或者缺乏生活享受的人家，落得個低人一等，沒有出息的地步，朋友們是會不滿意的。」

「你是一片好心，但我一點也不在乎。我想去的不是有錢人家，在那種人家更難受，越比越覺得自己苦命。我只要找到一個心地好的人家就行。」

「我知道你，我知道你，什麼地方都會去。比起你來我要挑剔些，好心的坎培爾夫婦一定會說我做得對。你天分比別人高，有資格到最有名望的人家去。別的不說，就憑彈唱功夫，你盡可以提出你的條件，想要多少房間就有多少房間，與東家相處要多密切就有多密切。就是說——我不知道——如果你會演奏豎琴，我相信你什麼都好辦。但你彈唱俱佳呀！對了，即使彈不來豎琴，我想你也可以漫天要價。如果你找不到一個又有福氣、又有名望、又生活舒適的人家，坎培爾家的人和我都安不下心。」

簡說：「福氣、名望、舒適都讓你說遍了，這也難怪，它們當然是缺一不可的。不過，當眞我現在不需要誰幫我什麼忙。艾爾頓太太，我衷心感謝你，感謝關心我的每一個人，不過我眞想等到夏天再說。這兩三個月我還要住在這裡，過著現在這樣的生活。」

艾爾頓太太興沖沖地說：「不瞞你說，我也是很認眞的，一定要多留心，還要託我的朋友們多留心，不讓眞正的好機會錯過。」

她就這樣自顧自說著，直到伍德豪斯先生進了客廳才停嘴。她的虛榮心跟著轉移了目標，愛瑪又聽到她輕聲對簡說：「你看，我的這位老相好來了！幾個男人就他先來，你想多有意思！他眞是寶貝人物。不騙你，對他我倒有十二分喜歡。我欣賞那一套奇特的老式禮節，不喜歡現在隨隨便便的新派頭，隨隨便便的新派頭常使我惡心。你再看伍德豪斯先生這個好老頭，吃飯時他對我說了什麼風流話你聽到了吧？天哪！我眞擔心我的caro sposo要打破醋罐子。我一定是很中他的心意，他注意到了我的衣服。你覺得這件衣服怎麼樣？是塞莉娜挑選的，式樣很好，恐怕就是裝飾品多了些。我一點也不喜愛裝飾品多的衣服，穿得太華麗了並不好。現在我得有點裝飾，因爲別人就希望我能這樣。你知道，新娘得有新娘的樣子，其實我生來愛樸素，樸素的衣服比華麗的衣服耐看。可惜像我這樣的人是少數，大家都不喜愛樸素的衣服，拿出奇的、華麗的衣服當寶貝。那件銀灰色的府綢衣服上我也想加這樣的裝飾，你看好不好？」

所有的人剛剛回到客廳，韋斯頓先生來了。他很遲才回來吃晚飯，吃完便趕到哈特菲爾德。有人神機妙算，知道他會做出人意料的事，但大家都很高興。伍德豪斯先生現在看到他樂得不可開交，如果是吃飯前看到他，那就要愁得不得了。約翰．奈特利先生與衆不同，驚訝不已，但沒吭聲。他很不理解，爲什麼有人在倫敦辛苦了一整天後，不坐在家裡安享太平，要又往外跑，走半英里路到另一個人的家中，與男男女女一群人混過一陣才能睡覺休息，一天中最後一點時間要用來盡禮儀，湊熱鬧。韋斯頓先生從早上八點起忙忙碌碌，現在理應好好休息；一天來他已經喉乾舌燥，現在該緘口不言；前前後後他接觸的人少說也有一大票了，現在當然可以跟誰也不往來。他不坐在自己的火爐邊圖個安靜和清閑，卻在夜裡冒著四月裡夾雪的冷雨到別人家作客。眞是個怪人！如果他立即把他太太接回去，那還情有可原，可是他來了以後，這群人不但不會散，反而還要拖延時間。約翰．奈特利看著他覺得不可思議，聳聳肩，心中想道：「我沒料到他是這樣一個人。」

此刻，韋斯頓先生全然不知他已惹惱了一個人，仍與往常一樣，高高興興。凡外出一天的人回來都有資格高談闊論，他於是就大顯身手。他叫他太太別急，告訴她飯已吃過了，她對佣人仔細交代的事佣人都沒有忘記，又詳細報告了他聽來的各地新聞。最後，他談到了一封家信。雖說這話是對自己太太說的，但他知道所有在場的人全都會關心。他交給她一封信，是法蘭克寫給他的，他在半路上接到這封信，擅自拆開了。

「看看吧，看看吧，」他說，「看了之後一定會高興的。只幾行字，不用多長時間。也給愛瑪看看。」

韋斯頓太太與愛瑪一道看著信，他坐在一旁笑咪咪的，一邊對她們不停地說話。他壓低了聲音，但每個人都能聽到。

「嗯，你看，他要來了，是好消息吧？嗯，怎麼樣？我不是常對你說他很快又會再來麼？安妮，親愛的，我不是一直這麼說，而你一直不相信麼？下星期到倫敦，你看。我敢說最遲是這個時間。邱吉爾太太跟魔鬼一樣性子急，無論什麼事說辦就要辦，他們很可能在明天或星期六到那裡。當然，她的病沒什麼大不了，但法蘭克又能來了，近在倫敦，這是件大好事。他們一旦來了就要住很長一段時間，他有一半日子會跟我們在一起。我原來希望的正是這樣。嗯，是個喜訊吧？你看完了嗎？愛瑪全看了？把信疊起來，疊起來，我們以後再好好商量，現在不是時候。這件事對別人我隨便提提就行了。」

韋斯頓太太看過信後興奮異常，喜形於色，說起話來毫不掩飾。她很高興，她知道自己眞的高興，理所當然的高興。她的恭賀話又熱烈又坦率，愛瑪的話卻少得多，她正掂量著自己感情的分量，估量著內心激動的程度。她認爲，她的內心已很不平靜了。

韋斯頓先生太高興了，注意不到旁人，話特別多，只顧自己一個人說，但是他太太的幾句話卻是他最樂意聽的。不一會他轉身把全房間的人早已聽到的好消息挨個說一遍，讓其他朋友也高興高興。

在他看來，一定是人人都會感到高興，要不然，他也許既不會把伍德豪斯先生也不會把奈特利先生的心情估計得特別好了。除了韋斯頓太太和愛瑪，他們兩位是首先得知好消息的人。接著他想告訴費爾法克斯小姐，可是發現她正與約翰·奈特利談得起勁，他不便打擾。再一看，艾爾頓太太在他身邊，又正閒著，便自然地向她講了這件事——

第三十六章

「我希望，不久以後，我可以榮幸地把我的兒子介紹給你。」韋斯頓先生說。

這樣一種希望在艾爾頓太太看來是對她的一種特別恭維，馬上眉開眼笑。

「你一定聽說過一個叫法蘭克．邱吉爾的人，雖然沒有隨我姓，但知道是我兒子，對嗎？」他又說道。

「哦，是的，能認識他我將十分高興。他一來艾爾頓先生一定會去拜望他，我們也很歡迎他上牧師府宅來。」

「那就謝謝你了。我想，法蘭克一定十二萬分地高興。他最晚下星期到倫敦，今天我們收到了信。我在半路遇見了送信的人，一看是我兒子的筆跡，便冒昧地拆開了，其實信封上寫的不是我收，是韋斯頓太太收。不瞞你說，他的信主要是寄給她，我幾乎一封也沒有。」

「你真把寄給她的信拆開了？哎呀，韋斯頓先生，我看這可不行！」她裝模作樣地笑著。「這的確是個非常危險的先例。你千萬不能讓你的鄰居也這樣。你別以為我說著好玩，如果真發生了我預見的事，我們結了婚的女人非開始警惕不可。嗯，韋斯頓先生，我真沒想到你會做這種事呢。」

「那可不假，我們男人都是壞傢伙。艾爾頓太太，你得多加提防。信上說——這封信很短，是他匆忙寫的，就為告訴我們這個消息——信上說他們一家馬上要來倫敦，因為邱吉爾太太想來。她整個冬天身體不好，嫌恩斯庫姆太冷，受不了，所以他們一家人趕忙往南跑。」

「眞的？那就是從約克郡來，恩斯庫姆我記得是在約克郡。」

「不錯，離倫敦有一百九十英里，很遠。」

「天哪，那眞遠，比梅普爾格羅夫到倫敦還遠六十五英里。不過，韋斯頓先生，有錢人哪在乎路遠？我姊夫薩克林先生有時一會兒東，一會兒西，你聽到可要大吃一驚。一星期裡他和布雷格先生趕著四匹馬拉的車到倫敦往返兩次，說起來很難教人相信。」

韋斯頓先生說：「據我們所知，從恩斯庫姆這麼遠的地方趕來，最麻煩的是邱吉爾太太，她最近一星期一直躺在沙發上。法蘭克上次來信說，她身體太虛弱了，每次回自己的房間還得他和他舅舅攙扶著。由此看來，她身體極度虛弱。但是她急忙要到倫敦，路上只打算過兩夜——法蘭克的信上是這麼說的。艾爾頓太太，你看，弱不禁風的女人會有特殊的體質。你必須承認我說的話。」

「我可不認為有理。我總是幫著女人，這一點不假。我先告訴你吧，你要是那樣看，我會跟你很過不去。我總是維護女人的利益。聽我說，塞莉娜最討厭住旅店，你要是認識她，就不會奇怪為什麼邱吉爾太太要出人意外地匆匆忙忙趕路，不願住旅店。塞莉娜說那滋味眞叫她受不了——她的挑剔多少影響了我，我相信是這樣。她每次出門帶著鋪蓋，這叫有備無患。邱吉爾太太也有這習慣嗎？」

「那當然，別的貴婦人會怎樣，邱吉爾太太也會怎樣。邱吉爾太太不亞於英國的任何女人，說起來……」

艾爾頓太太迫不及待地打斷他的話，說：「哦，韋斯頓先生，你別誤會。塞莉娜不是貴婦人，你別再這樣想。」

「她不是嗎？那她不能與邱吉爾太太比，誰見了邱吉爾太太都要說她完全是一副貴婦人的派頭呀！」

艾爾頓太太一聽方知自己已經失言。她決不希望別人眞不把她姊姊當成貴婦人。也許，只怪她膽怯沒吹噓。她正想把那句話巧妙地收回時，韋斯頓先生接著又說：

「你也許看得出來，我不是很喜歡邱吉爾太太；這話你別對旁人說。她卻很疼愛法蘭克，所以我不願說她的壞話。而且她現在身體不好，不過，她一直就是這樣說的。艾爾頓太太，這話我不是對每個人都會說，但我也不相信邱吉爾太太眞的有病。」

「韋斯頓先生，如果眞的有病，她爲什麼不去巴斯？去巴斯或克利夫頓不都可以麼？」

「她老以爲恩斯庫姆太冷，受不了，實際上我看是在恩斯庫姆住得厭煩了。以前她從沒有在那兒待過這麼長時間，想換換環境。恩斯庫姆是一個偏僻的地方。很美麗，但非常偏僻。」

「對啦，一定跟梅普爾格羅夫差不多。誰的家也比不上梅普爾格羅夫離大路遠，四周是望不到邊的莊園，住在那裡什麼也不知道，像是與世隔絕了。邱吉爾太太的身體和心緒都比不上塞莉娜，不能過與世隔絕的生活。要不然，就是她什麼也不會，在鄉下沒法生活。我常說，女人學的本領越多越好，幸虧我自己還會幾手，離開了社會生活也不寂寞。」

「法蘭克二月份在這兒住了兩星期。」

「我記得聽人說過。他下次來海伯里多了個朋友，就是說，如果我能自稱爲新朋友的話。但也許他從來沒聽說過世界上還有我這麼個人。」

顯然她的用意是叫人捧她。韋斯頓先生很懂禮貌，接著大聲道：「唉呀，好太太！除了你誰也不會想到有這種事。還沒聽說過你！韋斯頓太太最近的信別人幾乎都沒有提，只會談到你艾爾頓太太啊！」

他盡到了應盡的義務，當然能再談談自己的兒子。

「法蘭克走的時候，」他繼續說道，「能不能再來，我們全無把握，所以今天的信特別令人高興！太出人意料了！其實，我倒是一直相信他過不久會再來的，好消息少不了，可是就沒人相信我。他和韋斯頓太太全沒信心，『我能有什麼辦法呢？還能設想舅舅舅媽捨得再離開我？』諸如此類的話。我總是覺得一定有希望，你看，現在果然如此。艾爾頓太太，我一輩子抱定一個看法：否極泰來。」

「非常對，韋斯頓先生，對極了！這話在有位先生求婚時我也對他說過。那時事情進行得不算順利，他總嫌太慢，泄氣了，說這樣慢吞吞到五月我們也結不了婚。噢，爲了叫他別急，爲了安慰他，我費了多少口舌！就說那輛馬車吧，我們以爲沒指望了，有一天上午，我記得他垂頭喪氣到我這裡……」

她輕輕咳嗽了起來，話中斷了。

韋斯頓先生立刻乘虛而入，說道：「你正巧說到了五月。不知是別人給邱吉爾太太定下的還是她自己定下的日期，正好是五月，要到一個比恩斯庫姆暖和的地方，也就是倫敦。所以，不用說，法蘭克整個春天會常常來。一年裡這個季節作客最好，白天長，氣候宜人，最好外出遊玩，決不會熱得難受。他上次來時，我們有機會就玩，但那時候陰沉沉、雨淋淋的壞天氣多，你知道每年二月裡都是這種天氣，我們的打算有一半落了空。這一次趕上好時光，可以玩個痛快！我們見面的時間雖然沒有說定，是今天、明天、或者他說來就來，但艾爾頓太太，恐怕這樣天天等比眞正見到了他還要使人高興。我想是這麼回事。我想人的精神在這種狀態下最興奮，最愉快。我希望你會喜歡我兒子，不過別以為他很了不起。大家都說他是個翩翩少年，但你別以為他了不起。韋斯頓太太非常疼愛他，我看了當然高興。她認為沒有人能比得上他。」

「韋斯頓先生，不用說，我一定會喜歡他。我已經聽到許多人誇獎法蘭克·邱吉爾先生。不過，我一貫自有主見，從來不讓人牽著鼻子走。我先聲明，我覺得你兒子怎樣，就會說他怎樣，阿諛奉承我可不會。」

韋斯頓先生若有所思。

過了一會，他說：「但願我沒有錯怪可憐的邱吉爾太太。如果她眞有病，我就錯怪她了，不過她的性格有些特別，說起她時我難免不高興。艾爾頓太太，你一定知道了我與這家人的關係，聽說過我的遭遇。不瞞你說，那全得怪她，全是她從中挑撥。如果沒有她，法蘭克的媽媽不會含冤負屈。邱吉爾先生是個自恃高貴的人，但與他太太相比卻算不了什麼。他雖自恃高貴，但溫和，儒弱，文質彬彬，不但傷害不了任何人，還被人小看和嫌棄，她的自恃高貴卻表現在飛揚跋扈上。更叫人憤憤不平的是，她既無家業，又無高貴的血統，結婚時兩手空空，只掛了一位紳士家小姐的虛名，到邱吉爾家以後卻獨攬了邱吉爾家的一切，至今如此。她是小人得志，我說得並不過分。」

「可想而知！嗯，的確叫人感到氣憤！我最討厭的正是這種小人。在梅普爾格羅夫時我把他們看夠了，因爲附近就住著一戶這樣的人家，整天神氣活現，氣壞了我姊姊和姊夫。你說到邱吉爾太太時我就想起了他們。這一家姓塔普曼，是新搬去的，雖然拖著一大串窮親戚，卻自以爲了不起，想與已在那兒住了多年的人家平起平坐。在韋斯頓霍爾他們至多住過一年半，怎樣發的財誰也說不清。他們是從伯明翰搬來的。韋斯頓先生，你也知道那不是個能發財的地方。誰希罕伯明翰？我常說，這地名就難聽，可是塔普曼家的底細的確無從知道，只不過有許多事叫人懷疑。看那神態，他們明擺著以爲甚至比得上我姊夫薩克林先生，我姊夫碰巧是他們的緊鄰。這太狂妄了！薩克林先生在梅普爾格羅夫住了十一年，在他之前這裡住的是他父親，而且老薩克林先生沒去世時就把梅普爾格羅夫買了下來，這事至少我相信是眞的，甚至幾乎有把握肯定，老薩克林先生在去世前就買下了這個莊園。」

他們的談話被打斷了。茶點端了上來，韋斯頓先生已說完了話，立刻趁機溜之大吉。

吃完茶點，韋斯頓夫婦和艾爾頓先生坐下陪伍德豪斯先生打牌。另外五位各聽其便。愛瑪感到跟這五人相處不來。奈特利先生似乎無話可說，艾爾頓太太想炫耀一番，又無人買帳，她自己心事重重，也就沒再開口了。

倒是約翰·奈特利先生比他哥哥話多。第二天一早他要趕路，所以抓緊時間說道：

「聽我說，愛瑪，兩個孩子的事我不用多交代了，你已經看了你姊姊的信，那上邊寫得詳詳細細。我比她的話乾脆利落得多，意思也不一定相同。我只有一個希望：別寵壞了他們，也不要整飭他們。」

「我會讓你們倆都滿意，」愛瑪說。「伊莎貝拉想讓他們玩得快活我就有辦法讓我們玩得快活，而要快活就必須杜絕虛情假意的寬大與整飭呀！」

「他們如果搗蛋就送他們回家。」

「那倒可能。你猜他們會搗蛋，是嗎？」

「就怕他們吵得你爸爸受不了、甚至成了你的累贅。近來你來往的客人不少，以後說不定還要更多。」

「還要更多？」

「對！這半年你的生活習慣變了，自己也該能覺察出來。」

「變了！我一點也不覺得。」

「你招待的客人不用說比過去多了。今天我算是親眼見到了。這次我只在這兒住一天，就碰上大擺宴席！這種事過去還沒有過吧？你的鄰居眼見著多了，你與他們的往來也多了。最近你給伊莎貝拉的信每封都有新鮮事好談，又是在科爾先生家吃飯，又是在克朗旅社跳舞。不因別的，就因有了蘭德爾斯，你的所作所爲就大不一樣了。」

「對！」他哥哥馬上說。「原因就在蘭德爾斯。」

「是這樣。我看蘭德爾斯今後的影響也不會比過去小，所以，我就想到亨利和約翰可能有時礙你的手腳，愛瑪。如果這樣，就請你打發他們回家。」

「不用那樣做，」奈特利先生大聲說，「讓他們到唐韋爾來，我有的是時間。」

「我看這話太可笑了！」愛瑪叫了起來。「就算我人來客往比較多，你說，哪一次沒有你一份？爲什麼要懷疑我連照顧他們兩個小寶貝的時間都沒有了？把我說得這樣貪玩，但究竟有什麼大不了？就在科爾家吃了一次飯，舞會只說要開，實際上沒有開。我理解你的意思——」

她向約翰．奈特利先生點點頭。「你湊巧在這裡遇見了許多朋友，滿心高興，無法掩飾。可是你——」

她眼看著奈特利先生。「你明知我難得有哪一次離開哈特菲爾德兩小時，爲什麼要亂說一氣？我眞不明白。至於兩個寶貝孩子，要是愛瑪姨媽沒工夫照看他們，我看跟著奈特利伯伯更不行，我離開家一小時他就要離開家五小時，即使在家，也是埋頭看書，或者埋頭算帳。」

奈特利先生幾乎要笑了出來，正好這時艾爾頓太太來找他談天，他才設法忍住了笑。

第三十七章

愛瑪靜靜地想了想，就明白了她聽到法蘭克·邱吉爾要來的消息爲什麼內心會很不平靜。她很快得出了結論：她心煩意亂不是由於考慮到自己，而是由於考慮到他。她的感情已完全消退，是不值一想的，然而如果這次來時他仍與走時一樣懷著一顆癡心，那就叫人難以應付。兩人比較起來，在情網中陷得深的一向無疑是他。既然兩個月的分離未能使他死心，那麼她便會面臨種種危險和禍害；爲了他，也爲了自己，必須謹而愼之。既然她下了決心不讓自己舊情復萌，也就有義務不讓他再生癡心妄想了。

她怕就怕他會公然求愛，使兩人不歡而散，然而也知道他們的事總會見個分曉。她覺得今年春天一定會有一場危機、一場變故、一件大事發生，打破她現在的寧靜。

時隔不久（但比韋斯頓先生估計的久得多），法蘭克·邱吉爾的感情究竟如何她便能判斷出幾分了。恩斯庫姆的那一家人來倫敦比預想的要晚，但一到倫敦，法蘭克·邱吉爾立即趕到了海伯里。他騎馬走了兩小時，這一段路的確需要走這樣長的時間。他離開蘭德爾斯後便直奔哈特菲爾德，所以她那雙敏銳的眼睛盡可看個眞切，迅速判斷出他的本意，決定自己的對策。他們會面時十分親熱，無疑他見到她很高興。但是，她立刻也感到，他不像以前那樣傾心於她、那樣情意纏綿了。她對他觀察得很仔細。他對她的愛顯然淡薄了。由於兩人有一段時間未曾相見，還由於他也許已看出了她並非有意於他，這是勢所必然的事，也是她求之不得的事。

他精神煥發，仍然談笑風生，特別愛提起上次來作客的情形，重溫舊夢，很有幾分激動。她看出他有了變化不是因爲他神態自若，他的表情並不自然，有點心神不定。雖然有說有笑，但似乎並非出自內心的高興。她覺得最能看出他的變化的是他只待了一刻鐘，又匆忙去海伯里別的人家了。他說：「我一路遇到了許多老相識，但沒有多停留，只問了聲好。如果我不去，他們會見怪。我很想在哈特菲爾德多坐一會，可是也得走了。」

她不懷疑他的愛情淡薄了，但是他情緒高昂和匆匆而別並不意味著事情的終結，在她看來，是由於怕被她勾起舊情，是出於謹愼，才決心不與她多接觸。

十天之中，法蘭克．邱吉爾僅來了這一次。他很想來，常打算來，只是未能如願。據他自己在蘭德爾斯說，是舅媽不讓他離開身邊。如果他沒有說謊，是想來而不能來，那麼可想而知，邱吉爾太太來倫敦以後並未得到滿足或安寧。她確實生病了，他在蘭德爾斯也承認了這一點。雖然她也許常常神經過敏，但回想起來，他並不懷疑她的身體比半年前差。他既不相信她已病入膏肓，甚至不久於人世，也不相信她像父親猜測的那樣，是無病呻吟，身體與以前一樣健康。

不久以後，她又對倫敦感到厭倦了，那一片喧鬧叫她受不了。她終日煩躁、苦惱，十天後，她外甥寫信到蘭德爾斯，說原來的打算有變，他們馬上要去里奇蒙。邱吉爾太太聽說那兒有位高明的大夫可去求醫，又是個中她心意的地方。已租了一棟房子，傢俱齊備，地點相宜，去那裡會大有好處。

愛瑪聽說法蘭克寫信說到這件事時興高采烈。房子的租期爲五月和六月。在未來的兩個月裡，他感到幸運的是，那麼多好朋友就近在咫尺。她還聽說他一定能與朋友常在一起，幾乎可以想來就來。

愛瑪看出了韋斯頓先生的心思，他自以爲猜到了法蘭克喜氣洋洋的原因，認定他滿腔高興全是爲了她。愛瑪的心願卻不同。結果如何，兩個月後必見分曉。

韋斯頓先生自己的喜悅毋庸諱言。他十分高興。他一直盼著有這樣的好事，現在，法蘭克果然到了離他很近的地方。對一個年輕人來說，九英里算得了什麼？騎馬只消一個鐘頭，他會常來常往。在里奇蒙與在倫敦有著天差地別，就好像天天見不到他與永遠見不到他有著天差地別一樣。十六英里——不，該說十八英里，因爲到曼徹斯特大街足足有十八英里——是一個難以逾越的障礙。即令他能抽身，往返在途中的時間就要一整天。他在倫敦沒有意思，與在恩斯庫姆相差無幾，但是里奇蒙不算遠，容易來往。眞是天從人願！

這次變化使一件好事立即有了把握——就是克朗旅社的舞會。這件事原來一直沒有被忘記，只是不知何年何月才能辦成。然而現在大不相同了，準備工作要重新開始了。邱吉爾家的人到里奇蒙後不久，法蘭克來了一封簡短的信，說換個地方後他舅母的病情已有明顯好轉，他隨時可來玩一整天，催促及早定下一個日期。

韋斯頓先生的舞會即將成爲現實。過不了幾天；海伯里的年輕人就可快樂一場了。

伍德豪斯先生沒有再過問這件事，每年的這個時候他擔憂的事就少了許多。五月的一切都要勝過二月。貝絲太太已約定屆時到哈特菲爾德作陪，詹姆斯該做什麼得到了明確吩咐，他一心只希望當親愛的愛瑪不在時，親愛的小亨利和小約翰都平安無事。

第三十八章

舞會沒有再遇到節外生枝的事。那一天臨近了，到來了。雖然整整一上午法蘭克．邱吉爾叫人等得好生心焦，但吃午飯前總算抵達了蘭德爾斯。於是萬事大吉。

他與愛瑪僅在上次見過一面，今天是第二次，雖然在克朗旅社，但比大庭廣衆中的一般會面強。韋斯頓先生希望愛瑪在別的客人未到之前先看看各個房間的布置是否得體、舒適，請她盡早去，話說得十分懇切，使她難以推卸。這樣，她免不了要與法蘭克單獨接觸一段時間。她先接來了哈莉特，到克朗旅社時正巧只比蘭德爾斯的東道主晚一步。

法蘭克．邱吉爾也一直在盼望著這一天，雖然嘴上沒說，但看眼神就知道他想玩個痛快。幾人一同四處走著，要看看是否一切都稱心如意。過了幾分鐘，又來了一輛馬車，愛瑪一聽聲音大感意外。她本想叫道「這麼早哇」，可是後來一看，是一家老朋友，與她一樣，也是應韋斯頓先生之請來出謀畫策的。不大一會，又來了一輛馬車，是韋斯頓先生的親戚，這麼早也只因受到特別邀請，負有同樣的使命。所以，爲了使準備工作萬無一失，也許很快有半數客人會趕來。

愛瑪發現，她的見解不是韋斯頓先生要採納的唯一見解，心想，作一個有這樣多好友和知己的人的好友和知己並不值得希罕。她喜愛他的坦率，但太坦率有失高貴的身份。他應該普遍待人以仁，但不能普遍視人爲友，這就是她的見解。

大家在一起走著，看著，又稱讚著，臨了在火爐邊圍成個半圓，七嘴八舌詠論著，起先沒說別的，大家一致認為雖然現在已是五月，晚上生個火爐仍大有必要。

應邀來獻計的人本來還要多，愛瑪發現這並不是由於韋斯頓先生考慮欠周到。他順路到貝絲太太家，想讓貝絲小姐和費爾法克斯小姐坐他的馬車，可是她們說艾爾頓夫婦的車子已說好要來接她們了。

法蘭克站在她身邊，但不甚自在；從他不安的神態看，他心裡大概在想著什麼。他一會兒東張西望，一會兒往門邊走，一會兒留心聽有沒有馬車來，也許是等開舞會等得心焦，也許是老在她身邊而有所顧忌。

他談起了艾爾頓太太，說：「我猜她一定很快會來。我很想見見艾爾頓太太。我常聽人談起她。大概她不會讓我們久等。」

外面傳來馬車聲，他趕忙往下跑，接著又轉身回來，說：「我忘了，我不認識她。我還沒見過艾爾頓先生和她，還輪不到我來迎接。」

艾爾頓先生和太太出場了，滿面春風，彬彬有禮。

「貝絲小姐和費爾法克斯小姐呢？」韋斯頓先生說著四下看了看。「我們以為你們會帶他們來。」這個疏忽無關緊要，馬車立即回頭去接她們了。

愛瑪很想知道法蘭克對艾爾頓太太的第一個印象，嫌不嫌她的衣服太花俏，笑容太虛偽。相互見禮後他注意觀察著她，很快有了一定的看法。

馬車不一會轉身回來了，據說是在下雨。「爸爸，我去拿傘，」法蘭克對他父親說。「可不能把貝絲小姐忘了。」他轉身就走。韋斯頓先生也想跟去，卻被艾爾頓太太拉住了，她要對他說說對他兒子的評價。她的舌頭轉得特別快，雖然法蘭克的動作迅速，仍聽到了。

「眞是個翩翩少年，韋斯頓先生！你一定記得，我坦率地對你說過，我自有主見，現在我很高興地告訴你，我太喜歡他了。我的話你可以相信，我從不亂恭維人。他稱得上是一個美男子，神態我也很欣賞，像一位紳士，沒有半點傲慢和輕浮。對於沒有教養而自大的青年我討厭極了，見了就惡心。梅普爾格羅夫容不得他們，薩克林先生和我都懶得理睬這種人，否則我們就挖苦他們一頓。塞莉娜對什麼毛病都不在乎，倒比較能夠容忍他們。」

她誇他兒子時，韋斯頓先生專心聽著，後來又談論到梅普爾格羅夫，立刻想起兩位女賓馬上就到，他得去迎接，趕忙陪著笑走了。

艾爾頓太太轉向韋斯頓太太。「一定是我們的馬車把貝絲小姐和簡接來了。我家車夫好，馬好，沒人能比得上！搶先的當然是我們。用馬車接朋友多有意思！我知道你們也是好心人，說過要接他們，下次就沒有必要這樣了。放心好了，她們的事我全照顧著。」

貝絲小姐和費爾法克斯小姐在韋斯頓父子的陪同下走了進來，艾爾頓太太感到自己與韋斯頓太太有同等責任迎接她們。她的姿勢和動作表示什麼意思，旁觀者（例如愛瑪）能看得一清二楚，可是由於貝絲小姐的話匣子正開著，她說什麼，其他人說什麼就都聽不到了。貝絲小姐邊走邊說，直到在火爐邊坐定以後好幾分鐘還沒有說完。門開時只聽她說：

「太謝謝你啦！根本就沒有雨，哪用發愁？我自己不要緊，穿著厚厚的鞋。簡說——好啊！」說到這裡她剛進門。「啊喲，眞漂亮，太好啦！設計得巧妙，把什麼都考慮周全了，誰也料想不到。燈光多亮呀！簡，簡，你看！你有沒有——咳！韋斯頓先生，你把阿拉丁的神燈也借來了。斯托克斯太太要認不出自己的房間了。我進來時看到了她，正站在門口『哦，是斯托克斯太太，』我說，別的話沒機會說。」說到這裡韋斯頓太太迎了上來。「太太，我眞要謝謝你。身體好嗎？身體好我就高興了。我原來擔心你會頭痛。就見你走來走去，猜想一定要忙壞了。身體好我就放心了。哎呀，親愛的艾爾頓太太，多謝你的馬車！來得正是時候，我和簡正整裝待發，沒讓馬車等。坐在裡面舒服極了。哦，韋斯頓太太！我也得謝謝你的馬車。艾爾頓太太先給簡送了個信，否則就會坐你的車。一天裡來了兩輛車！這樣的好鄰居從來沒有過。我對我媽說：『媽，說眞的——謝謝你，』我媽身體很好，上伍德豪斯先生家去了。我讓她帶了披肩，晚上冷些，就是她那條又大又新的，狄克遜太太結婚時的禮物。多虧她想到了我媽！還是在韋默斯買的，是狄克遜先生挑中的。簡說另外還有三條，他們好一會拿不定主意。坎培爾上校看中了橄欖色的。親愛的簡，你的鞋沒有濕吧？只下了一、兩滴雨，可是我就怕濕鞋。法蘭克．邱吉爾先生太好了——還弄了席子來墊腳。他那麼有禮我永遠忘不了。對啦，法蘭克．邱吉爾先生，告訴你，我媽的眼鏡再也沒壞過，螺絲釘一次也沒掉。我媽常說你是個好心人，對吧，簡？我們不是常談起法蘭克．邱吉爾先生麼？喲，伍德豪斯小姐來了。你身體好嗎，伍德豪斯小姐？很好，謝謝你，我身體很好。我們簡直像是在仙境裡相會。完全不一樣！這可不假。」她自以爲得意地看著愛瑪。「說假就是無禮——哎呀呀，伍德豪斯小姐，你看起來——你看簡的頭髮怎樣？你最有眼力。全是她自己梳的。她自己梳，有本領！倫敦來的美容師也比不上。喲，是休斯博士，還有休斯太太！我要去與休斯博士和他太太談一會天。你好！你好！謝謝，我身體好。太叫人高興了，不是嗎？理查德先生呢？哦，在那兒！不用叫他，讓他與小姐們談談心。你好，理查德先生。前天你騎馬從街上走過時，我看到了你。那不是奧特維太太麼？還有好心的奧特維先生，奧特維小姐，卡羅琳小姐。這麼一大群朋友！喬治先生，阿瑟先生也來了！你好至各位都好！我身體很好，謝謝各位，從來沒有這麼好。聽！又來了馬車？會是誰呀？只怕是尊貴的科爾先生。天哪，太難得了，見到這麼多好朋友！好旺的火！我快烤焦了。謝謝，不用給我倒咖啡，我從來不喝。倒杯茶可以，先生。別忙，喲！就來了。事事叫人高興呀！」

法蘭克．邱吉爾又站到了愛瑪身邊。貝絲小姐的嘴停了以後，愛瑪湊巧又聽到了艾爾頓太太和費爾法克斯小姐兩人談的話，她們就站在她身後沒多遠的地方。法蘭克若有所思，是否也在聽她無法斷定。艾爾頓太太大大誇獎了簡的衣服和容貌。而所有的恭維話都被悄悄而又適當地接受了，然後，她明顯地開始誇自己了，問道：「你看我的衣服怎樣？花邊好麼？賴特替我梳的頭呢如何？」類似的話還說了一大堆，答話的大卻有耐心，一直沒有失禮。

艾爾頓太太於是又說：「最不注重衣著的人要數我，但碰上這樣場合，每個人的眼都盯著我，韋斯頓夫婦舉行這次舞會主要是又給我一個臉面，我也得顧到他們，不好顯得比別人寒酸。我發現這裡除了我，戴項鏈的還沒有第二個人。法蘭克．邱吉爾我一看就知是個舞蹈家。等會我們瞧，我們跳的風格是否相符。法蘭克．邱吉爾算得上一個美少年，我很喜歡他。」

這時，法蘭克突然滔滔不絕說起話來，愛瑪懷疑那幾句讚美的話也灌進了他的耳朵，他不想再聽。艾爾頓太太和費爾法克斯小姐的聲音被掩蓋了，直到過了一會，他不說話了，才又聽到艾爾頓太太的說話聲。

艾爾頓先生剛走到她們身邊，他太太叫道：「喲，你總算找到了我們！沒想到吧？我剛才還對簡說，你沒看倒我們也許發急了。」

「簡！」法蘭克。邱吉爾重複說了一句，顯出又驚奇又不高興的神氣。「這樣直呼其名太隨便了，但大概費爾法克小姐不介意。」

「你喜歡艾爾頓太太嗎？」愛瑪低聲問。

「一點也不喜歡。」

「你未免忘恩負義。」

「忘恩負義！這是什麼意思？」立刻，他皺著的眉頭舒展開了，笑道：「得啦，你不用說，我也不想問個究竟。我爸爸呢？我們什麼時候開始跳舞？」

愛瑪讓他弄糊塗了，他的情緒似乎難以捉摸。他走到他父親跟前，一會兒又轉身回來，還拉著韋斯頓先生和他太太。原來，他發現他們倆遇到了一個小小的難題，要找愛瑪商量。韋斯頓太太剛剛想起，這次舞會照例得請艾爾頓太太開頭，她自己也眼巴巴望著，但這個榮譽他們本是想給愛瑪的。愛瑪挺著腰桿聽了他們訴說的苦衷。

「我們叫誰給她當舞伴好呢？」韋斯頓太太說。「她會認為法蘭克應該陪她。」

法蘭克立即轉身對愛瑪說自己與她有約在先，不能再邀別人了，這話正中他父親下懷。韋斯頓太太馬上提出要韋斯頓先生陪著艾爾頓太太跳，愛瑪與法蘭克也在一旁幫腔，事情很快定了下來。韋斯頓先生與艾爾頓太太領先，接著才是法蘭克．邱吉爾先生與伍德豪斯小姐。愛瑪一直認為這次舞會是特別為她舉行的，現在只得受此委屈，跟在艾爾頓太太之後。她觸景生情，想起結婚也有好處。

這一次，艾爾頓太太無疑占了上風，洋洋自得。她本想拉著法蘭克．邱吉爾開舞，但她並未因這種改變而蒙受損失。韋斯頓先生也許比他兒子強。愛瑪受了點小小挫折，但仍開心地笑著，看到準備跳舞的人已大有可觀，高興得很，覺得這一來可以有幾小時非同尋常的快樂。遺憾的事只有一樁；奈特利先生不跳舞。他站在一群旁觀者中太不應該；他該跳舞，而不能與當了丈夫、當了爸爸的和迷戀於惠斯特牌的人混在一起，牌迷們要等打贏了牌後，才會裝出一副對跳舞有興趣的模樣。他看起來顯得那麼年輕！他在這裡顯得出類拔萃，也許是在任何別的場合不能相比的。他長得又高又挺拔，與那些身軀肥胖、佝僂著背脊、上了年紀的人比起來，愛瑪認爲他令人矚目，除了她的舞伴以外，他使所有的年輕人相形見絀。他朝她這邊走了幾步，雖然是不多的幾步，也顯出了他的紳士風度和與生俱來的高雅。只要願意，他的舞一定會跳得很精采。每當兩人的目光相遇時，她都笑著向他示意，然而他總裝得一本正經。她就怨他對跳舞太冷淡，對法蘭克．邱吉爾太苛刻。他常注意著她。當然她不會瞎猜他是想與她跳舞，但如果他責怪她做了錯事，那她並不心虛。她與她的舞伴之間沒有任何輕佻的舉動，他們只是快樂、相處融恰的朋友，並非情人。法蘭克．邱吉爾不像以前那樣戀著她，這是有目共睹的事。

舞會進行地很順利，韋斯頓太太心血沒有白費。每個人看起來都很高興，一般的舞會不等完結難得有人叫好，這次剛開始大家就一再說是愉快的舞會。它與一般舞會相同的是，都沒有很多重要的、可記載的大事。然而，有一件事愛瑪卻相當重視。再跳兩支曲子就要開飯了，哈莉特卻沒有舞伴，年輕女賓中只有她一人還坐著。愛跳舞的都已成對成雙，上哪兒去找一個閒著的人呢？過了一會，愛瑪有了新發現，她看到艾爾頓先生在東遊西蕩。只要能躲開，他決不會邀哈莉特跳舞。她知道他不會，說不定一轉眼就要溜到打牌的房間裡去。

然而，他不想溜，卻蕩到了看熱鬧的一堆人當中，與這個攀談幾句，又在那個跟前走走，似乎故意要顯示他的自由自在，而且決心一直自由自在。他有時特地晃到史密斯小姐跟前，或者與她身邊的人說說話。這些事愛瑪全看在眼裡。跳舞沒有再開始，她正從排尾往排頭走，所以顧得上四下瞧瞧，她的頭稍一轉，把這些事全看到了。走到一半，那群閒著的人落在身後了，她的眼再也看不見了，但是艾爾頓先生幾乎近在身邊，他與韋斯頓太太的對話她聽得一清二楚。她發現就站在她前面的艾爾頓太太不僅也在聽著，而且投過意味深長的目光給他壯膽。好心腸、好性子的韋斯頓太太起身走到他跟前，說：「艾爾頓先生，你不跳舞嗎？」他馬上回答說：「如果你願跟我跳的話，我非常樂意，韋斯頓太太。」

「我？那可不成！我給你找個比我好的舞伴。我跳得不好。」

「如果吉爾伯特太太想跳，我一定樂意，」他說。「雖說我結婚已久，愛跳舞的日子一去不復返了，像吉爾伯特太太這樣的老朋友我倒高興奉陪。」

「吉爾伯特太太不想跳舞。倒有一位年輕小姐在閑著，她應該跳——就是史密斯小姐。」

「史密斯小姐——哦！我沒看到。承你的盛情——如果我不是結婚已久——說實在的，我跳舞的日子已一去不復返了，韋斯頓太太。請原諒我。別的事我倒樂於從命，但我愛跳舞的日子已一去不復返了。」

韋斯頓太太沒有再說什麼，愛瑪可以想像，她多吃驚、多喪氣地回到自己的座位上。軟心腸、講禮貌、好脾氣的艾爾頓先生原來是這樣一個人！她又朝四下看看。他走到了奈特利先生那兒，準備把剛才的事宣揚一番，一邊與他太太擠眉弄眼。

她不願再看了，心撲撲跳著，臉發起燒來。

過了一會，她眼前出現了一個令人高興的情景：奈特利先生領著哈莉特過來了！這一剎那，她的驚訝、高興都到了極點。爲了哈莉特，也爲了她自己，她得多多感謝他；雖然相距太遠，她無法把自己的心意告訴他，但當兩人的目光再度相遇時，她用笑臉表達了心意。

不出她所料，他的舞果然跳得出色。哈莉特的運氣很不錯，儘管剛剛遇到了一件難堪的事，但最興奮、最得意、最喜形於色的還是愛瑪。她的喜悅出自內心，比剛才跳得更起勁，快步轉到了舞廳正中，不停地微笑著。

艾爾頓先生躲進了打牌的房間，愛瑪看得出來，他是一副尷尬相。她認爲他雖然越來越像他太太，但還沒她那麼心狠。艾爾頓太太大聲對她的舞伴說：「可憐的史密斯小姐遇上了奈特利幫忙！這樣的好心人少見。」

吃飯的時間到了。所有的人都往飯廳走，又聽到了貝絲小姐的聲音，她直到餐桌邊坐下，拿起調羹才不講話了。

「簡，簡，親愛的簡，你在哪兒？把披肩拿去，韋斯頓太太叫你披上。她說走廊裡恐怕有冷風，你別看他們想得周到，一扇門已經釘上，還用了許多草蓆。說眞的，親愛的簡，你得披上披肩。哦，邱吉爾先生，你太好啦！你眞會替人打扮！漂亮極了！舞也跳得好極了！哦，親愛的，我跑回家去伺候外婆睡覺，這是我該做的，完了又上這兒，別人都沒發現。走的時候我對誰也沒說，這是眞的。外婆身體很好，她與伍德豪斯先生又聊天，又下四六棋，一個晚上快快活活。茶是在樓下喝的，後來又吃了餅乾、烤蘋果和酒才走。她擲骰子很有過幾次好運氣，還仔仔細細問起你，玩得高興不高興啦，跟誰一起跳啦。『喲，』我說，『讓簡來說吧，我走的時候她在與喬治·奧特維先生跳，明天她一定會全對你說。簡起先與艾爾頓先生跳，後來不知誰會邀她，也許是威廉·考克斯先生。』先生，你最體貼人，有誰你不掛在心上！我還不是走不動。先生，你太好了。哎呀，一手挽著我，一手挽著簡！等一等，等一等！我們靠後一點，艾爾頓太太來了。你們看艾爾頓太太，眞風雅！那花邊多美！我們都得走在她後面，今天晚上的王后要數她！注意，到走廊了。要走兩級台階，簡，這兩級得小心。哦，不，只一級，嗯，我分明記得是兩級。怪事！應該是兩級，其實只有一級。這場面太闊氣、太講究了，到處點了蠟燭。剛才我對你講起外婆，簡——有件小事不很如意。烤蘋果和餅乾你知道是很好吃的，可是先端上來的油煎牛雜燒龍鬚菜。好心的伍德豪斯先生就怕龍鬚菜沒燒爛，叫人端了回去。外婆最愛吃的是牛雜燒龍鬚菜，沒吃上覺得可惜。我們都說這事不要對旁人說，恐怕傳到伍德豪斯小姐耳裡使她過意不去。哎呀，這兒眞亮！我眼也看花了，沒想到這麼有氣派，大方！這樣的場面我還是第一次見到。嗯，我們坐在哪兒呢？坐在哪兒呢？隨便哪兒吧，只要簡不會著涼就行，我倒沒關係。嗯，你說這一邊？那恐怕——邱吉爾先生，恐怕我們不配坐——就隨便你吧。在這裡你說的話不會有錯。親愛的簡，這麼多菜我們向外婆能說出一半麼；還有湯！天哪！我該等一會，可是這湯太香，我不客氣了。」

直到吃過飯，愛瑪才有機會與奈特利先生說上話。所有的人都回到舞廳後，她使了個眼色叫他過來，聽她說幾句感謝的話。他痛斥了艾爾頓先生的行爲，認爲是欺人太甚。對艾爾頓太太的那副模樣他也沒有放過。

「他們不僅是想叫哈莉特難堪，」他說。「愛瑪，爲什麼他們要敵視你呢？」

他露出一絲神秘的笑，見愛瑪沒有答話，又說：「不管他怎麼做，但她就不應該恨你呀！有件事你一直瞞著我，愛瑪，現在你得老實承認，你原來一定是想叫他與哈莉特結婚。」

「是這樣，」愛瑪答道，「他們饒不了我。」

他點點頭，但又微微一笑表示了體諒，只說道：「我不責怪你，全讓你自己去想吧。」

「你怎能放心讓我自己想呢？我不是很自負，從不認錯嗎？」

「不應該自負，要拿出理智。如果自負使你走錯了路，理智會把你叫回頭。」

「我承認完全錯看了艾爾頓先生。你早發現了他心眼小，我沒發現，還滿以爲他愛上了哈莉特，就這樣許多事鬧了誤會。」

「既然你坦率，我也該說一句公道話；你爲他選的人比他自己選的人強。哈莉特有些最好的品質，這些品質在艾爾頓太太身上完全找不到。她是個坦率、單純、天眞的姑娘，有頭腦的男人寧可要她，而不會看中艾爾頓太太。我原以爲與哈莉特無話可談，其實不然。」

愛瑪滿心歡喜。這時韋斯頓先生走了進來，催大家再跳舞，打斷了他們的話。

「來吧，伍德豪斯小姐，奧特維小姐，費爾法克斯小姐，你們在幹什麼？來呀，愛瑪，你領個頭。都懶洋洋地，快睡著了！」

「行啊，」愛瑪說，「要跳就跳吧。」

「你跟誰跳？」奈特利先生問。

她遲疑了一會，說：「你邀就跟你跳。」

「你願意嗎？」他說著伸出了手。

「當然願意。你的本領人人都看到了。再說，我們又不是親兄妹，在一起跳也沒什麼！」

「親兄妹！當然不是。」

第三十九章

與奈特利先生這次短時間的交談給愛瑪帶來了莫大的愉快。舞會上值得回味的事頗多，此是其中之一，第二天上午她在草地散步時仍在細想著。他們都了解艾爾頓夫婦，對丈夫和妻子的看法完全相同，這使她高興不已，而更重要的是，他誇獎了哈莉特，對她有了好印象。由於艾爾頓夫婦的無禮，她昨天晚上幾乎要掃興而歸，可是後來反而有了一個很好的結局。她預料還有一件好事：哈莉特將從此死了那條心。從走出舞廳時哈莉特說到那件事的神態看，希望甚大。她彷彿突然睜開了眼睛，看清了艾爾頓先生不是她心目中想像的好人。狂熱已經過去，愛瑪不用擔心哈莉特的癡情會使她的脈搏加快。她知道艾爾頓夫婦氣惱之下必然更不肯饒人，但哈莉特已經清醒，法蘭克·邱吉爾在情網中陷得不深，奈特利先生不會再與她爭執，她一定可以過一個非常愉快的夏天。

這天上午她見不到法蘭克·邱吉爾。他已對她說過，他必須在中午趕回家，來不了哈特菲爾德，對此她並不在意。

她把這些事一一回想，細細分析後，向屋子裡走去，高高興興地準備逗兩個孩子和侍奉年老的父親，突然大鐵門開了，闖進兩個人，兩個她一直希望但沒想到果真就依偎在一起的人——法蘭克·邱吉爾挽著哈莉特，千真萬確是哈莉特！愛瑪一見便知是出了意外的事。哈莉特臉發白，神色驚慌，他在安慰她。鐵門與屋子的前門只隔著二十碼遠，三人很快進了前廳，哈莉特癱倒在椅上，昏了過去。

一位年輕小姐竟然昏了過去，這必然引起一陣忙亂、猜疑和恐慌。對這種事人人都好奇，但其中之謎不難揭開。過了一會，愛瑪全明白了。

史密斯小姐與戈達德太太學校另一位也參加了舞會的寄宿生比克頓小姐在去里奇蒙的路上一道散步，這條路來往人多，一向很安全，她們卻偏遇到了意外。在離海伯里大約半英里的地方有一個急轉彎，路兩旁是茂密的榆樹林，有一大段比較偏僻的地方。兩人走到那個地段沒多遠時，突然發現前面不遠的草地上有一群吉普賽人。一個守望的孩子走過來，向她們討錢。比克頓小姐大驚失色，尖叫起來，一邊要哈莉特跟著她，跑上了一處陡坡，扒開坡頂的矮樹籬，從小路三步並作兩步地回到了海伯里。可憐的哈莉特跟不上。跳過舞以後她雙腳發酸，在坡上沒爬兩步又倒退回來，一點力氣都沒有了。她渾身發軟又害怕，動彈不得。

如果兩位小姐膽量大些，吉普賽人會對她們如何很難說，但眼見這樣一個可以動手的好機會他們當然不會放過。一會兒哈莉特被一大群孩子圍了起來，一個粗壯的女人和一個大個子孩子領著他們，全體亂嚷著，臉上現出粗魯無禮的表情。她更怕了，答應給錢，掏出錢包施捨了一先令，求他們別再要，別再糾纏她。她的兩隻腳終於能挪動了，儘管慢，卻總算是在走。然而，那一群人欺她膽小，又看中了她的錢包，在身後跟著，左右圍著，向她要錢。

法蘭克就是在這個時候遇到她的，只見她在發抖、哀求，吉普賽人大叫著，纏住不放。他湊巧晚一步離開海伯里，才在緊急關頭搭救了她。這天上午天氣好，他寧可走路，叫馬車在離海伯里一兩英里的另外一條路上等著。前天晚上他借了貝絲小姐一把剪刀忘了還，只得送到她家，稍坐一會，耽誤了時間。他因為沒有坐車，等走近了時，才被那一幫人發現。原來驚恐萬狀的是哈莉特，這一來卻輪到了那女人和大個子孩子害怕了。他使他們一見喪膽，哈莉特連忙抓住他，話也說不出，好不容易回到哈特菲爾德，接著昏了過去。到哈特菲爾德是他的主意，他沒想到任何別的地方。

事情的經過就是如此，其中有些情節是聽法蘭克說的，有些是聽哈莉特清醒以後說的。他只能等到她的精神恢復正常，由於好幾件事的拖延，一刻也不能再耽誤。愛瑪說她一定會告訴戈達德太太平安無事，叫奈特利先生注意附近有一幫吉普賽人，他於是走了。她一再道謝，這既是她朋友又是她本人的心意。

一位漂亮的青年和一位可愛的少女竟有這樣的奇遇，竟會在這種關鍵時刻相逢，使最冷若冰霜的人、最古板的人也會產生某些想法。至少，愛瑪是這樣看的。如果一位語言學家、一位語法學家，一位數學家看到了她所看到的事，目睹了他們摟在一起，聽說了事情的由來，難道不會覺得他們因此要產生感情嗎？像她這樣一個想像力豐富的人該會怎樣想入非非，更何況她的腦子裡早已動過這方面的念頭！

這是個奇遇！根據她的回憶，這裡的年輕小姐從未遇過類似的事，從未經歷過同樣的危難、驚恐，而現在這兩人中的一人碰上了，另一人又剛巧路過，搭救了她。這當然是奇遇！她對他們兩人此刻的心情變化了如指掌，更覺得如此。法蘭克希望能割斷他對愛瑪的愛，而哈莉特正從對艾爾頓先生的眷戀中蘇醒過來。看來一切巧合，結果必然無限美滿。這次的巧遇不可能不使他們之間產生感情。

當哈莉特還處於神智昏迷的狀態時，愛瑪與法蘭克交談過幾分鐘。他說到她怎樣失魂落魄，怎樣天眞可笑，怎樣急急忙忙一把抓住他的手臂不肯放，流露出喜愛和高興；後來聽到哈莉特的自述，又大罵比克頓小姐的行爲愚蠢。然而，一切只可聽其自然，她不能推波助瀾。她不願有所舉動，她將守口如瓶、出一臂之力的苦頭她已嘗夠了。觀望，單純的觀望，不會帶來壞處。她的想法都只能埋在心裡。在行動上，她決不會走出一步。

愛瑪起初想把這天的事瞞著她父親，怕引起焦慮和恐慌，後來覺得瞞不了。半小時內，這件事傳遍了海伯里。那些多嘴多舌的人，主要是年輕人和下等人，對這種事最津津樂道。不大一會工夫，這件駭人聽聞的新聞便成了全村青年和佣人的笑料。由於出現了吉普賽人，昨晚的舞會已無人談起。可憐的伍德豪斯先生坐著發顫；不出愛瑪所料，直到她們保證了以後再不走出小樹林，他才放了心。這一天不斷有人來問候他（鄰居們都知道他喜歡別人問候），問候伍德豪斯小姐和史密斯小姐，他算是得到了安慰。他回答說他們全都大爲不妙，愛瑪明知這並非事實，她安然無恙，法蘭克驚魂已定，但也沒有否認。愛瑪其實極少生病，但既然作了他的女兒討就得多災多難；如果不想出點病來，別人就不會記掛她了。

吉普賽人沒等到人們來打抱不平，便逃之夭夭了。海伯里的年輕小姐又可以太太平平散步，不用擔驚受怕了；沒過多久，這種事便被人淡忘了，只有愛瑪和她的兩個外甥常掛在心上。她一直把這件事當成奇蹟，而亨利和約翰每天必叫她講哈莉特和吉普賽人的故事，只要說得與他們第一次聽到的稍有出入，就要嚴格地進行糾正。

第四十章

哈莉特在遇險後沒幾天的一個上午，拿著一個小包到愛瑪這裡，坐下後猶豫了一會，說：「伍德豪斯小姐，如果你有空閑，我想向你說件事。這是我的秘密，不過，你知道，這件事就要告一段落。」

愛瑪吃了一驚，很想聽聽。哈莉特的話說得認眞，模樣也認眞，她只當又出了一件大事了。

哈莉特接著又說：「我不應該，也不想把這件事瞞著你。在有個方面我與過去完全不同了，所以讓你知道了更好。只有緊要的話我才說。以前我控制不住感情，實在難爲情，我想你一定了解我。」

「對，我也希望這樣。」愛瑪說。

「誰想到我幻想了這麼長一個時期！」哈莉特說著大哭起來。「那簡直是瘋狂！現在我看清了，他沒有什麼了不起。我不希罕見到他，其實，與他不見面更好。要能躲開他，讓我繞多遠的路也願意。我一點也不羡慕他太太。以前我崇拜她、羡慕她，現在再也不了。她長得漂亮，但別的就說不上了。我知道她心地不好，討人厭，那天晚上的一副模樣我永遠忘不了。可是，伍德豪斯小姐，你得相信，我也不巴望她倒楣。眞的，他們過得幸福是他們的福氣，我見了根本不眼紅。爲了使你相信我說的是實話，我要毀了我保存著的東西——其實早該毀了，原來就不應留著，我心裡已很明白。」她邊說邊臉發紅。「現在我就特地當著你的面，讓你看看，我的腦子已清醒了。你猜猜，這小包裡是什麼？」她帶著羞澀的表情問道。

「那可難猜。他給過你什麼嗎？」

「沒有，不是他給的，只是我把這些東西當成了寶貝。」

她把小包遞到她跟前，愛瑪看到上面寫著兩個字：珍寶。她更好奇了。哈莉特把小包打開，愛瑪在一旁直發急。原來，是個漂亮的小騰布里奇禮品盒❶，禮品盒外包了幾層銀紙。哈莉特打開小盒，只見裡面整整齊齊鋪著一條條柔軟的上等棉花，但除了棉花，就是一小片橡皮膏。

哈莉特說：「現在你該想起來了。」

「不，我還是想不起來。」

「哎呀！有一次我們都在這個房間裡，用過橡皮膏，沒想到你全忘了。就是在我喉嚨痛的前幾天——對了，我想起來了，是在約翰·奈特利先生和他太太來的前天夜晚。我記得清楚是在那天晚上。你的新鉛筆刀割破了他的手指，你說用橡皮膏可以止血，還記得嗎？你自己身邊沒有，知道我有，叫我給他一塊。我把我的拿出來，剪了一塊給他，只是剪得太大，他用了一小塊，剩下的在手上玩了一會才還給我。當時我腦子糊塗，把它當成了寶貝，藏了起來，沒捨得用，常拿出來看看，心裡覺得高興。」

「天哪，哈莉特！」愛瑪叫道，捂著臉，驀地站起來。「你說得我無地自容了。記得？對，

---

❶ 英國肯特郡的騰布里奇·韋爾斯手工工人製作的盒子、玩具等因精巧而著名。

我全記起來了，只是不知道你把它當成了紀念品。如果你不說，我想不到會有這種事，但我還記得他割破了手，我說橡皮膏可以止血，可惜我身邊沒有。唉，我的罪過！我的罪過！其實我衣袋裡有很多！又得怪我糊塗想玩個花招！我應該後悔一輩子。嗯，你說吧，還有呢？」她又坐了下來。

「當時你身邊眞有一些嗎，我一點也沒看出來，你裝得太像了。」

「這麼說，你眞爲了他把這塊橡皮膏保存了起來！」愛瑪說，已沒有了羞愧，也不再感到詫異或者可笑了。她暗暗想道：「天哪！我什麼時候也沒想到過把法蘭克．邱吉爾常玩的橡皮膏藏到棉花裡！我就沒有動這樣的眞情。」

「你看，」哈莉特又拿著那個小盒說，「你看這裡還有件更珍貴的東西，我的意思是說以前覺得珍貴。這件東西原來的確是他的，但橡皮膏不是。」

愛瑪急於要看看這件更珍貴的寶貝。一看，原來是根鉛筆頭，沒有筆芯的一截。

「這眞是他的，」哈莉特說。「你記得有一天上午嗎？我看你記不得了。有一天上午，我忘了究竟哪一天，也許是那天晚上的前一個星期二或星期三，他想在他的小記事本上記針樅（銀杉）啤酒的釀法。奈特利先生告訴他怎樣釀針樅啤酒，他想記下來，可是掏出鉛筆一看，筆芯太短，他一削就沒有了，還是你另外給了他一支，這截筆頭就擺在桌上，已沒用了，但我用眼直盯著，最後放大膽拿起來，一直保存到現在。」

「我記得，完全記得，是在說釀針樅啤酒的事，」愛瑪大聲說。「嗯，對！奈特利先生和我都說喜歡喝這種酒，艾爾頓先生也好像也想要喝一喝。我記得清清楚楚。是的，奈特利先生就站在這裡，對嗎？我記得他站在這裡。」

「嗯，我不知道。記不起來了，不知爲什麼，記不起來了。艾爾頓先生坐在這裡，這我還記得，大約就是我現在坐的地方。」

「還有呢？」

「嗯，沒有了！我再沒別的東西拿給你看，也沒有別的事對你說了，只是我要把橡皮膏和鉛筆頭丟到火爐裡，讓你看著我丟。」

「我可憐的好哈莉特，你把它們當寶貝藏著就有幸福了？」

「別說了，我是個大傻瓜！現在我很後悔，想把它們燒了、忘了。他已經結婚了，我不該留紀念品。我早知道不應該這樣，就是捨不得丟。」

「可是，哈莉特，橡皮膏也要燒嗎？鉛筆頭我不反對燒，橡皮膏留著還有用。」

「燒了心裡痛快，我看著討厭，」哈莉特答道。「我什麼也不能留。謝天謝地，把它們燒了，艾爾頓先生的事就算完了。」

愛瑪心想：「什麼時候邱吉爾先生的事會開始呢？」

不久以後，她發現那事已開始了，雖然沒算過命，卻一心希望吉普賽人帶來哈莉特的好運。意外的事發生後兩星期，她們深談過一次，是偶然間談起的。正因爲當時是無心，所以愛瑪覺得她聽來的話更有價値。她原只在閑聊時說了句：「嗯，哈莉特，無論你什麼時候結婚，我都得給你出主意。」她這話是有口無心的話，可是過了不一會，只聽哈莉特一本正經說：「我一輩子不結婚。」

愛瑪抬起頭一看，發現她在想心事，猶疑了一下了，才說：「一輩子不結婚！這話我第一次聽說。」

「可是我決不改口。」

又是一陣猶疑。「那該不是因爲——不是因爲艾爾頓先生的緣故吧？」

「什麼艾爾頓先生！」哈莉特氣憤地叫了起來。「哼！哪兒的話……」後來愛瑪別的沒聽清，只知她說了句「比艾爾頓先生強多了。」

接著，愛瑪沉思了良久。她應該就等著瞧嗎？應該置之不理，裝糊塗嗎？如果那樣，哈莉特會當她無情義或者在生氣。假定她果眞一聲不吭，哈莉特更會急著把什麼話都告訴她。她再不願像過去那樣，把一切都說破，大談哪些純屬想當然的事情。她覺得明智的做法是把她認爲便於說的話，知道的事，立刻說個清楚，問個清楚。以誠相見有益無害。她原來就想過，這件事如果談起，她的話該說到何等程度，而現在，立即作出果敢的抉擇對兩人都有好處。打定了主意後她問道：「哈莉特，我不會故意懷疑你講的是眞話。你決心，或者說，準備一輩子不結婚是因爲你覺得你喜歡的那個人高不可攀，對嗎？」

「哦，伍德豪斯小姐，相信我，我不會癡心妄想，我沒有發瘋。我知道他可望不可及，勝過了世界上的一切人，我對他特別感激、佩服、敬仰，完全應該。」

「這也很自然，哈莉特。他給你幫了忙，當然使你心裡感到溫暖。」

「幫了忙！哎，我的感激說也說不盡！我永遠忘不了，當時我心裡很難受，可是我看到他來了，氣派十足，我的可憐相也沒有了。這就變了！一眨眼就變了！從一個可憐巴巴的人，變成了最幸福的人！」

「這很自然。很自然，也很了不起。的確，我認爲見義勇爲是了不起的行爲。不過，要說因爲這件事就能結下了什麼緣分，那也過分了。哈莉特，我勸你別想得太多。你完全用不著報答。要多多注意。最好盡量克制自己的感情，如果不是確實知道他也喜歡你，千萬別做出過分的事來。可以多觀察他，在行動上他沒表露出來就別亂想。對這種事我以後不會再對你說什麼，所以現在要提醒你多加小心。我決心再也不干涉。往後，我完全做局外人。我們別提起誰的名字。過去大錯特錯了，現在應該謹愼。當然，他比你強，有許多人會反對，會爲難，這一點完全可以肯定。話又說回來，哈莉特，更加神奇的事以前都有過，天差地別的人倒成雙成對了。至於你自己，那得小心。我希望你別想入非非。但是，無論結果如何，不用懷疑，你對他產生了好感說明你有眼力，這我決不會忘。」

哈莉特默默地吻著她的手，用無聲的語言表示感謝。愛瑪認定這件事對她的朋友來說並非壞事，會使她振作起來，而不至消沉下去。

第四十一章

就這樣，哈特菲爾德在期待、希望和靜默之中，迎來了六月。海伯里可以說沒有大變化。艾爾頓夫婦仍在談論薩克林夫婦的來訪，可以坐他們的四輪活動篷車遊玩；簡．費爾法克斯依舊住在外婆家；坎培爾夫婦的歸期又推遲了，原說七月，現定為八月；如果她能擺脫艾爾頓太太的糾纏，不被逼到哪個富貴人家，也許還能住整整兩個月。

奈特利先生一開始就討厭法蘭克．邱吉爾，其原因只有他自己知道，現在更討厭了。他開始懷疑他並非真心追求愛瑪。從表面看，愛瑪無疑是他看中的目標，種種跡象都說明了這一點。他自己的殷勤，他父親的暗示，他後母謹慎的沉默都只是為了一個目的；所有的話，所有的行動，所有經過深思熟慮和未經過深思熟慮的事，都只包含一種解釋。許多人當他有心於愛瑪，而愛瑪希望他漸漸愛上哈莉特．唯獨奈特利先生有新的發現，懷疑他想勾引簡．費爾法克斯。他猜不透其中的奧妙，但他們兩人之間的確露出了蛛絲馬跡。至少，他認為如此。法蘭克有好些破綻，他看出來後，總認為值得深思，儘管也擔心會犯愛瑪那樣想當然的錯誤。

他第一次起疑心時愛瑪不在場，當時他正與蘭德爾斯家的人和簡在艾爾頓家吃飯。他發現那位愛慕伍德豪斯小姐的人向費爾法克斯小姐望了一眼，那一眼很不簡單，已經出格了。後來他再與他們倆在一起時，不由又想起了他的發現，留心觀察著，更懷疑法蘭克．邱吉爾和簡之間有秘而不宣的情分，甚至默契。他與考珀不同，他之所見並不是他的創造❶。

有一天，吃過晚飯他照例去哈特菲爾德，晚上要在那兒玩。愛瑪和哈莉特正想去散步，他便與她們一道走。回來時，遇到一大群人，這群人與他們一樣，看到天氣陰沉，趕早出來一趟，有韋斯頓先生和他的太太、兒子、貝絲小姐和她的外甥女，他們也是偶然遇上的。這麼多人在一道走著，到哈特菲爾德大門前面時，愛瑪挽留所有的人都到家裡陪她父親喝杯茶，她知道她父親最歡迎這些人。蘭德爾斯的三位欣然同意，貝絲小姐先說了一大通誰也無心聽的客套話，最後還是得接受親愛的伍德豪斯小姐的盛情。

他們正要轉身走進哈特菲爾德的大門時，佩里先生正好騎著馬過去了。於是，那幾位男人談起了他的馬。

過了一會，法蘭克．邱吉爾對韋斯頓太太說：「佩里先生想買馬車，現在不知怎樣了。」

韋斯頓太太吃驚地說：「我沒聽說他有這個打算。」

「說哪兒話？我是聽你說的，三個月之前，你在信上提過。」

「我？不可能！」

「眞是你，我記得清楚。照你說的，他似乎馬上會買。佩里太太對別人說過的，爲這事高興得很。這還是她的主意，見他風裡來雨裡去，擔心他受不了。你現在記起來了吧？」

---

❶英國詩人威廉．考珀（Willam Cowpec，一七三一～一八〇〇）曾有一句詩：「我之所見是我的創造。」

「眞的，我這才第一次聽說。」

「第一次！就第一次！天哪，這怎麼可能？除非我是在夢裡知道的，不過買馬車的事，的確有——史密斯小姐，你走路沒精神，等回到家就好了。」

「怎麼回事？怎麼回事？」韋斯頓先生大聲說。「佩里要買馬車？法蘭克，佩里想買馬車？能買是件好事。你聽他自己說的，是嗎？」

「爸爸，不是，」兒子笑著答道。「好像誰也沒對我說過。眞怪！我記得韋斯頓太太幾個月前寫給我的信裡說過，什麼都講得清清楚楚，可是她現在一口咬定不知道，那就是我做夢了。我是個多夢的人。離開海伯里後，這兒的人我都夢到過，先是夢見最要好的朋友，後來又夢見佩里先生和他太太。」

他父親說：「確實有些怪，你在恩斯庫姆不大想的人也會常夢到。佩里買馬車！又是他太太的主意，擔心他太勞累，我想這早晚有可能，就是還沒到時候。別看是夢，有時就是會應驗！不過，荒誕無稽的夢也多。嗯，法蘭克能做夢就說明你人離開了海伯里心還想著海伯里。愛瑪，你也常做夢吧？」

愛瑪沒聽見。她先走一步，告訴她爸爸有客人來，韋斯頓先生的話白說了。

「喲，說實話，」貝絲小姐正愁沒人聽她，乘機大聲說。「依我看，法蘭克·邱吉爾先生也許是——我不是說他沒做夢——有時候我也夢到世界上最怪的事——如果你們問起我，那我會承認今年春天他們是這樣想過。佩里太太親口對我媽說的，科爾家也知道，只是保了密，別人都沒聽說，再說他們只想了三天。佩里太太急著要他坐馬車，有一天上午以爲說動了佩里先生，興沖沖到我媽那兒。簡，我們回家後外婆對我們說過，你記得嗎？我忘了我們到過哪兒——很可能是蘭德爾斯；對了，正是蘭德爾斯。佩里太太同我媽特別好，同她不好的人沒有，便把秘密告訴了她。對我們她當然肯說，可是不讓我們傳，那以後我對誰也沒提過這件事。不過，要說從來沒露風聲那我可不敢擔保，有時候不知不覺我把秘密說了出來。你知道，我嘴快，實在是快，常說不該說的話。我不像簡，要像她就好了。她從不對人亂說一句，我敢擔保。她去哪兒了？喲，在後面！我明明記得佩里太太來過。的確是特殊的夢啊！」

幾個人先後進了客廳。奈特利先生搶在貝絲小姐之前望了簡一眼。他早發現法蘭克．邱吉爾臉上的一副強作鎮靜的尷尬相，情不自禁地又看看她。簡走在後面，擺弄著披肩。韋斯頓先生已進了客廳，奈特利先生與法蘭克站在門邊，讓她先進。奈特利先生懷疑法蘭克．邱吉爾是有意觀察她的眼神，在盯著她看，可是什麼也沒看出來。簡從兩人中間走進客廳，對誰也沒瞧。

再追問來不及了，要說夢只好就當是夢，奈特利先生也無可奈何地跟其他人在新式的大圓桌邊坐下。這張大圓桌能進哈特菲爾德還多虧了愛瑪，除了愛瑪，別人沒本領把它擺到這裡，也沒有人能說服她父親捨棄那張彭布羅克小桌。四十年來，他每天有兩餐飯用的盤碟都是擠在那張小桌上。喝茶時每個人都有說有笑，捨不得早走。

法蘭克．邱吉爾的身後有張方桌，伸手可以構著。他看了看桌子，說：「伍德豪斯小姐，你外甥把裝字母的卡片盒拿走了嗎？平常是放在這兒的，怎會不見了？今天傍晚天氣不好，不像夏天，倒像冬天。有一天上午我們玩那些卡片玩得很有意思。我再出些字讓你猜猜。」

愛瑪一聽很高興，把盒子拿了出來，字母攤在桌上。玩得最起勁的要數他們倆。他們的手快，你擺給我猜，我擺給你猜，還擺給其他有興趣的人猜。這種遊戲安靜，特別中伍德豪斯先生的心意，他就怕韋斯頓先生有時玩那些吵吵嚷嚷的遊戲。這一次韋斯頓先生安靜地坐著，有時發悶，在想那兩個走了的『小寶貝』，有時拿起一張沒有用的字母卡片，誇愛瑪的字寫得漂亮。」

法蘭克·邱吉爾把一個字放在費爾法克斯小姐面前。她往桌上掃了一眼，用心想著。法蘭克在愛瑪身邊，簡在他們的對面，奈特利先生在三人當中，表面上漫不經心，實際上在察顏觀色。簡猜出了字，微微一笑把字攤開。如果她想緊接著把這個字插亂，不讓人看，就得眼望桌面而不是對面，可是她卻望著對面。哈莉特對每個字都有興趣，只是全猜不出，拿起那個字仔細想著。她坐在奈特利先生身邊，便求他幫忙。原來是blunder❷。哈莉特高興地叫起來，簡的臉立刻紅了，彷彿心中有隱情。奈特利先生心想這個字與法蘭克所說的夢有關，可是其中究竟有何奧妙，他難以捉摸。他素有好感的簡慣有的沉著、謹慎都到哪裡去了！他擔心她必有牽連。欺騙人、捉弄人的事他已屢見不鮮。玩這些字母不過是為獻殷勤和引人上當。這本是小孩子的遊戲，法蘭克·邱吉爾卻利用它來掩蓋不可告人的居心。

他往後看著他時滿腔氣憤，看著他的兩個糊塗伙伴時又驚訝，又懷疑。他看到他擺好了一個字母少的字讓愛瑪猜，遞過去時眼裡帶著一種狡詐和假正經的神情。他看到愛瑪很快猜了出來，覺得可笑，但又覺得對這個字謎非得加以責備才行，因為她說：「胡鬧，不害羞！」法蘭克又望望簡，說：「我讓她猜好嗎？」愛瑪一面堅決不讓，大聲說：「不行，不行，那不成，你千萬

❷ 意為「失誤」，此據係指法蘭克在無意中洩露了他從某種渠道知道的佩里要買馬車的秘密。

別。」一面卻格格地笑。這一切奈特利先生都看在眼裡，聽在耳裡。

然而，法蘭克沒聽她的。這位風流的年輕人要戀愛並無眞情，要交朋友又缺少禮貌，把那個字往費爾法克斯小姐跟前一推：非要她猜不可。奈特利先生很想看個究竟，瞟了幾眼，看出是Dixon❸。就在這時，簡·費爾法克斯也猜了出來，五個這樣排列的字母的含義和奧妙她不難領會。她顯得不高興了，她抬頭一看，幾個人都望著她，於是臉漲得通紅，說：「我不知道會叫我猜別人的姓。」她甚至氣沖沖地把字母推到一邊，決心不猜了，臉避開捉弄她的人，看著她的姨媽。

簡沒有吭聲，她姨媽卻大聲說：「哦，是的，親愛的，我也正想說我們該走了。天色不早了，外婆盼著我們回去。伍德豪斯先生，太謝謝您了，我們眞要告辭了。」

簡動作迅速，證明她姨媽沒有猜錯，的確回家心切。她連忙起身，想從桌邊走開，可是起身的人太多，她只好在原地站著。奈特利先生看到法蘭克又揀了幾個字母，急忙給她，她瞧也不瞧，推到一邊。接著她四處找披肩，法蘭克·邱吉爾也幫著找。天越來越暗，房間裡亂成一團，他們分手時的情形，奈特利先生就不得而知了。

別的來客都走光了，只剩下他仍留在哈特菲爾德。他總是想著看到的事，蠟燭點亮以後，便追問起愛瑪來。作爲一位朋友，一位熱心的朋友，他非這樣做不可。他不能見危不救，他有一份責任。

---

❸ Dixon，狄克遜，指簡·費爾法克斯的恩人坎貝爾上校的女婿狄克遜。

他說：「你講講，愛瑪，你和費爾法克斯小姐猜的最後一個字有什麼值得笑，又有什麼值得氣惱呢？那個字我看到了，就是不知道爲什麼你們一個樂得不可開交，一個卻非常苦惱。」

愛瑪慌了。其中的眞正原因她不便對他說，雖然心中仍舊懷疑，但她也的確後悔以前的失言。

「哦！」她叫道，顯然感到尷尬了。「沒什麼，只不過是我們之間開的一個玩笑。」

「這個玩笑好像只有你和邱吉爾先生明白。」他板著面孔說。

他等著她再說話，可是她沒有說。她現在最怕的是開口說話。他滿腹狐疑地坐著，許多不祥之感從腦中接踵而至。他想過問，但碰了壁。愛瑪的慌亂、法蘭克與她毫不隱諱的親熱都說明她的感情起了變化。然而，他得說話。他寧可得罪她，不能讓她遭到不幸；寧可現在與她正面衝突，不能將來後悔。

「親愛的愛瑪，」他終於懇切地說，「我們現在談的那兩個年輕男女的關係你以爲完全了解，是嗎？」

「你是說法蘭克·邱吉爾先生和費爾法克斯小姐？噢，那當然。你爲什麼問起這種事？」

「你就從來沒有想過，他對她或她對他互相有意嗎？」

「沒有！沒有！」她坦率地大聲說。「我從來沒有產生過這樣的懷疑，怎麼你會這樣想呢？」

「我最近察覺到她們之間關係曖昧，眉來眼去，當然是有不便讓人知道的事。」

「哦，你倒有意思！沒想到你也會亂猜亂想起來，這可不成。別怪我一開始就掃你的興，這樣猜的確不成。他們兩人之間沒有愛慕，你放心好了。你偶爾看到的幾件事其中必有緣故，他們心裡想的與你猜的可能相反。要我說個清楚也難，你的懷疑本來就是捕風捉影。如果不是亂猜一氣，那麼可以說，要是他們這也算有意和相愛，那麼世界上的男男女女都有意、都相愛了。我敢於爲她辯護，也能爲他擔保。我肯定男的完全無心。」

她說得滿有把握，使奈特利先生動搖了，無言以對了。她得意洋洋，還想談下去，聽聽他的懷疑究竟有何根據，他們怎樣眉目傳情，總之，每件事都要窮根究底；然而，他卻沒有這種雅興。他感到自己成了無用的人，自尊心也受到損傷，不願多談。好性子的伍德豪斯先生一年到頭夜裡少不了的那火爐烤得他快焦了，只過了一會兒，他便起身告辭，回到他在唐韋爾·艾比那冷冷清清的家了。

第四十二章

海伯里人早已風聞薩克林先生和他太太不久要來，結果卻空盼了一場，聽說得再等到秋天。目前沒有類似的話題來豐富他們的精神生活，每天交換新聞時，他們只順便提起薩克林夫婦的來訪，便不得不談些別的事情。例如邱吉爾太太的近況，她的健康狀況已日漸變化。又如韋斯頓太太的福氣，她可望錦上添花，已經有了身孕；對那種滋味，她的左鄰右舍都是有過體驗的。

艾爾頓太太大失所望，她不能及早快樂一番，炫耀一番。她大吹大擂過的事情暫時無法兌現，原先擬議的遊玩仍只得停留在嘴上。開始，她的確發悶，想了一會，覺得一切都不用等待。她薩克林夫婦不來，爲什麼他們就不能遊博克斯山呢？秋天他們還可以與薩克林夫婦一道再去。她打定了主意去博克斯山。這個打算早已衆所周知了，這一來另外一個人也動了念頭。愛瑪從未去過博克斯山，人人認爲值得一看的地方她也想看看。她和韋斯頓先生約定，揀一個風和日麗的上午坐馬車去那裡，作伴的人只要兩、三個，必須精心挑選，不張揚，不擺架勢，如果跟著艾爾頓夫婦和薩克林夫婦去玩，那勢必要興師動衆，手忙腳亂，吃、喝、玩全按俗套，那才沒趣哩。

本來兩人一切都商量好了，後來不料韋斯頓先生說，他已主動向艾爾頓太太提起，既然她姊夫和姊姊不來，兩支人馬不妨合成一支，艾爾頓太太滿口應承，如果她不反對，就準備這樣辦，愛瑪聽了又詫異又不快。愛瑪即使反對，也只有一個理由：極端討厭艾爾頓太太；韋斯頓先生已完全了解這一點，不值得再提它了。如果明說，等於是責怪他，而責怪他必然給韋斯頓太太帶來苦惱。所以，愛瑪出於無奈，只得同意；這種事根本違背了她的意願，而且很可能讓人抓到話柄，說她是跟著艾爾頓太太去的。她很不自在，雖然表面順從，但心裡又暗自責備韋斯頓先生亂發善心。

「我的打算你贊成了就好，」韋斯頓先生高興地說。「我知道你會贊成的。這種事人太少沒味道。人多多益善，有人就有樂趣。她畢竟是個好心腸人，丟開她不行。」

愛瑪嘴上沒說，心裡卻大不以爲然。

這時已是六月中旬，天氣晴朗。艾爾頓太太迫不及待地要定下一個日期，又與韋斯頓先生商量帶鴿肉餡餅和冷羊肉的事，卻沒想到一匹拉車的馬跌壞了腿，打亂了全盤計劃。這匹馬要再拉車時間上究竟需要隔幾天還是幾星期很難說，反正，準備工作誰也不敢貿然進行，只能垂頭喪氣地等待著。艾爾頓太太本是一個能幹的人，此時也束手無策了。

「太叫人掃興了，奈特利先生，是嗎？」她說。「多好的遊玩天氣！這樣一拖再拖一誤再誤眞討厭。我們怎麼辦呢？如果再這樣，今年眼見就要完了，但還一事無成吶！去年還沒等到現在這時間，我們一大夥人早就離開了梅普爾格羅夫，在金斯韋斯頓玩了個痛快。」

「你可以去唐韋爾玩玩，」奈特利先生答道。「去那兒沒有馬也行。來嘗嘗我的草莓，快熟透了。」奈特利先生說這話時不一定是當眞，但後來卻非當眞不可了。

艾爾頓太太高興地答道：「哎呀，那太好了！」她話說得坦率，說話的樣子也顯得認眞。唐韋爾的草莓很有名，值得去一趟。如果沒有草莓，其實大白菜也行，這位太太無非是想往外邊跑跑。她再三強調說一定去，心情迫切，使他無法懷疑；她簡直有點喜出望外，認為這是一種難得的情意，一種崇高的榮譽。

「我是當眞的，一定去，」她說。「你說個日子我就去。把簡．費爾法克斯也帶去，好嗎？」

他說：「日子我定不了，有的人我還得問一問，想叫他們陪你。」

「那不用你擔心，只要全權委託我就行了。你知道，我是主要人物。這次全是爲了我，我要把我的朋友們帶去。」

「艾爾頓你不能忘了帶來，至於請別的人，我可不敢勞駕你。」他說。

「哼，那你不是眞心。想想吧，你別信不過我，我已不是做事膽大妄爲的年輕姑娘。你知道，結了婚的女人辦事可靠。哪些人是陪同我的，都讓我挑選吧，我替你邀請客人。」

「那不成！」他可一點不讓步。「世界上只有一個結了婚的女人能想請誰就請誰到唐韋爾作客，就是……」

「就是韋斯頓太太。」艾爾頓太太搶著說，像是被澆了一瓢涼水。

「不對，是奈特利太太。除非有了她。這類事我非自己過問不可。」

「呀，你是個怪人！」她叫道，暗喜還沒人勝過她。「你是個幽默家，說話風趣。眞是幽默家。好吧，我帶簡來，簡和她姨媽兩個，其他人哦讓你請。見見哈特菲爾德的人我一點也不反對。別多疑，我知道你與他們有交情。」

「只要我能請到，你當然會見到他們。我在回家的路上要拜訪貝絲小姐。」

「那用不著，我每天能遇到簡，不過你要去也行。奈特利，去你那兒只需一上午，很簡單。我頭上戴一頂大無邊帽，手上挽隻小籃子。你看，也許就是有粉紅色絲帶的這一只。再簡單不過了，對吧？簡也帶這樣一只。用不著興師動衆，像吉普賽人一般。我們在你果園裡到處走走，自己摘草莓，在樹下坐坐。無論你怎樣招待都得在屋子外邊，桌子要擺在樹蔭下。一切盡量自然、簡單。你是這樣想的吧？」

「不完全是。我想的簡單、自然，是將桌子擺在餐廳裡。如果不在屋子裡吃飯，讓佣人和傢俱閑著，那就談不上簡單、自然了。你們在果園裡吃夠了草莓就到屋子裡吃冷肉。」

「好吧，隨便你，只是不要擺得太豐盛。還有，你需不需要我或者我的管家幫著出主意？奈特利，你盡管說好了。如果用得著我指點霍奇斯太太，或者來看看……」

「不敢當，謝謝你了。」

「嗯，我的管家是聰明人，有了難處用得著。」

「我想我的管家也自認爲很聰明，用不著別人幫忙。」

「我們要是有頭驢子就好，我、簡和貝絲小姐可以騎驢子來，我的Caro sposo在旁邊跟著。我當眞要勸他去買頭驢子，在鄉下生活，這東西是必要的。女人本領再大也不能老關在房子裡，但出遠門夏天灰塵大，冬天爛泥多。」

「唐韋爾到海伯里的路不一樣。唐韋爾從來沒有灰塵，現在路面又乾燥。你想騎驢當然也可以，就向科爾太太借好了。我希望一切能使你稱心如意。」

「我想你準會使我們滿意的。好朋友，我對你很公道。表面上你說話不饒人，可是我知道你的心腸最好。我常對埃先生說，你是個十足的幽默家。眞的，奈特利，我相信你會替我想得很周到，我最喜歡什麼你已經猜中。」

奈特利先生不願把桌子擺在樹蔭下還有個原因：他想把伍德豪斯先生和愛瑪都請來作客。他知道，吃飯時如果父女倆中的無論哪個坐在露天裡，伍德豪斯先生都要害起病來。請伍德豪斯先生上午坐坐馬車，到唐韋爾玩一、兩個小時本是件好事，千萬不能讓他到頭來遭殃。伍德豪斯先生受到眞心誠意的邀請。他信得過奈特利先生，沒有任何顧慮便答應了。他有兩年沒去唐韋爾了。「只要上午天氣好，我、愛瑪、哈莉特都能去。我就與韋斯頓太太在房子裡坐坐，讓兩個女孩子去果園裡走走。這個季節到了中午我想不會有濕氣。那棟老房子我很想再去看看，能見到艾爾頓先生和他太太，還有別的鄰居，也是一件值得高興的事。只要上午天氣好，我、愛瑪、哈莉特去一趟沒有什麼不可以。奈特利先生熱心、仔細，請我們作客想得周到，在裡面吃飯比在外面吃飯好得多。我可不喜歡野餐。」

奈特利先生一帆風順，得到了每個人的痛快答覆。無論他走到哪裡，每個人都高興非常，像艾爾頓太太一樣，都只當奈特利先生請客是爲了他（她）。愛瑪和哈莉特指望著盡興而歸。韋斯頓先生主動表示叫法蘭克也來。他想以此表示他的高興和感激，但其實多此一舉。奈特利先生當時只得說歡迎，韋斯頓先生立即提筆，展開信箋，寫了封使法蘭克難以推卻的信。

就在這時，跌傷了腿的馬也很快在恢復，打算遊博克斯山的人又興高采烈議論起來，結果，決定先去唐韋爾，第二天去博克斯山，天氣看來不成問題。

在將近仲夏的一個陽光燦爛的日子裡，伍德豪斯先生中午坐著馬車平平安安地出門遊玩了，馬車的一扇窗還放了下來。他坐的那間房是艾比最舒服的一間房，整個上午特地為他生了爐火。他無憂無慮，說起受到的款待就感到滿意，勸每個人坐下，別老在外面受熱。韋斯頓太太似乎是特意走來的，以便累了後可以陪他坐著。後來別的人一個個或被邀請，或被勸說，都到外面去玩了，只有她始終耐心聽著他說，事事點頭稱是。

愛瑪很久未來艾比了，見父親被安頓得舒舒服服，便沒有久陪，高高興興出來轉了一圈。她舊地重遊，在房子裡外看了個仔細，邊看邊想；對這個地方，她和她一家人都有著深厚的感情。

這兒的房子又大又有派頭，位置相宜，與眾不同，是在一個不怕風雨的低處；大果園一直延伸到草地，草地上有條小河，但因老式房子不講究視野開闊，在艾比幾乎看不到那條小河；一排排大樹如亭如蓋，儘管當時講時髦的人多，敗家業的人多，這些樹卻安然無恙。愛瑪與這個地方現在和將來的主人都是姻親，因此感到驕傲和得意。與哈特菲爾德相比，這裡的房子大些，式樣也不同，占的地盤不少，曲折而無一定規則，裡面的房間大都很舒適，有一、兩間特別講究。總之，它建的時候十分考究，看起來很得體。住在這裡的人家又是真正的名門望族，血統純正，愛瑪越看越覺得了不起。論脾氣，約翰．奈特利有些古怪，但他攀到伊莎貝拉這門親倒十分理想，論血統、名聲、地位，她都配得上他。愛瑪心裡美滋滋的，到處走著，到最後才不得不與別人一起，來到種草莓的地方。客人們都在，只差一個法蘭克．邱吉爾，左等右等還不見他從里奇蒙來。艾爾頓太太神氣活現，戴著一頂大無邊帽，挽著個小籃子，無論摘、嘗，還是談論草莓，總要顯得出人頭地。這時人人想的說的，除了草莓還是草莓。「英國的水果數草莓最好，沒有人不愛吃，對誰都相宜。」「這兒土質最好，品種最好。」「誰摘的誰吃，這樣才好玩。」「摘草莓得在上午，人的精神好。」「哪一種都好吃。」「要數麝香草莓第一，味道美極了，別的都難吃。」「麝香草莓少見。」「我倒喜歡智利的。」「最香的是白木草莓。」「倫敦的草莓價錢很貴。」「布里斯托附近有很多，梅普格羅夫也有。」「種草莓的方法不一樣。」「翻地的時間也不一樣，各有各的想法。」「沒有一定，種草莓的人都只相信自己那一套。」「味道可口。」「太可口的東西不能多吃。」「還是櫻桃好。」「紅醋栗更爽降。」「可惜摘草莓得彎著腰。」「太陽曬得厲害。」「累死了。」「再摘吃不消啦。」「快到蔭涼處坐一坐。」

這類話說了半小時，當中只被韋斯頓太太打斷過一次。她記掛著法蘭克，特地跑到外邊問問他有沒有來。她有些放心不下，唯恐他的馬出事故。

大家在樹蔭下只能緊挨著坐，艾爾頓太太與簡．費爾法克斯說的話愛瑪全能聽到。她們說的是一戶理想的人家要請家庭教師。艾爾頓太太早上接到了信，非常高興。這戶人家既不是薩克林太太家，也不是布雷格太太家，但生活與地位僅次於他們。原來是布雷格太太的表妹家，與薩克林太太相識，在梅普格羅夫無人不曉其背景、勢力、職業、地位等等，都令人羨慕和嚮往，頂呱呱、首屈一指，艾爾頓太太急著想定下這件事。她有的是熱情、耐心和成功的信念，雖然費爾法克斯小姐一再說目前不想定人家，她仍緊盯住不放，把叫她答應的相同理由重覆了一遍又一遍。後來，艾爾頓太太堅持第二天代簡寄封信，就說已經認可。愛瑪不相信簡對這一切受得了。簡的臉色果然變了，話也尖刻起來。終於，她來了出人意料的一著，嚷道：「我們還是去走走吧！奈特利先生，你該帶我們去看看果園，每個角落都要去。我哪兒都想看看。」她朋友的糾纏使她受不了了。

天有些熱，所有的人都在果園裡到處走著，稀稀落落，難得有兩、三個在一起，過了一會兒之後，大家不約而同地到了一條寬而不太長的路上，路的兩旁是菩提樹，樹蔭下十分舒適。這條路在果園的範圍之外，與小河平行，可以說是遊玩場所的終點。它不通到任何地方，只見路的盡頭是一道帶有高柱子的矮石牆。豎這些柱子的目的可能是使人一看到它就感到已走近了住房，雖然房子並不在那裡。這樣的布局是否合理值得爭論，但到這裡散步倒令人心曠神怡，這裡的景色十分美麗：山坡的面積不小，坡底是艾比，越往上坡度越大；離艾比半英里處有一道長堤陡峭而有氣派，堤上綠樹成蔭；長堤之下是艾比．米爾莊園，位置極好，前有草場，一條蜿蜒如帶的河繞它流過。這是一個美麗的地方，叫人賞心悅目，具有典型的英國田園風光，在夏日的陽光下顯得那麼柔和。

在這條路上，愛瑪和韋斯頓先生發現唯有他們離了群。她向路的盡頭望去，突然看到奈特利先生和哈莉特一起不聲不響地走在最前面。奈特利先生與哈莉特！這是一對奇怪的伙伴，但她看到心裡卻很高興。過去，他不願與她在一起，不屑理睬她，現在他們正談得投機。過去愛瑪也最怕哈莉特看上艾比．米爾莊園，現在她已不擔心了。那富饒的牧場，自由自在的羊群，萬花齊放的果園❶，裊裊上升的炊煙，那生機勃勃而美麗的一切，都可讓哈莉特盡情欣賞。走到牆邊她趕

❶ 第二十七章曾交代唐韋爾．艾比的蘋果遐邇聞名，本章所說的果園就是蘋果園了，而蘋果開花不在七月，所以奧斯汀在此處有誤。《愛瑪》一書出版後，珍．奧斯汀的兄弟愛德華．奧斯汀即對她說：「珍，你說說吧，你書中的那些蘋果樹！怎麼會在七月開起花來？」

上了他們，發現他們正談得起勁，並沒有在欣賞景色。他在給哈莉特講一年四季的農作物，見到愛瑪微微一笑，彷彿是說：「我只是在談我關心的事，這些事情我完全可以談，別以為是在為羅伯特．馬丁牽線搭橋。」她並未懷疑他，那件事已成為歷史了。也許，羅伯特．馬丁的心裡已不再想著哈莉特。他們一道又沿著路走了一會。樹蔭下是個舒服地，愛瑪方覺得一天中玩得最痛快的是在這裡。

接著該回屋裡去了，都得進去吃飯。所有的人已經就座吃了起來，法蘭克．邱吉爾仍沒有來。韋斯頓太太越等越失望。他父親顯得滿不在乎，笑她心神不定，但是她仍擔心，唯恐他的黑母馬會遇到意外。他原先說得十二分肯定，說：「我舅媽已顯著好轉，估計必能赴會。」然而，許多人告訴她，邱吉爾太太身體不佳，隨時都會發生病變，法蘭克來不了很有可能。韋斯頓太太左思右想相信了這些人的話，認為是邱吉爾太太發了病，他離不開。他們說話時愛瑪注意地看著哈莉特，只見她神態自若，沒有反常的表情。

一頓冷食吃過後，客人們又到外面看艾比歷史悠久的養魚池，那裡還未曾去過。說不定還要看看準備第二天收割的三葉草。反正，要走得冒汗，然後乘乘涼。伍德豪斯先生不想再動，他在果園地勢最高的地方已走過幾步，那裡離河遠，連他也認為沒有濕氣。他女兒執意要陪他，韋斯頓先生便乘機拉著他太太出去散心了，她正悶得發慌。

奈特利先生想了許多辦法給伍德豪斯先生消遣，把畫冊、紀念章、珊瑚、有雕刻和無雕刻的貝殼，以及其他家珍全數搬了出來，讓老朋友欣賞，打發時間。他的好心沒有白費，伍德豪斯先生玩得格外快活。這些東西原是由韋斯頓太太一件件拿給他看的，現在他準備一件件拿給愛瑪看。好在他只是不知道他看到的東西好在哪裡，別的倒不像個娃娃，動作不慌不忙，有條不紊。他正要進行第二次欣賞時，愛瑪走進了客廳，想仔細看看房子的大門和平面圖。剛到那裡，只見簡．費爾法克斯從果園闖了進來，神色慌張。她沒料到一進門會遇上伍德豪斯小姐，吃了一驚，但她要找的也正是伍德豪斯小姐。

「請幫幫忙！」她說。「如果有人問，就說我回家了。我這就走。我姨媽不知道現在天色是多麼晚了，我們在外面玩得太久了。外婆一定在等著，我非立刻回家不可。這事我對誰也沒說，說了就別想走了。有人去養魚池了，有人去菩提樹那邊了，要等他們回來才會想起我，到時候請你說一聲我已經走了，好嗎？」

「你放心好了，只是你一個人能回海伯里嗎？」

「能！還怕什麼？我腳程快，二十分鐘可以到家。」

「但路太遠了，一個人走會更吃力，叫我父親的佣人送你回去。我來叫馬車，過五分鐘就可以走。」

「謝謝你，謝謝你，你千萬別叫車，我寧可走去。我不怕一個人走！過不多久我就要去照顧、伺候別人了。」

她說得激動起來，愛瑪無限同情地答道：「那也用不著現在做冒險事。我得叫馬車。別的不說，天熱你就受不了。你已經累了。」

「對，我已經累了，」她說，「但這點累不用加，一快走就有精神了。伍德豪斯小姐，怕就怕心煩，那滋味誰也嘗過幾次。老實說，我現在太心煩了。你真願幫忙就別管我，有人問起時，只需說一聲我回家了。」

愛瑪不再堅持。她心裡很明白，非常同情，催她快走，還像熱心朋友般目送了一程。臨走時，簡的眼裡流露出感激的神情，說：「唉，伍德豪斯小姐，有時候能夠自己清靜一會兒是多麼令人舒服呀！」這句話聽起來像發自一顆抑鬱的心，足見她長時間受的煎熬，甚至在那些最疼愛她的人身邊，她也沒有快樂過。

「少見的家！少見的姨媽！」愛瑪回客廳時想道。「我的確同情你。你被人弄得心煩理所當然，你越不掩飾自己的感情，我越喜歡你。」

簡走了才一刻鐘，伍德豪斯先生父女倆剛欣賞了威尼斯聖馬可教堂的幾幅畫，法蘭克．邱吉爾便走了進來。愛瑪沒在想他，忘了想他，但見到他仍很高興。韋斯頓太太不用再著急了。他的黑母馬沒有過錯，那些推測邱吉爾太太病變的人猜對了。她的病情突然加重，是神經系統有故障，鬧了幾個小時，使他耽誤了。他本不打算來了。他說，如果早知騎馬太熱，趕得那樣急，卻到得這樣晚，他就不會來了。天熱得厲害，他從未吃過這樣的苦頭，悔不該沒坐在家裡。他最怕的是熱，冷倒不在乎，熱叫他受不了。他坐了下來，遠遠離著伍德豪斯先生火爐裡的餘燼，一副可憐相。

「你靜坐一會就涼快了。」愛瑪說。

「等涼快了我又得回去。我本沒有空閑，卻又非叫我來不可！你們大家要散伙回來了。半路上我碰到一幫遊客，不顧大熱天氣遊逛，瘋狂——完全是瘋狂！」

愛瑪聽著、看著，發覺法蘭克．邱吉爾已經在發火了。有的人天熱就煩躁，他也許是這種氣質。她聽說飯和酒常能壓下這些人突然發作的火氣，勸他去吃一點，說餐廳裡什麼都有，還特地指給他看了餐廳的門。

「不用了，我不能吃。我不餓，吃了更熱。」然而過一會他心靜了些，說想喝針樅啤酒，走了出去。愛瑪又侍奉起她父親來，心想：「幸好我沒有再愛他，連天熱都要發脾氣的人我不應喜愛。哈莉特性格溫和，不會在意。」

他去了很長時間，飽吃了一頓，回來時好多了，已不再感到熱，又恢復了平常溫文爾雅的模樣，把椅子挪到伍德豪斯先生父女身邊，與他們一起欣賞那畫冊，還彬彬有禮地說不該來晚了。雖然不算高興，但他的情緒在好轉，終於又談起天來。他們一道看著瑞士風景畫。「等舅母病一好我就到國外去，」他說。「這些地方不親眼看看不夠意思。以後，你也許會看到我的寫生畫，讀到我的遊記或者詩歌。我要試試我的本領。」

「試試本領倒可以，但到瑞士畫寫生畫你就別想了。瑞士去不了，你舅舅舅媽決不會讓你離開英國。」

「說不定他們也要去。醫生可能叫她去氣候溫暖的地方。我估計一道去國外的希望很大，你應該相信我的估計。今天上午我越想越覺得事不宜遲。我應該旅行，無所事事會悶得發慌，想換個環境。我是當真的，伍德豪斯小姐，你別瞪著眼，不相信人。對英國我已經厭倦了，恨不得明天就離開。」

「你是太幸運、太舒服了！難道你不能找點苦差事做一做，安安心心留下來？」

「我太幸運、太舒服了！你想錯了。我認為我既不曾幸運，也沒有舒服。實際上我沒一件事稱心如意，並不是一個幸運兒。」

「你進來時一副可憐相，現在好多了。再去吃點，喝點，就會沒事了。吃一片冷肉，喝口淡白葡萄酒，你的情緒正常了。」

「不，我不願動，就坐在你身邊好了，只有你才能使我的心情好起來。」

「我們明天去博克斯山，你也去吧。那兒雖不是瑞士，但對一個想換環境的年輕人有好處。你別走了，與我們一道去好嗎？」

「不行，我晚上要趁天涼回去。」

「明天早上你可以趁天涼時再來。」

「那用不著。即使來了，我也會生氣。」

「那你就待在里奇蒙好了。」

「那更不成。你們都去就缺少我那可受不了。」

「反正是左右為難，隨你的便吧。有好氣沒好氣全在於你自己，我不再勉強你了。」

這時其餘的人陸續進來了，不一會就已一個不缺。有的人看到法蘭克．邱吉爾很高興，有的人卻無所謂，但聽說費爾法克斯小姐回家了，大家都又惋惜又擔心。可是已到了該走的時候，這件事沒人再多說。第二天怎樣遊玩只略說了幾句，接著客人們便分道揚鑣了。法蘭克原來不很想去，這時卻又想去了，最後他對愛瑪說：

「好吧，如果你叫我別走，留下來明天一道去參加聚會，我就聽你的。」

她笑了笑，表示接受。除非里奇蒙有人來催，他在第二天天黑前說什麼也不走了。

第四十三章

第二天，天氣晴朗，正好去博克斯山，加上人人準備充分而守時，準可以玩個痛快。韋斯頓先生成功地奔走於哈特菲爾德與牧師府邸之間，出了大力。所有的人都按時趕到。愛瑪與哈莉特共乘一輛車，貝絲小姐和外甥女與艾爾頓夫婦共乘一輛車，幾個男的騎馬。韋斯頓太太陪著伍德豪斯先生在家裡。一切不用發愁，到了那裡就可玩個痛快。路上七英里大家興致勃勃，剛到目的地時也歡歡喜喜，可是後來這一天並不能叫人滿意，一直是在沉悶、冷漠和隔閡中度過的。幾個人東零西散地走著，艾爾頓夫婦倆在一道，奈特利先生照料著貝絲小姐和簡，愛瑪、哈莉特與法蘭克成了一夥，韋斯頓先生想把所有的人捏在一起，可是徒勞。開始這種情況似乎出於偶然，然而後來一直未變。艾爾頓夫婦倒十分隨和，沒有故意拆台，可是其他幾位大爲不同，無論是看風景，還是吃點心，或者聽韋斯頓先生說笑，都各走一方，就這樣在山上消磨了整整兩小時。

首先感到乏味的是愛瑪。她第一次發現法蘭克．邱吉爾癡癡呆呆，說話枯燥無味，聽話心不在焉，而且視而不見，無心欣賞美景。只因爲他無精打采，自然哈莉特也無精打采，這樣一來愛瑪就難受了。

直到所有的人坐下後才出現了轉機，出現了對愛瑪大爲有利的轉機。法蘭克．邱吉爾話多了，情緒高了，首先與她親熱起來。他對她曲意逢迎，心裡想的似乎只有一件事：使她高興，逗她喜愛。愛瑪正悶得慌；任他吹捧，快樂而坦然地給了他友好的鼓勵，使他更加膽壯，更加放縱。在相識後的開初一段時間，她與他就是打得這樣火熱，現在她自認爲對他無心，可是在旁觀者來看，他們的所作所爲只能用兩個字形容：調情。

「法蘭克．邱吉爾先生和伍德豪斯小姐肆無忌憚地調情」的閑話就是從此傳開的，有人寫信到了梅普格羅夫，有人寫信到了愛爾蘭。其實，愛瑪不是高興得得意忘形，恰好相反，她覺得很不痛快。她想用笑聲掩蓋她的失望；她喜愛和看重他的殷勤，無論這種殷勤是出於友誼、愛慕或者逢場作戲，但是，他再不能贏得她的一顆心，她只想與他做朋友。

「多虧你今天讓我來，」他說。「如果不是你說起，就錯過了今天的幸會。我本來已打定主意要回去了。」

「當時你心情不好，什麼原因我說不上，大概是晚到一步，最好的草莓讓人摘光了。我對你不該那麼心軟。好在你非常謙遜，竭力求我作主。」

「我不是心情不好，是累了，熱得太難受！」

「今天更燠熱啊。」

「我感覺不到，今天我非常舒服。」

「你舒服，是因爲你的事有了主張。」

「你的主張嗎？沒錯。」

「我早知道你會這樣說，但我的意思是你自己的主張。昨天你不太冷靜，不知怎樣辦好，但今天你冷靜了下來。我不能一直跟你在一起，你的事應自己拿定主意，別指望我。」

「反正是一回事。如果精神失去寄託，我就沒有了主張。無論你說不說話，都是我的主宰。你能永遠與我在一起，你一直與我在一起。」

「從昨天三點才開始。我能左右你就是從這個時間開始算起的，要不然，在那以前你就不會生悶氣了。」

「昨天三點？那是你說的時間，我第一次見到你是在今年二月。」

「你這樣會討好，眞叫人沒辦法。」她放低了聲音。「除了我們倆，誰也沒說話。我們高談闊論，讓七個不吭聲的人看熱鬧不値得。」

「我沒有說見不得人的話，」他大大方方答道。「我第一次見到你是今年二月。山上的每個人都能聽到我的話更好。我還要大喊大叫，讓住在山腳兩邊的人也聽到。我第一次見到你是在今年二月。」然後，他低聲說；「我們的同伴是一群傻瓜，有什麼辦法使他們開竅呢？不怕他們亂說一氣，就怕他們不說——女士們，先生們，我傳伍德豪斯小姐之命——她走到哪兒就是哪兒的主宰——她想知道諸位腦子裡在想什麼。」

有人笑了，說了些湊趣的話。貝絲小姐的嘴滔滔不絕，艾爾頓太太聽說伍德豪斯小姐成了主宰者大不服氣，只有奈特利先生的回答値得一提。

「我們腦子裡在想什麼伍德豪斯小姐眞要聽嗎？」

「哦，不，不！」愛瑪坦然笑著，叫道。「沒那回事。現在眞叫我受不了啦！別的事聽聽可以，諸位腦子裡想什麼我不敢過問。例外也有，也許是一、兩位。」她瞟了韋斯頓先生和哈莉特一眼。「他們在想什麼我聽聽倒沒關係。」

「這種事我可不敢過問，」艾爾頓太太用力嚷道。「雖然今天只能算得上是陪客……我從來沒入過誰的伙……遊玩的時候……年輕姑娘……結了婚的女人……」

她那些嘰哩咕嚕的話主要是說給她丈夫聽的，他也嘰哩咕嚕地答道：

「千眞萬確，親愛的，千眞萬確。完全是這樣，從沒聽到過，不過有的女人什麼牛都敢吹。就當是鬧著玩吧，誰都知道你的身價。」

「可不行，他們大都不肯服氣，」法蘭克對愛瑪輕聲說道。「我再給他們一點厲害看看。女士們，先生們，傳達伍德豪斯小姐之命：她保留打聽你們腦子裡在想什麼的權利，只要求每個人說一段有趣的話。一共七個人，我除外，我說的她已聽過了，很高興。精彩的只要一段，念詩也好，散文也好，創作也好，背誦也好。次一等的要兩段，沒味道的罰三段。聽完了她要大笑一場。」

「那好呀！」貝絲小姐叫道。「我不用發愁了。『沒味道的罰三段』，我只好認罰了。我先來三段沒味道的，好嗎？」她滿有信心地看了每個人一眼，只當大家都會叫好。「你們說行嗎？」

愛瑪忍不住了，說道：「哦，小姐，那可有點難。對不起，你不能沒完沒了，一次只准說三句。」

貝絲小姐先被她假惺惺的客氣模樣蒙住了，一時未明白眞意，後來恍然大悟，雖沒有動氣，臉卻紅了，心裡顯然很難受。

「噢，得了吧！我知道她的意思。」她轉身對奈特利先生說。「我把嘴縫起來好了。一定是誰都討厭我，要不然，她不會對老朋友說出這種話來。」

「這辦法好，贊成！贊成！我來一個。」韋斯頓先生大聲說。「我編個謎。謎語也算吧？」

「不夠味，那太不夠味，爸爸，」他兒子答道。「不過誰起頭都可以優待。」

「也行，也行，」愛瑪說，「猜謎也夠味。韋斯頓先生出一個謎就沒事了，誰猜出也沒事了。說吧，我愛聽。」

「精彩不精彩就很難說了，」韋斯頓先生說道。「我說的事近在眼前，聽著！字母表裡哪兩個字母表示『完美』？」

「哪兩個字母——表示『完美』？那我不知道。」

「哼，你當然猜不出。」他對愛瑪說：「我知道你猜不出，還是我說了吧。M和A，拼讀起來，就是Em——ma❶。明白了吧？」

她明白後感到很高興。這個謎語並不高明，可是愛瑪聽了覺得有趣，十分欣賞，法蘭克和哈莉特也一樣。其他人的反應各有不同，有的人莫名其妙，而奈特利先生卻板著面孔說：「這樣高明的謎語不多見，韋斯頓先生自己露了一手，卻成了壓軸戲，『完美』不應來得這樣快呀。」

「哦，別怪我說話太直率，」艾爾頓太太說。「這種謎語我不願猜，不喜歡。有人用我的名字的字母拆開寫成一首詩送我，其實我看不上眼。我知道是誰亂編的。一個討好賣乖的傢伙！你知道我是說誰。」她朝丈夫點點頭。「猜字謎只能在聖誕節那天，大家圍在火爐邊坐著的時候，

❶ Emma是「愛瑪」的英文原名。

現在夏天，遊山玩水，顯得不倫不類。伍德豪斯小姐，你別見怪。見人就捧場的事我可幹不來，只好承認沒這本領。我也是愛說愛笑的人，但什麼時候該開口說話，什麼時候該閉著嘴得有我的自由。邱吉爾先生，你就放了我們。放過艾先生、奈特利、簡和我吧。我們說不出俏皮話，沒一個人會說。」

「對，對，你放過我吧，」她丈夫帶著不屑的口氣幫腔了。「我說不來使伍德豪斯小姐或哪位年輕姑娘開心的話。結婚這麼久，什麼也做不來了。我們去走走吧，奧古斯塔！」

「我也正想。老在一個地方，什麼味道也沒有。來，簡，這邊一隻手你挽著。」

然而，簡沒有聽從，夫妻倆只好自己走了。「幸福的一對！」法蘭克．邱吉爾等他們走遠了後說。「兩人太相配了，完全是巧合，他們在遊玩的地方認識的，居然結婚了！在巴斯他們相識大概才幾個星期。碰得特別巧！在巴斯這樣一類遊玩的地方要真正了解一個人的性格很難，根本不可能，要說了解完全是句空話。真正了解一個女人得在她自己家裡，或者當她與別的女人在一起時。要不然，得靠猜，靠碰運氣，往往命運又捉弄人。多少男人一見傾心而悔恨終身啊！」

費爾法克斯小姐除了在自己的貼心朋友中，平常很少開口，這時卻說話了。

「當然有過這種事。」這時她咳了一聲，沒能說下去。

法蘭克．邱吉爾轉過身想聽她要說什麼。

「原來是你！」他一本正經地說。簡的嗓門又恢復了正常。

「我本來要說的是，遇到這種倒楣事的男男女女都有，但我想並不算多。別看結婚匆忙草率，以後時間長了就有感情。開始一見鍾情以後又一輩子後悔和痛苦的人，說起來只是那些意志薄弱、三心二意的人，他們的幸福全靠命運。」

他沒有答話，只望著她鞠了一躬，表示贊同，但接著又用俏皮的語調說：

「可是，我幾乎不敢相信自己的眼睛，如果眞要結婚，得請一個人爲我選妻子。你願意嗎？」他轉身問愛瑪。「你願爲我挑選妻子嗎？只要是你中意的人，我一定喜愛。你自己也知道，你最懂得成人之美。」他笑著看看他父親。「你替我選一個吧。我不急不忙。由你收留她，教育她。」

「把她變成我這樣的人。」

「能這樣更好。」

「說定了，這事包在我身上，你一定能娶到個稱心如意的妻子。」

「她應該性格活潑，有一雙淡褐色的眼睛。別的我不在乎。我到國外遊玩幾年，一回來就向你要個妻子，記住。」

愛瑪不會忘記的，這件事正洽她的心意。他的話不是應驗在哈莉特身上嗎？除了一雙淡褐色眼睛，再過兩年她就能變成符合他理想的人。也許他當時心中想的正是哈莉特，難道不可能嗎？說教育她似乎就是一個暗示。

「姨媽，我們到艾爾頓太太那兒去好嗎？」簡問她姨媽道。

「親愛的，要去就去吧，我也正想著。我這就走。本來我就打算跟她一道，現在去也成。我們很快能趕上她。她在那兒——喲，不是她。是一位坐愛爾蘭車的小姐，一點不像她。噢，我敢說……」

她們走了，奈特利先生也跟著走了，剩下的只有韋斯頓先生和他兒子、愛瑪以及哈莉特，法蘭克・邱吉爾大爲掃興。甚至愛瑪也無心再聽奉承話，再說笑了，倒想有人陪著她安靜地散步，或者獨自坐著，誰也不理睬，靜心欣賞眼前的景色。她好不容易看到佣人過來問要不要備車，甚至那副收拾行頭準備趕路的忙碌景象和艾爾頓太太搶著叫自己的馬車領先的急匆匆模樣她見了都沒介意，只覺得回家在望，坐在馬車可以安享太平，該快樂而無快樂的這一天眼見要結束了。與一大群不稱心伙伴的遊玩她下次再也不敢領教了。

在等馬車的時候，奈特利先生悄悄站到了她身邊。他向四周掃了一眼，似乎要看看近邊有沒有人，然後說：「愛瑪，我過去對你談過，現在仍然要談，你愛聽也好，不愛聽也好，我總得說說。你做了錯事，我不能眼見著不聞不問。你怎能完全不顧貝絲小姐的情面呢？你是聰明人。怎能就憑這一點，嘲笑一個年紀比你大、家境比你差、頭腦不如你靈活的人呢？我眞沒料到，愛瑪。」

愛瑪想了想，臉紅發燒，心中有愧，想一笑了之。

「得了吧，我是脫口而出，換了別人也一樣。沒什麼大不了的事，她沒聽懂我的話。」

「她完全懂，你的意思她很明白。後來她談起了這件事。她的話你聽聽有益，又坦率又有氣量。她說她是個令人討厭的人，你和你爸爸卻一直熱情相待，這種涵養難能可貴。這樣的話可惜你沒有親耳聽到。」

「哼，我知道世界上沒比她更好的人！」愛瑪大聲說。「可是你也得承認，她品德好，但性格可笑。」

「我承認是兼而有之，」他說。「如果她富裕、幸運，我會多注意她可笑的性格，少看重她的好品德；如果她是一個有錢人，我會聽任她鬧笑話，不致計較你的態度隨便；如果她與你家境相同——愛瑪，你想想，這是一種離現實多遠的假設。她是個可憐人，出生時家道寬裕，現在一落千丈，到了老年，也許更會潦倒。她的處境應使你產生同情。你大錯特錯了！她看著你生，看著你長，那時候她喜歡你還算是你的光彩，可是現在你為了圖自己的痛快，出於一時的意氣，卻嘲笑她，掃她的臉面，而且是當著她的外甥女和別人的面，其中許多人，至少是有些人，看你怎樣對待她也會跟著怎樣對待她。愛瑪，這些話你不高興聽，我也不高興說，但是非說不可。對你我應直言相告，只有以誠相見才算是眞朋友；我相信，如果現在你不了解我的心意，以後總有一天會了解。」

他們邊談邊往馬車邊走，馬車已準備好。她還有話再說，可是讓他扶上了車。她的臉偏到一邊，嘴緊閉著，內心的想法其實被他誤解了。她懊惱、悔恨、難過。她已說不出話來，進了馬車便往後一靠，靜靜地坐了一會，才想起剛才不該沒有告別，沒有道謝，完全是一副不高興的神態，便趕忙探出頭，伸出手，大聲叫著，想補救一番，但為時已晚。他轉身走了，馬車也已起步。她不斷回頭望，可是沒有用。馬車的速度似乎異乎尋常地快，轉眼下到了半山腰，把一切遠遠摔到了後邊。她的苦惱無法形容，甚至無法掩飾。有生以來她從未如此激動、懊惱和傷心。她被擊中了要害。無可否認，他言之有理，她心悅誠服。她怎能對貝絲小姐如此粗暴無禮呢？怎麼能在她最看得起的人面前做出蠢事呢？而且，她沒有一句表示感激、贊同或者禮節性的話，他將作何感想？

時間定不下她的一顆心。她越想越難受，這種滋味從來沒有嘗過。幸好，她不用說話，身邊只有哈莉特一人，她同樣無精打采，一副倦態，懶得吭聲。一路上愛瑪感到淚水在往下流，儘管這件事有點奇怪，但她卻並沒去抑制淚水。

第四十四章

博克斯山之行的可憐情景整夜在愛瑪的腦際縈回。其他人感想如何她不得而知。他們也許各自在家裡，各有各的感觸，正進行著愉快的回憶。反正她覺得，她虛度了一個上午時光，該快樂而無快樂，徒然招來了從未有過的煩惱。整個晚上她都與父親下四六棋，比起上午來，這個夜晚倒過得好得多。在二十四小時中最寶貴的一段時間裡，她在侍奉父親，這就很值得。她覺得，無論她怎樣不值得他眞心實意地疼和愛，也不會犯下大不了的過錯，要受到別人的嚴詞訓斥。她希望自己是一個有良心的女兒，希望沒有人會對她說：「你怎能全不顧自己父親的情面！對你我應直言相告。」貝絲小姐再不會……眞的，再不會了！如果未來的殷勤能彌補以往的過失，也許她還有希望得到寬恕。反躬自問，她知道自己常有失禮，這也許更多地表現在思想上而不是行爲上，她太瞧不起人，自高自大。她要痛改前非。她是眞誠悔過，打算第二天就去登門拜訪她，而且從此後常來常往，平等相待，多加體貼。

果然，第二天上午，她早早出門，以免被其他事耽誤。她心想，也許半路上能遇到奈特利先生，或者，到貝絲小姐家後他也會來。她並不在乎，懺悔不是丟人的事，更何況她的懺悔是應該的，誠心的。她邊走邊眼望著去唐韋爾的方向，只是沒見到他。

以往，當她聽佣人說「太太小姐都在家」時，總是不以爲意；踏進門廊或上樓時，她無心給人帶來快樂，因為只有萬不得已她才會來一趟；也不指望得到快樂，因為這一家除了讓人看看笑話別無趣味。然而，這一次她的感覺迥然不同。

她走進貝絲小姐家時發現了一片忙碌景象，有人在走著，大聲說話。她分辨出了貝絲小姐的聲音，好像是有了急事；女佣人神色緊張而為難，先叫她等了等，然後很快就把她領了進去。姨甥倆似乎是正在往另一間房躲藏。她清清楚楚瞥見了簡，只見她面帶病容；又聽到貝絲小姐說：「噢，親愛的，我就說你在床上躺著，你的身體也是真的不好。」接著門關了。年邁、可憐的貝絲太太依舊謙恭有禮，看來她並不明白眼前發生的事。

「只怕是簡身體不好，但我也不知道怎麼回事，」她說。「她們告訴我她還好。伍德豪斯小姐，我女兒馬上就來。你自己找張椅子坐吧。要是帕蒂在就好。我已經不中用了。小姐，找到椅子了吧？你坐的地方好不好？她馬上會來的。」

愛瑪很想她來。她就擔心貝絲小姐有意回避。可是不一會貝絲小姐就來了，嘴上說「很高興，很感謝」，但愛瑪能聽出來，過去那種熱情的聲調沒有了，連動作和表情也不夠自然。愛瑪親切地問起費爾法克斯小姐，想藉此與她言歸於好。果然，這一著見效。

「哦，伍德豪斯小姐，你太好心了！我想你已聽說，是向我們來道喜的。說來這也不是什麼喜事。」兩滴眼淚眼見要掉下來。「她在家裡住了這麼久，我們捨不得她。今天上午她一直在寫信，剛剛頭痛得厲害。是給坎培爾上校和狄克遜太太寫的，信很長很長。於是我說：『親愛的，你會把眼睛弄瞎的。』她兩眼一直含著淚；要到另一個天地去，這也難怪，也難怪。運氣再好不過，這樣的人家初出家門的年輕姑娘恐怕是難找著的。伍德豪斯小姐，你別怪有這樣想不到的好運氣我們不知足。」她又忍住兩滴淚。「唉，可憐的人！頭痛成那樣，誰看了都不忍心。你知道，要是身體不舒服，有了喜事也高興不起來。她一點精神也沒有。雖說是找到了一戶好人家，誰看到她都知道她心情好不了。她沒出來，請你多包涵。她不能來，回自己房裡去了。我勸她在床上躺著。『親愛的，』我說，『我就說你在床上躺著。』她不依，要在房間裡走來走去。她說，信寫完了她馬上會好起來的。沒有見到你她心裡很抱歉，伍德豪斯小姐。不過，你是好心人，會原諒她。在門口讓你久等了，很對不起。剛才正忙著，我們沒有聽到你敲門，直到你上樓我們才知來了客人。『一定是科爾太太，』我說。『準是，別的人沒這麼早。』『得了吧，』她說，『遲早會有這一天，現在更痛快。』這時帕蒂進來了，說是你來了。『喲，』我說，『是伍德豪斯小姐，你一定想見她。』『我現在誰也不能見。』她說著起身就走了。所以我們讓你久等了。很對不起，我們眞不好意思。『親愛的，你要去就去吧，』我說，『我就說你在床上起不來。』」

愛瑪聽得入了神。她的心裡對簡早沒有了惡感，現在聽到她竟這般痛苦，過去的成見煙消雲散，剩下的唯有同情了。想起往日的猜疑和冷淡，她只得承認，簡理所當然地願見科爾太太或者其他一貫要好的朋友，不願見她。她又惋惜又關切，說的全是眞心話，懇切表示，希望費爾法克斯小姐在貝絲小姐的這家已選定的人家裡，能過得稱心如意。

「我們大家都會捨不得她。我以爲這事拖到坎培爾上校回來。」

「謝謝你！」貝絲小姐答道。「你總是很體貼人。」

這個「總是」是言過其實，愛瑪怕她再說過分的感激話，直截了當問道：

「費爾法克斯小姐要去哪兒呢？」

「斯莫爾里奇太太家。那可是個難得的女人，再好也沒有了。看管三個小女孩，個個可愛。這種舒服人家打著燈籠也難找。能比的也許只有薩克林太太家和布雷格太太家，但斯莫爾里奇太太與兩家都要好，又相隔很近，離梅普格羅夫只有四英里。簡以後離梅普格羅夫只有四英里。」

「費爾法克斯小姐是艾爾頓太太幫的忙嗎？」

「對，是我們的好艾爾頓太太，這位朋友最肯幫忙、最可靠。她沒讓這機會錯過。還是她幫簡拿定的主意。簡開始聽說時，也就是前天上午我們在唐韋爾時，簡怎樣也不答應，原因是你剛才說過的。你的話對極了，她橫下一條心等坎培爾上校回來，再好的地方現在也不答應去，這話她對艾爾頓太太說了又說，我心想她的主意沒指望變了。還是好心的艾爾頓太太有主見，比我看得遠。如果換了別人，好事不會做到頭，簡怎麼說就怎麼辦。簡叫她寫信回絕，她昨天怎樣也不肯，就等待著。到了晚上，簡終於決定要去。我也吃了一驚！根本想不到！簡把艾爾頓太太拉到一邊，二話沒說就告訴她，想到斯莫爾里奇爲大家有那麼好，她打定了主意要去。直到事情定了我才知道。」

「你們晚上在艾爾頓太太那兒？」

「我們都在，艾爾頓太太叫我們一定去，在博克斯山就說好了。我們與奈特利先生在一起遊山，她說：『你們幾位今天晚上一定要到我家來，我要你們都來！』」

「奈特利先生也去了嗎？」

「不，奈特利先生沒有去，他一開始就沒有答應。艾爾頓太太說不會放過他，我以爲他會去，可是沒有。我媽、簡和我都在，高高興興玩了一夜。伍德豪斯小姐，你知道，與好心的朋友在一起誰都暢快，雖說玩了一上午大家都覺得比較累。遊玩也可以累倒人。我不敢說人人都對這次遊玩感到滿意，可是我覺得很高興，朋友們一片好心邀我去，我感激不盡。」

「你也許沒有看出來，費爾法克斯小姐該猶豫了一天吧？」

「那一定的。」

「無論什麼時候去，她和朋友們都會難過的。但願那家人家處處好，特別是性格好，爲人好。」

「謝謝你了，親愛的伍德豪斯小姐。簡去那兒很有些福分。艾爾頓太太認識的人中要數她家的育兒房最大最講究，能比的只有薩克林和布雷格太太家。斯莫爾里奇太太是個最厚道的人！生活過得與梅普格羅夫不相上下。至於幾個孩子，除了薩克林家和布雷格家的，文雅可愛沒人比得上。人家對簡會關懷體貼。肯定是享福，過得無憂無慮。她的薪金——伍德豪斯小姐，她的薪金我不敢隨便對你說。大筆大筆的錢你雖然見慣了，恐怕也難相信像簡這樣的年輕小姐會掙得那麼多。」

愛瑪大聲說：「哦，如果別人家的孩子也像我小時候那麼難服侍，把我聽到的最高薪金加五倍給簡也値得。」

「你想的眞不錯！」

「費爾法克斯小姐什麼時候啓程？」

「快了，快了，這最叫人難過。還有兩個星期。斯莫爾里奇太太催得很緊。我可憐的媽媽不知有多難受。所以，我叫她盡量別想，說：『算了吧，媽，我們別再想這件事了。』」

「朋友們都捨不得讓她走。她沒等上校和坎培爾太太回來就找好了人家，他們不會難過嗎？」

「是這樣，簡說他們一定會難過的，只是那家人家好，謝絕了她覺得可惜。她把向艾爾頓太太說的話告訴我時，我大吃了一驚，艾爾頓太太卻過來向我道喜！那是在喝茶前——等一等——不對，不會是喝茶前，當時我們正要打牌——還是喝茶前，我記得在想——哎呀，對，我想起來了，是這樣：喝茶前發生了一件事，可不是那一件。喝茶前艾爾頓先生被人請了出去，是老約翰·阿布迪的兒子有話想對他說。可憐的老約翰，我心裡老惦著他。他給我爸爸當了二十七年秘書，現在老人癱瘓了，得的是嚴重的風濕性關節痛。今天我得去看看他。簡如果能出門，她也會去的。約翰的兒子來向艾爾頓先生求情，想請教區救濟。他大概是在克朗旅社當領班或者馬夫什麼的，自己的日子滿可以過得去，但再養活父親就爲難了。艾爾頓先生轉身進來後，把馬夫約翰說的話全都告訴了我們。據說里奇蒙派了馬車到蘭德爾斯，把法蘭克·邱吉爾接了回去。這是吃飯前發生的事。簡與艾爾頓太太談話是在喝茶以後的事。」

愛瑪想說這件事她還全然不知道，可是貝絲小姐沒讓她插上嘴。這也可以理解，她自以爲法蘭克·邱吉爾先生回去的細節她一清二楚，當然要說個痛快。

這件事是艾爾頓先生聽馬夫說的，而馬夫除了親眼看到馬車，還有從蘭德爾斯的佣人那裡來的消息。遊博克斯山的人回家以後，里奇蒙派了一個人帶信來，但這也不算意外的事。邱吉爾先生給外甥寫了一封短信，說邱吉爾太太病勢平穩，但希望他最遲第二天清早要趕回。法蘭克·邱吉爾先生執意要馬上走，不肯等到第二天，但他的馬好像受了點涼，便立刻派了湯姆去克朗旅社叫馬車。馬夫約翰站在旅社門口，看到馬車過去，據說馬車走得很快，但相當平穩。

這件事平淡無奇，如果不是剛才談起簡．費爾法克斯，她才懶得想它。邱吉爾太太與簡．費爾法克斯地位的對比使她感慨不已，她們一個能左右一切，一個卻身不由己。她想著女人命運的差異，兩眼發愣，還是貝絲小姐的話使她清醒過來。

「哦，我知道你是在望著什麼出神，一定是鋼琴。那架鋼琴該如何處置呢？簡剛才還在談論呢。『你也得走，』她說。『你我要分離，這兒用不著你了。不過現在別搬，』她說。『擺到堆放東西的房間裡，等坎培爾上校回來。我要問問他，他會有辦法，有了難處他能幫我。』我相信，直到今天，她還不知鋼琴究竟是他送的，還是他女兒送的。」

愛瑪於是也想到了鋼琴。她以前憑空進行過胡亂猜測，自知有愧。過了一會，覺得不可再坐了，又重複了幾句表示一番好意的話，便告辭了。

第四十五章

愛瑪邊往回走邊沉思著，等進了客廳，看到了兩個人，才清醒過來。奈特利先生和哈莉特早來了，父親正陪著他們。奈特利先生立即起身，模樣比以往更嚴肅，說：「我定要見到你才動身，可是又沒有時間多談，說完了就得走。我要去倫敦，在約翰和伊莎貝拉那兒住幾天。除了問好，你還要帶別的信嗎？」

「沒有。你是突然想起的主意嗎？」

「是的，我剛想起來的主意。」他不像往常那樣，愛瑪知道他仍未寬恕她。然而她想，日久見人心，他們會重歸於好的。

他站了起來，好像要走，但沒有走——這時候他父親問話了。

「唔，親愛的，你去那兒一路平安嗎？我那好心的老朋友和她女兒怎樣了？你去一趟他們一定很高興。奈特利先生，愛瑪眞是去看望貝絲太太和貝絲小姐了，我剛才對你說了。她總是關心著他們。」

後面這句過獎的話，使愛瑪的臉發起燒來，她含蓄地一笑，點點頭，看著奈特利先生。他似乎立即對她產生了好感，看出了她的用意，她的一片好心頃刻之間已被他了解並肯定了。他深情地看著她。她滿心喜悅。又過了一會，他對她作出了一個小小的、非同異常的友好表示，使她更高興了。他拉著她的手。究竟是不是她自己先伸出手來的她說不上。也許是她主動。反正他抓住了她的手，抓得緊緊地，很想親吻，可是再一轉念，突然放開了。爲什麼他要猶豫，爲什麼要在最後一刻改變主意，她難以明白。她想，他不放手也許更聰明。他的意圖顯而易見；無論是由於他一向不愛對女人獻殷勤還是由於別的什麼原因使他放開了手，她都覺得這對他來說都是勢在必然的。他一向樸實、莊重。她知道，他起心吻她的手很不容易，說明他們已經完全重歸於好。接著他告辭了，轉眼之間走了。他是個乾脆利落的人，總是要走就走，然而，這一次卻似乎消逝得太突然了。

愛瑪並不懊悔去了貝絲小姐家，只覺得該早回來十分鐘，如果把簡．費爾法克斯找到人家的事告訴奈特利先生，他一定會樂意聽。她也不埋怨他去布倫斯威克廣場，知道他去那裡很受歡迎，但畢竟這一趟不是時候，再說，如果叫人事先盼著，他去了更會使人興奮。然而，他們終於在分手時成了眞正的朋友。她對他臉上的表情、欲吻未吻的舉動不可能會誤解，顯然她重新獲得了他的好感。她後來才知道，他來了已有半小時，可惜的是她晚了一步。

爲了使她父親忘記奈特利先生突然騎馬去倫敦（她知道騎馬的辛苦）帶來的煩惱，愛瑪向他講起了簡。費爾法克斯的事，果然不出所料，這一步很有效果，他聽得出神，但並不傷感。他對簡．費爾法克斯去當家庭教師一事早已有準備，因此談起這事倒很高興，只是仍覺得奈特利先生去倫敦是個意外的打擊。

「親愛的，她找到了一個這樣富足的人家我就放心了。艾爾頓太太心腸極好，又和氣，她認識的人我看也會與她一樣。但願那地方乾燥就好，那家人也應多顧到她的身體。這是最要緊的，當時可憐的泰勒小姐如果不看中這一點，不會一直在我這兒。親愛的，現在她要跟著那位新結識的太太，就像過去泰勒小姐一直跟著我們。我希望她能過到好日子，只是在那地方安下家以後，不要時間長了又想離開。」

第二天，從里奇蒙傳來一個噩耗，壓倒了其他一切消息。一位急使趕到蘭德爾斯，說邱吉爾太太病故。雖然叫回她外甥不是因為她病情惡化，但他到家後她只活了三十六小時。她突然出現前所未有的變故，掙扎一陣後便咽了氣。了不起的邱吉爾太太終於作古了。

這件事引起的感觸可想而知。每個人都表情嚴肅，內心悲痛，懷念死者，關心親屬，到一定的時候打聽她的落葬地點。戈德史密斯❶認為，女人的本性是可愛的，如果行為反常，那就是死亡的前兆，如果遭人厭惡，那也只能用一死來洗清惡名。邱吉爾太太被人嫌棄了至少二十五年，現在卻得到了好評。有一個不白之冤她算是洗清了。以前誰也不相信她身患重病，現在與世長辭，再沒有人說她裝腔作勢、無病呻吟了。

「可憐的邱吉爾太太！她一定吃夠了苦頭，誰也難以想像，是長時間的痛苦敗壞了她的心緒。叫人悲痛！真沒想到！雖說她有不足的一面，可是邱吉爾先生沒有了她怎麼能行呢？邱吉爾先生的損失太慘重，永遠也彌補不了。」甚至韋斯頓先生也搖著頭，表情嚴肅，說：「哎，可憐的女人，誰會料到呢？」他決心隆重悼念一番。他太太坐著不停地嘆息，大聲地清嗓門，表示出自內心的無限悲痛和同情。對於這件事將給法蘭克帶來怎樣的影響，夫妻倆一開始就想過了。愛

❶即《威克菲牧師傳》的作者奧利弗．戈德史密斯。

瑪也早有考慮。邱吉爾太太爲人怎樣和她丈夫如何傷心只在腦子裡一晃而過，她感到可怕，也寄予同情。接著她想到這件事將給法蘭克帶來的變化，他將得到的好處和自由，便轉憂爲喜。立刻，她看到的全是好的一面。現在，如果他對哈莉特·史密斯有意，盡可大膽相愛，沒有了妻子管束，邱吉爾先生不會叫人害怕。他脾氣好，耳朵根軟，外甥說什麼都會依從的。唯一叫她擔心的只是這位外甥究竟已產生了幾分情意？愛瑪雖想助一臂之力，卻對此毫無把握。

這一次哈莉特表現得挺出色，鎮定自若。儘管也許看到了更大的希望，她一點也沒有喜形於色。愛瑪看到她漸趨老成，十分高興，沒有進行任何暗示，以免再擾亂她的心。所以，她們談到邱吉爾太太之死時都沒有說起題外的話。

蘭德爾斯收到法蘭克幾封簡短的信，及時知道了他那邊的近況和打算。邱吉爾先生完全用不著人擔心；到約克郡舉行葬禮後他們首先要去溫澤的一位老朋友家探望，邱吉爾先生這十年來一直說要去拜訪他。眼前哈莉特需人幫忙的事無從著手，她的錦繡前程還只能建築在愛瑪良好的心頭上。

哈莉特的好日子出現了希望，簡·費爾法克斯的好日子卻到了盡頭，因此迫在眉睫的事是關心她，海伯里每一個對她懷有善意的人都該立刻有所表示。愛瑪沒有落在人後。對於過去的冷淡，她感到痛心疾首，一個數月來她不願理睬的人現在獲得了她最大的關切和同情。她想拿出點實際行動，想表示捨不得她，證明自己是一片誠心。她打定主意勸她到哈特菲爾德來玩一天，寫了一封信邀請她。但遭到了拒絕，有人帶來個口信，說：「費爾法克斯小姐身體不好，不能動筆。」那天上午佩里先生到了哈特菲爾德，據他說，她病得不輕，雖然她本人不願意，還是請他上了門。她頭痛劇烈，發高燒，是否能如期去斯莫爾里奇太太家他很懷疑。這一次的病來勢凶猛，胃口全然沒有了，雖然看不出有她家裡人一直擔心的肺病的危險症狀，佩里先生仍很爲她擔憂。他認爲她是受刺激太深，她自己也知道，雖然不承認。她心煩意亂，而現在的這個家活動的天地只有一間房，在他看來，對患心病的人大爲不利，太不理想。她好心的姨媽與他其實有多年的交情，但他也不得不承認，與一個患心病的人在一起不太相宜。她的關心體貼無可置疑，只是太過分了，他擔心反而對費爾法克斯小姐弊多利少。愛瑪悉心聽著，越聽越爲她著急，飛快地動著腦筋，在想幫忙的主意。如果讓她離開那姨媽，換換空氣、環境，不聽囉囉嗦嗦的話，即令是每天一、兩小時，也許會對她有好處。

第二天上午，她又寫了一封情眞意切的信，表示願在簡指定的任何時間坐馬車接她，並聲明佩里先生贊同這樣做，認爲多活動對病人有益。然而，回信只有一句話——

「感謝你昨好意，可惜現在還不能活動。」

愛瑪覺得她的那封信本該得到更好的答覆，但又不便計較；簡寫字時手發抖，顯然有病。她一心想的只是怎樣能見到簡、幫助簡。所以，儘管已收到拒絕的信，她仍舊坐著馬車到了貝絲太太家，希望簡能受到感動，與她一道出去遊玩，但又被擋駕了。貝絲小姐走到車邊，感恩不盡，也認爲呼吸新鮮空氣可能最有益，忙轉身傳達了愛瑪的每句話，可是這一切都徒勞。貝絲小姐算是白跑一趟；簡十分固執，再提要她到外面散心反而會使她病勢加重。愛瑪想去見見簡，試試自己的本領，可是沒有等她提起，貝絲小姐便說明了她已答應外甥女決不讓伍德豪斯小姐進家門。「眞的，簡不見任何人，誰也不能。艾爾頓太太推脫不了，科爾太太難對付，佩里太太的嘴不饒人，除了她們，簡不願見任何人。」

艾爾頓太太、佩里太太、科爾太太是不論什麼地方都要往裡闖的人，愛瑪不想與她們相提並論。她也不想叫人開恩，因此讓步了，只問了貝絲小姐她外甥女的胃口和飲食如何，在這方面她早已有心盡點力。這一問使可憐的貝絲小姐心急了，話也多了。簡幾乎什麼也不吃。佩里先生說該增加營養，但是她覺得一切都淡而無味，能領受的只有鄰居們的一片好意。

愛瑪回家後馬上吩咐管家查看了所有庫房，給貝絲小姐立即送去一些上等葛粉，還附上一封表示友好情意的信。過了半小時，葛粉被退回來，貝絲小姐千恩萬謝，但說：「簡非讓我送回不可，她不能吃葛粉，還一再說什麼也不需要。」

後來愛瑪聽說，就在簡．費爾法克斯藉口病重不能活動，斷然拒絕坐她的馬車出去遊玩的那天下午，有人看到她在海伯里附近的草場散步，再聯想前前後後的許多事，她知道簡是下了決心不領她的情。她感到難過，非常難過。她受了刺激，碰了壁，白費了力氣，弄得更爲狼狽，內心不由得感到苦惱；她明明是一片盛情，別人卻不信她，不把她當朋友，當然使她難堪。要說還有安慰，那就是她的動機良好，問心無愧；如果奈特利先生知道了她這樣多方關心簡．費爾法克斯，甚至能了解她的一片心意，他現在對她該無所指責了。

第四十六章

大約邱吉爾太太病故後的第十天上午，愛瑪被韋斯頓先生請到樓下，他「馬上得走，就想跟她說句話」。他在客廳的門口碰上了她，顧不上問聲好，用小到她父親聽不著的聲音說：「今天你能去趟蘭德爾斯嗎？如可能一定要去一趟。韋斯頓太太找你，她一定要見你啊。」

「她身體不舒服？」

「不，不，根本不是，只是有點心事。她本想坐馬車來找你，但是又只能與你單獨談。你知道——」他朝她父親那邊望望。「嗯，你能去嗎？」

「能。現在走吧。你這樣來找，不去也得去。究竟怎麼回事？她真沒病嗎？」

「我沒說謊，你別再問了，到時候全會知道。一言難盡！噓！噓！」

愛瑪是個聰明人，卻猜不到其中的奧妙。看他的表情，定有要事相告，好在朋友身體如常，她也不心急。對父親她只說要散步，馬上跟著韋斯頓先生出了屋子，快步趕往蘭德爾斯。

走出哈特菲爾德大門一段路後，愛瑪說：「韋斯頓先生，現在你得讓我知道出了什麼事。」

「不，不，」他一本正經說。「你別問。我答應了我太太，所有的話都由她說。她對你說破比我對你說破合適。不用急，愛瑪，過一會你就全知道了。」

「對我說破！」愛瑪吃驚得收住了腳步，叫起來。「天哪！韋斯頓先生，你馬上告訴我吧。

我知道了，是布倫斯威克廣場有意外。說吧，現在就得告訴我，不要企圖掩飾。」

「你完全猜錯了。」

「韋斯頓先生，別和我鬧著玩。你想想，我有多少親人在布倫斯威克廣場！是誰有了不幸？請千萬不要瞞我。」

「聽我說，愛瑪——」

「聽你說！你該發誓！為什麼不發誓擔保與他們無關？天哪！既然那邊的人平安，還有什麼值得說破不說破的？」

「我發誓，沒那種事。」他的表情分外嚴肅。「根本就與奈特利家的任何人無關。」

愛瑪放心了，又往前走。

他又說：「我說錯了，沒有該『說破』的事，這兩個字用得不恰當。實際上，這件事與你無關，只與我有關——但願如此。噢！親愛的愛瑪，總之，你不用急成那樣。可以說是一件不利的事，但也許這樣說遠遠不夠。快走吧，到蘭德爾斯不用多少時間了。」

愛瑪知道只有等待，可是已不心焦了。她不再發問，只是冥思苦想。過了一會，她猜很可能是財產問題，來得突然，對他家裡大為不利，是里奇蒙近來發生的事引起的。她越想越玄。也許，冒出來五、六個私生子，可憐的法蘭克完蛋了！如真這樣，當然不是好事，但於她無損，至多只能引起她的好奇心。

「那位騎馬的是誰？」她問道，一面兩人仍朝前走。她多談話不是為了別的，只是為了使韋斯頓先生能保住心中的秘密。

「我不知道。也許是奧特維家的人，不是法蘭克，我敢肯定不是。你見不到他，現在他正在去溫澤的路上。」

「這麼說他到了你這兒？」

「唔，對！你不知道？哦，哦，別介意。」

他沉默了一會，然後，又說話了，聲音變得又謹慎又認眞。

「是這樣：法蘭克今天上午來過了，只爲看望我們。」

他們步履匆匆，很快到了蘭德爾斯。「好啦，親愛的，」他邊進門邊說，「我把她請來了，你就別再著急了吧。我讓你們單獨談談。拖延沒有好處。我就在附近，行嗎？」愛瑪清楚地聽到他在出房門前輕輕說了一句：「我言而有信，她還一點不知道哩！」

韋斯頓太太氣色不佳，似乎心事重重，這使愛瑪又心焦起來。一等房間裡只剩下她倆，她便問道：「好朋友，怎麼回事？我看得出來，是有了不幸。就對我直說吧。一路上我都被蒙在鼓裡。我們倆有事從不相瞞，別讓我再等。即使是天大的事，你說出來反而暢快。」

「你眞的一點不知道嗎？」韋斯頓太太問道，聲音顫抖著。「親愛的愛瑪，難道你——難道你猜不出要對你說什麼嗎？」

「我猜是與法蘭克·邱吉爾先生有關。」

「猜對了，是與他有關，我這就告訴你。」她做著手裡的活，有意不抬頭。「他就是今天上午來的，爲了一件特別重要的事。我們都吃驚得無法形容。他來告訴他爸爸，說……說他愛上了……」

她停住了。愛瑪開始以為他愛上了自己，後來想到哈莉特。

「其實不僅是愛上了，」韋斯頓太太往下說，「訂婚了——早訂婚了。愛瑪，你知道了該怎麼說？別人知道了該怎麼說？法蘭克．邱吉爾和費爾法克斯小姐訂婚了！他們早已互許終身。」

愛瑪驚得跳了起來，毫無心理準備，叫道：「簡．費爾法克斯！哎呀！你不是當眞吧。是說著玩吧？」

「你吃驚理所當然，」韋斯頓太太回答說，仍不敢正視她，自顧自說著，讓愛瑪能喘過一口氣。「你吃驚理所當然，但這件事千眞萬確。他們是去年十月訂的婚，在韋默斯，對任何人都保守祕密。除了他們自己，沒有一個人知道，坎培爾夫婦，兩家的人全不知道。眞是個奇蹟，雖然這是事實，仍叫人難以置信。我很難相信。我錯看了他。」

這些話愛瑪幾乎沒聽清楚。她在想著兩件事，一是曾與他非議過簡．費爾法克斯，二是哈莉特太可憐了。好一會她只是驚嘆著，如墮五里霧中。

「哎呀呀！」她好不容易定了神，說。「這件事叫我半天也難想出個所以然來。有這樣的事！與她訂婚已整整一年了。兩人不是都還沒來海伯里嗎？」

「十月祕密訂的婚。愛瑪，我對此很不高興，他爸爸也一樣。他的有些行為我們是不能原諒的。」

愛瑪想了一會，答道：「我對你們不能說不了解。請你們放心，你們想錯了，他對我雖然特別殷勤，然而卻並沒有使我動那種感情。」

韋斯頓太太抬起了頭，簡直不敢相信，然而愛瑪不但說得很明白，而且神態自若。

她繼續說：「爲了使你相信我眞的滿不在乎，我對你實說吧：我們開初相識時，我的確喜歡他，甚至快要看上了他——不，該說已經看上了他，奇怪的是後來我變了。然而，幸虧變了。最近一段時間，少說有三個月，我沒再想他。韋斯頓太太，你可以相信我。這全是實話。」

韋斯頓太太吻著她，流出了高興的淚水，後來總算想出了一句話，對愛瑪說，她把她的這番話看得比世界上的一切都寶貴。

「韋斯頓先生也可以與我一樣放心了，」她說。「對這件事我們想錯了。我們出於好心，希望你們能相愛，也相信你們在相愛。我們對你們的一片心意，你一定想像得到。」

「我是沒有事了，這對你們、對我來說都値得慶幸。可是，韋斯頓太太，這卻不等於他的清白無辜。我不得不說，我認爲他有許多過錯。他把心已經交給了人家，在我們當中爲什麼要裝得若無其事呢？他已經屬於一個女人了，爲什麼要千方百計討好另一個女人，盯著她不放呢？難道他不知道這是在捉弄人？不知道會使我愛上她？他大錯特錯了！」

「親愛的愛瑪，從他的有些話我猜想……」

「這種行爲她怎麼會忍受得了呢？像局外人一樣安安穩穩！他當著她的面對另一個女人一而再再而三地獻殷勤，她竟能看下去，一聲不響。這樣的涵養我既無法理解，也不欣賞。」

「我們之間已經有了誤會，愛瑪，他說得很明白，只是來不及細談。他僅在這裡坐了一刻鐘，而且由於心緒不寧，這一刻鐘也沒能充分利用，但他的確說了他們之間已經有了誤會。最近兩人幾乎鬧翻就是這個原因，而誤會的產生很可能是由於他的行爲有失檢點。」

「有失檢點！哼，韋斯頓太太，你太輕描淡寫了！豈止是有失檢點！我看他要被人瞧不起了，在我心目中如何更是不待說。這哪是正人君子的行爲！表裡如一，恪守本分，無欺無詐，正人君子爲人處世應該這樣，但他一點也不是這樣。

「好啦，親愛的愛瑪，我也得爲他辯護幾句。這件事他無疑有錯，但我認識他不只是一、兩天，知道他有許多、許許多多好品質，而且……」

愛瑪不願聽下去，叫道：「天哪，還連累了斯莫爾里奇太太！簡已準備好去作家庭教師了！他爲什麼要來這樣惡劣的一手？先與她許下終身，後又逼人走上這條路！」

「愛瑪，那件事他不知情，我能爲他擔保。那是她一個人的主張，沒有告訴他，至少沒有明說，讓他相信確有其事。他說，直到前天，她把她的打算都瞞著他。他是突然間知道消息的。怎樣知道的我不清楚，也許是接到信，也許是聽人說的。就是因爲得到了她就要去當家庭教師的消息，他覺得事不宜遲，向他舅舅承認了一切，請他原諒。總之，一件煞費苦心隱瞞了這樣久的事才公開了。」

愛瑪開始認眞聽了。

「他馬上就會有信來，」韋斯頓太太繼續說。「臨走時他說馬上會寫信，態度誠懇，現在來不及說的事在信中他一定會告訴我。我們就耐心地等他這封信吧。也許他可以罪減一等，使很多現在難以理解的行爲得到澄清和原諒。我們別把事情看得太嚴重了，別急於責怪他，耐心一點。我不能不愛他：有一件事是最關緊要的，現在已出現了令人滿意的結果，其他的事我希望同樣有好結果，我想一定會這樣。他們長期守口如瓶，不敢公開，內心一定很痛苦。」

愛瑪不以爲意，答道：「他的痛苦似乎對他沒有損害。你再說說，邱吉爾先生態度如何？」

「非常體貼外甥，滿口表示贊同。他那一家一星期裡出的事眞多！如果可憐的邱吉爾太太活著，我想沒有希望，沒有機會，也沒有可能；現在她的遺體在自己家的墓地剛剛入土，她丈夫就做出了與她的願望完全相反的事。謝天謝地，死人無能爲力！他幾乎一聽就表示了贊同。」

「嗯，如果是哈莉特，他也會贊同的。」愛瑪心裡在想。

「昨天晚上大局已定，法蘭克天剛亮就動身了。他一定先在貝絲小姐家坐了一會，然後才上這兒來，匆匆忙忙又要趕回他舅舅那兒。現在他舅舅更少不了他，所以我剛才對你說，他只在我們這兒坐了一刻鐘。他的心非常不平靜，這千眞萬確，他簡直成了另一個人，我還從沒見過。別的不說，看到她病成那副模樣就心酸。他一點也沒料想到，顯得難過極了！」

「你眞相信他們做得滴水不漏嗎？坎培爾夫婦、狄克遜夫婦都不知道這樁婚約嗎？」

愛瑪說到狄克遜時，臉不禁微微發紅。

「誰也不知道。他說，這件事除了他們兩人，世界上再也沒有誰知道。」

「嗯，」愛瑪說，「慢慢我們也不會覺得奇怪了。但願他們幸福！不過，無論如何，我總認爲這樣做不應該。爲什麼一定要裝假、欺騙、虛張聲勢、捉弄人呢？在我們當中他顯得坦率、單純，暗地裡卻笑話每一個人。整整一個冬天和一個春天，我們都當了傻瓜，以爲大家都是坦率誠實的人，沒想到混進兩個騙子，把不該讓他們知道的想法和話全部刺探了去。如果他們彼此曾經聽到了不愉快的話，那他們眞是自食其果了。」

「那我倒不擔心，」韋斯頓太太答道。「我從來沒有在一個面前議論過另一個，說些兩人不便聽到的話。」

「你算是幸運。別的過錯沒有，只猜想過我們的一位朋友愛上了那位小姐，但這話就我一個人知道。」

「那不假，只是我一直很看得起費爾法克斯小姐，再粗心也沒說過她的壞話；至於他，我更問心無愧。」

這時候，韋斯頓先生出現在靠窗不遠的地方，顯然是在瞧她們。韋斯頓太太使了個眼色叫他進來，趁他還沒來時她又說：「喲，親愛的愛瑪，求求你，說話、表情千萬留心，要使他放寬心，使他對這門親事滿意。我們要打圓場，當然，一切都可說是於她有利，本來是門不當戶不對，既然邱吉爾先生不計較，我們何必計較呢？也許他可以得福——我說的是法蘭克。他該配一個穩重有頭腦的姑娘，我過去相信她是，現在也相信她是這樣的姑娘，雖然這次幹了荒唐事。她處境如此，即使錯了，也情有可原啊！」

「你的話對！」愛瑪頗有感觸地說。「本來一個女人只爲自己打算就不能原諒，但簡·費爾法克斯是個例外。我們用得著一句話：『這世界不是他們的世界，法律也不是他們的法律。』了[1]」

韋斯頓先生一進門，她就笑著大聲說：

「眞的，你倒會捉弄我！我看你是有意磨練我的耐心，考考我猜謎的本領。老實說，你使我

---

[1] 這句話出自莎士比亞的著名悲劇《羅密歐與朱麗葉》第五幕第一場，但略有出入。原話爲「這世界不是你的朋友，這世界的法律也保護不到你。」

吃驚不小，以為你少說也損失了一半財產。鬧了半天，原來不是悲劇，是喜劇，韋斯頓先生，太

恭喜你了，眼見你將有一位才貌雙全、全英國最可愛、最完美的姑娘做兒媳了。」

他與他太太對視了一、兩眼後，相信了這話是真的，立刻高興起來。看神態，聽聲音，他都恢復了平時的興致。他使勁與她握著手，表示感謝，但說起這件婚事似乎一時難以滿意。他太太和愛瑪說的全是為法蘭克開脫、使他反對不得的話。三人在一起談了一陣。他在與愛瑪走回哈特菲爾德時又談了一陣，終於完全信服了，幾乎認為法蘭克做了一件最令人滿意的好事。

第四十七章

「哈莉特，可憐的哈莉特！」愛瑪嘴上這樣念著，心裡這樣感慨著，聽到這件事後她爲哈莉特的不幸而苦惱。法蘭克·邱吉爾對不起她，在許多方面對不起她，但是，使她更怨恨的並不在於他坑害了她，而在於使她坑害了別人。他的最大罪過是使她難於向哈莉特交代。由於她有眼無珠和自以爲是，可憐的哈莉特第二次遭了殃！奈特利先生說過的一句話很有遠見：「愛瑪，你算不上是哈莉特的朋友。」他擔心她幫的只是倒忙。誠然，這一次她的責任有別於前一次，不幸並不是她一人造成的，她沒有憑空挑動哈莉特心中的感情，在她進行暗示以前，哈莉特就承認了對法蘭克·邱吉爾的愛慕之心，但是她逃不了火上加油的過錯。她應該不讓這種感情蔓延滋長，這種能耐她是有的。現在她痛感自己的失誤。她覺得她爲朋友謀取的幸福只是空中樓閣。如果還有理智，她就會叫哈莉特別高攀他，他愛她的可能性還不到萬分之一。但她又想：「不過，即使還有理智，恐怕也一樣。」

她非常恨自己。如果法蘭克·邱吉爾無可責怪，那她眞要懊悔而死。至於簡·費爾法克斯，她至少現在用不著爲她操心。使她難應付的是哈莉特。簡的煩惱和生病的原因只有一個，現在已不醫而癒，無須她再憐憫。她清清苦苦的日子已熬到了頭。很快，她將恢復健康，心情舒暢，前途無量。愛瑪終於明白了爲什麼她的關心會屢遭拒絕。這個發現使一切都眞相大白。無疑，是嫉妒在作怪。在簡的眼中，愛瑪是情敵，她幫助、關心她理所當然地要吃閉門羹，叫她坐哈特菲爾德的馬車散心等於是叫她受刑，叫她吃哈特菲爾德貯藏室的葛粉等於是叫她服毒。一切她全明白了。由於一時氣憤而產生的偏見和自以爲是的心理消失了，她承認簡．費爾法克斯的升遷和幸福都是理所當然的。然而，可憐的哈莉特卻叫人不好對付！她顧不上再同情任何別的人。愛瑪擔心第二次打擊比第一次更爲嚴酷。希望越大，失望當然越大；哈莉特越愛得深而又悶在心裡，越會想不開。然而，她必須盡早把這個痛苦的事實告訴她。韋斯頓先生臨走時吩咐過要嚴守秘密，說：「現在這件事決不能聲張。邱吉爾先生要求保密，他妻子剛去世，不能對不起她，誰都知道這是禮節。」愛瑪答應了，但對哈莉特例外，她有不容推卸的責任。

她苦惱非常，但想到她在哈莉特面前要扮演韋斯頓太太剛剛扮演的難堪和微妙的角色，又忍俊不禁。別人告訴她這條消息時膽戰心驚，她告訴別人這條消息時也膽戰心驚。她聽到哈莉特的腳步聲和說話聲時，心撲撲直跳，想道，她走進蘭德爾斯時，可憐的韋斯頓太太無疑也有同樣的感覺。如果秘密揭穿後的結局相同該多好！不幸，完全沒有可能。

哈莉特急沖沖走了進來，大聲說：「哎呀，伍德豪斯小姐，還有比這更奇怪的事麼？」

「你指的是什麼事？」愛瑪答道。

從哈莉特的表情或聲音她都猜不出哈莉特是否知道了風聲。

「簡．費爾法克斯的事。你以前聽過這樣的奇聞嗎？哦，你用不著瞞我，韋斯頓先生已對我說了。我剛碰到他。他說這是機密，所以除了你對誰我也不能提，但他說你已經知道了。」

「韋斯頓先生對你說了什麼？」愛瑪問，仍然感到莫名其妙。

「噢，他全對我說了，就是簡·費爾法克斯和法蘭克·邱吉爾先生要結婚了，他們早秘密訂了婚約。多奇怪啊！」

確實太奇怪，哈莉特的舉動怪得叫愛瑪不可思議。她的性格似乎全變了。這件事她知道後似乎沒有煩惱，沒有失望，處之泰然。愛瑪看著她，一句話也說不出。

哈莉特大聲問：「你猜到過他愛她嗎？也許你猜到了。」說著說著，她臉紅了。「你能看透每個人的心，可是別人……」

愛瑪說：「說實話，我已開始懷疑我有沒有這分天才。哈莉特，你的意思是不是問我猜沒猜想過他看上了另一個人？我原來雖然沒有道破姓名，卻在暗暗地鼓動你的感情。我一點也沒懷疑法蘭克·邱吉爾先生會看上費爾法克斯小姐，只是在一小時前才聽說這事。如果我已有懷疑，一定會叫你多加小心。」

「我？」哈莉特說，大吃一驚，臉都紅了。「為什麼叫我小心？你不會以為我對法蘭克·邱吉爾先生有意吧？」

「你這句乾脆利落的話我聽了很高興，」愛瑪笑著答道。「有一段時間，就是不久前，你很有理由使我認為你是看上了他，這你不會否認吧？」

「他？絕對沒有！伍德豪斯小姐，你怎麼會誤會起我來？」她十分痛心地扭過頭去。

過了一會兒，愛瑪喊了起來：「哈莉特，你說什麼？天哪！你說什麼？我誤會你？那是不是……」

她再說不下去，嗓門已不中用了，便坐下來，膽戰心驚地等著哈莉特回答。

哈莉特在一旁臉背著她，當時什麼也沒回答。當她開始說話時，聲音也像愛瑪一樣顫抖著。

「我想不到你竟然會誤解我！」這是她的第一句話。「我知道，我們說好了決不再提他的姓名，但你想想，無論與誰相比，他都要好上百倍，我怎會料到你猜的是另一個人呢？什麼法蘭克．邱吉爾先生！當他與那個人在一起時，沒人會看得上他。我希望我不至於會那麼沒趣，竟會看中法蘭克．邱吉爾先生。你竟完全誤解了我，眞奇怪！說眞的，如果不是相信你滿心贊同，也在鼓動我愛他，一開始我對他連想也不敢想。我記得一字不差，當初你對我說，更加神奇的事都有過，天差地別的人倒終成眷屬，要不然，我不敢那樣做，會認爲不可能。但是，你與他一直熟悉，如果你……」

「哈莉特！」愛瑪勉強鎭靜下來，說。「我們現在都把話明說了吧，以免再彼此誤會。你指的可是——奈特利先生？」

「當然是他。我心裡沒有第二個人，原以爲你是知道的，我們談到他時，那是再明白不過的了。」

「並不明白。」愛瑪答道，極力保持著冷靜。「我當時覺得你指的是另一個人，就差沒說出法蘭克．邱吉爾先生的名字。你明明談起法蘭克．邱吉爾先生搭救了你，把吉普賽人趕跑了。」

「噢，伍德豪斯小姐，你太健忘了！」

「我親愛的哈莉特，那一次我講的主要意思我至今還記得很清楚。我對你說，你的心情我很理解，他搭救了你，當然你會感激的。你滿口承認，對他的搭救感恩不盡，甚至提到你看到他過來救你時心裡想了些什麼。這事我印象非常深。」

「哎呀呀！」哈莉特大聲說。「現在我明白你說的是哪回事了，但當時我想的全是另一回事。我不是指吉普賽人，不是指法蘭克．邱吉爾先生。錯了！」她的聲音更大了。「我想的是一件更難的事情──奈特利先生邀我跳舞，那時候艾爾頓先生不願與我跳，舞廳裡又沒有別的舞伴。這件事才最難得，是見義勇爲，就是從那以後我才覺得世界上沒有人能比得上他。」

「天哪！」愛瑪叫道。「原來是一場最不幸的誤會！叫人怎麼辦呢？」

「這麼說，如果你早明白我是指誰，就不會鼓勵我了。可是，如果換上另一個，我就更倒楣了，至少是比不上現在。是不是還有可能……」

她沉默了很久，愛瑪也無話可說。

「伍德豪斯小姐！」她又說話了。「我知道不論是配我還是配別人，你都認爲他們倆有天差地別。一個我能指望，另一個卻比登天還難，你準是這樣想的。伍德豪斯小姐，我希望──假使──如果──儘管是件奇事──不過，你知道，你親口說過，更加神奇的事都有過，比法蘭克．邱吉爾先生和我相差更遠的人都能成雙成對。所以，以前既然好像也有過那樣的事，如果我的命運好極了，好上了天，能──如果奈特利先生眞會──如果他的確不在乎兩人有天差地別，伍德豪斯小姐，我想你不會反對，不會有意阻攔吧？我知道你是個好心人，不會那樣。」

哈莉特站到了窗邊。愛瑪回轉頭吃驚地看著她，急促地問道：「那你知道奈特利先生也對你有意嗎？」

「對！」哈莉特輕聲說，但並不膽怯。「我肯定知道。」

愛瑪很快收回了眼光；她坐著默默想了一會，既不出聲，也不動彈。她只用一會工夫就能看透自己的內心世界。像她這種人，一件事只要稍經啓示，就能很快領悟。她考慮、正視和承認了全部事實。為什麼哈莉特愛上奈特利先生比愛上法蘭克·邱吉爾更糟呢？為什麼知道了哈莉特的僥倖心理她更受不了呢？忽然一個念頭在她腦子裡一閃而過：奈特利先生不能與別人，只能與她愛瑪結婚！

就在這一會工夫，她將她的行為和內心世界來了一番徹底反省。她幡然醒悟了。她因哈莉特做出了多麼不妥當的事啊！自己的行為太魯莽，太冒失，太荒唐，太不顧一切！她瞎了眼，發了瘋！往事不堪回首，她要把自己痛罵一頓才能解恨。然而，儘管做了錯事，她不能太貶低自己，不能有失體面，對哈莉特要公正，她強烈地這麼認為。（對這位自以為被奈特利先生愛著的姑娘看來不用再憐憫了，但要公正待她，不應該冷淡她，叫她傷心。）於是，愛瑪決心坐下來，甚至帶著明顯親切冷靜的態度來忍受這一切。為了自身的利益，哈莉特還有什麼希望她應該窮根究底。她一直心甘情願地關心愛護哈莉特，哈莉特並沒有犯下過失，該失去她的關心和愛護；她也不能看輕她，倒是她自己打錯了主意，把哈莉特一誤再誤。所以，想明白之後，她定下心來，又看著哈莉特，親熱地說起話來。那個開場的題目，即簡·費爾法克斯與法蘭克·邱吉爾的奇緣，提也不再提了，她們倆想到的都只有奈特利先生和自己。

哈莉特一直站在窗台邊做美夢，現在美夢雖被愛瑪驚醒，卻仍然很高興，她知道伍德豪斯小姐是有頭腦的人，又是知心朋友，何況又帶著一種鼓勵的態度；只要愛瑪願意，哈莉特就會把自己產生那麼大希望的原委和盤托出，把那顆喜悅而顫抖的心捧出來。愛瑪問話和聽話的時候顯得比哈莉特鎮靜，實際上心裡也同樣顫抖得厲害。她的聲音雖然不顫抖，但她的心卻動盪不安，那內心世界的發現，意外出現的不幸，突如其來、錯綜複雜的感情，必定會使她如此。她聽著哈莉特說的詳情，表面若無其事，實際上感到痛苦。哈莉特的話當然不會說得有條有理，活靈活現，儘管常常詞不達意，語無倫次，她聽了卻似涼水澆頂，特別是聯想到奈特利先生現在對哈莉特的看法已遠非往日可比，更覺得不是滋味。

哈莉特已看出他的態度有了轉變，轉折點是那兩次不尋常的舞會。愛瑪知道，他當時發現她比他自己期望的強得多。自那天晚上以後，至少，自伍德豪斯小姐鼓動她把他放到心上以後，哈莉特覺察到了他與她攀談的次數比以往大爲增加，模樣也變了，顯得和藹可親。後來，她越發感覺到是這樣。當一大夥人一起散步時，他常過來挨著她走，話也特別多。他似乎想與她親近。愛瑪知道這是實情，她已多次注意到了這種變化，幾乎與哈莉特觀察到的不相上下。哈莉特把他誇獎、稱讚她的話原原本本告訴了愛瑪，愛瑪感到這些話與她所了解的他對哈莉特的看法正相吻合。他誇她不矯揉造作、心地單純、樸實、善良。她知道他看出了哈莉特的這些長處，他對她不止說過一次。許多微不足道的小事，例如一個眼神，一句話，一個換張椅子坐的動作，一聲含蓄的誇獎，一次意味深長的關心等等。哈莉特記憶猶新，愛瑪卻都不曾注意，因爲她不曾懷疑過什麼。哈莉特說了將近半小時，提出了一大堆親眼看見的證據。現在在她聽來都覺得新鮮。但是有兩件最近發生的事，在哈莉特看來是最意味深長的，愛瑪也留心過。第一件是他撇開其他人，與她在唐韋爾的菩提樹下散步，兩人走了一會愛瑪才來，那一次是他故意（她相信是故意）把她拉到自己身邊的。起初他與她談了一些很不尋常的話，這些話過去他從未提過。這太奇怪了！哈莉特不禁邊回想邊臉色發紅。他的用意是問她看上了誰，可是一見伍德豪斯小姐走了過來，連忙改變了話題，把話拉扯到四季的作物上。第二件發生在他最近一次到哈特菲爾德的那天上午，愛瑪外出回來時他已與她坐在一起談了近半小時，但進門時他說連五分鐘也不能停留。他還說他必須去倫敦，但是他根本就捨不得離開家，但這話對她愛瑪就沒說，她只覺得太過分了。由此可見，他信得過哈莉特，這使愛瑪感到非常痛苦。

關於第一件事，她想了一會後，壯著膽問道：「你以為他問了你看上了誰，會不會，有沒有可能，是指馬丁先生？他會不會在關心馬丁先生？」

哈莉特一口否認有這種可能。

「馬丁先生？不是！關於馬丁先生他提也沒提過。我想現在我的腦子比過去清醒，不會看上馬丁先生，也沒人懷疑我會看上馬丁先生。」

哈莉特結束所列舉的證據以後，便請她親愛的伍德豪斯小姐說說她的希望是否空想。

「要是沒有你，一開始我就不敢想，」她說。「你叫我仔細觀察他，看他的舉動行事，我聽了你的話。現在我覺得我也許配得上他，如果他能看中我，那也算不得是什麼稀奇事。」

這兩句話似箭穿心，使愛瑪痛苦萬分，她強打精神，答道：

「哈莉特，我只能這樣說：奈特利先生如果沒有愛上了哪個別的女人，就絕對不會有意造成她（指哈莉特）的錯覺。」

哈莉特聽到一句這樣滿意的答覆，似乎準備為她朋友說上一大通好話；她的快樂此時正是愛瑪的痛苦，幸好聽到了父親的腳步聲，她才得救了。他正經過走廊。哈莉特太興奮，以致於不便見他，說：「我安靜不下來，伍德豪斯先生要感到奇怪，我最好走開。」她朋友對此正求之不得，於是她從另一扇門出去了。就在她消逝的剎那，愛瑪心想：「哦，上帝，我從沒有見過她這樣！」

這一天的整個白天和夜晚她都思緒萬千，幾個小時裡聽到的事情一齊湧上心頭，攪成了一堆亂麻。每一分鐘都有新發現，而每一新發現都使她感到羞愧難當。眞叫人不可思議！爲什麼她會如此自作自受！爲什麼她會做出那麼多糊塗事！會一錯再錯、麻木不仁！她要麼坐著不動，要麼走個不停，或者在自己的房間裡，或者在小樹林中。無論在哪裡，無論是坐是走，她都發現自己是個無用之人；她受到別人的欺騙，受到莫大的侮辱，更令她感到屈辱的是：她還欺騙了她自己；她成了可憐蟲，而今天也許只是悲慘生活的開始。

首先她想完全摸透自己的一顆心。當不用侍奉父親的時候，當不知不覺發呆的時候，她都在冥思苦想。

現在她明明已愛上奈特利先生，但究竟已愛上多長時間呢？什麼時候他使她動了感情呢？她曾對法蘭克．邱吉爾有過短時間的愛，他究竟在什麼時候取代了他呢？她回憶著，將這兩人比較著，將從認識法蘭克．邱吉爾那天起兩人在她心中所占的地位比較著；其實她隨時能這樣做，只可惜早沒想到。她發現，她一直更看得起奈特利先生，一直最需要他的關心。她發現，由於自己太自信，太愛想入非非，行爲與思想恰恰相反，她完全糊塗了，完全沒有了解自己的一顆心。一言以蔽之：她從未眞正愛過法蘭克．邱吉爾！

經過一次最認眞的反省後她得出了這個結論：對於她剛才給自己提出的問題，她不用多長時間就解決了。她又哀傷又氣惱，問心無愧的只有一件事：她愛奈特利先生，其他全不堪回首。

她自命不凡達到令人不可容忍的地步，認爲能看透每個人的內心世界；她以不可原諒的自負，竟想安排每個人的命運。結果，事實證明她大錯特錯了，一事無成，反而誤人誤己。她害了哈莉特，害了自己，她最擔心的是她也害了奈特利先生。萬一兩個天差地別的人湊成了一對，該怪罪的首先就是她；因爲她必須承認，他看中哈莉特僅僅是由於發現了哈莉特在愛他；甚至，即使沒有這種情況，要不是她的愚蠢，他也不會認識哈莉特。

奈特利先生配哈莉特．史密斯！這樣的姻緣眞是天下奇聞。相形之下，法蘭克．邱吉爾與簡．費爾法克斯相愛應該說是勢在必然、順理成章的事，不足爲奇，完全相稱，毋庸非議和置疑了。可是奈特利先生配哈莉特．史密斯，一個是一步登天，一個是掉進深淵！愛瑪想著這一來他要怎樣被人唾棄，預見到對他有嘲笑的，有鄙夷的，有幸災樂禍的，他弟弟會傷心不已，再也瞧不起他，他自己則會處處倒楣，想到這裡，愛瑪不禁毛骨悚然。這種怪事可能嗎？決不可能。然而，也非常可能啊。一個有非凡才能的人被一個能力低下的人俘虜難道是新鮮事嗎？一個無暇去追求別人的人成爲一位主動追求他的姑娘的俘虜難道是新鮮事嗎？世界上出現不倫不類、離奇古怪、顚三倒四的現象，人的一生由機緣（只是第二位的原因）擺布，難道是新鮮事嗎？

唉，她大不該扶助哈莉特！她應聽信他的勸告，及早卻步！如果她當初不是由於不可言喻的愚蠢，活活拆散了哈莉特與一位好端端的青年的婚姻，使她得到與她地位相稱的應有的幸福和體面，那現在就萬事大吉了，這一連串的煩惱就不至於產生了。

哈莉特怎麼會這麼膽大妄爲，居然敢高攀起奈特利先生來！如果不是有十分把握，她怎敢幻想被他看中！哈莉特已今非昔比，眼高了，膽大了，看不到自己智力的低下和地位的卑微。以前對於艾爾頓先生，她似乎知道是可望而不可及的，現在對於奈特利先生，倒滿不在乎了。天哪，難道這不是愛瑪自己一手造成的嗎？除了她，還有誰培養了哈莉特自高自大的心理？除了她，還有誰教她努力往上爬，說她有資格匹配名門望族？如果哈莉特眞由自卑成了自傲，那也只能怪她了啊！

第四十八章

如果不是現在出現了失去幸福的危險，愛瑪決不會意識到，她之所以幸福，多大程度上就因爲奈特利先生最親近的是她，最關心、最愛護的是她。由於她只知道這是事實，認爲理所當然，因此，從沒有掂過其中的分量，現在要被人取而代之了，才發覺自己少不了他。她感到很久很久以來，她是個被看得最重的人。他沒有姊妹，論關係，唯一可以與她相比的只有伊莎貝拉，她知道他對伊莎貝拉究竟有多喜愛，多看得起。許多年來，只有她自己在他眼中顯得最爲重要。她卻辜負了他。她常常任性，固執己見，無視他的規勸，甚至有意與他作對，抹煞他的長處，與他發生口角，其原因是他不承認她對自己不切實際的過高估計。然而，礙於親戚關係，也出於習慣和好心，他依舊愛護她，從小關心她，大力幫助她，希望她轉變，態度之誠懇非任何人能及。雖然她有不少缺點，她知道他仍與她親近，甚至可以說，非常親近。想到這裡，她不由自主產生了希望，可是並不敢又飄飄然。哈莉特．史密斯也許認爲自己有資格接受奈特利先生癡心的、專一的、熱烈的愛，但她可不能這樣想。她不能幻想他對自己有著盲目的愛。最近她經歷的一件事很能說明他頭腦的清醒。他對貝絲小姐的行爲竟使他那麼震驚！他直言不諱地嚴詞訓斥了她。如果就她的過錯而言，這種訓斥並不算過分，但的確強烈，完全是出於義憤和耿直，而決不是出於什麼柔情。她並不希望，也不能希望他對自己懷有那種令她猜疑不定的感情。但她希望（時強時弱地），哈莉特神經過敏，過高估計了他的關心。爲了他的利益，她必定會抱有這種希望。只要他終身不娶，別的她全都不在乎。的確，只要他終身不娶，她就心滿意足。假設未來的奈特利先生對她、對她父親、對所有其他人來說仍是過去的奈特利先生，假設唐韋爾和哈特菲爾德之間永遠保持那種可貴的交情和信任，她就能安享太平了。事實上，結婚於她無益。如果結婚，她報答不了父親的恩情，盡不了她對他的心意。她與父親說什麼也不應該分離。即使奈特利先生求婚，她也難於應允。

她巴不得哈莉特空歡喜一場，希望下次再看到他們在一起時，她至少能弄明白哈莉特究竟有幾分成功的可能。她以後應百倍仔細地觀察他們，雖然對留心觀察過的人她有過可悲的誤解，但她不相信這一次仍會有眼無珠。她天天盼望他回來。只要他一回來她的眼睛馬上會明亮起來，只要思想上不糊塗，立刻會明亮起來。然而，她決心不見哈莉特。見面對她們倆都無益，這件事只會越談越糟。只要疑團沒有解開，她就難以相信這件事；當然，她也無法打消哈莉特的信念。談話只能招來氣惱。於是，她給她寫了封信，客客氣氣而毫不含糊地勸她暫時不要來哈特菲爾德，坦率表示她認爲最好避免就同一件事再作深談，希望近日內兩人不要再會面（但如有其他人在場則例外，她只是不願兩人單獨在一起），昨天的談話就當已經忘得一乾二淨。哈莉特順從了，答應了，還表示了感謝。

事情剛辦妥，來了一位客人，使愛瑪從那件使她二十四小時來坐臥不寧的事上分了心。這位客人就是韋斯頓太太，她去看過了未來的媳婦，回家時順路到哈特菲爾德，一來因爲心裡高興，二來因爲要對愛瑪盡到責任，把這次非同尋常的會見說得詳詳細細。

韋斯頓先生陪著她到了貝絲太太家，並且在這個重要時刻一言一行都十分得體。他們在貝絲太太的客廳只尷尬地坐了一刻鐘，對愛瑪本無多少話值得說，可是她帶著費爾法克斯小姐坐馬車在外兜了一圈，現在話就多了，可以高興地說一陣了。

愛瑪有點好奇，她朋友說的大都聽了進去。韋斯頓太太出門時心神很不寧。她原來並不打算去，想只給費爾法克斯小姐寫封信，等過一段時間，邱吉爾先生同意把婚約公開了，再進行這次禮節性拜訪，因爲她認爲這一去無論怎樣也會引起紛紛議論。韋斯頓先生的想法不同。他急於要向費爾法克斯小姐和她家裡人表明他的贊同，認爲去一趟不會引起別人的猜疑，即便猜疑，也不要緊。他說：「這種消息總是不脛而走。」愛瑪笑了，心想韋斯頓先生的話很有道理。結果，他們去了。費爾法克斯小姐顯得非常苦惱和不安。她幾乎一聲沒響，眼神和舉動無不流露出深深的內疚。老太太心滿意足，可是沒有聲張，她女兒喜氣洋洋，高興之中一反常態，話也沒有以往那麼多了；那情景怪有意思，也十分動人。她們快樂之中帶有尊敬的意味，心胸開闊了，在想著簡，想著別人，唯獨沒有想到自己，總之，她們心裡正在產生種種慈善的念頭。費爾法克斯小姐近來有病，韋斯頓太太趁勢邀她去外面散心。她最初不願意，想拒絕，後見韋斯頓太太堅持，也就依從了。在馬車上，韋斯頓太太溫語相勸，打開了尷尬局面，終於使她談起了那件大事。首先她少不了表示歉意，說他們這是第一次來看她，而她一聲不響，太沒禮貌了，接著傾吐了一直埋在心裡的對她和韋斯頓先生的感激之情。這些心意表達完畢後，兩人談的大都是這件婚事的現在和未來。簡．費爾法克斯長期積鬱著滿腹苦水，韋斯頓太太相信，這次倒了出來，心情一定會暢快許多，她對她的所有解釋都感到滿意。

「這件事瞞了近十個月，她有苦難言，也算是個有毅力的人，」韋斯頓太太接著說。「你聽聽她的一句話：『訂婚以後，我不能說沒有快樂的時候，可是我可以說，從未享受過一小時的安寧。』愛瑪，她說這話時嘴唇顫抖著，我打心底裡相信她。」

「可憐的人！」愛瑪說。「她秘密許婚，自知有錯吧？」

「有錯！她責備自己的話說得再誠懇也沒有了，我想別人就不能再責備她了。她說：『結果我長期苦悶，這也理所當然。做錯了事就該受罰，可是處罰也沒有抵銷我的過錯。痛苦不等於贖罪，我應該永遠受到責備。我做了違背良知的事，現在一切都順利了，你們又這樣厚待我，更使我問心有愧。』她還說：『太太，你不要以為我被教壞了，千萬別責怪撫養我長大的恩人管教不嚴。錯誤完全在我。說眞的，雖然目前的處境使我有藉口可找，但要把這件事告訴坎培爾上校我仍然害怕。』」

「可憐的人！」愛瑪又說。「我想，她一定非常愛他，只有眞誠相愛才會訂下這樣的婚約。她的感情一定壓倒了理智。」

「是這樣。我想她與他是眞誠相愛。」

愛瑪嘆了口氣，說：「只怕我給她帶來了許多苦悶。」

「親愛的，那一點也不能怪你。不過聽她談到他以前對我們提起的誤會，似乎她也有為難之處。她說，既要瞞著，就得吃瞞著的苦，有一個苦處就是失去了理智。她自知做了錯事，弄得心煩意亂，性格變得也古怪了，動輒生氣，甚至使他也難以忍受。『我變成了另一個人，』她說，『連他的性格和氣質也不了解了。他活潑，開朗，好動，要是換一個處境，我不但開始會喜愛這種性情，以後也會喜愛的。』接著她講到了你，說她在生病的時候得到你多方關心。她紅著臉，叫我有機會時謝謝你。當然我不會無緣無故地感謝你——為了她，你操了心，也費了力。她心中明白，你的好心一直沒有得到她的好報。」

「雖然她的性格說不上開朗，但現在一定是高高興興的。如果不知道她高興的話，你們這樣感謝我會消受不了。」愛瑪說得很認真。「韋斯頓太太，對費爾法克斯小姐我有德也有怨，要是能抵銷……嗯——」她控制住內心的激動，裝得若無其事。「——反正都會忘記。多虧你講了這些挺有意思的事。現在我對她的印象大大變了。我想她一定是個非常好的人，如果她將來幸福。他們倆一個有財產，一個人品好，十分相配。」

韋斯頓太太對這個結論並不滿意。她幾乎認為法蘭克樣樣都好，更重要的是，把他看成了心肝寶貝，因此一本正經地為他辯護起來。她講得有道理，至少是有感情，可是因為話太多，愛瑪心不在焉了，一會兒想到布倫斯威克廣場，一會兒想到唐韋爾，忘了去聽她的話。臨了，韋斯頓太太說：「我們天天盼的那封信還沒有收到。不用說，我們就眼望著信快來。」

愛瑪愣了一會才答話，只敷衍了兩句，其實她已想不起他們在等什麼信了。

「愛瑪，你身體好嗎？」分手時，韋斯頓太太問道。「很好，我身體一直很好。來了信千萬要讓我知道。」

韋斯頓太太的話使愛瑪感到更看重、同情和感到過去對不起費爾法克斯小姐，越想越難過。她深深後悔沒有與她親近，自慚那樣做或多或少出於嫉妒。如果她早聽從奈特利先生的勸告，熱情對待費爾法克斯小姐，盡到自己不容推卸的責任，如果她及早更多地了解她，如果及早主動與她親近，如果及早把她而不把哈莉特當朋友，那麼她現在一定沒有任何煩惱。無論就出身、天分、教養而言，這兩人中的一個都可作她合適的伙伴，本該求之不得，而另一個有什麼可取呢？就算她與簡之間不會結成親密的朋友，就算費爾法克斯小姐根本不願讓她知道終身大事的秘密（這非常可能），平心而論，她也不能亂懷疑她與狄克遜先生關係暖昧。自己瞎猜瞎想不算，還要告訴別人，這就不可原諒了。萬一法蘭克·邱吉爾有意或無意再告訴簡，她擔心簡脆弱的感情經不起這一擊。簡自到海伯里以後，給她造成最大痛苦的人一定是愛瑪。她成了一位老冤家。每當三人在一起時，她都要無數次刺傷簡的心，而在博克斯山，簡必定苦惱到極點，再也無法忍受了。

哈特菲爾德的這個黃昏又長又難熬，天氣也趁機作怪。一場冷雨驟然降下，狂風把大樹小樹吹得亂搖亂晃，除了樹上的綠葉，七月的景象盪然無存；夜幕雖久久沒有拉下，也只能徒然讓人多瞧一瞧這淒風苦雨的景象。伍德豪斯先生就怕這種天氣，靠了女兒不停地與他閑聊才不致煩悶。這一來卻苦了她，她覺得今天侍奉父親不及平常一半容易。她不由想起韋斯頓太太新婚那天夜晚父女倆第一次孤零零在一起時的情形，可是那次吃過茶點後奈特利先生來了，使一切煩惱煙消雲散。有這樣的客人來就說明哈特菲爾德是個叫人喜愛的地方，但也許好景不長了，唉！那時候她為即將到來的冬天設想過一幅淒淒慘慘的圖景，可是結果證明她錯了，他們沒有丟失一個朋友，沒有減少一分快樂。她擔心，類似的好事難於再逢了，現在的不祥之感將會變成現實。眼下她見到的陰影有可能不會完全甚至完全不會消逝。如果在她的朋友中可能發生的事全無法避免，哈特菲爾德將變得冷落淒清，她將孤零零地帶著一顆破碎了的心侍奉父親。

蘭德爾斯的孩子出生以後，她在那兒的身價勢必大大跌落，韋斯頓太太的心血和時間要全部花在孩子身上。他們將失去韋斯頓太太，同時十有八九也會失去她的丈夫。法蘭克·邱吉爾不會再來了，費爾法克斯小姐眼見也不再是海伯里的人了。他們將會結婚，然後在恩斯庫姆或附近安家。所有的快樂都要化爲烏有；如果這些損失之外再加上唐韋爾的損失，那叫他們到哪裡去尋找快樂而相稱的朋友呢？如果奈特利先生再也不到哈特菲爾德來消磨夜晚的時光，再也不常來常往，把他們家當成自己家，那叫人怎樣忍受得了？如果他眞爲哈莉特的緣故拋開他們，如果他今後眞認爲與哈莉特在一起他就有了所需要的一切，如果哈莉特將成爲他所選擇的最親密的朋友，是他終身幸福所繫的妻子，愛瑪會時時想到這是自己一手造成的，不要更傷心嗎？想到這裡，她不免一驚，長嘆一聲，甚至在房間裡走了幾步。如果說她還有什麼寬慰可言，那就是她決心改弦更張，希望自己變得理智，有自知之明，少作後悔事，雖然今年和以後的冬天會比過去缺少生氣和歡樂。

第四十九章

隔天上午，天氣依然如故，寂寞、憂鬱的氣氛同樣籠罩著哈特菲爾德。下午有了好轉，風小了，雲散了，太陽出來了，夏天回來了。愛瑪正悶得慌，見天變好了，決定早早出去散心。雨後的大自然顯得分外寧靜和嫵媚動人，那景色、氣氛對她有著特別的吸引力。她很想領略天晴日出後的清新。剛吃完中飯，佩里先生來了，她不用陪著父親了，趁這機會她來到小樹林。漸漸地，她精神好了些，思想也開朗了些，來回踱了幾次以後，突然看見奈特利先生已進了花園門，正朝她走來。沒有人知道他已從倫敦回來。她剛剛還當他仍在十六英里外。她顧不上多思索，很快地鎮定下來。他幾步走到她身邊，兩人彆扭地輕輕說了聲「你好」。她問起伊莎貝拉一家，他回說都好。他是什麼時候從她家動身的呢？一定是上午，就是說，他一定騎馬冒雨趕了路。不出所料，她發現他想陪著她散步。「我去過餐廳，沒見到你。其實在外面更好。」他說。她發現他面帶愁容，說話也無精打采。好擔心，這很可能首先是因爲他把自己的打算告訴了他弟弟，結果遭到了反對，心裡不痛快。

他們一道走著。他默默無言。她發現他不時轉過頭看她，想把她的臉打量清楚，這使她又添了一分疑慮。也許他想向她談他對哈莉特的愛慕，只等一個開口的機會。她不願意也不可能主動談起這個話題，得由他自己來說。然而，這種沉默她受不了，他往常從沒有這樣沉默過。她想了想，拿定主意，強作笑容，說：「你現在回來會聽到一件意想不到的事。」

「當眞？」他平靜地說，看著她。「什麼事？」

「嗯！世界上最好的事——一件婚事。」

他等了一會，看看她不想再往下說了，才答道：「就不知你是不是指費爾法克斯小姐和法蘭克·邱吉爾的婚事，我已聽說了。」

「你怎麼知道的？」愛瑪大聲問，轉過發燒的臉看著他，立刻想到他也許順路到了戈達德太太那兒。

「今天上午我收到了韋斯頓先生一封談教區公務的信，末尾他扼要說了已經發生的事。」

愛瑪鬆了一口氣，心稍稍鎭定了些，又說：「你早就有過懷疑，我們中最不感到意外的也許是你。我記得有一次你提醒我注意。我本該聽你的，可是……」她的聲音突然放低了，長嘆一聲。「我似乎生來就是個瞎子。」

兩人沉默了一會，她以爲這些話只是些平平常常的話，卻不料他挽起她的手，貼到胸前，飽含感情地輕聲說：「時間，最親愛的愛瑪，時間會治好這個創傷。你有理智，你孝順你父親，我知道，決不會……」他又緊緊地挽著她的手，一字一頓地繼續輕聲說：「虛情假意——可惡的流言！這混蛋！」最後，他提高了嗓門，聲音也不發抖了，說：「他快走了。他們不久要去約克郡。我替她惋惜，她應該嫁一個比他好的人。」

愛瑪明白了他的意思。這種體貼使她非常高興，一等心跳平穩後她便答道：

「你是一片好心，可是誤會了，我必須讓你明白。這種事我用不著你的安慰。我看不清眼前發生的事，所以在他們面前顯得不愼重，想起來很慚愧。我說了許多傻話，做了許多傻事，難免不引起懷疑，但是我沒有別的事值得懊悔，儘管沒有早知道這個祕密。」

「愛瑪，你這話當眞？」他大聲問道，瞪大眼睛看著她。接著，又冷靜下來。「不，不，我了解你——原諒我——你能說出這些話我也很高興。幸喜你的感情陷得不是太深。老實說，看你那模樣，我怎樣也想不只是在口頭上能說這些道理。他一點也不值得你留憑。我希望，很快你會不到你究竟有怎樣的感情。我只知道你喜愛他，而他並不値得你喜愛。他是男人的羞恥。難道他配得上一位這樣好的姑娘嗎？簡！簡！你往後會是一個可憐的人。」

「奈特利先生！」愛瑪說，想裝鎭定，卻又心煩意亂。「我的處境很特別。我不能讓你再誤解了，不過，也許由於我的行爲造成了這種印象，我不能大大方方表白我從來沒有愛過我們現在說的那個人，這正像任何一個女人理所當然地都不會大大方方表白她愛上了誰一樣。可是，我眞的從來不曾愛上他。」

他一聲不響地聽著。她希望他說話，可是他沒有說。她認爲要眞取得他的寬恕她得多說一些話，但她又不能讓他瞧不起自己。然而，她還是往下說了：「我不想爲自己的行爲多作辯護。他大獻殷勤正中我的下懷，於是現出了高興的樣子。這種事屢見不鮮，平平常常，也許以前成百上千的女人都有過，但是我是一個自認爲很有頭腦的人，那些先例不能成爲我的口實。我能與他親近有多方面的原因：他是韋斯頓先生的兒子；他在這裡的時間很長；我覺得他討人喜歡；總之……」她嘆了口氣。「讓我坦率些說吧、歸根結蒂，主要原因是我的虛榮心能得到滿足，需要他獻殷勤。然而，在後來一段時間，我並不覺得希罕了。我認爲他獻殷勤是出於習慣，爲了好玩，不值得我當一回事。他欺騙了我，但是並沒有使我眞的受害，因爲我從沒有愛過她。現在，他的行爲我可以理解了。他並不是爲了挑動我的愛情，只是爲了遮人耳目，掩飾與另一個人的關係。他的目的是遮盡他周圍所有人的耳目，我想所有的人中最容易上當的是我，雖然我沒有眞上當。總之，我沒有爲他眞動感情，這算是我的幸運。」

說到這裡，她以爲他會回答，用幾句話肯定她的行爲至少不難理解，但他沉默著，顯然在深思。最後，他說話了，聲音還近似於他平常的聲調。

「我從來就瞧不起法蘭克．邱吉爾，然而也許我低估了他。我與他的接觸很少。甚至，即令我對他沒有低估，也許將來他仍會不失爲一個好人。娶了像簡這樣的賢德女人他就有希望。我對他並無惡意；她未來是否幸福與他的品質和行爲息息相關，爲了她，我也但願他是個好人。」

「我想他們會生活得幸福的，」愛瑪說，「我相信他們是眞誠相愛。」

「他是個幸運兒！」奈特利先生大聲說。「年紀很輕，才二十三歲，這種年齡的人選的妻子大都不可靠，可是他在二十三歲遇上了一位這樣難得的人！可以想像，他一輩子會過得多幸福！有這樣一個女人的愛情，純潔的愛情！簡．費爾法克斯品德好，純潔無私。一切都對他有利。兩人正相配——我是說出身和少不了的教養、風度。除了一點，都相配，但由於她心地無疑純潔，這一點反而使他更幸福，因爲彌補她唯一的不足就是他的幸福。男人總希望使妻子有一個比娘家更好的家，而他有這種能力，她又是明白人，這樣，我想他一定會無比幸福。法蘭克．邱吉爾眞是幸運兒，一切稱心如意。他在海邊遇到一位姑娘，贏得了她的愛，甚至長時間的冷淡也未能使她變心；如果他和他家裡人想找一位十全十美的妻子，那麼走遍天下也找不到比她更強的人了。

他舅媽是個障礙，可是死了。等他公開了秘密，每個人都願成全他的好事。他對所有的人都做了對不起的事，但所有的人都心甘情願寬恕他。他是個名副其實的幸運兒！」

「看來你羨慕他。」

「我的確羨慕他，愛瑪。他有一點值得我羨慕。」

愛瑪答不上話了。似乎他們再往下說就要提起哈莉特，她覺得應該避開這個話題。她想好了主意。她可以談些別的事，例如伊莎貝拉的幾個孩子。她準備等喘過氣來再說話，卻沒料到奈特利先生搶先說話了。

「你不想問我羨慕他什麼。我知道，你故意不問。你是明智的人，可是我不明智。愛瑪，你不想問我也要說，雖然說過了我也許會後悔。」

「哦，那麼，別說了，你別說了！」愛瑪忙叫道。「你再多想想，別連累了你自己。」

他帶著深深的失望，只說道：「謝謝你。」

愛瑪不忍使他痛苦。看來他想向她說出他的秘密，也許還要請她出主意。即使是她最不願聽的話，她也該聽。也許，她會幫他下定決心，或者說消除心中的疑慮；也許，她只恰如其分地誇獎哈莉特，要不就叫他想想獨身生活的好處，不要三心二意，他這種人三心二意起來比別人更苦悶。他們走到了房子邊。「你想進去嗎？」他問道。

「不想！」愛瑪答道，見他精神不振，很明白這話的用意。「我想再走一會，佩里先生還沒有回去。」沒出幾步，她又說：「奈特利先生，我剛才不該不讓你說下去，恐怕已經使你不高興了。如果作爲朋友，你願意與我坦誠相見，或者，心中有什麼爲難的事，希望我幫忙出主意——

眞的，作爲朋友，吩咐我好了。無論什麼話我都聽，還會把我的想法如實告訴你。」

「作爲朋友！」奈特利先生說道。「愛瑪，這恐怕是推托的話。不，我沒想什麼。——等一等，嗯，我爲什麼要猶豫呢？話已到嘴邊，我用不著隱瞞。愛瑪，我就依你說的，雖然這也許很不合適，但我就依你說的，把我當成你的朋友。請告訴我，難道我沒有成功的希望嗎？」他收住腳步，急著想看看她聽到這個問題的表情，眼光咄咄逼人。

「最親愛的愛瑪！」他說。「現在的談話無論結果如何，你永遠都是我最親愛的人，我最親愛最可愛的愛瑪。馬上說吧，即使是一個『不』字，你也得說。」她什麼也不能說。「你沈默不語！」他大聲道，心急了。「那我也不再問了。」

此刻愛瑪心跳得厲害，兩腿幾乎站立不住。她在做一場最美的夢，就擔心美夢破滅。

「愛瑪，我沒有很多話好說。」他又開言了，聲音裡帶著眞實、明顯、無可懷疑的柔情，使人聽了會大受感動。「如果我不是眞心愛妳，話也許反而多。你非常了解我，對你我從未說過假話。我責備過你，教訓過你，你全忍受著，要是換上另一個女人，她會受不了。最親愛的愛瑪，過去我的話你全相信是眞的，現在也應該相信。我的模樣也許叫人難免懷疑。上帝知道，我是不露聲色的情人。但你很了解我。不會錯，你了解我的心，如果值得，還會報答這顆心。現在，我請你說話，我要再一次聽到你的聲音。」

當他說話時，愛瑪的腦子在緊張地思考著。他的話她一字不漏地聽了進去，敏捷地領悟、理解了他的全部心意。原來，哈莉特的希望毫無根據，是錯覺、瞎猜，就像她自己在瞎猜一樣。他心裡沒有哈莉特，唯獨有她。有關哈莉特的一切猜測，全是她自己疑心生暗鬼。由於盡往絕處想，才有那麼多的不安，懷疑，失望，煩惱。她不僅爲有了這些發現而興奮，並且爲保住了哈莉特的秘密而慶幸，那個秘密是不需要、也不應該泄露的。現在，對她那位可憐的朋友，她只能助這一臂之力了。愛瑪既不能夠硬充好漢，叫他不愛她而愛遠遠不如她的哈莉特；也不能夠就因爲他無法同時與兩人結婚而簡單地把他拒之門外，而什麼道理也不說明。她同情哈莉特，又痛心，又懊悔；但是，氣量大不等於瘋狂，不能無視可能和情理。她把朋友引入歧途，這將使她抱恨終身；但是，在憐憫之餘，她也知道像哈莉特這樣的人與他的結合是不相稱的，不合適的，她一貫這樣看。她的路該怎樣走是很明白的，儘管路上仍有坎坷。在他這樣誠摯的請求下，她說話了。說了什麼呢？當然，是該說的話，這種本領女人都有。她要他不必失望，要他再往下說。剛才，他曾失望過。她明明吩咐了他要謹而慎之，免開尊口，使他的一切希望都歸於破滅。起初，她連他的話也不願聽。也許，這一轉變來得有些突然，他沒想到她會提出再走一會，又開始那已被她中斷了的交談。她感到這樣做有些彆扭，但奈特利先生滿不在乎，沒有尋求進一步的解釋。

不折不扣的事實，人們極少能夠了解，每件事在一定程度上幾乎不是被假象掩蓋，便是有所誤解；但是，如果行爲有誤解而感情無誤解，如同奈特利先生與愛瑪之間的事一樣，那就無關緊要。奈特利先生完全知道，愛瑪有一顆溫柔的心，或者說，有一顆願意接納他的心。

實際上，他完全沒有料到自己產生的影響。他跟著她走進小樹林時並沒有抱任何奢望。他匆忙趕來看看她聽到法蘭克·邱吉爾已經訂婚的消息是否受得了，並未替自身打算，只想如果她願意聽，他準備多用好言安慰和開導她，此外任何別的打算都沒有。後來他完全是見機而行，聽到了她所說的話後才起了心。她矢口否認她對法蘭克·邱吉爾有意，說她根本沒有看上他，這使他興奮起來，產生了一個希望：能贏得她的感情的到頭來也許是他自己。但是，他現在的希望已不止此。在一時的衝動之中，他僅指望她能表示不拒絕他愛情的試探。一步接一步，他的希望越來越美妙。終於，他企圖追求的那種感情到手了。在半小時內，他從一個垂頭喪氣的人幾乎變成了最幸福的人，這樣說並不過分。

她的變化也相同。這半小時使兩人了解了彼此的愛慕之心，消除了誤會、嫉妒和猜疑。他的醋意由來已久，從法蘭克·邱吉爾來時，甚至從知道他要來時就已產生了。從那時起他便開始愛著愛瑪，嫉妒著法蘭克·邱吉爾，兩種感情可以說相輔相成。他去倫敦是出於對法蘭克·邱吉爾的嫉妒，博克斯山之行促使他下了走的決心。兩人那種打得火熱的情景他再也看不下去了。他走是為了圖個清靜，然而走錯了地方。他弟弟家有著太多的天倫之樂，女人在那裡顯得格外誘人。伊莎貝拉與愛瑪有著太多的相似之處，要說有別也只是一個比另一個在許多方面更勝一籌，在他眼中更顯得光彩奪目，他只會越待越不是滋味。然而他拿出毅力，住了一天又一天，直到今天上午，他接到一封信，知道簡·費爾法克斯已訂婚。他看過信不免感到高興，甚至必然高興，他一直認為法蘭克·邱吉爾配不上愛瑪，心急如焚地要見她，再也坐不安穩了。他騎著馬冒雨趕回家，剛吃過中飯便匆匆走來，要看看這位最可愛、最完美、雖有缺點但又白璧無瑕的人兒能否經得起這一打擊。

到開始他發現她心神不寧，情緒低落，法蘭克·邱吉爾無疑是一個混蛋。後來他聽說她從來沒愛過他，法蘭克·邱吉爾於是尚可救藥。當他們走進屋內時，愛瑪竟然成了他的心上人，這時如果他能想到法蘭克·邱吉爾的話，那他也許已認為他是一個正人君子。

第五十章

愛瑪進屋子時和出屋子時的心情迥然不同！她到外面僅僅爲了散散心，現在簡直要飄飄然了。她知道，這僅僅是幸福的開始，眞正的美景還在前頭。

他們坐下喝茶。圓桌依舊，喝茶的人數依舊（在這張圓桌邊他們不知喝過多少回了），草地上她常欣賞的常青樹依舊，夕陽西沉的夜景依舊，然而她的興致遠非往日可比。今天她做哈特菲爾德殷勤的女主人很不容易，甚至對父親也很難像往常那麼殷勤周到。

可憐的伍德豪斯先生萬萬沒有想到，他熱情歡迎的那個人，他深怕他騎馬以後會得感冒的那個人，正在計劃著一件對他「不利」的事。如果能看透他的心，他決不會在乎他的肺是否害毛病；正因爲從眼前兩人的表情和舉動中，覺察不出絲毫的反常，對近在眉睫的禍害毫無戒備，他把從佩里先生那兒聽到的各種新聞從容不迫地向他們重覆了一遍，談得津津有味，全沒料到他們會「以怨報德」。

奈特利先生在座時，愛瑪一直很興奮，直到他走了以後才慢慢平靜了一些。她度過了一個不眠之夜，這是一個非同尋常的下午必須付出的代價。她反覆考慮著兩件至關重要的事，覺得樂中還有苦。她父親和哈莉特怎麼辦呢？現在身邊無人，她想到了這兩人的苦處，怎樣使他們過得舒舒服服的確是一個問題。至於她父親的事，她很快得出了結論。奈特利先生有何要求她尚不知道，但她經過考慮之後下了一個最莊嚴的決心：永不離開父親。想到與他分離，她甚至淒然淚下，認爲那是一個罪惡的想法。只要父親健在，她就只能訂婚而不結婚；但是她又想，如果能與女兒不分離，她訂婚也許使他更高興。眞正棘手的是哈莉特究竟怎樣辦才好，怎樣減少她的痛苦，怎樣進行補救，怎樣不讓她瞧著刺眼。這些事使她大傷腦筋，越想越慚愧、悔恨。最後她只決定了還是不見面，有必不可少的話就寫信告訴她。上上之策是讓她暫時離開海伯里，於是她心生一計，也可說是定了主意：把她打發到布倫斯威克廣場。伊莎貝拉一直喜歡哈莉特，她在倫敦住幾個星期心情會舒暢一些。像哈莉特這種性格的人，她想一定好新奇，喜歡逛逛街道，看商店，逗孩子。至少，這樣做能證明她的關懷和好心，她從來就不虧待人。現在就得分開，可以免幾人再聚在一起時的尷尬場面。

她早早起身給哈莉特寫了信，寫過後更覺心情沉重，甚至難過，幸好奈特利先生一早便來哈特菲爾德吃早飯。爲了重溫昨天下午的幸福，她與他又偷空在小樹林裡來回走了半小時。

他走後不久——說不久是因爲這會兒她還沒來得及想到其他人——有人從蘭德爾斯給她帶來一封很厚的信。她一望而知信裡說的是什麼，知道可看可不看。現在她已完全諒解了法蘭克．邱吉爾，用不著再解釋，希望的只是別人不要來打斷她的思緒，至於他信上的話要引起她的同感，那就更談不上了。然而不看又不成。她拆了開來，果然沒有猜錯，是韋斯頓太太給她的信和法蘭克給韋斯頓太太的信。

親愛的愛瑪：十分高興地轉給你這封信。我知道，你看了一定會產生同情，也感到高興。我們對法蘭克的看法實際上不會兩樣，多餘的話我就沒有必要說了。我們都好。這封信醫好了我近日患的小小的心病。星期二你的臉色很難看，但那天上午的天氣也是陰沉沉的，當然不會認爲天氣對你有影響，但我想每個人都能感到東北風的寒氣。星期二下午和昨天上午下大雨，我很替你爸爸擔心，好在晚上聽佩里先生說你爸爸沒有害病，才放心了。

你的安・韋

長信是給韋斯頓太太的——

親愛的夫人：

昨天聽我說過那件事後，你一定在等待這封信。無論你是否在等待，我想這封信一定能引起你的體諒和寬容。你是一位十分仁慈的人，我以往的一些行爲只有你這樣的善良人才會饒恕。一位更該怨恨我的人已經原諒了我，我邊寫邊就有了勇氣。行時走運的人不會有自卑感，至今我已經取得了兩個人的諒解，你和你身邊那些有理由怪罪我的朋友們想必也可望諒解我，這樣說該不算冒昧吧？我務請各位明白我初來蘭德爾斯時的處境，想想我有一個要不惜一切代價保守的秘密。這是事實。我做得如此神秘應該與否是另一個問題，這裡暫且不論。促使我這樣認爲的一個原因是，我對海伯里每一個住在下有鉸鏈窗，上有玻璃窗的磚瓦房裡的細心人都存有戒心。我不敢公開向她求婚；鑒於當時在恩斯庫姆的處境，我困難重重，這是眾所周知的事，無須絮煩。然而我非常幸運，居然成功了，在離開韋默斯前，終於感動了那位世界上最誠實的姑娘，秘密訂了終身。如果她拒絕我，我準會發瘋。也許你會問，這樣做有什麼指望，有什麼希求呢？什麼都有！我的希望寄託在時間、命運、機會上：也許長期不能如願以償，也許突然一朝喜事臨門；也許眞能等到海枯石爛，也許日久就會變心；也許會心寬體胖，也許會抱病不起。我交的一直是好運，首先，是她答應了非我不嫁，並與我通信。如果你還需要進一步解釋，那麼夫人，作爲你丈夫的兒子，我可以榮幸地對你說，我繼承了他喜歡對一切都抱美好希望的天性，這份遺產比房屋、田地更爲寶貴。就是在這種情況下，我第一次來到了蘭德爾斯。說起這件事，我自知有錯，因爲我曾一拖再拖。你一定記得，費爾法克斯小姐到了海伯里以後我才遲遲而來。這是對你的不恭，切盼恕罪。但是我想，我父親會體恤我，該知道我很想見到你，而不去蘭德爾斯我就見不著。

與你在一起我度過了快樂的十四天，我希望，在此期間我的行爲除了這一點別無過錯。現在我來談談那件大事——與你在一起時那唯一的一個重大過失，想到這一過失我內心就不安，需要作進一步解釋。對於伍德豪斯小姐，我是十分尊重的，也懷有最友好的情意；也許我爸爸認爲我還須加上一句：也最對不起她。昨天他有幾句話就是這個意思；我也承認，我受些責備也應該。我知道我對伍德豪斯小姐有失分寸。對我來說，成敗攸關的保住秘密，爲了這一點，我有心利用予我們見面後就形成的親密關係。我不否認，伍德豪斯小姐儼然像我所追求的對象，但是你一定會相信我的一句話：如果我不知道她對我無心，我是不會爲了個人的某一目的而繼續這樣做的。伍德豪斯小姐儘管活潑熱情，卻從沒有使我感到她是一位可以追求的姑娘；她完全沒有表現出愛我的跡象，這一點我看準了，也正合心意。她並不把我的親熱當一回事，她的舉動只能理解爲大方、友好和開朗的表示，而這正是我所希望的。似乎我們相互是了解的。由於蘭德爾斯與我們都有密切關係，我對她親熱一些也理所應當，用不著奇怪。伍德豪斯小姐是否在那兩個星期時間內就眞正了解我尚不敢妄言，我只記得在臨行前我幾乎說出了秘密，然而就在那時我發現了她已有所懷疑。從那以後，無疑她看破了我的心思，至少也可說有所察覺。究竟有什麼秘密當然她難猜測，但她是聰明人，肯定已覺察一二，對此我深信不疑。無論這件事什麼時候公開，你會發現，她將不太感到意外。她多次對我進行過暗示。我記得，那次開舞會時，她對我說我應該感謝艾爾頓太太對費爾法克斯小姐的關心。你和我父親知道了我對她的那種態度的由來，你們會承認我的過錯大可原諒。當你們認定我做了對不起愛瑪·伍德豪斯的事時，我不能妄想求得你們的寬恕，但現在請寬恕我，並請在恰當的時候，代我請求愛瑪·伍德豪斯的寬恕與祝福。我對她可說懷有兄妹之情，希望她像我一樣，也能得到深深的、幸福的愛。

現在，你該覺得我在那十四天裡說的話、做的事都不奇怪了。我的心已經在海伯里，麻煩的是我怎樣才能常去那裡，而又不引起任何懷疑。你所記得的每一件反常的事現在都有了答案。人們常議論紛紛的那架鋼琴是我送的，我只想說一句話：費爾法克斯小姐事先完全不知情，如果讓她知道，她是決不會讓我送的。夫人，在訂婚後她表現出的毅力是我與法形容的。我懇切希望，你不久以後會完全了解她。沒有人能準確評價她。她是怎樣的一個人必須由她自己告訴你，但不是用嘴說，因爲與別人不同，她的長處她從來不肯誇耀。這封信比我估計的長，在寫的過程中，我收到了她的來信。她說她身體很好，但她有了病從不願實說，我不敢相信她的話。請你把她的健康狀況告訴我。我知道你很快會去看她，而她很害怕你去。也許，你已經去過了。請你馬上來信詳談，我很心焦。你一定記得，在蘭德爾斯我只坐了短短十幾分鐘，而且心潮起伏，近似瘋狂；現在我也沒有好多少，不是因爲太高興便是因爲太痛苦，仍覺得昏昏沉沉。當我想起我遇到的好心和恩惠，她的長處和忍耐精神，舅舅的慷慨大方，我便高興得發狂；但是當我想起我給她帶來的痛苦和我無法寬恕的罪過，我又氣得發狂。我多麼想再見到她！但現在我不能提起，舅舅對我太寬厚了，我不能再出難題。這封長信還得寫下去，你該知道的事我還沒有說完。昨天，我來不及細述，而這件事又公開得太突然，也可以說太荒唐，非解釋清楚不可。你知道，上月二十六日發生的大事給我帶來了最美妙的前景，雖然如此，我並不敢太莽撞，但是由於情勢所迫，又不得不當機立斷。這樣匆忙行事完全違背了我的心意，我的猶疑她最能理解。但是我的確別無良策。她迫不及待地聽從了那個女人的主意——親愛的夫人，請原諒我剛才突然擱筆，心情的激動使我未能再寫下去。現在從外面散步回來，但順能順順當當把信寫完。眞的，我覺得往事不堪回首。我做了可恥的事，現在只得承認，我對伍德豪斯小姐的態度引起了費爾法克斯小姐的痛苦，大錯特錯了。她看不下去，我本應該早就適可而止。她認爲我那樣做其實不是爲了遮掩事情的眞相。她不高興了，而我卻錯怪了她。在許多場合裡，我都怨她多慮，甚至認爲她太冷淡了。然而，她一直做得很對。如果我聽從了她的話，適可而止，就可以免受我未曾有過的巨大痛苦。我們發生了爭吵。你還記得在唐韋爾的那個上午嗎？那一天，平日的小積怨釀成了大危機。我來晚了，遇到她一個人走回家，我想陪她，可是她不肯。她說什麼也不肯答應我送她，當時我認爲她那樣做毫無道理。然而現在我可以理解，她只是出於一種一貫的、必不可少的謹慎，別無他意。爲了把我們的婚事瞞過所有的人，我過分地親近了另一個人，怎能接著又叫她做出可能使前功盡棄的事呢？如果有人看到我們從唐韋爾走到海伯里，那一定會泄露天機。就怪我沒有頭腦，生起氣來。我懷疑她已經變心，特別是第二天在博克斯山。我故意對她冷淡而對伍德豪斯小姐親熱，我的行爲是最有涵養的女人也忍受不了的，她用我能明白的話說出了她的憤慨。

總之，親愛的夫人，這次爭吵的過錯完全在我，不在她。當天晚上我回到了里奇蒙，就是因爲我在生她的氣，本來我要陪著你到第二天才走。就在那個時候，當然我也不是傻瓜，有心在適當的時候與她和解；但是我的確對她的冷淡生了氣，一走了之，心想非叫她先讓步不可。遊博克斯山幸好你沒有去。如果你看到了我在那兒的所作所爲，只怕永遠不會把我當作好人了，她當即下定的決心似乎能說明她受的刺激。她一發現我離開了蘭德爾斯，便馬上聽從又那位愛管閑事的艾爾頓太太的主意。這裡我想順便帶一筆，這位太太對待她的那一套使我又氣又恨。對於一個一再容忍我的人，我不該與她發生一次爭吵，但是，我可以大聲說，那個女人的慫恿是一種罪過！「簡——」我的天！

你一定知道，即使在你面前，我也沒這樣叫過她！然而艾爾頓夫婦左一聲「簡」，右一聲「簡」，彷彿成了她的專長。你想想，我聽了會作何感想。

請你耐心看下去，我這封信快收尾了。她聽從了那麼一個人的主意，決心與我一刀兩斷，第二天寫了封信給我，說我們無須再見面了。「我覺得婚約成了雙方懊惱和痛苦的根源，我決定廢除婚約。」我收到這封信正好是在我舅母去世的那天的上午。我當即寫了回信，可是由於心煩意亂，同時也由於數不清的事務一齊壓到了肩上，那天這封信沒有與其他信一道發出，竟被鎖進了書桌。信只寥寥幾行，但意思非常清楚，我相信能使她回心轉意，我沒有感到有什麼不安。出乎意外，她沒有立即回信。我以爲她因故耽誤，同時自己也太忙。說實話，我太樂觀了，沒有往壞處去想。接著我和舅舅到了溫澤，兩天後我收到了她寄來的一個包裹，我的所有信件都被退回了，同時也收到了她的一封短信，說她的前一封信未得到半個字的答覆，感到萬分驚訝。她認爲關鍵時刻的沉默只能有一種解釋，未了結的瑣事盡快了結對雙方都有好處，所以將我的信件全部退還，同時要求我，如在一星期內不能將她的信寄至海伯里，便寄至布里斯托附近的斯莫爾里奇先生的家，那地址使我大吃了一驚。我聽說過這名字，這地點，以及與此有關的一切，立刻猜出了她的打算。我知道她是一個性格倔強的人，這一舉措不是出於一時的衝動；前一封信她未提及這種事，說明她雖心焦，但很有分寸。她的信根本不是危言聳聽。請你想想我的驚奇，想想我會怎樣痛罵郵局的差錯，可是後來才發現有錯的是我自己。怎麼辦呢？只有一個辦法：向舅舅說實話。不借他的光，我沒有說服她的希望。我這樣做了。吉星高照，剛發生的不幸使他的心腸已軟了下來，滿口應承，比我預想的要痛快得多！可憐最後他長嘆一聲，表示祝願我的終身會與他同樣幸福。這話我想只好從另一個角度來理解了。你一定能想像我向他開口說出實情時的尷尬，等待他答覆時的不安，一定會寄予同情吧？不，眞正需要你同情的是我到海伯里看到我把她拖累成那則模樣時的心情，是我看到她那蠟黃的病容時的心情。我知道她家的早飯吃得遲，我到海伯里就趕在一個適當的時間，可以與她單獨談一談。果然我沒有失望，而且不虛此行。她的氣憤完全有理，完全應該，我得使她轉怒爲喜。我做到了這一點，我們取得了相互諒解，比以前愛得更深，不愉快的事再也不會發生了。

親愛的夫人，我的信到此該結束了，但我還要說上幾句，我要對你已給予我的關心表示萬分感謝，對你將給予她的關心表示萬分感謝！如果你認爲我已得到的幸福比我應該得到的更多，那我完全同意你的看法。伍德豪斯小姐把我稱之爲幸運的寵兒。但願她的話沒錯。我的幸運有一點不用懷疑，就是在信的末尾我能簽上——

你的愛子　韋斯頓·邱吉爾

七月於溫澤

第五十一章

他的信必然打動她的心。與他原來的打算相反，與韋斯頓太太預言的相同，她看得十分認眞。第一次見到自己的名字後，她便不忍釋手了，只覺得與她有關的每一句都値得看，幾乎句句中意。有關自己的部分看完了後，她照舊有興趣，過去對寫信人的好感又復萌了。再說，任何有關愛情的描寫現在對她都具有極大的吸引力。她把信一口氣從頭看到尾，雖然仍感到他有錯，但已罪減一等。他也有他的苦處，也後悔了；他知道對韋斯頓太太感恩戴德，對費爾法克斯小姐愛得眞誠，加上她自己也有喜事，就不會對人太苛刻了。如果這時他走進房來，她一定會與他像過去一樣熱烈握手。她認爲這封信寫得太好了，奈特利先生進來時她叫他也看看。她知道韋斯頓太太巴不得拿信給別人看，特別是拿給像奈特利先生這樣認爲法蘭克行爲太不像話的人看。

「我願意看，只是太長了，得等我晚上拿回家去看。」他說。

「那可不成，韋斯頓先生晚上要來，信必須由他帶回去。」

「本來我只想跟你談談，」他答道，「但既然値得看，就不妨看看吧。」

他看了起來，然而接著又放下信說：「如果幾個月前拿一封他寫給後母的信給我看，愛瑪，那我就不會這樣隨隨便便了。」

他又拿起信，看了幾行後，笑笑說：「哼，一開頭就是恭維人的漂亮話，他總是這樣。各人有各人的習慣，我們不能苛求人。」

沒有看幾行，他又說：「我邊看信邊得大聲發議論，只有這樣，我才忘不了你在身邊。不會耽誤很多時間，但如果你反對，那……」

「不會的。我就希望你這樣。」

奈特利先生又看了起來，加快了速度。「什麼誘因，他是在瞎說哩，」他說，「他明知有錯，找不到正當理由。糟糕！他根本就不該訂婚。『我父親的天性』——可是他對父親下的結論是不公正的。韋斯頓先生的胸懷開闊，所以行爲才堂堂正正；不過，韋斯頓先生現在的好日子來得不算艱難。對，是費爾法克斯小姐先來這裡，他是後來的。」

愛瑪說：「我還記得，你認爲只要他願意，完全可以早些來。這件事你沒再議論，不過當時你說得完全對。」

「我的判斷也並不是完全公正的，愛瑪，但是我仍然認爲，如果不看在你的份上，我至今也不會相信他。」

看到有關伍德豪斯小姐那一段時，他大聲念了起來，時而笑，時而看看愛瑪，時而搖頭，時而插入一兩句贊同的話，反對的話，或者情話，只要有關她的，該有怎樣的表示就有怎樣的表示。然而，最後他靜心思考著，嚴肅地說：

「不算最糟也算很糟。玩了一個十分危險的把戲。他簡直不可原諒。他那樣對你說不過去。事實上是自我欺騙。他只考慮自己，不考慮別人。他以爲你看破了他的秘密！那當然！他詭計多端，以爲人家也跟他一樣。裝神弄鬼——費盡心機——這哪能叫做聰明！我的愛瑪，我們素來坦誠相見，到頭來不是更好嗎？」

愛瑪點頭稱是，可是想到她想幫哈莉特成其好事的事，臉不禁一紅，這件事她是不能說實話的。「你再往下看。」她說。

他看了沒幾行又放下信，說：「鋼琴！喲！這是過於年輕的人幹的好事，全想不到會叫人大大難堪，哪有什麼値得高興！毛頭小子的主意！明知是不討女人好的事，爲什麼男人還要做呢？眞奇怪，他自己也說，如果事先知道要送鋼琴，她是不會讓他送的。」

這以後好一會他沒出聲，直至看到法蘭克·邱吉爾承認做了可恥的事才簡單說了兩句。

「這句倒說對了，先生。你是做了可恥的事。只有這一句是實話。」他說道。接著信上說的是兩人爲什麼會產生不和，他堅持要做簡·費爾法克斯小姐認爲萬萬不可做的事，奈特利先生停下發了一通議論。「這太不應該了。他爲了自身的利益，把她置於一個尷尬的境地，他本該處處爲她設想，別再增添她的苦惱才是。她與他一直通信，一定爲難，但他倒沒什麼。即使是她多心，他也應忍耐些，更何況她想的都有道理。但我們也須看到她有一個過錯：人不該答應訂婚，自討苦吃。」

愛瑪記得接下去就是博克斯山之遊，心怦怦跳起來。她自己的行爲也有失檢點，感到慚愧，擔心他馬上會瞪他一眼。然而，他不停地、專心致志地看了下去，沒有吭聲，只是偶爾望她一眼又把眼光收回去，唯恐她難受，似乎把博克斯山丟到了九霄雲外。

「說我們的好朋友艾爾頓夫婦多管閑事倒不算冤枉，他當然要氣憤。」他看到這裡才發起議論來。「什麼！決心與他一刀兩斷！她覺得婚約成了雙方懊惱和痛苦的根源，聲明廢除。這說明她對他的所作所爲有意見。噢，他是一個非常……」

「得了吧，得了吧，你再往下看看，他也有他的痛苦。」

「但願他有！」奈特利先生冷淡地說，又拿起了信。「『斯莫爾里奇！』這是指誰？這到底是怎麼回事？」

「她答應了給斯莫爾里奇太太家的孩子當家庭教師，這位太太是艾爾頓太太的好朋友，住在梅普爾格羅夫附近。你說說，艾爾頓太太的希望落了空，會怎樣想？」

「我的好愛瑪，你要我看信就別要我多說，即便是艾爾頓太太也別多說！只剩一頁，我馬上看完了。虧他寫得出這樣的信！」

「你看信時要對他講點情面才好。」

「嗯，這倒算有感情。看到她生病了眞有些痛心。說實話，我沒懷疑他很喜歡她。『比以前愛得更深一』。相互諒解並非容易，但願他永遠珍視這一點。他口口聲聲萬分感謝，道起謝來倒很慷慨。『我得到的幸福比我應該得到的更多。』行！這算是有自知之明！『伍德豪斯小姐我稱之爲幸運的寵兒。』伍德豪斯小姐說了這話嗎？結尾很漂亮——信總算完了！『幸運的寵兒』！你眞的這樣形容他？」

「我對這封信很滿意，你看來不是這樣。不過，至少我希望你一定對他沒那麼反感了。多多少少你有些動心吧？」

「那當然。他的過錯不小，是沒有思前想後造成的。他這樣想很有道理：他得到的幸福比他應該得到的更多。不過，儘管對費爾法克斯小姐他無疑是眞有感情，看來與她也很快會結合，我想他仍得改改性格，在她的影響下，由一個輕浮的人變成穩重的人。現在我要跟你談些別的事。我心裡老掛念著另一個人的難處，不能再想法蘭克．邱吉爾的事了。愛瑪，今天早上我從你家出來以後想的只有一件事。」

那件事說開了。雖然愛瑪是自己的情人，但奈特利先生此刻說起話來依然字斟句酌，必須既說服她與他結婚，又不至使得她父親不痛快。愛瑪的回答是早有準備的。「只要我爸爸健在，我現在的生活絕對不能改變。我決不能拋開他。」然而這一回答僅有一半可以接受。不但她自己，而且奈特利先生也認爲她離不開她爸爸，但是他不贊同她的生活絕對不能改變。他左思右想，已絞盡了腦汁。開始他打算把伍德豪斯先生一道接到唐韋爾來，以爲這是個可行的辦法。後來覺得不妥，他對伍德豪斯先生的了解使他不能再欺騙自己，他承認，讓她父親換個地方等於是叫他放棄了安樂，甚至是要了他的老命，萬萬使不得。伍德豪斯先生怎能離開哈特菲爾德！他覺得這個風險冒不得。但由這個辦法他想到了另一個辦法，他那親愛的愛瑪決不會反對，就是他自己上哈特菲爾德來。要保障她父親快快活活，或者說，不丟掉一條老命，她就得繼續以哈特菲爾德爲家，他也應該如此。

愛瑪也想過讓她父親跟著去唐韋爾。與他一樣，考慮再三覺得不行，但是後一個辦法卻未曾想過。他要這樣做的一片好意她全能領會，然而擔心離開唐韋爾後他不能自由自在了，終日陪著她父親，又是寄人籬下，會使他覺得彆扭的。她答應考慮這個辦法，同時也叫他三思，但他一口咬定再想也改變不了主意。他告訴她，他已經過深思熟慮，整個上午爲了進行冷靜的思考，避開了威廉．拉金斯。

「不成！還有一種困難沒有想到，」愛瑪大聲說。「威廉．拉金斯準會不願意，你在徵得我的同意前應先問過他。」

然而她答應再想想，甚至可以說是答應了多想想這個辦法有利的一面。

值得一提的是，過去愛瑪想到唐韋爾．艾比，總要記起她的外甥亨利，維護他作爲當然繼承人的權利，現在卻把這事全丟到了腦後。她想到她給這可憐的孩子所可能帶來的變化，僅置之一笑，過去她以爲大不高興奈特利先生與簡．費爾法克斯或任何別的人結婚，完全出於對姊姊和外甥的關心，現在才找到眞正原因，想起來覺得怪有意思的。

他提出的既能結婚又能留在哈特菲爾德的主意她越思量越覺得妙。對他既無害，對她也有益，兩全其美，盡可爲之。有了他這樣的伴侶，以後她可以無憂無慮；有了他，她侍奉父親時間再長也不會厭倦。

要不是可憐的哈莉特，她必定會更快樂；她自己的幸福越多，似乎她朋友的痛苦就越多，而且來得越快，現在她的朋友甚至只得與哈特菲爾德割斷聯繫了。愛瑪自己一家人會熱熱鬧鬧，而可憐的哈莉特卻不得不爲了善意的謹愼而避開。她處處不如意。愛瑪以後沒有她也不愁少一分歡樂。在她未來的家，哈莉特無疑將是一個多餘的人，然而把可憐巴巴的姑娘置於這步田地卻實在是太殘酷了。

自然，奈特利先生會被遺忘，或者說會被另一個人代替，但這很難說是何年何月的事。奈特利先生本人醫不了她的創傷，與艾爾頓先生兩樣，奈特利先生善良、體貼，永遠値得別人對他景仰。叫哈莉特一年之內對四個人產生感情，在她本人來說也是不可想像的事。

第五十二章

愛瑪發覺哈莉特與她想法相同，也避免與她見面，便鬆了口氣。書信來往尙且令人感到痛，要是見面就更糟了。

可以想像，哈莉特不會說半句責備的話，流露任何不滿，只是愛瑪仍認爲她有怨氣，一種在她來說要算怨氣的情緒，因此更感到封疆自守好。也許這是她神經過敏，但遭到了這樣的厄運而無怨氣，似乎只有天使才能辦到。

她輕而易舉地爲她弄到了伊莎貝拉的邀請。湊巧有一個現成的理由，用不著再找藉口。哈莉特有一顆牙齒痛，早想找牙科醫生看。約翰．奈特利太太樂意幫忙，無論別人有了什麼病她都肯出力。雖然她對牙科醫生不及對溫菲爾德先生那樣有信心，但她十分樂意來照顧哈莉特。這件事愛瑪與她姊姊談妥以後向她朋友提了出來，果然一說即成。哈莉特決定要去那兒，至少住兩個星期，就坐伍德豪斯先生的馬車。一切都安排好了，都按計劃進行了，哈莉特平安抵達布倫斯威克廣場了。

這樣一來，愛瑪可以與奈特利先生高高興興地在一起了。她可以海闊天空地談，高高興興地聽，沒有良心上的責備，沒有悔恨，沒有痛苦，不像往常，邊說邊想著一個住在她近邊的已經心碎的人，這個人正在爲著被她愛瑪引入歧途的感情而苦悶已極。

愛瑪所感到的哈莉特在戈達德太太家和在倫敦也許是一種叫人難以理解的差別，但愛瑪認爲她到了倫敦一定有看不盡的新奇，享受不完的快樂，忘懷了過去，精神會有所寄託。

心頭釋下哈莉特這個重負以後，她不願隨即招來其他煩惱。剩下的還有一件事，只有她才有能力辦到，那就是把婚約告訴父親，但她現在不願辦。她的主意已經打定，等韋斯頓太太平安分娩後再公開秘密。在這種時候，她不應再在與她感情最好的人中鬧出一場風波，也不應過早地自找麻煩。至少，在這兩個星期裡她得圖個清靜，只有清靜才能使她安享快樂。

她很快決定，在她的精神得到休息的這段時間裡抽半小時看望費爾法克斯小姐，把這當成她的義務和快慰。她應當去，她渴望看看她。現在兩人的處境大有相同之處，使她多了一層要與她親近的原因。她的快慰只能秘而不宣。既然前景一樣，簡無論說什麼她一定會聽得津津有味。

她去了。在到博克斯山遊玩以後，她曾坐馬車去過她家一次，吃了閉門羹。那時她知道可憐的簡有著滿腔苦水，心中充滿同情，但並不知道苦水的眞正根源。她料定幾個人都在家，但擔心仍不受歡迎，先在走廊裡等著，報了姓名。她聽到帕蒂應聲了，但是接著沒有上一次貝絲小姐慌手慌腳的一陣忙亂聲。這不假；她只聽到了一聲「請進！」然後，簡親自快步出迎，在樓梯上迎接她，彷彿不這樣做會盡不到心意。

愛瑪發現她從來沒有顯得這樣健康、可愛、動人，每一個表情，每一個舉動都有著活力、生氣、熱情和前所未有的一切。她伸出手迎上前來，低聲然而滿有感情地說：「太感謝你了！伍德豪斯小姐，我難以表達——我希望你會相信——原諒我這樣不會說話。」

愛瑪歡歡喜喜，正準備說上一番話，卻聽到客廳裡傳來艾爾頓太太的聲音，立即把友好的話、恭賀的話一齊咽到了肚裡，只能無比親熱地與她握著手。

貝絲太太在陪著艾爾頓太太，貝絲小姐出去了，難怪剛才裡面靜悄悄地。愛瑪巴不得艾爾頓太太不在這裡，但她生性對誰都能容忍。艾爾頓太太對她非常客氣，使她抱著了一線希望：這次邂逅也許不至於引起兩人的不快。

坐了一會，她完全看破了艾爾頓太太的心思，明白為什麼她也像自己那樣高興。費爾法克斯小姐向她吐露了眞情，她自以爲這個秘密別人都不曾與聞。

愛瑪首先發現她臉上的表情異樣，接著看到她邊聽貝絲太太答話，邊神秘地把一封顯然剛大聲念給費爾法克斯小姐聽過的信疊了起來，放進身邊金紫兩色的網袋裡，含蓄地點點頭，說：

「這事我們等到以後吧。你我有的是機會，主要內容其實你知道了。剛才我正要說斯太太同意了，沒生氣。你看她的話說得多好！嗯，她是一個難得的人！如果你去了的話，你一定會喜歡她。好，這事別再提了，我們處處得小心。好了！有首詩我忘了，只記得這一句：『千件事，萬件事，淑女的事是至高無上的事。』親愛的，我們說的『淑女』就是──噓！別作聲！──明眼人不必細說。我很高興，是嗎？斯太太的事你別急。你看，我幾句話就使她心平氣和了。」

趁愛瑪轉過頭看貝絲太太織東西的當口，她壓低嗓門又說了句：「你放心，我沒有提到誰的名字。哼，我哪會呢？我像當大臣的一樣謹愼，全安排妥了。」

愛瑪無可懷疑，這明明是一種不放過一切機會的有意賣弄

幾個人一起談了一會天氣和韋斯頓太太後，艾爾頓太太冷不防對她說：「伍德豪斯小姐，你看我們漂亮的小姐恢復得不是很快麼？這不說明佩里先生眞能妙手回春麼？」她意味深長地瞟了

簡一眼。「我敢說，佩里是手到病除！噢，假若你也像我一樣，在她病得最厲害的時候看到她就好了！」可是等貝絲太太對愛瑪說話時，她又低聲道：「有人幫佩里的忙，這可說不得，我們也不去說溫澤的那位年輕醫生。噢，不能說那些，全部功勞歸於佩里。」

過了一會，她又說：「伍德豪斯小姐，在博克斯山遊玩以後我還沒見過你的面。那次倒好玩，只是也有些欠缺，有人似乎情緒不怎麼高。至少這是我的感覺，說不定猜錯了。不過，我想沒人會反對再去一趟。如果天氣仍然好，我們再邀這些人去遊博克斯山，兩位認爲如何？一定要上次那些人，全都照舊，一個不缺。」

沒多久，貝絲小姐來了。愛瑪才從艾爾頓太太自問自答所造成的尷尬局面中脫身出來。她想，這是由於艾爾頓太太不知道什麼話該說，什麼話不該說而又急於要說點什麼的結果。

「謝謝你，親愛的伍德豪斯小姐，你太好了。眞不知怎麼說——我心裡倒挺明白——最親愛的簡的前程——呀，我是亂說一氣。但她身體恢復得好極了。伍德豪斯先生身體好嗎？我太高興了！我算是無能爲力。你看，我們幾個人都高高興興的！這不假。那青年逗人愛——我是說——待人眞好。我是說好心的佩里先生。他照看簡全心全意？」這次艾爾頓太太來使得她特別高興，感謝的話比平常說得更多，愛瑪全看在眼裡，猜想牧師兩夫妻對簡生過氣，現在才和解。兩人又咕嚕了一陣，更可見愛瑪的猜想沒錯。最後艾爾頓太太大聲說：

「好朋友，我眞來了，已經坐了很長時間，要是換上另一家，早告辭了。其實，我是在等候我的先生。他答應也上這兒來找我，也看看你們，並向你們致意。」

「呀！艾爾頓先生肯光臨？那眞不簡單，我知道男人不喜歡早上拜訪人，艾爾頓先生這樣忙，更難得有空閑。」

「那可不假，貝絲小姐。他當眞從早忙到晚，大家川流不息找他，不是爲這就是爲那。地方長官、監工、教會委員少不了向他討教。離了他，他們好像什麼也辦不成。我常說：『艾爾頓先生，叫我像你一樣可不行。找我的人要是有你的一半多，那我的畫筆呀，鋼琴呀，全要倒楣了。』現在也糟糕得很，這兩件東西我幾乎難得碰一碰，太說不過去了。這兩個星期我是一個音符都沒彈。可是，他一定會來，你們放心，的確是專程來看望你們大家的。」她把手擱到嘴邊想不讓愛瑪聽到她的話。「是來賀喜的！噢，不來可不成。」

貝絲小姐看著她，樂壞了。「他答應與奈特利先生談完了就來找我。他與奈特利關起門在談重要的事。艾爾頓先生是奈特利的得力助手哩。」

愛瑪決不會對她的話感到可笑，只是說：「艾爾頓先生是步行到唐韋爾去的嗎？這種天走路太熱了。」

「哦，不，是在克朗旅社碰面。這是例會。韋斯頓和科爾也去，不過他們算不上主要人物。據我看，艾爾頓先生和奈特利想怎樣辦就怎樣辦。」

「你沒記錯日期吧？」愛瑪說。「在克朗旅店碰面好像要到明天。昨天奈特利先生到了哈特菲爾德，說是在星期六。」

「那不對，碰面肯定在今天！」艾爾頓太太一口咬定說，當然有錯的不會是她。「我看這個教區麻煩事最多，」她又說。「我們在梅普爾格羅夫沒有聽過這類的事。」

「你們那兒的教區小。」簡說。

「親愛的，那不見得，我從沒聽人談論過這種問題。」

「我聽你說過那兒學校小，還是你姊姊和布雷格太太幫忙辦的，只有一所，學生才二十五人，可想而知教區很小。」

「哦，你這精靈鬼，那倒沒錯。你眞會動腦子！我說，簡，如果我們兩人能變成一個人，那就是個完人。我活躍，你穩重，取長補短。不過別誤會，以爲我的意思是有人沒把你當完人。算了，到此爲止，別再說了。」

這是過分擔心了。伍德豪斯小姐看得出來，簡本來是要對她而不是對艾爾頓太太說話。簡想把她當貴客招待，這個意圖十分明顯，然而她常只能用眼睛傳神。

艾爾頓先生來了，他的太太以活潑的態度說了一通俏皮熱情的話。

「好啊，先生，你幹的好事，把我打發到這兒，讓朋友們都厭煩了，你才慢吞吞來了。你早知道你擺布的是一個最聽話的人，你這位先生不來，我就不會走。我一直坐到現在，給這兩位小姐做出一個妻子服從丈夫的榜樣，說不定這一套她們很快用得著哩。」

艾爾頓先生又熱又累，似乎把這通俏皮話當了耳邊風。對房間裡的幾位小姐和太太他不能有失禮節，但見過禮後想到的就只有自己的苦惱了。他熱得難受，白跑了一趟腿。

「我到了唐韋爾的時候，找不到奈特利先生，」他說。「怪事！不可理解！今天上午我請人給他帶了個信，他也寫了回信，就該在家等到下午一點。」

「唐韋爾！」他妻子叫道。「我親愛的艾爾頓先生，你哪會去唐韋爾！你說的是克朗旅社，在克朗旅社與他們碰過面吧。」

「不，不，那是在明天，所以我今天才特地去找奈特利。上午燠熱得像火烤！我還去了一趟田野，更受罪了！」他說得火氣冒上來了。「家裡竟然找不到他！我很不高興。他事先不告訴我，也沒有一個交代。管家說他根本不知道我會去。太反常了！沒人知道他往哪兒去了。也許是哈特菲爾德，也許是艾比．米爾，也許是鑽進他的樹林子裡去了。伍德豪斯小姐，我們的朋友奈特利平常不是這個樣，你知道為什麼嗎？」

愛瑪悶在心裡發笑，也說太反常，但也不知道所以然。

艾爾頓太太作為他的妻子自然感到氣憤，說：「我不能想像！不可想像這麼多人他就偏要與你過不去。在這麼多人當中，他怎麼偏偏對你這樣！我親愛的艾爾頓先生，他一定給你留下了話，我可以肯定。奈特利不可能幹這種荒唐事，準是佣人忘了。別瞎猜了，是這麼回事。唐韋爾的佣人難免不出這種錯，我早看出來了，他們又笨又糊塗。再請不到人我也不會叫他家哈里這樣的人給我端菜盤。那個霍奇斯太太，賴特從心底裡瞧不起她。她答應了給賴特一個收據，後來卻連影子也不見了。」

艾爾頓先生又說：「我在他住房附近遇上了威廉．拉金斯，說主人不在家，我還不相信。威廉好像不大高興。他說他不知道主人近來有了什麼大事，連風聲也打聽不出。威廉急什麼與我無關，但我今天完全是為一件大事要找奈特利。這麼大熱天跑了趟一無所獲，真叫人沒有辦法。」

愛瑪覺得她應該立即回家。很可能奈特利先生此刻正在家裡等她；且不說威廉．拉金斯，可不能讓奈特利先生再得罪艾爾頓先生。

臨走時，費爾法克斯小姐執意要送她，甚至陪她下了樓，這使她很高興，立即抓住這個機會說：「我剛才沒機會說話可能更好。如果你身邊沒有別的朋友，我也許會提起一件事，追問你，說些不妥當的話，那樣我就會失禮了。」

「哦！」簡嘆道，臉不禁紅了，欲言又止，那羞答答的神態愛瑪覺得比平日的矜持不知動人多少倍。「那倒沒關係，怕只怕我怠慢了你。我最感謝你關心……眞的，伍德豪斯小姐……」她的聲音慢慢自然了。「明明是我做了錯事，一件大錯特錯的事，叫我特別受到感動的是，許多朋友——他們的好感最寶貴——能寬宏大量，不嫌我……我心裡的話一下也說不完。我要道歉，賠不是，爲我自己贖罪。我覺得應該這樣做，可惜的是——總之，如果你不原諒，我的朋友……」

「哦，你太多心了，太多、小了！」愛瑪熱情地說，抓著她的手。「你不用向我道歉，每個你覺得該道歉的人都非常滿意，非常高興，甚至……」

「你是好心人，可是我知道我對不起你，太冷淡，太虛假了！我一直都在做戲，那是一種騙人的生活。我知道我使你很不愉快。」

「快別說了！我覺得該道歉的是我。我們從此相互諒解了吧。刻不容緩的事非做不可，我想我們的心情同樣迫切。溫澤有好消息吧？」

「是這樣。」

「接著你恐怕得離開我們了，可是我還剛開始了解你。」

「哦，那一步現在還沒有想起！我要在這兒等上校和坎培爾太太的信。」

「具體的事現在也許都定不下來，」愛瑪笑著答道，「但你瞞不過我，想是一定想過了。」

簡也笑著說：「是這麼回事，已經想過了。還是對你實說了吧，這樣更好。我們會與邱吉爾先生住在恩斯庫姆，這一點算是定下來了。守孝至少得有三個月，過了這段時間，我想別的事便用不著再等了。

「謝謝，謝謝！我也只想要知道這麼一些。唉，可惜你原來不了解我的性格，什麼事都愛乾脆、坦率。再見，再見！」

第五十三章

韋斯頓太太平安分娩了，她的朋友們都為之高興，特別是愛瑪，聽說生的是一位千金，覺得自己做的好事可算是更加完美了。她就希望生個韋斯頓小姐。這倒不是因為她想以後為伊莎貝拉的兒子牽線搭橋，而是她認為女孩兒最能使父母開心。韋斯頓先生十年後也要見老，到了那個時候，膝下有個會唱會跳、口齒伶俐、天真爛漫、不用流放出家門的❶孩子，會得到莫大的安慰。韋斯頓太太更無須說，誰都不懷疑她最愛的是女孩兒。一個有管教孩子的本領的人，如果永遠把本領束之高閣，未免太可惜了。

她說：「就像喬．喬里夫人寫的小說《阿德萊與狄歐多》❷裡，那位阿爾曼男爵夫人在奧斯特里伯爵夫人身上下的功夫一樣，我們可以看到她對自己的小阿德萊一定會教得更出色。」

奈特利先生答道：「對她會比對你更要寵愛，還自以為根本沒寵愛。要說有區別，那也只有這一點點。」

「可憐的孩子！」愛瑪嘆道。「如果那樣，她怎麼得了？」

---

❶ 當時的習慣是女孩在家由家庭教師教，男孩上寄宿學校讀書。

❷ 這是一本法國小說，其英譯本初版於一七八三年。

「沒什麼，成千上萬的人都這樣。她小時候惹人嫌，長大了自己會改正的。最親愛的愛瑪，對嬌生慣養的孩子我慢慢也不討厭了。我的幸福現在全虧了你，如果對她們太嚴厲，豈不是忘恩負義？」

愛瑪大笑起來，答道：「別人慣壞了我，倒是你幫了我的忙。沒有你，我很懷疑靠自己努力是否能有效果。」

「眞的？我不相信。上帝給了你天分，泰勒小姐給了你知識，你會自有辦法的。我多管閑事也許弊多利少。你完全可以說：『你憑什麼教訓我？』大概你心裡已覺得我討厭。我沒幫你的忙，倒是幫了自己，在你這裡我找到了感情的歸宿。雖然你有許多不足，想到你，我內心充滿了愛，正因爲在我想像中看到了你的許多錯處，我才從你十三歲起就愛上了你。」

「我知道你是我的良師益友，」愛瑪說。「你對我說的話到頭來都是對的，只是當時我常常不認輸。我現在知道了你的好處。如果小安娜．韋斯頓給慣壞了，唯有你能教好她，就像教我一樣，只是別在她長到十三歲時又愛上她。」

「小時候你常常頑皮地對我說：『奈特利先生，你別管我，爸爸說我可以做；』或者是『泰勒小姐答應了的。』那些事你明知道我不贊成。這一來，我不是得罪了一個人，而是得罪了兩個人。」

「那時我必定很逗人愛！所以我說的話你會記得那麼牢。」

「你總是叫我『奈特利先生』，從習慣上說，這稱呼是很正經的，但現在顯得太一本正經了。你應該改一個別的稱呼，可是我又不知怎樣改比較好。」

「我記得十年前有一次淘氣時，喊了你『喬治』。我認爲這樣可以氣氣你。後來見你並不生氣，我便再也不這樣喊了。」

「現在爲什麼不能再叫我『喬治』？」

「那不行！我就叫你『奈特利先生』。我決不會學著艾爾頓太太的樣，只叫你奈先生。」過了會，她紅著臉邊笑邊說：「我可以再叫你一次教名，什麼時候說不定，但地點也許你能猜出來，就是在舉行儀式的地方。」

愛瑪有苦難言的是，她不敢公開承認有件事本該大大感謝他頭腦清醒，如聽從他的勸告，本可以避免犯下成人以來最愚蠢的錯誤——即與哈莉特·史密斯打得火熱。這是個太微妙的問題，不能涉及。他們很少談到哈莉特。這種情況的出現在他這方面也許僅僅是因爲未想到她，而愛瑪卻認爲是出於一種審慎，是因爲從有些現象看，懷疑她們的友誼變淡薄了。她自己也知道，如果她們是在別的情況下分手，會有頻繁的書信往來，不至於像現在這樣，全靠伊莎貝拉報告消息。他也許注意到了這一點。她不得不把事實眞相瞞著他，由此感到的痛苦幾乎不亞於造成哈莉特的不幸時所感到的痛苦。

伊莎貝拉把她的客人的情況介紹得再詳細不過。她發現她來的那天無精打采，因爲還沒有找牙醫看，也就不以爲意；後來大夫來過了，她發現她還是剛來時那樣。伊莎貝拉的目光其實並不敏銳，但如果哈莉特連與孩子們玩的心思都沒有，她必然能看出來。哈莉特在那兒的時間比原計畫長，不是兩星期，至少一個月，這使愛瑪又鬆了口氣。約翰·奈特利夫妻倆準備八月來，叫她多住一段時間，跟他們一道走。

「約翰甚至沒有提起你的朋友，」奈特利先生說。「這是他的回信，你看不看？」

奈特利先生把他的親事寫信告訴了他，這封信是回音。愛瑪一把接了過去，迫不及待地想看看約翰怎麼說，雖然沒提到她的朋友，她並不計較。

「作爲兄弟，我得到幸福，約翰也高興，」奈特利先生又說。「但是他不愛說漂亮話。他是你姊夫，我知道他很愛你，卻不把愛掛在嘴上，如果不是你而是別人，還會當他太冷淡了。他的信你盡管看。」

「他信上的話，全是一個頭腦冷靜的人說的話，」愛瑪看過信後說。「我喜歡他的誠實。顯然，他認爲這樁婚事得到好處的全是我；但也不是沒有指望我今後會長進，不至辜負你的一片心意；你是現在就有把握。如果他換一個說法，我倒不相信他了。」

「我的愛瑪，他不是這個意思。他是說……」

「對這樁婚事他和我的評價大致相同。」她打斷了他的話，帶著一種十分認眞模樣的笑容。「但如果我們不用客套，開誠布公談，分歧還會更小。」

「愛瑪！親愛的，愛瑪……」

「噢！」她越說越起勁了。「如果你認爲你弟弟對我不公平，那你等著吧，聽聽我爸爸知道了這個秘密會怎麼說。錯不了，他對你更不公平，認爲上算的、占便宜的全是你，吃虧的全是我。如果我不一下子變成了『可憐的愛瑪』，那才是怪事。他最同情倒楣的人，準要說『可憐』兩個字。」

「哎喲！」他大聲說，「我希望你爸爸比約翰好說話，會相信我們處處相配，生活在一起很幸福。約翰的信有一段我看了很高興，你注意到了吧？他說對我的來信不感到太意外，他早在盼望著聽到這種事。」

「我了解你弟弟，他的意思是猜到了你想結婚，沒有懷疑是與我。看來他對我們的事，可是全未料到的。」

「對，對！但他能猜到我的心思卻不很容易。他有什麼根據呢？我的表情和言談都與平時沒有兩樣，也不知他怎麼恰恰是在現在這個時候會猜到我想結婚。想起來了！一定是前些日子我在那兒時讓他看了出來。我與幾個孩子沒像以往那麼玩得起勁，記得有天晚上他們說：『伯伯好像總是沒精神。』」

日子一天天過去，秘密也得逐步公開，不能對誰都瞞著。剛等韋斯頓太太的身體復原，伍德豪斯先生可以去看望她時，愛瑪便想運用她那套軟功夫，決定將這件事先在家裡宣布，然後再告訴蘭德爾斯。可是如何對父親說起呢？她的主意是利用奈特利先生不在場的機會談；但也許她並沒有這個勇氣，想談而開不了口，要等奈特利先生在節骨眼上來，把她打算說的開場白說出來。然而她必須說話，而且必須笑顏逐開地說，聲調裡露不得半點傷感，否則他聽了要難過。她只能裝得若無其事。於是，她把渾身解數使了出來，顯得很高興，先對他說，她有件誰也料想不到的事，然後乾脆利落說這件事需要他贊同；因爲對所有的人都有好處，她相信他一定會答應；她和奈特利先生打算結婚。結婚以後，哈特菲爾德就天天多了一個人作伴；她知道除了她自己和韋斯頓太太，世界上他最喜歡的人就數她說的那個人。

可憐的老人！他初聽時似乎是讓人打了一悶棍，接著苦口婆心勸她作罷；一再提醒她，永不結婚的話是她親口多次說過的；提醒她過單身生活有多少好處，伊莎貝拉和泰勒小姐兩人有多麼可憐。這些話全不管用。愛瑪對他有的是耐心，笑著說大局已定；他不應把她與伊莎貝拉和韋斯頓太太相提並論，這兩人結婚以後離開了哈特菲爾德，才落得不幸，而她不離開哈特菲爾德，永遠守在家裡，他身邊的人不是少了，而是多了，不是冷清了，而是更熱鬧了；只要想開了，他有奈特利先生在一起，準會增添無窮的快樂。他難道不很喜歡奈特利先生嗎？這一點她知道他不能否認。除了奈特利先生，他的事還有誰出主意？誰是他最需要的人，最樂於代他寫信，給他幫忙？誰對他最殷勤，最體貼，最有感情？難道他不希望他永遠留在身邊嗎？不假，這一點都不假。奈特利先生來的次數多多益善，最好是天天能見到，實際上他們也天天見到，爲什麼以後不能與過去一樣呢？

伍德豪斯先生當下不可能讓步，但是最大的難關已經過去，秘密已經公開，要進一步還得再過些時日，再費些口舌。愛瑪好說歹說以後，奈特利先生也拿出了他的本領，把她大誇特誇，讓伍德豪斯先生聽得舒服。過了沒多少工夫，當兩人再瞧著機會提起這件事時，他已不以爲然了。伊莎貝拉有成人之美，來的每封信都表示全力支持。韋斯頓太太一聽說這事也順水推舟，第一是認爲這件事已成定局，第二是認爲確有好處；她明白要伍德豪斯先生答應，最要緊的是讓他想通這兩點。所有的看法都一邊倒，平常伍德豪斯先生認爲可靠的人無不來勸他，說這件事於他有好處。他心裡終於同意了，開始設想如果再等上一段時間，也許是一兩年，兩人結婚可能無妨。

韋斯頓太太勸他對這件事認可全出自眞心，沒有任何虛情假意。起初，當愛瑪向她公開秘密時，她聽得目瞪口呆，一輩子最叫她吃驚的事要數這樁了。然而，她看到這件事可以使大家都得到快樂，便毫不遲疑地極力鼓動伍德豪斯先生答應。她對奈特利先生十分敬重，認爲他配得上她最親愛的愛瑪；無論從哪一點說，這門親事都合適、美滿、無可比擬，特別是那個關係最爲重大的問題得到了最爲妥善、最爲圓滿的解決，愛瑪無論嫁給誰都比不上嫁給奈特利先生可取，而她竟沒早想到、早提起，簡直是世界上最大的傻瓜。哪個門當戶對的人向愛瑪求婚會捨棄自己的家到哈特菲爾德來呢？除了奈特利先生，誰能了解伍德豪斯先生，能與他相處，作出這樣理想的安排呢？她和丈夫在有心撮合法蘭克和愛瑪時，就一直覺得可憐的伍德豪斯先生難以安置。使恩斯庫姆和哈特菲爾德兩全其美的辦法始終找不到，韋斯頓先生比她還要沒辦法，每次一談到這件事，他最後至多只能說：「車到山前自有路，年輕人多的是辦法。」現在卻沒有什麼可考慮的了。這兩人的結合勢所必行，一切順利，完全相配，於雙方有百利而無一弊。這樣的姻緣美滿無比，沒有任何眞正的、站得住腳的理由來反對或拖延。

韋斯頓太太抱著膝上的嬰兒，越想越得意，成了世界上最幸福的女人。如果還有什麼事能增加她的快慰，那就是眼看著小寶寶剛生下來時的帽子快戴不下了。

這個消息無論誰聽了都大吃一驚，韋斯頓先生也不例外，發了五分鐘的愣。虧他思想敏捷，五分鐘後茅塞頓開。他看到了這門親事的好處，與他的太太同樣高興；再過一會，便覺得不足爲奇；等一小時之後，他幾乎認爲是早在預料之中的事了。

「我看應該嚴守秘密，」他說。「這種事都要保密，一直保到人人皆知的時候。本來不會告訴我，但又怕我往外說。簡大概也看出些名堂了吧？」

第二天上午，他到了海伯里做了他想做的事。他把新聞告訴了簡。她是他的兒媳婦，當然要說。貝絲小姐也在場，自然消息又傳到了科爾太太、佩里太太耳裡，隨後就是艾爾頓太太。兩個當事人已經料到了這點。他們早估計過，他們的事從蘭德爾斯傳遍海伯里需要多少時間。憑自己的機敏，他們現在就能想像，在許多人家，他們會成爲夜晚議論的中心。

大體說來，人們對這門親事都叫好，看法不同的只是，有人認爲男方幸運，有人認爲女方幸運；有人覺得他們應去唐韋爾，讓奈特利一家搬到哈特菲爾德來住；有人預言兩家的佣人會鬧糾紛。眞正反對的只有一家——牧師大人家。他們驚訝之餘沒有半點高興。比較他妻子而言，艾爾頓先生的不自在少些，只是想：「這女人現在驕傲可有資本了」「她早想攀上奈特利了」，關於住到哈特菲爾德的事，誇口說：「只有他才願幹，我可不幹！」艾爾頓太太完全沉不住氣了。「可憐的奈特利！可憐的人啊！他太倒楣了。我眞替他難過。我非常關心他，這人雖然古板一些，卻有許多好品質。他怎麼會上這個當呢？沒想到他在戀愛，一點也沒有想到。可憐的奈特利！往後別再想與他來往了。過去我們每次請他吃飯，他都高高興興地來，可是現在完了。可憐的人！我再也別想去唐韋爾玩了。哎，什麼也別想了，有了一個奈特利太太，萬事皆休。眞討厭！但我並不後悔我那天罵了管家。莫名其妙的辦法，讓兩家並成一家。眞是異想天開！聽說梅普格羅夫附近也有人試過，沒出幾天又分居了。」

第五十四章

時間過得很快，再過些日子，倫敦那一伙人就要來了。這是一件大事。一天上午愛瑪都在想著那免不了的煩躁和苦惱，這時奈特利先生來了，她把傷腦筋的事拋到了一邊。說笑過幾句，他沉默了，然後換了莊重些的聲調說：「愛瑪，我有件事告訴你，是新聞。」

「好事還是壞事？」她馬上說，抬頭看著他的臉。

「我不知道算好事還是算壞事。」

「那一定是件好事，我看你的臉就知道，你在忍著笑。」

「那只怕，」他說，竭力不讓自己再露聲色，「我只怕，親愛的愛瑪，你聽了會笑不起來。」

「啊喲！會這樣？你高興的事我不高興，眞難以想像！」

「有一件事，」他答道，「也許只有這一件吧，我們的想法不相同。」他停頓了一會，又笑了，眼直盯著她。「你想不起來？全忘了？是哈莉特．史密斯。」

聽到這個名字她臉紅了，心裡有些害怕，雖然什麼也沒有猜出。

「今天上午你收到了她的信嗎？」他大聲問。「我想你該收到信了，什麼都一清二楚。」

「我沒有；什麼也不知道。你說吧。」

「我看你像是準備大禍臨頭。很糟糕。哈莉特．史密斯要與羅伯特．馬丁結婚了。」

愛瑪大吃一驚。一看就可知她對此毫無思想準備，她睜大著眼，像是在說：「不，這不可能！」但她的嘴緊閉著。

「千眞萬確！」奈特利先生說。「我是聽羅伯特．馬丁親口說的。我們分手不到半小時。」

她仍帶著無限的驚訝看著他。

「果然你不高興了，我的愛瑪。恐怕我們的看法現在不一樣，但將來會一樣的。你等著吧，過些時間，我們總有一個人會改變看法，現在這件事還是少談為妙。」

「你誤會了，完全誤會了，」她吃力地說道。「不是因爲他們要結婚我不高興，而是我不能相信。這種事似乎不可能。你的意思一定不是哈莉特．史密斯答應了羅伯特．馬丁，不是他第二次向她求了婚，你的意思只是他想這樣做。」

「我是說他已經這樣做了，而且成功了。」奈特利先生笑著答道，但語氣十分肯定。

「我的天！」她高興起來，又怕讓人看到她臉上壓抑不住的興奮，低頭裝著拿針線筐，說：「哦，哦，那麼你得全告訴我，說清楚一些。什麼時候？什麼地方？還有來龍去脈。我全得知道。我做夢也想不到，不過別以爲我不高興。怎麼會有這種事呢？」

「說來簡單。三天前他有事去倫敦，有幾件公文我正打算送給約翰，托他帶了去。他把公文送到了約翰的辦公室，約翰邀他晚上一道去阿斯特利劇院。他們準備帶兩個大孩子去，一共有五人：我弟弟，弟媳，亨利，約翰，史密斯小姐。羅伯特不便推卻。他們順路接了他，都玩得高高興興。我弟弟請他第二天去吃飯，他眞去了，不用說，這一來有了與哈莉特談話的機會，果然逕月白費口舌。她答應了他，使他如願以償。昨天他坐公共馬車回來，今天上午吃完早飯就到了我這兒，先說了我交代的事，後說了自己的事。時間、地點、來龍去脈我能說的就這麼一些，你的朋友哈莉特與你見了面話可就多了，所有的細節都會告訴你，那種細微末節的事只有經過女人的嘴才變得有趣，我們說一件事只能談個大概。不過，我也得承認，他喜出望外，我也高興非常。他還提到了一件與他的成功大有關係的事：離開阿斯特利的包廂後，我弟弟帶著他太太、小約翰在前面走，他和史密斯小姐、亨利跟在後面。有一陣子夾在人群中，這使得史密斯小姐很不自在——」

他停住了，愛瑪也不敢馬上答話。她知道，一張口準要把內心的興奮暴露無遺。她得等一等，否則他會認為她發了瘋。她的沉默使他莫測高深，他觀察了她一會，又說：

「愛瑪，我親愛的，你說過他們要結婚不會使你不高興，現在看來你傷心透了！可惜他沒有地位，但你得考慮到這會使你的朋友感到滿足。我敢擔保，你了解他以後，會越來越喜歡他，你會看中他的聰明和品德。他是個很好的人，你的朋友找不到比他更強的人了。至於地位，在可能的範圍內我願意幫他一把，愛瑪，這總夠吧？你常譏笑我太信任威廉·拉金斯，可沒想到我也同樣離不開羅伯特·馬丁。」

他要她抬起頭來笑一下；她已鎮定多了，便抬起頭高興地笑著說：

「你不必擔心我反對這門親事。我知道哈莉特做了一件十分明智的事。她的家世也許還不及他，毫無疑問他們都有著令人敬佩的品格。我沒出聲是因為感到意外，太意外了。這消息來得太突然了，我全沒料到，這你哪會知道！因為近來我感到她特別瞧不起他，比以往更瞧不起他。」

「你應該最了解你的朋友，」奈特利先生說。「我看她溫柔、善良，不會瞧不起一個向她求過愛的人。」

愛瑪忍不住笑了，說道：「哎呀，我相信你和我一樣了解她。不過，奈特利先生，她果眞乾脆利落答應了他嗎？我可以想像她以後會這樣做，但現在怎麼可能呢？你沒聽錯他的話吧？你們在談別的事，你們在誹生意，談家畜展覽，或者新播種機，你不會頭昏腦脹，聽錯了吧？哈莉特能不能答應他並沒有把握，他有把握的只是哪頭良種牛可以長到多大。」

此時愛瑪覺得奈特利先生和羅伯特·馬丁兩人外表的對比特別鮮明，腦子中又浮現出哈莉特最近做過的一些事，說過的一些話，彷彿她又在耳邊大聲道：「不！我的腦子比過去清醒，不會看上馬丁先生。」所以，她滿以爲是鬧了一場誤會，此外沒有其他可能。

「你竟說出這種話來了！」奈特利先生大聲道。「你把我當傻瓜，連話也聽不明白？該怎樣罰你才好？」

「哼！我什麼時候都該罰，因爲我從來不能容忍別人瞎說，你得直截了當說個清楚。你眞認爲馬丁先生與哈莉特現在的關係你很了解？」

「那當然，」他答道，把每個字說得清清楚楚。「他告訴我，她答應了他。他沒有說任何模稜兩可的含混話。有件事可以證明他們的確已經成功。他問了我現在該怎麼辦。他不知道除了戈達德太太還能向誰打聽到她親戚朋友的消息，如果不去找戈達德太太，還有什麼好辦法。我告訴他，我也不知道。於是，他說，今天他一定得去找她。」

「這我就相信了！」愛瑪答道，開心地笑了。「衷心祝願他們幸福！」

「這件事我們上次談過以後你的態度大大變了。」

「但願如此──那時候我太糊塗了。」

「我也變了，我現在很願意將哈莉特的一切好品性全歸功於你。我想了好些辦法來了解哈莉特，這是爲了你，也爲了羅伯特・馬丁，我一直相信他仍像以前一樣愛她。我常與哈莉特閑談，你一定也看到了。有時候，我猜你大概懷疑我又是在爲可憐的馬丁說好話。其實沒有。經過多次觀察，我看準了她是個純潔可愛的姑娘，心地單純，品德好，她嚮往的幸福只是有個家，有人給她溫暖。說起來，她還得感謝你。」

「我！」愛瑪搖著頭，說道：「哎，可憐的哈莉特！」然而她克制著自己，默默接受了幾句對她過獎的話。

沒多久，她父親進來了，打斷了他們的談話。她不感到可惜，倒希望身邊最好一個人也沒有。她的內心有著太多的快樂和驚奇，無法安靜下來。她簡直要跳起來，唱起來，叫起來。她什麼也做不了，來回走著，自言自語，邊想邊笑。

他父親進來是爲了告訴她，詹姆斯去套馬了，準備履行每天去一趟蘭德爾斯的差事。她有了這個藉口，馬上就走開了。

她興奮、喜悅、如釋重負，其心情可想而知。哈莉特的幸福在望，她唯一的苦悶因此無影無蹤，簡直要欣喜若狂了。她還有什麼未滿足的希望呢？要說有，那也只是以後不要辱沒了他，他的深謀遠慮和洞察力一直勝她一籌。或者，只是牢記過去的糊塗所帶來的教訓，今後要更加謙虛謹慎。

不假，她的感激之情和所下的決心是非常眞誠的，然而仍不免會笑出聲來。她笑的是大團圓的結局，是五個星期來一件叫她一籌莫展的事以皆大歡喜的結局而告終，是她可以心滿意足，是哈莉特來了個出奇制勝。

現在，哈莉特回來成了一件叫人高興的事，一切都叫人高興，她能認識羅伯特．馬丁也叫人高興。

使她從心底裡感到最幸福的是，從此以後她對奈特利先生不用保守任何秘密了。裝腔作勢，言不由衷，遮遮掩掩，是她素來痛恨的，這一切很快就會結束了。現在她可以向他掏出一顆完整無缺的心了，這與她自己的氣質是相投合的。

她在最愉快的心境中，隨著父親出發了，一路上對他的每句話都點頭稱是，雖然並不是每句話都聽了進去。吭聲也好，沉默也好，反正她認爲他每天去一趟蘭德爾斯是應該的，否則，可憐的韋斯頓太太要失望的。

他們到了蘭德爾斯。客廳裡只有韋斯頓太太一個人。她先說起孩子，然後對伍德豪斯先生來看她表示感謝（他就希望得到感謝），話剛說完，只見窗外晃過兩個人。

「是法蘭克和費爾法克斯小姐。」韋斯頓太太說。「我正想對你們說，我們今天上午突然看到他來了，又驚又喜！明天他又要走，所以費爾法克斯小姐今天在我們這兒。大概他們馬上會進來了。」

他們說來就來了。愛瑪看到他非常高興，但兩人都有些不知所措，想起過去的事都感到尷尬。他們見過禮，笑了笑，但因爲各有心病，一時竟無話可說。幾個人坐了下來，全在發悶；愛瑪久久盼望再見到法蘭克．邱吉爾，見到他和簡在一起，現在希望已經實現，她卻懷疑起來，這樣的見面究竟能帶來多大的快慰。幸好韋斯頓先生來了，小寶寶也抱進來了，頓時話題多了，氣氛也活躍了，法蘭克．邱吉爾有了勇氣和機會湊到愛瑪身邊，說：

「伍德豪斯小姐，我得謝謝你；韋斯頓太太來信說，你寬恕了我。但願你現在仍寬大爲懷，說過的話不會收回。」

「你說到哪兒去了！」愛瑪高興地說。「能見到你，與你握握手，當面向你道喜，再好也沒有了。」

他由衷地感謝她，又說了好些最能表示謝意和高興的話。

「她臉色還好吧？」他說著兩眼瞟了瞟簡。「比以前好吧？你看，我爸爸和韋斯頓太太多疼愛她！」

可過了一會，他又忘乎所以了，眨眨眼，先說起坎培爾夫婦很快要回來，接著便提到狄克遜的名字。愛瑪臉一紅，叫他別再說了。

「我一想起這件事就心中有愧。」她說。

「有愧的是我，應該是我。你哪會不懷疑我呢？我是說後來，開始我知道你沒有懷疑。」

「一點也沒有，說眞的。」

「說來也怪有意思。我差一點點就……要是我當時把實情告訴你就好了，那樣做了倒更好。我常會做出錯事，而且是很大的錯事，對我沒有任何好處。如果我泄漏了天機，把一切全告訴你，我的罪過就要輕多了。」

「你別再後悔了吧。」愛瑪說。

他又說：「我想勸舅舅馬上來蘭德爾斯作客，他想見見她。等坎培爾先生和他太太回來後，我們到倫敦與他們會面，住一段時間，再帶她去北方。我現在遠遠離著她，伍德豪斯小姐，這不叫人難過嗎？那天我們澄清誤會以後只在今天上午才見面，你不可憐我嗎？」

愛瑪很說了幾句同情話，他突然變得高興起來，大聲說：

「喲，你說說！」接著壓低聲音，裝得一本正經。「奈特利先生身體好吧？」他等著回答。她漲紅了臉，笑了。「我知道你看了我的信，一定還記得我對你的一片好心。現在該我向你道喜了。說真的，我聽到這個消息感到由衷的高興。他是一位很值得稱讚的人。」

愛瑪聽了正中心意，只希望他多說幾句，可是接著他卻又想到了自己的事，想到了他那個簡，下面的話是：「你見過這樣的皮膚嗎？又光滑又柔嫩，儘管算不上白皙，沒人會說她皮膚白皙。配上她的黑睫毛和黑頭髮，使這樣的皮膚更顯得不尋常，眞是好看極了！有這種皮膚的女人最逗人喜歡。顏色不深不淺，這才叫美。」

愛瑪調皮地說：「我一直誇她的皮膚好，可是我記得你很挑剔，說她沒有血色，是嗎？那時候我們剛剛談起她，你全忘了？」

「哦，沒有！我成了個冒失鬼！我怎敢……」

他想到那句話，大笑著，愛瑪忍不住又說：「那時候你最怕事情敗露，只要能騙過我們每個人，我猜你心裡非常高興。我知道你是這麼想的。我知道你只有騙了人才會心安。」

「哦，不！不！不！你怎麼會這樣懷疑我呢？那時我是最可憐的人！」

「再可憐也知道什麼是快樂。我知道你在暗暗發笑，笑我們全上當了。也許，只有我才會這樣懷疑。說實話，當時要是換了我，也會暗暗發笑。我看我們倆有些相類似的地方。」

他鞠了一個躬。

「如果我們的性格不一樣，那我們的命運倒是相同的，」她又說，眼神裡帶著無窮的感慨。「命運把兩個比我們強得多的人賜給了我們。」

「對！對！」他熱烈贊同。「不，你不是這樣。比你強的人沒有了，我倒是眞的。她的一切都像天使一般。你看，一舉一動不都像天使嗎？你聽那嗓門，注意那望著我父親時的眼神。還有個好消息——」他低下頭，悄悄地、認眞地說：「我舅舅說要把舅媽的珠寶全給她，準備都重新鑲嵌過。有的我要讓她戴在頭上。珠寶再配上她的黑頭髮，不是十分好看嗎？」

「是很好看，眞的。」愛瑪答道。

聽到這一句讚揚，他滿懷感激地說出下面的話：

「又看到你，看到你這麼有精神，我太高興了。無論如何我們得見這一面，即使你不來，我也要到哈特菲爾德登門拜訪。」

其他人在議論那個孩子。聽韋斯頓太太說，昨天夜裡小寶寶好像有些不太好，她大感緊張。其實是神經過敏，但她恐慌了一場，幾乎要請佩里先生。本來她該感到羞愧，但韋斯頓先生當時也和她一樣手忙腳亂了。過了十分鐘，孩子又太平了。這些話是韋斯頓太太說的，聽得最起勁的要算伍德豪斯先生，他大大誇獎了她想到佩里先生，但可惜她並沒有去請他。「孩子如果稍有不舒服，哪怕只是一會工夫，你也得請佩里先生。小心爲妙，常請佩里先生不會有錯。可惜昨天晚上沒請他來，孩子現在看來挺好的，可是呢——佩里要是走了一趟，孩子會更好。」

佩里的名字讓法蘭克．邱吉爾聽到了。

「佩里！」他對愛瑪道，他一邊說話一邊想引起費爾法克斯小姐的注意。「我的朋友佩里先生！他們在說佩里先生什麼？今天上午他來過了？他現在出門還走路嗎？馬車有沒有買？」

愛瑪立刻想起過去的事，明白了他的用意。她跟著笑起來，而簡似乎也在專心聽他的話，只是表面上裝聾作啞。

「我做出這種怪夢，想來就可笑！」他說。「她聽到我們的話了，聽到了，伍德豪斯小姐！我沒說錯，你看那臉，那笑容，還想皺眉頭哩，沒有用！看看她吧，這件事是她來信告訴我的，說了哪些話她現在記得清清楚楚，怎麼弄錯的她都知道。別看她裝模作樣在聽別人閑談，其實是心不在焉，你看到了嗎？」

簡再也忍不住地笑了起來。等轉身對他說話時那笑容還掛在嘴邊。她以清醒、低微而穩定的聲調說道：「這些事你怎麼記得這樣牢，眞想不到！避開都來不及，怎麼你還要提起它們！」

他回敬了她一大篇非常風趣的話。在他們進行較量時，愛瑪多半是心向著簡的。從蘭德爾斯回來，她不由自主地將奈特利先生和法蘭克．邱吉爾作了一番比較。誠然，見到法蘭克．邱吉爾她很高興，對他的好感也依舊，但她還有一種前所未有的深切感受：奈特利先生的人品遠遠勝過他。他沉思中，越比她越看到了他的可貴，最快樂的一天便這樣在幸福中結束了。

第五十五章

即使愛瑪有時仍然替哈莉特擔心，偶爾也懷疑她對奈特利先生的感情藕斷絲連，答應另一個人的求婚帶著幾分勉強，她的這份顧慮不久也打消了。過了幾天，倫敦的一夥人來了。她與哈莉特單獨談了一個小時後，完全放了心，知道羅伯特．馬丁已取代了奈特利先生（眞是難以理解啊），她的幸福在望。

剛開始哈莉特還有幾分苦惱，現出一副傻乎乎的模樣，可是等到她說過了自己不該異想天開，不該一廂情願，她的苦惱便飛到九霄雲外，傻乎乎的模樣也不見了，不再念著過去，只喜氣洋洋地談著現在和未來。這也多虧愛瑪對於朋友的婚事一見面就大大恭賀一番，很快消除了她在這方面的顧忌。哈莉特高興地談到阿斯特利劇院的那個夜晚和第二天的那餐飯。一個細節也沒漏，談得眉飛色舞。這些細節說明了什麼呢？愛瑪至此方才明白，哈莉特一直喜歡羅伯特．馬丁，而羅伯特．馬丁也始終不渝地愛著哈莉特，這勢必會感動她。如果不是這樣，愛瑪就會感到不可思議了。

這件事確實是一件喜事，而且她的高興與日俱增。哈莉特的家世也打聽清楚了。原來，她是一位商人的女兒。他有錢，因此能夠維持她的舒適生活；有德，所以一直不願聲張。愛瑪早料到她是良家之後，現在果然如此！她的血統應該說像許多上等人的血統一樣清白，可是奈特利先生曾經看不上她，邱吉爾家的人不會要她，甚至艾爾頓先生也沒把她放在眼裡。非婚所生的污點是無論地位或金錢都清除不了。

哈莉特的父親沒有表示異議，年輕人受到了款待。羅伯特·馬丁終於成了哈特菲爾德的座上客，愛瑪在打過交道後發現，他的確聰明、品德好，配得上她那位年紀輕輕的朋友。她不懷疑哈莉特嫁給任何性格溫和的人都能得到幸福，但與他、與他家的人生活在一起，她會更幸福，更無憂無慮，更稱心如意，會變得比過去強。他們都愛她，比她能幹，一切無須她操心，一切會使她高興。她既不會被引入歧途，也不致受人冷落。她會受人尊敬，生活幸福。她被一個這樣好的人如此長久而癡心地愛著，愛瑪認爲她是世界上最幸運的人，或者說除了她愛瑪以外，是世界上最幸運的大。

哈莉特去馬丁家的次數自然越來越多，到哈特菲爾德的次數越來越少，這倒是無須惋惜的。她和愛瑪不可能像以往那樣打得火熱，更多的時候她們只得把友誼記在心間。幸運的是，合乎邏輯的事似乎已經開頭，而且是穩穩當當自自然然地開了頭。九月底，愛瑪陪著哈莉特上了教堂，看到她把手伸給了羅伯特·馬丁，儘管艾爾頓先生就站在他們面前，也沒有勾起她對那些往事的回憶，依然滿心喜悅。也許，她此刻並沒有把他當作艾爾頓先生，只當他是站在聖壇上接著就要向她表示祝福的牧師。在三對伴侶中，羅伯特與哈莉特·史密斯訂婚在後，結婚卻最早。

簡·費爾法克斯已經離開了海伯里，回到恩人坎培爾夫婦家中，過著舒適的生活。邱吉爾一家也在倫敦，盼著十一月快快到來。

愛瑪與奈特利先生大膽地把婚期定在十月裡。兩人決心趁約翰和伊莎貝拉在哈特菲爾德時完婚，不打亂他們早安排好了去海邊玩兩星期的計畫。約翰、伊莎貝拉和每位朋友都表示贊同，只有伍德豪斯先生例外。他一直暗示他們的婚期爲時尚遠。

他第一次聽到這個日期時，傷心已極，使他們兩人幾乎感到再也無可奈何。第二次他沒有那樣痛苦了，開始覺得勢在必行，阻止不了。這是他在思想上朝著贊同的方向邁出的可喜的一步。然而，他仍然很不高興。他這麼不高興，使他女兒的勇氣完全喪失了。她不忍心看他痛苦，她知道他已認爲自己受到了冷落；儘管她認爲兩位奈特利先生說的有道理，婚事完畢他的憂愁也會完畢，卻始終猶疑不決。她不能輕舉妄動。

正當他們進退兩難時，好運突然來了。倒不是伍德豪斯先生的心突然開竅，或者神經系統奇跡般地恢復正常，而是他有了另一種煩惱。韋斯頓太太家雞舍裡的雞一夜之間無影無蹤，作怪的顯然是人，左鄰右舍的雞同樣遭了殃。伍德豪斯先生認爲偷與搶是同樣可怕的事。他著急起來，如果不是想到還有女婿保鏢，他每天夜晚都要膽戰心驚。兩位奈特利先生都有力氣，遇事果斷、鎮靜，他完全可以信賴。兄弟倆只要有一個守在他家，哈特菲爾德就可平安無事，但是約翰．奈特利先生十一月初必須回倫敦。

由於有了這件叫人頭痛的事，他爽爽快快答應了他女兒的婚事，使她喜出望外。她終於定下了佳期。羅伯特．馬丁先生和他太太完婚後一個月，艾爾頓先生又被請來主持了奈特利先生和伍德豪斯小姐的婚禮。

他們的儀式與其他不講排場的人一樣，簡單樸實。艾爾頓太太聽了丈夫的詳細介紹後，覺得實在寒酸，與她的婚禮相比望塵莫及。「白緞和花邊幔都捨不得多用，太可憐了！塞莉娜聽了，準會大吃一驚！」雖然有這許多欠缺，這一對新人卻美滿幸福，那天參加婚禮的幾位親密朋友的好心、希望、信念和預言全都變成了現實。

〈全書終〉

國家圖書館出版品預行編目資料

愛瑪／珍 ・ 奧斯汀（Jane Austen）／著　張經浩／譯
-- 修訂一版 -- 新北市：新潮社，2020.03
面；　公分
譯自：Emma
ISBN　978-986-316-758-7（平裝）

873.57　　109000231

愛瑪

珍 ・ 奧斯汀／著
張經浩／譯

【策　劃】林郁
【出版人】翁天培
【企　劃】天蠍座文創
【出　版】新潮社文化事業有限公司
電話：(02) 8666-5711
傳真：(02) 8666-5833
E-mail：service@xcsbook.com.tw

【總經銷】創智文化有限公司
新北市土城區忠承路 89 號 6F（永寧科技園區）
電話：(02) 2268-3489
傳真：(02) 2269-6560

印前作業　菩薩蠻、東豪印刷事業有限公司

二　版　2020 年 3 月